POUR LE CŒUR D'UN TIGRE 1

Avertissement de contenu

Les noms d'associations et de gangs sont fictifs.
TW : Armes à feu/langage grossier/manipulation/meurtres/sang/violence physique et morale.

Emma C.J.

POUR LE CŒUR D'UN TIGRE 1

J'AI LU

Playlist

Softcore – The Neighbourhood
Daddy issues – The Neighbourhood
Devil I know – Allie X
Play with fire – Sam Tinnesz
I was never there – The Weeknd
Faith – The Weeknd
Don't blame me – Taylor Swift
Poison – Rita Ora
My strange addiction – Billie Eilish
NDA – Billie Eilish
Swim – Chase Atlantic
Dangerous – Royal Deluxe
Do I wanna know – Arctic Monkeys
HEARTBEAT – Isabel Larosa
Natural – Imagine Dragons

Prologue

Erreur monumentale

Ophelia

« Informations spéciales. Hier soir, un jeune homme du nom de Chad Walker a été retrouvé mort dans une rue du Bronx. C'est un homicide volontaire, déclare le chef de police chargé de cette affaire, sûrement un règlement de comptes. Voici les images inédites qui nous parviennent de notre envoyé spécial. Attention, la vidéo pourrait heurter la sensibilité de personnes non averties. »

En entendant cette voix féminine et lointaine, mon bras s'immobilise, la tasse à quelques centimètres de mes lèvres. Mon regard se tourne vers l'écran suspendu au mur juste en face de ma table. Je plisse les yeux, ayant une très mauvaise vue. Je n'arrive pas à lire le message qui passe en boucle en bas de l'image. L'intense brouhaha du café et les discussions matinales des clients m'empêchent d'entendre correctement, alors je me lève et me rapproche de la télé.

Je fais quelques pas, m'arrête en plein milieu de la salle et relève la tête.

« Ce jeune homme du nom de Chad Walker se serait pris une balle dans la cuisse droite, une autre dans le front et une dernière, en plein cœur. »

Je cligne des paupières plusieurs fois. Mon souffle se bloque dans ma poitrine, provoquant une vive douleur. Ce que je comprends me fait perdre l'équilibre. Je me rattrape comme je peux en m'accrochant à une table à côté de moi. La personne qui y boit son expresso tranquillement me lance un regard curieux.

Mes lèvres tremblent et mes mains sont prises de spasmes incontrôlables.

Je fais demi-tour, récupère mes affaires – mon manteau et mon sac – et sors en vitesse. J'étouffe. Ma gorge est serrée. Je place la main droite contre ma bouche et réprime un haut-le-cœur, sentant le café que je viens d'avaler remonter.

C'est comme si mon cœur s'écrasait sur le sol.

À l'extérieur, j'aimerais dire que l'air frais me fait du bien, mais je sens encore ce poids dans mon estomac. Je traverse la route et rejoins la rue opposée. Il n'y a pas une seule voiture. Une bourrasque soulève des feuilles mortes sur mon passage et une canette vide roule sur le trottoir dans un bruit sinistre. J'ignore ces sons, j'ignore le froid et le vent faisant danser mes longs cheveux bruns derrière moi.

« Chad Walker. Il… »

Soudain, une voiture s'arrête dans un crissement de pneu derrière moi. Une portière s'ouvre avec fracas. Je n'ai pas le temps de me retourner qu'un bras s'enroule fermement autour de mes épaules. Je veux hurler, me débattre, mais on place aussitôt un chiffon humide contre ma bouche et mon nez. La panique, la terreur et l'adrénaline coulent à flots dans mes veines. Je tente d'inspirer, affolée.

Une fois.

Deux fois.

Mes paupières se ferment.

Et tout devient noir.

Deux ans plus tôt

Assise sur l'herbe, mon dos contre son torse, ses jambes de chaque côté de moi, j'admire le lac en face de nous.

Quelques feuilles mortes tombent des arbres et tourbillonnent jusqu'à terminer leur chute au sol. L'automne arrive, avec sa fraîcheur et ses couleurs. Je regarde attentivement l'étendue d'eau calme et trois canards nageant d'un bout à l'autre. Le ciel bleu se reflète dans l'eau et je trouve ce paysage magnifique.

— Ophelia ?

Je tourne la tête vers mon copain. Il passe sa main dans mes cheveux, puis sur mon visage, et son pouce dessine des cercles invisibles contre ma joue.

— Tu sais, tu peux me dire ce qui ne va pas, ajoute-t-il à voix basse, près de mon oreille.

Je frissonne. Si seulement je pouvais lui en parler. Si seulement j'avais le *droit* de le faire.

— Tout va bien, affirmé-je en terminant ma phrase par un petit sourire tout sauf sincère.

Il passe une main sur ma taille et approche son front du mien, un sourire dessiné sur ses lèvres roses.

— Ophelia Bloomer, tu es une piètre menteuse. Je ne crois pas un mot de ce que tu racontes. Dis-moi ce qui te fait souffrir. Parle-moi. Je ne répéterai rien à personne.

Je hausse les épaules et me libère de son étreinte. Quand mes yeux se baladent de nouveau sur le lac face à nous, les canards ont disparu.

— Je ne sais pas...

— Tu ne sais pas si tu peux me faire confiance ?

Sa main qui tenait ma taille remonte dans mon dos pour finir sur ma joue. Elle exerce une légère pression qui m'oblige à tourner de nouveau mon visage vers le sien.

Ses yeux clairs dans les miens, il m'analyse.

— Ça te ferait du bien de te confier, tu es ailleurs ces temps-ci. Je n'en parlerai à personne, répète-t-il d'une voix rassurante. *Crois-moi.*

Je soupire. Je le sais. Je sais que ça me ferait du bien. Ça me libérerait d'un poids immense, un poids que je garde depuis des années.

Un silence qui devient de plus en plus bruyant.

Un secret.

Et cela impacte ma vie au quotidien. Plus les jours passent, plus cette situation me pèse et affecte mon humeur. Elle me ronge, me détruit à petit feu.

Je lui fais confiance. C'est mon copain depuis deux ans. Deux ans. Bien plus que ce que je n'aurais pu espérer. Il sait tout de moi... sauf ça.

De toute façon, qu'est-ce qui peut bien arriver si je le lui dis ?

Je n'ai rien à perdre et tout à gagner.

— Je...

Je me retourne vers le lac, parce que voir cette étendue d'eau calme m'apaise.

— Je ne connais pas mon père. Pourtant, je sais qui il est, lâché-je d'une voix faible. Ce qui peut paraître contradictoire, quand on y pense. Je ne l'ai jamais vu, je ne lui ai jamais parlé. Pourtant, je connais ses activités... illégales. Il travaille pour une organisation criminelle. C'est lui qui la dirige.

Étant dos à lui, je ne vois pas sa réaction. Mais puisqu'il ne m'interrompt pas, je continue sur ma lancée :

— On m'a toujours interdit de prendre contact avec lui et d'en parler à ma sœur. Malgré tout, je sais ce qu'il fait, je sais qu'il n'est pas fréquentable et qu'il est dangereux.

Je fais une pause, avant de reprendre.

— Je ne l'ai jamais vu, mais il me manque, terminé-je avec plus d'émotion dans la voix que je ne l'aurais voulu.

Il enroule ses bras autour de ma taille et appuie son front contre ma nuque.

— C'est bien, Ophelia, me dit-il en pressant mon corps contre le sien. Tu sais d'autres choses sur lui ?

— Il s'appelle Almanzo Rizzi, mais maman n'a pas voulu qu'on prenne son nom. Je sais aussi qu'on nomme son gang les B.R.R., mais je n'en connais pas la signification.

Il se crispe, il doit sûrement en avoir déjà entendu parler. Leurs crimes passent souvent aux informations.

— Quoi d'autre ?

— Je crois qu'il ne connaît pas mon existence ni celle de Stella. Ou alors, il ne veut pas entendre parler de nous. En tout cas, il n'a jamais cherché à nous rencontrer. C'est peut-être mieux comme ça, après tout…

Je m'arrête, me sentant soudainement plus légère. Inquiète du fait d'avoir révélé mon secret, mais plus légère.

Il ne me pose pas d'autres questions. Nous restons enlacés, face au lac, pendant au moins une heure entière.

Six mois après

— Que s'est-il passé ? demandé-je, affolée.

Je me lève précipitamment du banc sur lequel j'étais assise en voyant mon copain arriver au coin de la rue, les poings ensanglantés et un énorme coquard autour de l'œil droit.

— Qui t'a fait ça ? Avec qui tu t'es encore battu ?

Je me rapproche de lui rapidement. J'ai soudainement envie de le frapper moi aussi. Je ne comprends pas ce qui lui arrive. Tous les matins, quand on se retrouve devant le lycée, il est encore plus amoché que la veille. Il ne déteste plus se battre, alors qu'avant, la violence ne faisait pas partie de son vocabulaire. J'examine chaque partie de son visage, sa lèvre fendue, les gouttelettes de sang qui parsèment ses joues et son menton.

— Qu'est-ce que tu as fait… ? murmuré-je une nouvelle fois en faisant la moue.

Je ne sais pas s'il faut que je m'inquiète, ou si je dois encore me mettre en colère. Qu'est-ce qui cloche chez lui ?

Je lève la main vers sa joue, mais il recule avant même que la pointe de mon doigt ait pu effleurer sa peau douloureuse.

— Rien, crache-t-il en serrant la mâchoire.

Il passe la main dans ses cheveux et fait un pas en arrière. Puis un autre.

— Qu'est-ce qui se passe ? demandé-je une énième fois.

J'attends la réponse, les bras ballants, en le regardant s'éloigner de moi sans pouvoir le retenir.

— Je ne peux pas te le dire, me répond-il finalement.

Sa main tremble, je fronce les sourcils. Je prends très mal le fait qu'il ne veuille rien me révéler, alors que je lui ai tout dit, *tout*, il y a quelques mois.

Depuis quelque temps, je ne le reconnais plus. Il ne me fait plus confiance, ne me regarde plus de la même façon, ne me parle plus. Il est violent, hausse le ton lors de nos désaccords.

Il s'éloigne, et même si ça me fait mal de penser à ça, je sais qu'on va bientôt partir chacun de notre côté, dans des universités différentes. Il serait peut-être temps de se dire au revoir.

Je soupire et plonge mes yeux dans les siens.

— Tu as changé, lui dis-je en pinçant mes lèvres.

Un air coupable naît sur son visage meurtri.

— Nous deux, ça ne marche plus.

Son regard dérive derrière moi, mais il ne me contredit pas. Et ça fait mal. Même si je suis prête à le laisser partir, j'aurais peut-être aimé qu'il nous retienne.

Mais je n'attends pas. Lui aussi semble avoir pris sa décision. Alors je prononce ces mots, qui mettront un terme définitif à notre relation :

— Il vaut mieux qu'on se sépare, *Chad*...

Chapitre 1

Palais blanc

Ophelia

Aujourd'hui

La première chose qui me frappe lorsque je me réveille, c'est cette odeur de produit chimique qui emplit mes narines à chacune de mes inspirations. Il y a du bruit autour de moi, je tangue, mais je n'arrive pas à ouvrir les yeux. Je crois que je suis assise, parce que mon dos est appuyé contre quelque chose de plutôt… confortable.

J'ai l'impression que mes muscles pèsent des tonnes, et chaque fois que j'essaie d'ouvrir les paupières, un mal de tête surgit instantanément. Comme si on me plantait de multiples couteaux dans le crâne. Je repense à Chad.

« Une balle dans la cuisse droite, une autre dans le front et une dernière, en plein cœur. »

Même si la fin de notre relation a été quelque peu tumultueuse, j'avais confiance en lui. Je ne sais pas si je l'ai aimé, mais j'avais pris l'habitude de l'avoir à mes côtés. Il me soutenait et je lui faisais confiance. À part à la fin, où il se montrait de plus en plus distant. Est-ce qu'il avait des problèmes ? Est-ce pour ça qu'il est mort ? Je n'ai pas pu le soutenir. Je l'ai abandonné. Est-ce... ma faute ?

Je parviens enfin à ouvrir les paupières, mais je mets une éternité à m'habituer à la luminosité agressive du lieu. Mon corps est engourdi, et mon cerveau fonctionne au ralenti. Tous mes muscles semblent encore anesthésiés. Une autre secousse, je rebondis et grimace de douleur. Est-ce que je suis dans une voiture ? Même si c'est un peu flou au début, j'arrive à percevoir ce qui se passe autour de moi. Mais ce que je distingue me fait regretter instantanément de m'être réveillée.

En face de moi, il y a deux sièges en cuir noir. Un homme est au volant, un autre sur le siège passager, *et celui-ci tient une arme.*

J'essaie de tourner la tête, mais ma nuque semble bloquée. Pourtant, je sens que je ne suis pas seule sur la banquette arrière.

J'épie les moindres faits et gestes des deux hommes devant, ainsi que la route que nous empruntons à une allure folle. J'ai l'impression que nous sommes sur un chemin sinueux, au cœur de ce qui me semble être une forêt. Les couleurs d'automne sont présentes. Les feuilles des arbres sont jaunes, vertes, orange et même parfois rouges. Les creux de la route me font sursauter, et alors mes muscles se contractent de douleur. Je n'arrive toujours pas à bouger mon cou.

Il faut que je le fasse. Il faut que je voie ce qu'il y a et qui sont ces gens.

Je serre les dents et parviens lentement, très lentement, à faire pivoter ma tête de quelques degrés. Assez pour me rendre compte qu'un homme se tient à ma droite. Il ressemble aux deux autres, habillé en noir, une arme énorme calée contre son torse. Il regarde droit devant lui sans me prêter d'attention. Quand il se rend compte que je l'observe, ses yeux plongent dans les miens. Deux billes vertes qui me scrutent avec intensité. Il est cagoulé, alors je ne vois que ça. Mais cela me suffit à deviner que cet homme n'est pas vieux. Il y a quelque chose dans ses pupilles, quelque chose de profond et d'étincelant. Une lueur malicieuse. Ou vicieuse.

Je préfère garder la première option.

Je détourne difficilement le regard quand je sens le véhicule ralentir. Lorsque je me tourne vers la route face à moi, je remarque que nous nous sommes arrêtés devant une gigantesque grille en fer. Un homme intégralement vêtu de noir également, une arme dans les bras, passe devant la voiture et ouvre la grille. La voiture est silencieuse, alors j'entends très bien le bruit du fer qui gratte le sol lorsque le portail s'ouvre pour nous laisser entrer. Nous poursuivons sur un chemin droit, entouré d'immenses arbres qui ne laissent plus passer la lumière du jour. Je me demande où ils m'emmènent.

Je ne panique pas, et c'est bien la seule chose étrange que je ressens pour l'instant. Pourquoi je n'ai pas peur ? Je ne peux presque pas bouger, mon corps me fait horriblement mal, et des gens que je ne connais pas m'amènent visiblement de force dans un endroit tout aussi inconnu.

Qu'est-ce qui m'est arrivé ? Que m'ont-ils fait ?

Nous nous arrêtons une minute plus tard. Je me tourne légèrement pour regarder l'homme à côté de moi, mais celui-ci ouvre la portière avant de sauter dehors. Puis il pivote dans ma direction et me fixe, en silence. Je ne sais pas quoi faire ni quoi dire. En fait, je ne sais même pas si je peux parler.

— *¿Estás esperando una invitación o qué*[1]?

Son ton me surprend. Sa voix est plutôt grave pour quelqu'un que je pensais jeune. J'écarquille les yeux et observe autour de moi. La réalité me frappe de plein fouet.

La panique me gagne. Ma respiration s'accélère, mon estomac se noue et les battements de mon cœur cognent lourdement dans ma poitrine. Je suis quelque part, dans un endroit que je ne connais pas. Avec des inconnus armés. Des inconnus armés ! Armés !

Dont l'un qui me regarde intensément, attendant que je bouge. *Sauf que je ne peux pas bouger.*

Soudain, sa main m'agrippe le bras et me tire hors de la voiture. Je grimace de douleur quand je sens sa poigne. Mes pieds rencontrent violemment le sol de gravier et je pousse un grognement. J'ai l'impression d'être courbaturée de partout. Qu'est-ce qu'ils m'ont fait pour que je me sente mal à ce point ?

— T'arrives à tenir debout ?

Sa voix ne s'est pas adoucie, mais cette fois, il parle dans ma langue, malgré un fort accent espagnol. Je hoche la tête négativement. Je peux à peine tenir sur mes jambes tellement elles tremblent.

L'inconnu face à moi pousse un profond soupir, me faisant clairement sentir son agacement.

---

1. « T'attends une invitation ou quoi ? »

Puis, sans que je le voie venir, il glisse un bras derrière mon dos pour me soutenir.

— *¿Poniendo un pie delante del otro, sabes cómo hacerlo? ¿O voy a tener que cargarte como un maldito saco de papas*[1]*?*

Le fait qu'il me parle dans une langue étrangère me fait froncer les sourcils. Sa voix est dure et mon état m'empêche de répliquer. Bon sang, mais où je suis ? Est-ce que je suis toujours dans mon pays ? Ou est-ce qu'on m'a emmenée ailleurs ?

Je détourne le regard de son visage cagoulé et observe autour de moi. Il y a la voiture garée à quelques pas. À gauche, le chemin d'où on vient et autour de nous, des arbres à perte de vue. Je me tiens face à une immense demeure blanche, tellement haute que je dois lever la tête pour en voir le toit. Le blanc est tellement éclatant qu'il me ferait mal aux yeux si le soleil n'était pas caché derrière les nuages gris.

L'homme me coupe dans mes pensées lorsqu'il me conduit sans ménagement vers l'immense manoir. Son bras toujours dans mon dos pour m'aider à avancer, nous montons quelques marches jusqu'au perron, et il ouvre la gigantesque porte d'entrée.

— Tu comptes répondre, un jour ? siffle-t-il.

Je frissonne, paniquée. Je ne peux pas parler. Ma mâchoire est trop douloureuse, il m'est impossible de l'ouvrir. Alors je reste terrée dans le silence.

Nous arrivons à l'intérieur. Je n'arrive pas à distinguer s'il fait froid ou chaud, parce que j'ai

---

1. « Poser un pied devant l'autre, tu sais faire ? Ou je vais devoir te porter comme un putain de sac à patates ? »

l'impression de ne plus rien sentir. Mes terminaisons nerveuses sont HS. J'essaie malgré tout d'examiner ce qui se trouve autour de moi : c'est un hall d'entrée entièrement blanc. Le carrelage que je foule est blanc, les murs sont peints en blanc, et en face se trouve un gigantesque escalier blanc. Tout est grand, tout est haut, tout est *blanc*.

Je sens mes paupières se fermer lentement. Très lentement. Je voudrais rester éveillée, mais je n'arrive pas à me contrôler. Tout redevient noir, contrastant parfaitement avec la clarté du palais autour de moi. La seule chose que je discerne avant de sombrer, c'est l'homme à côté de moi qui pousse une injure en espagnol en me regardant m'évanouir.

Je me réveille après ce qui me paraît être une éternité, pourtant je vois en ouvrant les yeux que je suis toujours avec l'inconnu. Cette fois-ci, il me porte carrément dans ses bras.

Je me sens extrêmement mal. Les mêmes questions tournent en boucle dans ma tête. Malgré tout, j'ai toujours l'impression que mon cerveau marche lentement, ce qui doit sûrement être l'effet du produit qu'ils m'ont fait respirer pour que je perde connaissance.

— *¿Tomaste una siestecita,* Ophelia[1]*?*

Il connaît mon prénom ?

Je l'entends glousser devant mon air incrédule, mais ce son me paraît très lointain. Je ne me sens vraiment pas bien.

1. « T'as fait une petite sieste, Ophelia ? »

Quand je baisse les yeux, je remarque que le carrelage blanc est tellement propre que je peux y voir mon reflet. Nous arrivons devant une porte – toujours blanche – et l'homme cagoulé me dépose sans une once de délicatesse sur le sol tout en me maintenant contre lui d'un bras. Il frappe à la porte, et elle s'ouvre une seconde plus tard. Il me pousse à avancer. Heureusement, il me semble que j'ai réussi à retrouver ma mobilité puisque j'arrive à marcher. Ma tête tourne un peu, mais c'est toujours ça.

J'entre alors dans une grande pièce où un énorme bureau trône au centre. Au-dessus, il y a des tas de papiers, ainsi qu'un vase blanc dans lequel est déposée une seule rose rouge. Sa couleur vive contraste avec le blanc immaculé de chaque meuble. Assise derrière le grand bureau, une silhouette me toise attentivement. Je jette un coup d'œil à son visage, mais un regard seulement suffit pour le reconnaître et je reste alors immobile.

Bon sang...

Je déglutis péniblement tout en analysant chacun de ses faits et gestes. Il se lève en appuyant ses deux paumes sur son bureau, et me gratifie d'un demi-sourire que je ne lui rends pas.

Il a les mêmes yeux et la même couleur de cheveux que moi. Ou plutôt, j'ai les mêmes yeux et les mêmes cheveux que lui. Il ouvre la bouche et je sais que je m'apprête à entendre sa voix pour la première fois, alors mon ventre se noue et je retiens ma respiration.

— Bonjour, Ophelia.

Il a la voix grave, comme je me l'étais imaginée plus jeune. Une voix d'homme mature qui me rappelle que je n'en ai jamais connu un seul dans ma vie.

— Snake, tu peux nous laisser. Je vous appellerai quand le moment sera venu.

La seconde d'après, j'entends une porte se refermer dans mon dos. Ce qui veut dire que je suis toute seule. Toute seule avec mon... mon géniteur.

Quand j'étudie un peu mieux la pièce, je remarque que non, nous ne sommes pas seuls. Deux gardes sont postés de chaque côté de la sortie.

Bon sang, où suis-je ?

Je reste immobile, sentant l'angoisse monter, alors l'homme en face de moi reprend :

— Je suis Almanz...

— Je sais qui vous êtes, l'interromps-je en haussant la voix.

Ma bouche est pâteuse. Mon ventre est noué. Je suis apeurée. Pourtant, je n'arrive pas à cacher ma colère face à son comportement, mon enlèvement, ma présence non désirée ici, et toutes les autres choses que je ne peux pas expliquer. Cette réplique est sortie presque instantanément, sans que je réfléchisse et puisse la contrôler.

Almanzo, mon père, l'homme qui se tient face à moi – mais derrière son bureau pour instaurer une certaine distance –, me détaille de la tête aux pieds. Je n'arrive pas à déterminer ce qu'il ressent, parce que ses yeux ne reflètent tout simplement aucune émotion. Je ne sais pas s'il le fait exprès ou si c'est sa manière d'être. De toute façon, comment pourrais-je le savoir ? Il ne m'a jamais laissé la possibilité de le connaître.

J'avais deux ans quand ma mère a accouché de ma petite sœur, Stella. Elle y a laissé la vie. Avec Stella, nous avons la même mère et le même père. Ce qui veut dire que maman voyait toujours mon géniteur lorsque j'étais enfant, mais je n'ai aucun souvenir avec lui. Soit je ne l'ai bel et bien jamais vu, soit je ne m'en souviens pas.

Après la naissance de ma sœur, nous étions toutes les deux seules. Elle n'était qu'un bébé et moi une petite fille de presque trois ans. Nous avons été placées dans le même foyer, et depuis, il n'y a que nous deux. Stella et moi, sans personne d'autre.

Je me reconnecte à la réalité, me rendant compte que je me trouve réellement face à la personne que je souhaitais tellement rencontrer… avant.

Je m'apprête à lui demander la raison de ma présence ici lorsqu'il brise le silence :

— Sais-tu pourquoi tu es là ?

Je secoue la tête. Je m'interdis de lui parler de nouveau. Il ne mérite même pas d'entendre le son de ma voix.

Il se déplace enfin et je le regarde se diriger vers une chaise collée à un mur. Il l'apporte devant son bureau et fait un signe de la main pour m'inviter à y prendre place. Puis il retourne s'asseoir et attend. Je ne bouge pas.

— Nous allons un peu discuter, tous les deux. Tu es sûre que tu veux rester debout ? Après ce que tu as respiré, il serait préférable que tu t'assoies.

Je reste droite, muette, et je lui lance un regard assassin. Il faut qu'il comprenne que, même si une partie de moi est contente de le voir enfin, je lui en veux que cela ne se soit pas fait plus tôt et dans d'autres circonstances.

— Je veux d'abord que tu comprennes qu'ici tu n'es pas en danger, débute-t-il en essayant de paraître le plus convaincant possible.

Je ne sais pas ce qu'il a bu avant de me laisser entrer dans son bureau mais il se trompe. Il passe une main sur son visage, puis s'appuie sur le dossier de sa chaise et me fixe intensément.

— Personne ici ne te veut du mal.

Je ne le crois pas. Ou du moins, ce qu'il me dit ne me fait ni chaud ni froid. Je suis entourée d'hommes armés que je ne connais pas. Je ne me suis jamais sentie autant en danger qu'ici.

— Tu te demandes pourquoi je t'ai amenée chez moi, n'est-ce pas ?

Il lâche un petit rire qui m'horripile.

Alors, c'est chez lui ici ? Je regarde de nouveau autour de moi. Je trouve ça un peu trop... blanc. Mais je ne lui dirai rien.

Il continue de me fixer. Il attend probablement que je parle de nouveau, mais je n'ouvrirai plus ma bouche.

— Bon, cela a assez duré, lance-t-il durement, et je suis sûre que son ton m'aurait presque fait sursauter si mon cerveau n'enregistrait pas les informations aussi lentement. Si je t'ai fait amener ici, c'est uniquement pour ta sécurité, poursuit-il. Je sais que tu ne me connais pas, et je ne te connais pas moi non plus, mais tu es ma fille.

Ce mot sorti de sa bouche si sèchement me fait l'effet d'une gifle, mais je le cache du mieux que je le peux.

— Je me dois de te protéger.

— Me protéger de quoi ? Qu'est-ce qui se passe ?

— Ophelia, tu ne comprends donc pas la situation dans laquelle tu nous as mis, moi et toute l'organisation ?

Il a dit ça comme si j'étais au courant, comme si je faisais l'idiote depuis le début. Le problème, c'est que je ne pige vraiment rien du tout. Qu'est-ce que j'ai bien pu faire pour m'attirer les foudres de mon géniteur et mettre en danger tout son... gang ?

— Je croyais pourtant qu'on t'avait mise au courant.

Je fronce les sourcils.

— Ne t'a-t-on pas dit de ne jamais révéler ton identité aux personnes dont tu ne connais pas les intentions ?

Il me réprimande comme l'aurait fait un père, et c'est loin de me plaire. Mes lèvres tremblent, mais je ne m'autorise pas à pleurer, encore moins face à lui. Je ne suis pas comme ça, je ne suis pas *faible*.

Mais j'écarquille les yeux lorsque je comprends enfin. Tout prend forme dans ma tête. Lentement, certes, mais j'arrive quand même à relier les informations. Les pièces du puzzle s'assemblent. Et ce que je suis en train de comprendre craint vraiment.

— Walker n'était pas le petit lycéen innocent que tu croyais. Tu es en danger à cause de lui.

— Mais il est mort, lui fais-je remarquer par réflexe.

Je pince mes lèvres. Il faut que je me taise. Mais Chad est mort, il devrait le savoir.

Chad est mort.

Almanzo se lève, un air dur plaqué sur son visage. J'attends, debout face à lui, qu'il m'apprenne d'autres choses que je ne souhaite pas entendre. Mon cœur cogne bruyamment dans ma poitrine.

— Parce que nous l'avons tué.

Sa voix résonne dans la pièce et mon cœur dégringole jusqu'à mes pieds. Mes oreilles sifflent. Je comprends que je ne me tiens pas devant mon père, mais devant l'homme qui a organisé le meurtre de mon ex-petit copain. Le seul que je n'ai jamais eu et celui en qui j'avais le plus confiance. Des larmes de haine perlent dans mes cils, mais je fais de mon mieux pour ne pas les laisser couler. Des milliers d'insultes fusent dans ma tête. J'aimerais avoir la force de lui sauter dessus pour lui arracher les cheveux, les yeux, tout ce qui me fait penser à moi quand je le regarde. Mais je doute que les gardes postés de chaque côté de l'entrée de son bureau me laissent faire en admirant le spectacle.

— Chad Walker t'a dénoncée au clan ennemi. Ce n'est qu'une question de temps avant que tout le monde apprenne que j'ai une fille, et que c'est toi.

Il crache ce dernier mot comme si c'était une insulte. C'est lui qui est énervé contre moi, maintenant ? C'est le monde à l'envers.

— Heureusement, ton copain n'a pas eu le temps de révéler d'autres informations. Comme l'identité de ta petite sœur, Stella. Mais pour éviter tout risque supplémentaire, j'ai envoyé quelques-uns de mes hommes qui la surveilleront de loin.

Je suis soulagée. Au moins, elle est épargnée. Pour le moment, ma bêtise ne l'atteint pas. Mais moi, je vais devenir quoi, moi ?

Almanzo se lève et s'approche de moi avec assurance.

Je recule de quelques pas en lui lançant un regard d'avertissement. Il n'a pas à s'approcher de moi. Je ne veux pas de lui.

Il s'arrête à un mètre, je me rends alors compte qu'il est vraiment grand. Je ne sais pas si c'est le fait de savoir qu'il a déjà organisé un meurtre, mais je le trouve impressionnant et dangereux. Qu'est-ce que ma mère a bien pu lui trouver ?

— Je ne peux pas te garder ici, avec moi. Je dois réparer tes erreurs.

Encore une fois, il crache ce dernier mot comme s'il me prenait pour une moins-que-rien. Mon sang bout dans mes veines.

— J'ai assigné quelques-uns de mes hommes à ta protection. Cinq, pour être plus précis. Tu iras vivre chez l'un d'eux le temps que la situation se calme.

« Le temps que la situation se calme », je sais exactement ce que cela veut dire. Maintenant qu'on connaît mon identité, Almanzo ne cherche pas à me protéger, mais à se sauver, lui. Si je disparais de la circulation, plus personne ne pourra m'utiliser contre lui et Almanzo ne sera plus vulnérable. Il sera de nouveau en sécurité, vivra sa vie tranquillement. Mais moi…

— Est-ce que tu as des questions ? me demande-t-il de sa voix rauque, sans une once d'empathie.

Je voudrais lui en poser des centaines : qui sont ces hommes ? Combien de temps tout ce cirque va-t-il durer ? Est-ce que je vais pouvoir voir ma sœur ? Je ne lui réponds que par mon silence, et il comprend bien vite que je ne parlerai plus.

— Dans ce cas...

Il tourne la tête vers un de ses gardes et lui demande « d'aller les chercher ».

Chercher qui ?

La porte s'ouvre puis se referme quand l'homme sort de la pièce, et j'attends là, dans le silence, en face de mon géniteur qui se rassoit calmement derrière son bureau.

— Tu verras, tu vas être très bien accueillie.

Je ne sais pas pourquoi, mais j'ai un mauvais pressentiment. Ses mots sonnent faux.

Au bout de quelques minutes – mais qui me semblent interminables –, la porte s'ouvre une troisième fois et j'entends des pas dans mon dos. Je suis toujours debout en plein milieu de la pièce, luttant contre une force invisible me poussant à raser les murs. L'ambiance de la pièce devient plus lourde. Mon ventre se serre. Je suis prise d'un affolement sans nom, et c'est bien la première fois que je ressens un sentiment aussi fort que celui-ci.

— Mes fistons, entrez, entrez, invite mon géniteur en leur faisant signe d'avancer.

Je n'ose même pas regarder derrière moi. Les battements de mon cœur s'affolent violemment.

Ils s'avancent tous, j'entends leurs pas. Ils me dépassent, un bras me frôle l'épaule et je frissonne. Je me mords l'intérieur de la joue afin de ravaler mes angoisses, mais j'ai l'impression qu'à tout moment, je peux flancher. Ils s'éparpillent dans la salle comme si le lieu leur appartenait. À présent qu'ils sont devant moi, j'ai tout le loisir de les analyser méticuleusement.

Le premier sur lequel mon regard tombe est grand, ça ne fait pas de doute. Il est habillé tout en noir, de ses grosses Rangers à son tee-shirt qui dévoile ses bras nus. Sa peau est claire, presque transparente. Je suis sûre que si je m'approchais, je verrais ses veines bleutées de son cou à ses poignets. Je me concentre ensuite sur son visage, et je le trouve jeune, bien qu'un peu plus vieux que moi. Je ne comprends pas pourquoi sa beauté me fait frissonner. Ses cheveux sont blonds, mais un blond polaire, presque gris. Il s'appuie nonchalamment contre l'un des murs et fixe mon géniteur, les bras croisés. Son attitude me file des frissons désagréables.

Mon cerveau m'envoie des centaines de signaux. M'intime de rester prudente. Sur mes gardes.

À côté de lui, le deuxième fait exactement la même taille et leurs traits sont similaires. Peut-être sont-ils frères ? Des jumeaux ? Toutefois, celui-là est beaucoup plus bronzé et il n'est pas blond, ses cheveux sont d'un noir profond.

Le troisième homme se tient à l'opposé, tout au fond de la pièce. Il observe quelque chose par la grande fenêtre qui donne sur la forêt. Même s'il est assez loin de moi, je devine que c'est le plus jeune d'entre eux. Ses traits sont plus doux, ses cheveux roux m'inspirent confiance et les taches de rousseur que je repère sans trop de peine tant elles sont voyantes me rassurent. Il n'a pas l'air méchant, lui. Pourquoi est-il ici, entouré de personnes à l'aura dévastatrice ?

Le quatrième s'est assis sur la chaise qui m'était destinée, mais il est tellement avachi que je discerne tout de même son visage. Je reconnais ces pupilles à la lueur malicieuse. C'est l'homme qui m'a emmenée ici. Cette fois, il n'a pas de cagoule. Et comme ses yeux le reflétaient si bien, il est jeune, lui aussi. En tout cas, il doit être plus âgé que moi de quelques années tout au plus, comme les trois autres. Ses cheveux sont bruns, du moins, ses racines. Parce que ses pointes sont colorées d'un vert puissant qui attire directement le regard. Cette couleur est bizarre, pourtant, elle lui va bien. J'ai presque l'impression qu'elle lui correspond.

Je lève la tête et cherche le cinquième.

Le cinquième… le cinquième… Il n'y a pas de cinquième. Mon géniteur n'avait pas parlé de cinq hommes ?

Justement, Almanzo se gratte la gorge.

— Ophelia, ma fille, je te présente les hommes qui assureront ta sécurité pour les jours à venir, déclare-t-il d'une voix forte.

Il tourne sa tête vers le premier mec que j'ai vu, appuyé contre le mur. Celui aux cheveux d'un blond polaire, presque gris.

— Voici Dove.

La Colombe.

— Juste à côté, Raven.

Le Corbeau. L'homme aux cheveux noir de jais.

Almanzo se tourne vers le troisième, tout au fond du bureau. Celui aux cheveux roux.

— Fox.

Le Renard.

— Et Snake, que tu as déjà rencontré, termine-t-il en me montrant celui assis sur la chaise, l'homme aux cheveux verts.

Le Serpent.

Je me répète, mais ne manque-t-il pas quelqu'un à l'appel ?

Je sens le regard de chacun d'eux peser sur moi. Je ne m'interroge pas sur leurs prénoms, ça doit être des noms de code qu'ils utilisent au sein de leur organisation. En revanche, je voudrais savoir pourquoi je me sens si mal en leur présence.

Ils me fixent, je le vois. Je le sens. Ils me dérangent.

— Snake, où est Tiger ? Interroge Almanzo.

Tiger ?

Le Tigre.

— Il n'a pas pu venir. Il avait du boulot.

— Du boulot ? C'est moi, ici, son boulot. Raven, va me le chercher, ordonne-t-il. Amène-le de force s'il le faut.

— J'ai le droit au Taser ? demande le Corbeau avec légèreté.

Aussitôt, le rouquin – Fox, il me semble – s'esclaffe.

Vraiment, l'ambiance de la pièce me donne le tournis. Qui rigole à ce genre de remarque ? Il était sérieux, ou ce n'était qu'une blague de mauvais goût ?

Mon géniteur ne répond pas, mais vu sa tête, je dirais que ce Raven n'en a pas le droit.

Ce dernier traverse le bureau en silence et sort.

Fox est de nouveau obnubilé par le paysage derrière la fenêtre.

Snake m'observe tandis que Dove me… détaille. Et ce n'est pas de la curiosité. Il explore mon corps, et cela me fait frissonner. M'enveloppe d'une peur indescriptible. C'est dingue.

Et ce sont ces hommes qui vont devoir me protéger ? Mais me protéger de quoi, au juste ?

Parce que s'il y a bien une chose dont je me méfie, c'est d'eux.

Seulement, je ne veux pas parler à mon géniteur. Et encore moins lorsqu'il y a trois personnes aux auras toutes plus puissantes les unes que les autres dans la même pièce. Je ne veux me mêler de rien ni même les contredire en essayant de leur faire comprendre que je veux rentrer chez moi. J'ai compris, dès la seconde où Almanzo a évoqué Chad, que j'étais fichue. J'ai désobéi et cette erreur est grave. Peut-être aussi que je le crois lorsqu'il me dit que je serais plus en sécurité avec ses hommes que seule. Du moins, c'est ce que je me force à accepter.

Je n'ose même pas me rebeller. Tout ce que j'aimerais, c'est devenir une souris pour me cacher dans un trou et disparaître.

Je suis toujours debout, et mes jambes commencent à être de plus en plus douloureuses. Mon corps est crispé de mes orteils jusqu'aux bouts de mes doigts, et m'asseoir à même le carrelage blanc éclatant me démange.

Soudain, la porte derrière moi s'ouvre à la volée. De surprise, je sursaute et me décale sur le côté sans le vouloir. Raven entre en offrant une moue désolée à son patron.

Et alors que je croyais que celui-ci n'avait pas réussi à accomplir sa mission, quelqu'un entre dans la pièce en claquant la porte.

Le cinquième homme.
Tiger.
Le Tigre.
Celui que je devine aussitôt comme le plus dangereux de tous.

Chapitre 2

Le Tigre

Ophelia

Lorsque le cinquième homme entre dans le bureau d'Almanzo, l'espace paraît soudainement se rétrécir. Il se tient debout au milieu de la pièce, là où j'étais il y a quelques secondes. Il regarde droit devant lui, s'adressant directement à mon géniteur. Mon ventre est noué. En le voyant, un sentiment de danger m'oppresse, alors qu'il est assigné à ma protection.

Il est bien plus grand que les autres, sans doute dépasse-t-il le mètre quatre-vingt-dix. Nettement plus imposant, aussi. Sa posture témoigne d'une puissance qui inspire la crainte et le respect. Son dos est droit, ses épaules sont larges et son menton est levé en direction d'Almanzo, comme s'il le défiait silencieusement.

Je détaille en premier ses cheveux brun foncé, puis son profil d'une beauté hors du commun. Tout semble parfait chez lui. Ses épais sourcils, son nez droit, ses lèvres fines, ses yeux dans lesquels une lueur dangereuse promet plus de complications que de sérénité, sa cicatrice… Une marque blanche court du haut de son œil droit jusqu'à sa joue. Elle lui donne un air redoutable qui me fascine. Et ce n'est qu'en approfondissant mon observation que je remarque les quelques gouttelettes de sang sur son visage.

Mon ventre se tord en imaginant toute une série de scénarios effrayants et j'ai une immense envie de partir de cet endroit entièrement blanc. Je me force à paraître calme tandis que mon cœur, lui, bat si violemment dans ma poitrine que j'ai l'impression qu'il va traverser mes côtes et faire exploser ma cage thoracique.

— Tiger, nous t'attendions, déclare mon géniteur sèchement.

Pas de réaction. Le nouveau venu à quelques dizaines de centimètres ne bronche pas. Alors Almanzo se tourne vers moi.

— Ophelia, voici Tiger. Tu vas aller habiter chez lui provisoirement. Le temps que tout s'arrange.

Tiger tourne sa tête dans ma direction et son regard me parcourt de la tête aux pieds. Exactement ce que je viens de lui faire, sauf que j'espère avoir été plus discrète.

Quand ses yeux croisent les miens, il me fixe avec dédain et mépris.

Quoi ? Il n'est visiblement pas ravi de cette nouvelle, mais moi non plus. Je ne l'ai pourtant pas toisé avec condescendance, moi.

Sa façon de m'observer avec animosité me perturbe. Il m'incendie instantanément. Un mètre quatre-vingt-dix de puissance et de danger me fait face, et je n'y avais jamais été confrontée.

— Maintenant, sortez tous de mon bureau. Mes fistons, je compte sur vous pour garder un œil sur ma fille et faire en sorte qu'il ne lui arrive rien. Si j'apprends que quelqu'un l'a touchée...

Almanzo ne termine pas sa phrase, mais la suite est explicite. Comme s'il en avait quelque chose à faire de moi. Je suis sûre qu'il donne cet ordre uniquement pour avoir bonne conscience, ou quelque chose dans le genre. Il n'a pas à se montrer protecteur avec moi. Il ne me connaît pas et ne l'a jamais voulu.

Je vois Dove, l'homme aux cheveux blond polaire, s'écarter du mur et se diriger vers la sortie. Fox, le rouquin, s'arrache à la contemplation du paysage et fait de même. Raven et Snake les suivent en silence.

— Tu tiens à me protéger de quoi, au juste ? demandé-je soudainement, la voix un peu éraillée.

En brisant le silence, j'attire le regard de Tiger. Il m'observe intensément. Je détourne les yeux. Mon sang bourdonne à mes oreilles et menace de me faire exploser le crâne, sans que je sache si c'est à cause de l'attention qu'il me porte ou parce que je m'adresse à un père que je n'ai jamais connu.

— Je t'ai demandé tout à l'heure si tu avais des questions, tu n'as rien dit. Dorénavant, tes réponses, tu les chercheras auprès de Tiger, m'informe sèchement mon géniteur.

Salaud.

Je serre les dents et tourne la tête vers le concerné, mais il est déjà parti. Pourtant, je n'ai rien entendu. Il s'est comme volatilisé. Je soupire et quitte la pièce sans un seul regard en arrière.

Une fois arrivée dans le couloir, je ne sais pas où aller. Je suis censée rester avec mes « protecteurs »... qui ne sont plus là.

Une pensée surgit : pourrais-je m'enfuir ? Pas dit que les gardes postés dans cette longue allée me laissent faire calmement.

Je regarde autour de moi et vois cinq immenses silhouettes s'éloigner. Ils ne m'attendent même pas.

Je tente de les rejoindre en marchant le plus rapidement possible. Ils tournent à droite. J'accélère encore et me retrouve très vite en haut d'un escalier. Sans hésitation, je descends.

Si je ne les rattrape pas, où irai-je ?

Je suis enfermée dans ce labyrinthe et la seule porte de sortie est celle que je prendrai avec eux.

Mes pas me conduisent dans l'immense hall d'entrée blanc, la première pièce que j'ai vue en entrant dans ce manoir. À mon grand soulagement – et je ne sais pas pourquoi je suis soulagée de les retrouver –, ils sont tous les cinq à côté de la porte d'entrée et m'attendent. Ils me regardent tous sans exception dévaler les dernières marches en marbre du porche avant que l'un d'eux ouvre la porte dès que j'arrive à leur hauteur et se glisse à l'extérieur sans un mot.

Il fait nuit maintenant. C'est à ce moment-là que je prends conscience que j'ai été kidnappée – parce qu'il n'y a pas d'autre mot pour le dire – des heures plus tôt. Et ce n'est que maintenant que je me rends compte qu'en plus d'être courbaturée j'ai extrêmement faim.

Devant le manoir, des lumières sur la façade éclairent la place. Deux Hummer noirs sont garés et je vois Raven, l'homme aux cheveux noirs, sortir des clés de sa poche en sifflotant sereinement. Je descends les marches du perron, une brise fraîche fait danser mes cheveux bruns et me donne des frissons. Je tremble de froid et d'angoisse. Mon estomac est noué par la faim. Mais je ne sais même pas si je serais capable de manger.

Je les entends discuter, personne ne se préoccupe de moi.

D'un côté, Raven et Tiger montent dans une première voiture. Je me demande si je dois les suivre. En fait, je ne sais pas quoi faire ; je ne suis même pas certaine d'être à ma place. On ne me dit rien, et je suis trop intimidée pour poser des questions.

— *Cabalga con nosotros,* Ophelia.

Je me tourne et reconnais la voix de Snake qui m'interpelle. Je ne comprends pas ce qu'il dit, mais l'homme aux mèches de cheveux vertes fait un signe de la main en me montrant sa voiture.

Il monte du côté conducteur. Quand j'arrive au niveau du Hummer, j'hésite à faire un pas de plus. Je n'ai pas envie de le suivre, mais où irais-je ? Je ne sais pas où je me trouve, je suis seule, entourée d'hommes armés, et l'élément le plus important de tous : je crains de ne pas avoir le choix.

Ma décision est vite prise : je vais rester docile, leur obéir, et puis… je verrai.

J'ouvre alors la portière arrière et me glisse à l'intérieur. L'habitacle est – pour mon plus grand bonheur – chauffé. J'observe silencieusement Dove monter à l'avant, et Fox à côté de moi. Je suis soulagée… parce que je n'aurais pas supporté d'être proche de la Colombe.

Dove me fait peur.

Non, il me terrorise.

Je ne sais pas comment l'expliquer, mais sa présence est oppressante. Ses yeux sont effrayants.

On dit souvent qu'ils sont le reflet de l'âme. Mais lorsque je croise son regard dans le rétroviseur, je ne lis rien dans le sien.

Il est si différent de Fox. Le rouquin, lui, vérifie que je m'attache et lorsque je me tourne vers lui, il m'offre un sourire.

Un sourire léger, mais ça me suffit pour ne pas être complètement paralysée par la peur d'être enfermée dans une voiture avec trois inconnus. Je me dis qu'il y a au moins une personne ici qui est là pour moi, et non contre moi.

— Tout va bien, Ophelia ? m'interroge Snake en m'observant dans le rétroviseur.

J'acquiesce, même si j'ai une furieuse envie de lui crier que non, que j'aimerais rentrer chez moi, avec ma sœur. Bien sûr, je sais parfaitement que si j'arrivais à exprimer ma pensée, il ne me permettrait pas de partir. Mon géniteur leur a donné des ordres et mon petit doigt me dit qu'ils vont les respecter à la lettre.

— Relax, murmure Dove tout en continuant de fixer la route éclairée par les phares de la voiture. On va bien s'occuper de toi.

Mes bras sont parcourus de frissons et mon cœur se serre. Ce qu'il me dit m'effraie, parce que le sourire narquois qu'il affiche juste après m'indique tout le contraire.

Fox me pince gentiment la main pour attirer mon attention.

— Ne fais pas gaffe à Dove, il aime bien impressionner les gens, mais il ne te fera rien.

Malgré sa voix rassurante, je ne suis pas convaincue. Ses mots ont au moins le mérite de me faire esquisser un petit sourire de gratitude. J'aimerais me jeter dans ses bras, parce qu'il est clairement l'homme en qui j'ai le plus confiance dans cette voiture. Je ne le connais pas, mais son regard noisette et ses paroles apaisantes me réconfortent.

— Ch'uis d'accord, intervient Snake en croquant un bonbon dont l'odeur de réglisse se répand dans l'habitacle. T'es intouchable, maintenant.

Intouchable ? J'en doute.

Je jette un coup d'œil à Dove, mais il n'a pas l'air de s'intéresser à la conversation. Il a toujours le regard rivé sur la route et ne contredit personne. Tant mieux, je ne supporterai pas d'entendre une nouvelle fois le son de sa voix. Elle m'horrifie.

— On va où ?

J'ose m'adresser doucement à Fox et celui-ci m'offre un autre sourire.

— Chez Tiger. Ce n'est pas loin, ne t'inquiète pas.

Je respire déjà un peu mieux, même si la perspective de me retrouver chez le Tigre ne me réjouit pas. Vu comment il m'a assassinée du regard, je me doute que ma présence ne l'enchante pas.

Le trajet est effectivement de courte durée. Fox et Snake discutent. Dove n'a rien ajouté. Nous suivons la voiture de Raven et nous arrêtons devant un nouveau portail. Mais contrairement à celui de mon géniteur, cette fois, ce n'est pas une grille en fer, mais un immense mur d'acier. Il coulisse sur le côté, nous permettant d'entrer, mais comme il fait nuit et qu'il n'y a strictement aucun éclairage, je ne vois rien.

Le gravier sous nos pneus crisse en faisant un bruit terrible.

— C'est pour prévenir une potentielle intrusion, m'indique Fox en me voyant grimacer. Avec ça, c'est sûr que Tiger est alerté par le moindre mouvement autour de sa maison.

Sa maison. J'observe l'immense bâtisse qui s'élève dans l'obscurité, sans parvenir à la discerner en détail. Les voitures s'enfoncent dans ce qui me semble être un sous-sol, deux immenses portes de garages s'ouvrent à leur approche. Dès que nous nous introduisons à l'intérieur, toutes les lumières s'allument. Je mets un long moment avant de me faire à cette forte luminosité.

Snake se gare et éteint le moteur. Aussitôt, Dove et Fox sautent hors de l'habitacle. Quand je les imite enfin, je découvre les lieux. Et j'hallucine.

Le garage est immense.

Sérieusement, ce n'est même pas un garage, c'est carrément un entrepôt. Le sol est en béton lisse, et les murs sont tous noirs, sans exception. Le Hummer de Raven et Tiger est garé à côté de celui de Snake, mais des dizaines d'autres véhicules sont alignés sur toute la longueur.

Des Ferrari, des Lamborghini, des Porsche. Des voitures de luxe jaunes, bleues, rouges, noires qui s'étendent sur des dizaines de mètres. Je ne sais même plus où regarder.

Puis je sens un bras se poser sur mes épaules. Je sursaute, surprise, mais Snake ne me lâche pas, ignorant mon tressaillement.

— C'est par là que ça se passe, glousse-t-il, son accent espagnol s'entendant encore plus lorsqu'il rigole.

Puis il ajoute :

— *Creo que le gusta tu colección de autos*[1].

Je comprends vite à qui il s'adresse, et je grimace.

Dove, Fox et Raven partent en direction d'une porte métallique au fond du garage sans se préoccuper de nous. Tiger, lui, se tourne vers moi dès que Snake a fini sa phrase. En voyant le bras de celui-ci posé sur mes épaules, il fronce les sourcils. Il ouvre la bouche, mais finalement ne dit rien.

— Tu verras, le reste de la maison est encore plus impressionnant, ajoute Snake en me libérant enfin.

Je les suis. Quand j'arrive à leur hauteur, je remarque que nous sommes entrés dans un ascenseur assez grand pour nous accueillir tous en même temps. J'écarquille les yeux. Je n'avais jamais vu ça dans une maison. C'est dingue. Ça me fait oublier, un court instant, où je suis et avec qui je me trouve.

Les touches bleues de l'ascenseur clignotent lorsque quelqu'un appuie sur le 0. En quelques secondes, les portes s'ouvrent de nouveau, m'empêchant de paniquer ainsi encerclée par cinq mafieux. Je suis malgré tout la première à sortir de la cage de métal pour m'éloigner le plus rapidement d'eux. Ce que je vois ensuite me coupe le souffle. Snake s'est trompé quand il m'a parlé d'une maison, parce que ça n'en

1. « Je crois qu'elle aime bien ta collection de voitures. »

est pas une. Je crois plutôt qu'il voulait parler d'un hôtel.

C'est démesuré. À gauche, il y a la porte d'entrée qui fait bien plusieurs mètres de haut. Et en face de celle-ci, deux escaliers de marbre noir se rejoignent et conduisent visiblement à l'étage. Je lève la tête et vois à travers la balustrade des dizaines de portes. Au centre, un lustre de cristal surplombe la pièce. Le carrelage au sol est luisant, mais sombre. Les murs sont gris foncé ou noirs, des tableaux en noir et blanc les habillent. L'un d'eux attire mon attention : une rose peinte en un rouge puissant, la seule touche de couleur. De grandes fenêtres – qui font peut-être plus de cinq mètres – percent les murs de chaque côté et doivent rendre l'espace lumineux en plein jour. Ce doit être comme si on était dehors, mais en étant dedans.

Sous les escaliers, il y a des arches gigantesques donnant sur une seule et même pièce. Ça a l'air d'être une salle à manger, puisque j'aperçois une table, massive elle aussi.

C'est tellement vaste que la voix derrière moi résonne :

— C'est bon, elle a fini de reluquer l'entrée ? On peut passer ?

Je sursaute et me décale bien vite pour les laisser sortir.

Mais cette maison – pardon, cet hôtel – est tout simplement incroyable.

Dove et Tiger traversent l'immense entrée. Tout le monde les imite, et quand j'arrive à l'autre extrémité du hall, j'ai l'impression d'avoir fait des kilomètres. Tiger fait coulisser une grande porte noire donnant sur une cuisine. Quelqu'un allume la lumière et la pièce est aussitôt éclairée de tous les côtés.

Snake se jette sur le frigo, suivi de près par Raven et Fox. Dove récupère une pomme dans un bol posé au centre de l'îlot en marbre noir, et Tiger s'enfuit sans un mot. Je me demande bien où il va, mais en réalité, je suis trop obsédée par le lieu que je ne peux m'empêcher de regarder chaque recoin et de complètement oublier la présence des hommes qui me paraissaient dangereux il y a quelques heures.

Je veux dire, ils le sont toujours autant, mais Fox et Snake m'ont déjà l'air plus amicaux.

Mon ventre gargouille, alors je cesse de m'interroger sur la raison d'un tel luxe et m'avance dans cette cuisine immense, au nombre incalculable de placards foncés et luisants. Tiger doit être riche. C'est tout. Je ne sais pas pourquoi… et je n'ai pas envie de le savoir.

Fox pose une main rassurante sur mon épaule.

— Sers-toi, c'est Tiger qui régale.

J'entends Raven glousser alors qu'il s'est assis sur l'un des sièges de l'îlot central pour manger tranquillement un yaourt.

— Tu veux quoi ? Il y a des sandwichs, des légumes, des lasagnes et des… des briques de lait, énumère Snake, le nez toujours dans le frigo américain qui fait peut-être trois fois la taille d'un appareil normal.

J'hésite, mais mon ventre qui gargouille une nouvelle fois insiste lourdement pour que je me décide.

— Je veux bien un sandwich.

Il m'envoie aussitôt un emballage que je rattrape à la volée. Quand je me tourne pour aller m'asseoir, je rencontre deux yeux de feu qui m'observent tout au bout de la pièce. Tapi dans l'ombre, il épie mes moindres faits et gestes.

Je déglutis.

D'un, je ne me sens pas du tout la bienvenue chez lui. Et de deux, je crois qu'il n'est pas d'accord pour que je touche à sa nourriture. Mais j'ai vraiment très faim, alors je prends place à côté de Raven sans me préoccuper du regard insistant de Tiger et je commence à manger. Dès les premières bouchées, mon corps me remercie.

Je suis rapidement interrompue par une ombre imposante qui se dresse devant moi. Je lève la tête, et Tiger, avec ses yeux de flammes, me fixe de façon peu aimable. Je pense d'abord qu'il va me virer ou m'arracher des mains ce pauvre sandwich, mais il me demande seulement, d'un ton rauque et posé :

— Ta chambre, tu veux la voir ?

C'est la première fois que j'entends sa voix. Elle est puissante et autoritaire. Le fait-il exprès pour m'impressionner ? Ou c'est son intonation habituelle ?

Tiger continue de m'observer et je prends conscience qu'il attend probablement une réponse. En revanche, je ne sais pas si c'est une vraie question. Il n'appréciera sûrement pas mon refus. Et puis, je ne pensais même pas avoir droit à une chambre. Avec le regard empli de haine qu'il me lance depuis le début, je croyais qu'il allait me faire dormir sur son canapé ou, pire, dehors.

— Laisse-la finir de manger au moins, lui lance Raven avec assurance.

Tiger lui jette un regard noir, le genre qui dit : « Ne t'en mêle pas. » Je me lève, laisse mon sandwich sur l'îlot – en espérant le revoir bientôt – et suis Tiger qui est déjà en train de sortir de la cuisine.

Nous repassons par le hall qui me fascine toujours autant, puis nous montons l'un des deux escaliers en marbre noir qui conduisent à l'étage. Je reste derrière Tiger, silencieuse. Je ne suis pas en confiance, seule avec lui, mais je me dis que tout le monde paraît de plus en plus gentil avec moi, alors pourquoi pas lui ?

Après tout, ils sont responsables de ma sécurité. Pas de quoi s'inquiéter.

Arrivé sur le palier, il tourne à droite et ouvre une des portes. Il doit y en avoir plus d'une dizaine, c'est incroyable. Je me demande pourquoi il a besoin d'autant d'espace alors qu'il est seul. Ou peut-être pas. Je n'en sais strictement rien.

Il entre en premier et allume la lumière.

— Voilà, lâche-t-il simplement.

Je découvre la pièce lorsqu'il s'écarte pour me laisser passer. Le mur à ma droite est complètement vitré. Les trois autres sont d'un gris très foncé, mais qui s'éclaircissent grâce aux spots au plafond. Le lit est en face de la porte. Les draps sont noirs, mais je suis surprise de voir que les dizaines de coussins posés dessus sont de couleur or. Je ne me sens pas très à l'aise dans ce qui va être ma chambre pour un temps indéfini, mais je suis de nouveau absorbée par le luxe du lieu.

Je n'avais jamais vu ça.

Tiger se déplace avec aisance en faisant la visite. Il désigne une porte.

— Salle de bains et dressing. Tes affaires sont déjà dedans.

Pas aimable pour un sou.

Mais attendez...

Quoi ?

Mes affaires ?

Ne me dites pas que...

Ils ont fouillé dans ma chambre.

Une boule de chaleur naît dans mon ventre. J'ai envie de hurler de rage. De quel droit ils se sont permis ?!

Je me jette sur la porte – en donnant malencontreusement au passage un coup d'épaule à Tiger, ce que je regrette aussitôt – et la secoue de toutes mes forces. Cette saleté ne veut pas s'ouvrir !

— Il faut la faire coulisser, murmure le Tigre derrière moi, comme si j'étais la dernière des débiles.

Je rougis, mais ma colère prend le dessus. Je souffle, énervée, et fais coulisser la porte. Je tombe sur la salle de bains, mais je ne prends même pas la peine de la regarder. Tout ce que je vois, c'est, juste en face de moi, le dressing. Je fonce dedans. Comme je le craignais, j'y retrouve deux valises remplies de vêtements, chaussures, sous-vêtements, vestes... littéralement tous les habits que je possède.

Je rêve.

S'il y a bien une chose que je déteste, c'est qu'on ne respecte pas mon intimité. Ce qui est à moi est à moi, personne ne touche à mes affaires. Je referme les valises d'un geste furibond. Quand je reviens dans la chambre, il n'y a plus personne. Tiger s'est encore volatilisé.

Je prends quelques minutes pour détailler la pièce autour de moi, sa beauté dévastatrice. Parce que le luxe de cette chambre ne cache pas ce qu'elle est réellement : une prison. Petit à petit, je reprends mes esprits, je respire de nouveau convenablement et me détends. Il faut que je relativise. Ma situation n'est pas si terrible que ça, si ?

Et puis, mon ventre grogne toujours, signe que les quelques bouchées du sandwich que j'ai avalées tout à l'heure n'ont pas suffi. Je sors alors de la pièce sans même éteindre la lumière derrière moi, et je file retrouver mon en-cas. J'ai encore horriblement faim. Je me remémore le trajet de la chambre à la cuisine. Palier/escalier de gauche/hall d'entrée/tourner à gauche/cuisine.

La maison est silencieuse et je suis surprise de retrouver la pièce vide lorsque j'arrive à destination. Il n'y a plus personne nulle part.

Où sont-ils tous passés ?

Les lumières sont toujours allumées et je repère mon sandwich laissé à l'abandon sur l'îlot central. Je le récupère en vitesse, juste au cas où lui aussi décide de se volatiliser.

— Fox ? appelé-je d'une voix peu assurée.

Silence total.

Les battements de mon cœur s'accélèrent. Je fronce les sourcils et rebrousse chemin dans le hall. Je ne sais pas si j'ai le droit d'aller dans les autres pièces, ni si j'en ai envie. Me perdre dans cette immense maison est de loin le dernier de mes vœux. Je décide quand même de m'aventurer dans la salle à manger que j'ai aperçue en arrivant. Peut-être sont-ils tous là-bas ?

Mais avant de pouvoir juger quoi que ce soit, les portes en métal s'ouvrent, brisant le silence qui s'était installé. Je sursaute, mon cœur cogne violemment dans ma poitrine.

Tiger sort de l'ascenseur, seul.

Bon, je suis contente de revoir l'un d'entre eux, même si j'aurais préféré que ce soit Fox, ou Snake.

Quand il me remarque à quelques mètres de lui, il fronce les sourcils.

— Qu'est-ce que tu fous là, Ophélie ? lance-t-il sèchement.

Je recule, ne me sentant plus du tout en sécurité.

Je pince les lèvres lorsqu'il s'approche de moi sans me quitter des yeux, pensant qu'il va s'arrêter à ma hauteur. Mais il me dépasse en détournant le regard, m'ignorant totalement.

Sa voix rauque et sa carrure impressionnante me font quelque chose. Il a les yeux de la couleur des flammes, et une présence brûlante qui réchauffe. Et me rassure un peu, finalement. Je n'aurais pas aimé rester toute seule dans ce palace sombre et inconnu.

La seule chose qui me déplaît chez lui, c'est son air arrogant. Chaque fois qu'il me parle, il me prend de haut. Il me considère comme une idiote de première catégorie. Et je déteste qu'on me traite comme si j'étais une moins-que-rien.

Tiger me tourne le dos.

— Ophelia, le corrigé-je.

Ma voix se brise légèrement, mais je ne sais pas s'il le remarque.

— Mon prénom, c'est Ophelia. Pas Ophélie. S'il veut me parler, il n'a qu'à commencer par m'appeler par le bon prénom.

Tiger se retourne, surpris que je lui adresse la parole. Il me détaille des pieds à la tête, s'arrêtant au niveau de mes yeux. Nos regards se rencontrent, et même s'il est à quelques mètres de moi, je ressens une légère brûlure.

Il y a quelque chose chez lui qui m'ordonne de le respecter. Et pourtant, son air arrogant m'invite à riposter. À lui faire comprendre que le respect va dans les deux sens. Il doit sans doute me considérer comme un *travail*, mais ça n'excuse pas son attitude.

— Peu importe, lâche-t-il.

Je me crispe. Il n'en a rien à faire de moi.

Je devrais être rassurée, pourtant, ça ne me met pas plus en confiance.

Avant qu'il reparte, j'ouvre la bouche et demande, avec beaucoup plus d'assurance que tout à l'heure :

— Où sont passés les autres ?

D'abord, je pense qu'il va encore m'ignorer et me tourner le dos. Mais finalement, j'entends :

— Rentrés chez eux.

Chez eux ? Je ne savais même pas qu'ils avaient chacun leur maison. Je croyais qu'ils vivaient tous ensemble, la maison est tellement grande...

Maintenant que je comprends qu'il ne reste plus que lui et moi, des frissons parcourent ma nuque.

D'ailleurs, celui-ci, lassé par notre échange, est en train de grimper les escaliers.

Il me laisse toute seule ?

La panique me gagne. Je jette un coup d'œil autour de moi, je ne connais rien. Tout est immense et je suis seule. Stella n'est pas là. Mon estomac se noue.

— Tiger ?

Je monte les quelques marches de l'escalier qui me séparent de lui pour le rattraper. Il s'arrête en m'entendant dans son dos, tourne la tête et m'observe le rejoindre en fronçant les sourcils.

— Quoi, encore, Ophélie ?

Je ne relève même pas le fait qu'il s'est encore trompé de prénom. À vrai dire, ça ne compte plus maintenant.

— Qu'est-ce qui va se passer, maintenant ?

J'aimerais avoir l'air plus sûre de moi, mais je suis perdue et préfère laisser ma fierté de côté.

Un rictus mauvais naît sur ses lèvres et me fait frissonner.

— Tu vas rester ici. Tu ne l'as toujours pas compris ?

Je grimace.

— Si, bien sûr. Mais après ? Je voudrais juste savoir ce que je dois faire. Je ne connais rien ici.

J'ai l'air complètement larguée, pour changer. Je le supplie de me parler, parce que je suis perdue. Vraiment. Combien de temps vais-je être enfermée ici ? Est-ce que je vais devoir rester seule ? Qu'est-ce qui va se passer demain ? Est-ce que je vais pouvoir revoir Stella ?

Tiger ne prend pas la peine de me répondre. Il me tourne le dos et grimpe avec agilité les dernières marches qui le séparent de l'étage. Puis il disparaît dans le couloir de l'aile gauche.

Je reste alors debout, en plein milieu de l'escalier. Ne sachant pas quoi faire. Mon sandwich à la main.

Bon sang, il a raison de me parler sur ce ton, je dois vraiment avoir l'air d'une conne.

Qu'est-ce que je fais, maintenant ?

Chapitre 3

Prison dorée

Ophelia

Je n'ai pas dormi.

Du moins, je ne me suis pas rendu compte d'avoir fermé les yeux, ni de les avoir ouverts.

Les draps n'avaient pas la même odeur. La chambre sentait l'inconnu, le danger et la solitude. Je n'ai plus de téléphone pour prévenir Stella, qui doit s'inquiéter de ne pas me voir rentrer au foyer.

Toute la nuit, j'ai repensé à chacune des questions que je me suis posées la veille, demeurée sans réponse. Personne n'a pris cette peine.

Le visage de Chad m'a hantée tandis que j'essayais en vain de fermer l'œil, comme si son image avait été gravée sous mes paupières. Je revois son expression quand je l'ai quitté, sans savoir que c'était la dernière fois que je le voyais. Et je voue une haine incontrôlable à mon géniteur. Le « grand méchant loup » que je n'avais pas le droit de connaître. J'aurais préféré ne jamais le voir plutôt que de le rencontrer dans de telles circonstances.

Chad est mort par ma faute, parce que si je ne lui avais rien dit sur moi, il serait encore en vie. Je suis une meurtrière, je tiens apparemment ça de mon père.

Sur la table de chevet, le réveil indique qu'il est 6 heures. Puisque je n'ai pas trouvé comment fermer les volets électriques, les immenses baies vitrées laissent entrer le jour. Le soleil n'est pas encore levé mais il ne fait plus totalement nuit. Ce matin, je vais pouvoir mieux explorer cette maison grâce à la lumière naturelle. C'est la seule chose dont je peux me réjouir.

Je me lève – je n'espère plus trouver le sommeil – et je vais dans la salle de bains.

Luxueuse.

Noire.

Sombre.

Je crois que toute la maison est à l'image de Tiger. L'obscurité personnifiée, même en plein jour.

J'enfile un sweat sur le pyjama que j'ai sorti de mes valises hier soir. Contrairement à ce que je m'étais dit la veille, une part de moi est contente qu'ils aient pris mes affaires. Elles sentent encore la maison.

6 h 10.

Je sors de la chambre. Sous mes chaussettes, le carrelage sombre est glacial. Encore un élément qui s'accorde parfaitement au Tigre. Il est froid, distant et complexe. Je ne sais pas si j'aimerais le connaître ou, au contraire, en savoir le moins possible.

Fox, Snake et Raven sont les seuls qui me semblent un minimum amical. Je voudrais en savoir plus sur eux.

Mais pas Dove. Hors de question. Ce mec me fait flipper. Il ressemble au psychopathe type des films d'horreur.

Je descends les escaliers, toujours complètement déboussolée. La lumière du jour a envahi le hall. Mon sentiment se confirme : l'immensité des baies vitrées donne l'impression d'être en extérieur. Dehors, une pelouse parfaitement tondue, puis des arbres qui m'empêchent de voir plus loin. Je pense que c'est comme chez mon géniteur : une forêt doit entourer le domaine.

La maison est tellement silencieuse que mon souffle résonne dans ce royaume vide et luxueux. Royaume froid et sans vie.

Je me dirige vers la cuisine. Je crois qu'inconsciemment ça me paraît normal, comme si j'étais chez moi. Comme si ce n'était pas la première fois que je dormais dans ce manoir. Comme si ça ne m'était pas inconnu. *Comme si je n'étais pas dans la maison d'un meurtrier.*

C'est bête, j'en ai conscience. Certes, ma sœur me manque et cette situation me terrifie. Mais mon cerveau, lui, s'adapte vite.

J'entre dans la cuisine, les gigantesques fenêtres donnent sur une terrasse en bois, humide à cause de la pluie qui est tombée cette nuit. Autour, des arbres à perte de vue. J'aime ce décor, bien qu'il soit froid. La verdure des arbres ne suffit pas à rendre ce lieu plus chaleureux. Je prends donc l'initiative de chercher une tasse dans les millions de placards afin de me faire un chocolat chaud, ou quelque chose qui réchaufferait cette atmosphère glacée.

Soudain, un bruit attire mon attention. Des rires, des discussions qui me parviennent de loin. Je tends l'oreille pour comprendre d'où elles proviennent et à qui appartiennent ces voix. Seulement, je n'en reconnais aucune.

Évidemment, Ophelia. Les seules que tu reconnaîtrais seraient celle de ta sœur, de ton géniteur à la limite. Et peut-être celle de Tiger, rauque et distante. Grave, un peu cassée quand il parle assez longtemps.

Mes jambes me rapprochent de l'origine du bruit. Les discussions m'ont l'air de provenir d'à côté. Il y a une petite porte noire dans un coin de la cuisine. En tout cas, dans ce royaume surdimensionné, elle est moins grande que les autres. Je l'ouvre délicatement.

Et j'écarquille les yeux devant l'immensité de la pièce. C'est un salon, évidemment noir du carrelage au plafond, où trône au centre un énorme canapé en cuir brun. Canapé où sont assis Snake, Fox et Raven. Fox est mort de rire, Snake lui donne une tape amicale sur l'épaule tandis que Raven s'esclaffe à son tour. Je fronce les sourcils. Pourquoi ont-ils l'air si… normaux ? En tout cas, ils ne ressemblent plus aux hommes puissants que j'ai vus hier. Encore moins à des mafieux capables de tuer.

À l'écart du groupe, je découvre une silhouette appuyée contre le mur, et mes yeux rencontrent directement les siens. Il m'a remarquée depuis le début mais n'a rien dit. Il n'a pas signalé ma présence. Comme s'il souhaitait que ce soit moi qui le repère en premier. Cette pensée me donne des frissons. Il attendait patiemment que je me tourne vers lui et l'aperçoive en train de me détailler du regard. Ce. Mec. Me. Terrifie.

Dove se redresse, ses yeux bleus – deux icebergs sans vie – ne quittent pas les miens. Je me détourne aussitôt, reportant mon attention sur les trois autres. C'est Fox qui s'aperçoit que je suis là, et il me fait un signe de la main pour m'inviter à entrer.

— Ophelia ! s'exclame-t-il avec entrain.

Je souris. Faiblement, mais c'est déjà ça.

Au moins, lui ne m'appelle pas Ophélie, pensé-je, rassurée par sa bonne humeur matinale.

Snake et Raven se retournent aussitôt vers moi et m'offrent un sourire eux aussi. Ça m'enlève un énorme poids à l'estomac. Je me sens mieux, et beaucoup plus à l'aise.

Allez, ça va le faire. Ils sont là pour ta protection, pas pour te faire du mal.

Fox se lève et vient à ma rencontre.

— Salut ! T'as bien dormi ? Désolé qu'on soit rapidement partis hier soir, mais on croyait que tu t'étais endormie. Enfin, c'est ce que Tiger nous a dit.

Tiger... Tiger leur a dit que je m'étais endormie, et c'est pour ça qu'ils sont tous partis sans un mot. *Tout s'explique.*

Fox m'accueille à bras ouverts, et pour le moment, c'est tout ce que je veux retenir. Snake se décale et tapote la place à côté de lui pour m'inviter à m'y asseoir, ce que je fais sans trop me poser de questions. Ce sont les seuls dont la présence ne me perturbe plus trop.

— Vous allez bien ? leur demandé-je gentiment.

— Ça irait mieux si Tiger n'était pas en retard à notre rendez-vous, râle Raven à côté de moi.

— Quel rendez-vous ? demandé-je en fronçant les sourcils.

Ma curiosité prend le dessus et je ressens le besoin de tout savoir. Sur eux. Et sur Tiger. Où est-il ?

— Rien de spécial, me répond Snake, avec un accent tellement prononcé que j'ai du mal à le comprendre. Juste notre réunion quotidienne chez Tiger pour régler quelques problèmes.

— D'ailleurs, il ferait mieux de bouger son cul s'il ne veut pas être notre prochain problème, poursuit Raven.

Ce mec à la peau bronzée et aux cheveux sombres a une voix rassurante. J'esquisse un sourire en l'entendant râler ainsi, paternaliste. Je me demande s'ils se voient juste comme des collègues, ou si des liens plus forts les lient. Ils ont l'air tellement proches.

Quand il me surprend à l'observer, il pose son regard mystérieux sur moi et me fait un clin d'œil. Je lui adresse un léger hochement de tête, comme pour le remercier de m'accepter, de ne pas mal se comporter avec moi.

— Et en plus, on a rendez-vous chez lui, ajoute Fox. Ce n'est pas comme s'il devait se rendre à trente kilomètres d'ici.

Snake soupire et s'enfonce un peu plus dans le canapé, l'air d'abandonner la discussion. Je fais comme lui. Le fauteuil est moelleux, c'est agréable. La pièce est chauffée, ce qui me fait me sentir encore mieux, entourée de personnes qui ne me veulent apparemment pas de mal.

Enfin, sauf l'individu derrière nous, aux cheveux presque gris et aux yeux glacés.

— Et c'est quoi l'objet de cette réunion ? questionné-je.

— Toi.

Une voix rauque et assurée retentit. Légèrement distante, mais puissante.

Du coin de l'œil, j'observe Tiger entrer dans le salon par la même porte que moi et que je n'avais pas fermée. Il marche comme si le monde lui appartenait, la tête haute et les yeux rivés sur nous. Sûrement parce qu'ici il est sur son territoire. Il m'a entendue parler avec ses amis ou collègues – je ne sais pas trop comment ils s'appellent entre eux.

Plutôt « amis », vu la façon dont ils se comprennent d'un regard ou la manière dont ils se parlent, comme s'ils se connaissaient depuis des années.

— Tu n'étais pas dans ta chambre.

Sa remarque froide me fait froncer les sourcils. Il est allé vérifier avant de venir ? Et puis quoi ? Je ne vais pas rester enfermée. Si mon géniteur voulait me boucler dans une cage, il n'avait qu'à le faire lui-même.

— Pourquoi ? Il fallait que j'y reste ? demandé-je en essayant de paraître aimable, contrairement à lui.

— Ça m'aurait effectivement évité de t'ordonner de partir de *mon* salon.

Sa voix se casse à la fin, comme chaque fois qu'il aligne plus de deux mots. Ça me fait quelque chose. Mon cœur aime ça, apparemment, puisqu'il ne se préoccupe même pas du sens de sa phrase, il s'emballe seulement à cause du timbre de celui qui l'a prononcée.

Oui, nous sommes chez lui. Mais il y a quelque chose de plus fort. Il ne mentionne pas simplement que ces lieux lui appartiennent. C'est plus que ça. C'est de la possessivité. C'est *son* domaine. *Sa* propriété. C'est à *lui* et je ne suis apparemment pas invitée. Il ne partagera pas avec moi.

— Elle peut rester, réplique aussitôt Raven à côté de moi.

C'est vrai, je ne vois pas pourquoi il faudrait que je parte alors que le sujet de leur prochaine discussion me concerne.

— Elle va partir et retourner dans sa chambre, ordonne sèchement Tiger, sans cesser de nous fixer, Fox, Snake, Raven et moi.

La manière qu'il a de parler de « ma chambre » est étrange également, comme s'il m'interdisait l'accès au reste de la maison. Elle est apparemment à moi, c'est déjà ça, mais je n'ai pas le droit d'aller ailleurs. Je suis bel et bien cloîtrée dans une cage et, même luxueuse, une prison reste une prison.

Raven soupire et me lance un regard désolé. *Sérieux ?* Il se laisse faire comme ça ? Il se plie aux ordres absurdes de Tiger sans discuter plus de deux secondes ?

Mais moi, je ne sais pas si je vais me laisser faire calmement. Je ne vais pas accepter qu'on m'enferme. Je ne suis pas un animal. Je ne suis pas comme eux, avec leurs surnoms bizarres. Ils sont là pour me protéger, non ? Pas pour me séquestrer. Et en plus, je veux savoir ce qu'ils me réservent.

Je relève la tête vers Tiger, et pour la première fois de la journée, j'ose le dévisager. Il a le regard qui tue, mais ça, j'ai vite compris que c'était habituel. Sa cicatrice me nargue. J'ai envie de savoir comment il se l'est faite.

Même si je doute qu'il me le révèle un jour.

— Je peux rester, lâché-je en répétant les mots de Raven.

Un rictus mauvais apparaît sur ses lèvres.

— Je ne crois pas t'avoir demandé ton avis, Ophélie.

— Je *veux* rester, insisté-je en accentuant chacun de mes mots.

Ce n'est plus une demande. C'est presque un ordre. Est-ce que c'est une bonne idée d'ordonner quelque chose à un *tigre* sur son territoire ? Absolument pas.

Tiger respire lentement, il ne semble pas s'énerver. Ou du moins, il est très fort pour cacher ses émotions. Je sens Snake retenir sa respiration à côté de moi et, quand je jette furtivement un coup d'œil vers Fox, je le vois me fixer avec de grands yeux. Les lèvres pincées, il secoue lentement la tête, l'air de dire : « C'est une très mauvaise idée. »

— Dehors.

La voix de Tiger fait bondir mon cœur. Elle claque soudainement dans la pièce. Je ne suis pas habituée à une telle démonstration d'autorité, mais je dois y faire face si je ne veux pas me laisser bouffer.

— Je reste.

Ma voix se fait forte, j'espère l'être autant que lui. Malgré la peur qui me tenaille le ventre, deux intentions me motivent à poursuivre cet affrontement.

Premièrement, je tiens à ma liberté. Je ne retournerai pas dans « ma chambre » comme une gamine qu'on punit.

Deuxièmement, je suis curieuse. Toujours. Pour tout. Ils vont parler de moi, je veux savoir de quoi il s'agit. Je ne connais rien de ce monde et je ne resterai pas dans l'ignorance.

Je reprends de l'assurance et croise les bras sur ma poitrine.

Raven se lève pour se placer face à Tiger. Ça ne me laisse pas le temps d'apercevoir ce que les yeux menaçants du Tigre ont à me dire.

— Faites-la sortir d'ici avant que je m'énerve. Ça ne la regarde pas, répète-t-il encore et encore, de sorte que je comprenne bien qu'il ne me veut pas dans la même pièce que lui.

Si je pensais qu'il lui restait une once de gentillesse, mes illusions se sont envolées.

Snake se met debout à son tour. Avec un sourire rassurant, il me tend la main pour m'inviter à le suivre. Je la regarde sans broncher, ne sachant pas si j'ai réellement envie de céder.

Une voix glaciale retentit à l'autre bout de la pièce.

— Au contraire, je pense que ça la concerne, plus que n'importe qui d'autre.

Je me fige. Mon ventre se tord.

Je tourne la tête vers Dove pile au moment où il décroise les bras et s'éloigne du mur pour s'approcher de nous. De moi.

Il ne me quitte pas de ses yeux glacés.

— Ce ne sont pas tes putains d'affaires, Dove, réplique aussitôt Tiger.

Même s'il hausse le ton, il ne semble toujours pas énervé. Il est impressionnant, mais ce qui l'est d'autant plus, c'est sa capacité à gérer sa colère.

Dove lui adresse un sourire qui me fait froid dans le dos. Un sourire glaçant. Mes yeux font la navette entre Tiger devant moi, bien que caché partiellement par la silhouette de Snake, et Dove dans mon dos.

— Ah ouais ? C'est notre vengeance, ou uniquement la tienne ? questionne posément la Colombe en prenant un air innocent qui ne lui va pas du tout.

Il fait encore un pas en direction du canapé. J'ai envie de bondir et de me réfugier dans un des coins opposés de la pièce, le plus loin possible de lui et de sa présence terrifiante. Elle me tord douloureusement l'estomac.

— Il n'y a que toi qui l'as perdu ? Ou c'est nous tous ? poursuit-il, toujours aussi calmement.

Je ne sais pas de quoi il parle et ça m'inquiète.

— Tu sais tout cela parfaitement, termine-t-il en parcourant l'espace qui le sépare du canapé, et de moi.

Il appuie ses deux mains sur le dossier du canapé, ses mains effleurent mes cheveux. J'ai du mal à respirer convenablement et tous mes muscles se crispent. Debout face à moi, je vois Raven jeter un coup d'œil désapprobateur à Dove.

— Donc, reprend ce dernier en soupirant comme si la conversation l'ennuyait, on a besoin d'elle. Alors elle reste, elle écoute, et elle donne son accord.

Je fronce les sourcils. Qu'est-ce que j'ai à faire avec leur histoire de vengeance ? Je dois donner mon accord pour quoi, au juste ?

Je suis irritée par toutes ces zones d'ombre. Apparemment, il n'est pas seulement question de ma protection. Ils attendent autre chose de moi. Mais quoi ?

— Excusez-moi, les interromps-je en regardant Dove et Tiger chacun à leur tour. Mais est-ce que quelqu'un peut m'expliquer ce qui se passe ?

Je suis mal à l'aise face à tous ces mystères. Au début, je ne me sentais pas légitime pour me mêler de leurs affaires. Mais maintenant qu'elles me concernent, je ne vais pas me gêner pour réclamer des réponses. Je ne suis peut-être là que depuis hier soir, mais j'en ai besoin.

La mâchoire de Tiger se crispe et ses yeux à la lueur brûlante et meurtrière plongent dans les miens. Il m'implore en silence, mais je ne comprends pas. On dirait qu'il essaie de me faire passer un message, sauf que je ne suis pas comme ses amis. Je n'arrive pas à comprendre le sous-entendu.

— Il faut que tu partes, lâche-t-il d'une voix dure et sans appel.

— Elle doit rester, contre aussitôt Dove.

Et je comprends que deux camps se sont formés.

D'un côté, Tiger me conjure de partir et de retourner dans ma chambre, pour une raison qui m'échappe. Par pure autorité ? Ou pour me protéger ?

D'un autre, Dove – le terrifiant – se bat pour que je reste. Et si je le fais, je vais avoir des réponses. C'est le plus important pour moi en ce moment.

Je cherche de l'aide dans les yeux de Raven, puis ceux de Fox et de Snake, mais ils détournent le regard. Je me tends, n'ayant plus aucun soutien de leur part.

— Ophelia, si tu restes, tu vas tout comprendre, lance Dove, et c'est la première fois que sa voix ne me semble pas dangereuse. En échange, tu nous aideras un peu.

Aider en quoi ? Je ne sais pas.

Mais ce que je sais, c'est que les questions que je me pose vont me rendre folle.

Du coin de l'œil, je vois Tiger faire un pas vers moi. Mais contrairement à l'effet que me fait Dove, sa proximité ne me terrorise pas. Son aura se transforme, me protège. Il cherche à me faire comprendre que s'il tient tant à ce que je parte, c'est pour une bonne raison.

On me cache des choses que j'aimerais connaître, mais j'ai peur du coup de main dont parle Dove. Si Tiger veut que je fuie cet endroit et leur discussion, je devrais peut-être l'écouter.

— Ophélie, remonte dans ta chambre avant d'aggraver ton cas.

J'écarquille les yeux. Encore une fois, Tiger a parlé d'une voix forte et puissante, qui ne laisse pas de place à la rébellion.

Et pourtant...

Je ne me lève pas. Je ne pars pas. Je ne fonce pas me réfugier dans ce que Tiger appelle ma chambre.

Je veux connaître leur histoire de vengeance. Pourquoi ils ont besoin de mon aide. En quoi je pourrais être utile. Et si je pouvais en apprendre plus sur le gang de mon géniteur et sur leur vie à tous les cinq au passage, ça ne me ferait que du bien.

Enfin, je l'espère...

J'entends Dove ricaner derrière moi, et de nouveau, ce son me glace le sang.

— Elle a fait son choix.

Tiger me lance un dernier regard, et j'y lis du mépris. Apparemment, il n'apprécie pas ma décision. Je me racle la gorge et fuis ses pupilles emplies de haine.

Je crois que j'ai choisi mon camp.

Dove fait le tour du canapé et vient se planter face à moi, entre Tiger et Raven. Il ouvre la bouche et lance, presque solennellement :

— On a des choses à se dire, Ophelia.

Chapitre 4

Nouveau plan

Ophelia

Raven s'assoit près de moi sur le canapé tandis que Dove avance nonchalamment vers un des fauteuils juste en face. Il s'y assoit avec délicatesse, pourtant je sais que ce n'est qu'une posture.

Il n'est pas réellement calme. Délicat. Discret. Fragile.

Ce n'est qu'une façade, parce que dès qu'il ouvre la bouche, sa voix tranchante me met mal à l'aise. Je crois que c'est la chose la plus terrifiante chez lui : le fait qu'il porte un masque totalement contraire à sa personnalité, alors qu'en réalité, il est le plus dangereux de tous.

Ses yeux de glace rencontrent les miens, et il sourit. Je pense quelques secondes qu'il se veut aimable, mais, puisque c'est lui, je conclus qu'il me nargue. Je ne lui fais pas confiance.

Fox s'approche de moi en vitesse et me murmure :

— Tu es sûre que tu veux savoir ?

J'acquiesce sans hésiter. Si j'étais partie, je l'aurais directement regretté. Peut-être regretterai-je un jour d'avoir entendu ce qui va suivre…

Mais je décide d'ignorer les conséquences.

Tiger reste debout, les bras croisés. Il est grand. Je n'ai jamais été assez proche de lui physiquement pour pouvoir comparer sa taille à la mienne, mais il est clair que je ne lui arrive même pas aux épaules. Je ne suis pas petite, c'est lui. Son corps est le plus imposant de tous. Ses épaules sont larges, sa taille est fine et le sérieux de son regard m'agresse instantanément ; je n'avais pas remarqué que je le fixais.

Je détourne aussitôt le regard.

Nous voilà donc dans le salon de Tiger ; Snake, Raven, Fox et moi assis sur le canapé, Dove sur un fauteuil en face de nous, et le propriétaire debout, à quelques mètres du groupe.

Malgré la chaleur régnant dans la pièce et les grandes baies vitrées qui l'illuminent, l'ambiance est glaciale.

Je ne sais pas si ce sont les yeux de Dove qui me font cet effet, mais j'ai de nouveau froid.

On attend tous que l'un de nous ouvre la bouche et se mette à parler. Je commence à les cerner assez pour comprendre que ce ne peut être que Tiger ou Dove.

Le feu.

Ou la glace.

C'est pour ça que les trois autres restent silencieux. Ils donnent leur avis sans pour autant prendre l'initiative d'un débat.

Je les imite, mais le silence est un poids lourd qui pèse sur mes épaules.

— Que tu le veuilles ou non, Ophelia, débute enfin Dove, tu fais dorénavant partie de notre plan.

— Dove, ne commence pas comme ça, on avait dit que..., soupire Raven en se tournant vers moi.

Mais il ne termine pas sa phrase et préfère reprendre différemment :

— Ophelia, on ne te veut pas de mal. Au contraire, on est ici pour te protéger. Mais... nous aussi, on a besoin de toi.

Son ton est plus rassurant que celui de Dove, au moins.

— Je veux bien vous aider, ce n'est pas un problème, affirmé-je avec toute ma bonne volonté. Par contre, en échange...

— Qu'elle est naïve, m'interrompt Dove en se redressant.

Je fronce les sourcils et lui jette un regard noir. Je suis prête à me défendre, répliquer quelque chose, mais il lance de nouveau, aussi froidement que les autres fois :

— Tu n'es pas en position de négocier, sombre idiote. C'est nous qui posons les règles, et vu que tu es restée, tu les as toutes acceptées.

— Je voulais juste...

— Règle numéro un, me coupe-t-il de nouveau, on attend que j'aie fini de parler avant d'ouvrir la bouche. Surtout si c'est pour balancer des conneries.

Raven se tend à côté de moi. Je crois qu'il va se lever, mais au contraire, il s'enfonce un peu plus dans le canapé. Quand je le vois observer Dove sans broncher, je comprends qu'ils sont encore une fois en train de se parler silencieusement.

Qu'il lui dise de se calmer un peu, parce que là, ma seule envie est de foncer sur son jumeau pour lui planter mes ongles dans sa gorge. De quel droit s'adresse-t-il à moi comme ça ?! Si je suis restée, c'est pour obtenir des réponses, sur eux, leur organisation... Des éléments qui m'aideront à comprendre ce que va devenir ma vie dans les jours à venir. Pas pour me faire traiter de cette manière.

— Règle numéro deux, continue-t-il sans se soucier de personne.

La colère me gagne et efface ma peur. Je sais qu'au moins, Raven, Fox et Snake sont de mon côté. Ou peut-être que ce n'est qu'une illusion et que ces animaux ne vont pas tarder à tous me bouffer.

Malgré tout, je ne le laisse pas finir et l'interromps à mon tour :

— Je me fiche de tes règles. Maintenant, tu vas me dire de quoi il s'agit. Une sorte de vengeance, c'est ça ? Qu'est-ce que je vais devoir faire ? Quel est votre but ?

— Elle est vraiment curieuse, marmonne Snake à l'autre bout du canapé.

Je fais comme si je n'avais rien entendu et me lève, pointant un doigt accusateur en direction de Dove. Je ne sais pas si c'est une bonne idée, mais je refuse de me laisser faire.

Dove hausse un sourcil, balade ses yeux clairs sur moi et lâche calmement :

— Continue de faire ta maligne, Ophelia. En attendant, j'ai ce que tu veux.

C'est vrai. C'est lui qui a les réponses aux questions que je me pose.

Je bous intérieurement et je sens que mes joues sont en feu. C'est comme ça chaque fois que j'essaie de contenir ma colère.

— Bon, Dove.

Raven se lève à son tour et sa voix forte résonne dans la pièce.

— Soit tu lui dis maintenant, soit tu sors et c'est nous qui nous en chargerons.

Merci, Raven.

Je reprends contenance et croise les bras. Quand j'observe autour de moi, le regard de Tiger accroche le mien. Il ne dit rien depuis tout à l'heure. Il a même l'air d'apprécier le spectacle qui se déroule sous ses yeux.

Tant mieux pour lui, parce que moi, ça ne m'amuse pas.

Dove pose son coude sur l'accoudoir du fauteuil et lève le menton dans ma direction.

Va-t-il enfin dire des choses utiles ?

Je me rassois sur le canapé et attends patiemment.

— Avant, nous n'étions pas cinq, mais six. Wolf faisait partie de notre groupe. Nous étions comme six frères, engagés dans un seul et même gang : celui de ton père. Les Blood Red Roses.

Les Blood Red Roses. L'organisation de mon père.

— C'était pas la belle vie, mais presque, poursuit-il. On avait des objectifs professionnels très précis, et on tuait tous ceux qui tentaient de nous mettre des bâtons dans les roues. On était une famille. Mais récemment, le gang ennemi nous a volé notre sixième frère. Il est mort sous les yeux de l'un de nous.

Mon ventre se tord d'angoisse. Je ne sais pas si c'est à cause de ce qu'il dit, ou si c'est parce que je ne décèle aucune émotion dans sa voix, malgré l'horreur de ce qu'il raconte.

— Depuis ce jour, nous ne vivons plus pour le gang de ton père, nous vivons pour la vengeance. Le gang ennemi va payer pour ce meurtre. Ils ont tué Wolf juste pour le plaisir de nous voir nous effondrer. Maintenant, c'est à notre tour d'observer le tueur de notre frère sombrer. Et toi, Ophelia, tu vas nous aider.

— Comment ?

— En nous conduisant jusqu'à lui, me répond-il, presque comme si c'était une évidence.

J'ai la très mauvaise impression que cette aide-là est non seulement très précieuse pour eux, mais très dangereuse pour moi.

— De qui s'agit-il ?

Dove se redresse et un rictus mauvais apparaît sur ses lèvres rose pâle.

— L'un des dirigeants de l'organisation qui a appris très récemment ton existence. Celui dont faisait partie ton petit ami.

Ex, le corrigé-je mentalement.

— Les Royal.

Ce nom de famille ne me dit rien du tout.

— Comment vous voulez que je fasse, alors que je ne connais rien d'eux ?

— Oh, mais la question n'est pas *comment* tu vas y arriver, me contredis Dove. Mais plutôt *si* tu vas y arriver.

Je retiens ma respiration.

— Qui est le tueur de votre frère ? demandé-je.

— *Le Prince*. Un des fils du patron. Un connard arrogant qui ne sait même pas combien font deux plus deux, mais qui vise très bien, malheureusement.

J'acquiesce en silence. Je sens le regard des cinq peser sur moi. Là, c'est le moment où je dois accepter. Le problème, c'est qu'ils ne m'ont toujours rien dit sur leur gang, ou sur leur vie. Pourtant, c'est ça que j'aimerais savoir.

— Je veux bien vous aider, affirmé-je d'une voix forte, essayant d'avoir l'air confiante. Cependant, vous allez devoir répondre à mes questions en retour. Sinon, je révèle à mon géniteur que vous avez voulu m'embarquer dans votre histoire de vengeance, alors que votre boulot est de me *protéger*.

C'est un peu bas, mais j'espère qu'ils vont prendre ma menace au sérieux. Évidemment, Dove ricane immédiatement.

— Pas de chantage, Ophelia.

Je fronce les sourcils.

Très bien, s'ils le prennent comme ça...

Je les fixe tour à tour. Fox m'adresse un sourire encourageant, Snake se ronge les ongles, Raven jette à Dove un regard assassin, tandis que Tiger agit toujours en spectateur. Il ne fait aucun commentaire, ne dit rien.

J'ai compris.

Sans un mot, je me lève du canapé, traverse le salon, passe devant Tiger et sors de la pièce. Personne ne me retient.

Je ne ferai rien pour eux tant qu'ils n'auront rien fait pour moi. C'est tout.

Lorsque j'arrive dans le hall d'entrée, des pas retentissent derrière moi.

Ah ! Enfin quelqu'un qui veut bien passer un accord avec moi !

Je me retourne et vois Snake accourir.

— Ophelia !

Je le suis des yeux jusqu'à ce qu'il arrive à ma hauteur.

— C'est quoi au juste, tes questions ?

Snake

Le soleil se lève lorsque nous entrons dans sa chambre. Ophelia m'invite à m'asseoir sur son lit, sans savoir qu'avant cette pièce était la mienne. Il y a quelques mois, lorsque Wolf a été tué, on avait tous du mal à rentrer chez nous, à rester seuls. Nous étions comme une famille tous les six, même si seuls Dove et Raven sont du même sang. Alors on a tous emménagé chez Tiger, et j'avais cette chambre. Ça me fait bizarre de savoir que c'est maintenant Ophelia qui y dort.

— Je suis contente que tu m'aies suivie, parce que personne d'autre ne semble s'intéresser à ce que je fais, lance-t-elle en faisant des allers-retours dans la pièce.

Je la suis des yeux, observant par moments la vue qu'offre l'immense baie vitrée. Ce qu'il y a de bien avec ces fenêtres, c'est que de l'extérieur, on ne peut pas voir l'intérieur. Même la nuit, on ne voit pas les lumières de la maison si on est dehors. Ce domaine est une réelle forteresse et personne ne peut y entrer sans y avoir été invité.

— C'est sincère, sifflé-je. Je trouve ça normal qu'on t'aide en retour. Moi, je vois ça comme un échange de bons procédés plutôt que du chantage.

Dove n'a pas été très tendre avec elle. Il ne l'est avec personne. Ce mec est froid comme la glace, et il est comme ça avec tout le monde. Même avec nous, ses frères. On a appris à l'aimer comme il est, et parfois, il nous montre ce qu'il cache au fond de lui. Et même si ce n'est que pour quelques minutes, j'aime ces moments. Après, il redevient immédiatement le connard froid qu'on a l'habitude de côtoyer, mais ce n'est pas grave. On s'en fout. On l'aime quand même.

Ophelia s'arrête et se tourne vers moi.

— Merci, me dit-elle simplement.

Et je sais que c'est sincère. Pourtant, je n'ai encore rien fait pour elle.

Je ne la connais pas encore très bien, mais je commence à comprendre comment elle fonctionne. Et je suis prêt à être là pour elle comme je le suis pour mes frères, mais ça n'a rien à voir avec le fait qu'elle soit la fille de notre patron. Si ça avait été le cas, tout le monde l'aurait déjà traitée avec respect. Tiger ne lui aurait pas mal parlé, Dove ne se serait pas amusé à lui faire peur, avec ses regards sans vie et ses sourires intimidants.

Non, on ne la traite pas spécialement parce que son rang familial nous y oblige. On fait ce qu'on veut, et moi, je décide d'être de son côté.

— Alors, je t'écoute.

Je tapote la place sur son lit pour qu'elle vienne s'y asseoir.

— *¿Qué quieres*[1]?

Elle s'approche, lisse le drap avant d'y prendre place. Elle s'éclaircit la voix, l'air très sérieuse. J'esquisse un sourire amusé.

— D'abord, j'aimerais en apprendre un peu plus sur les affaires de mon géniteur, reprend-elle. Et aussi, sur vous, parce que j'ai l'impression qu'on va devoir passer du temps ensemble dans les prochains jours, et je n'ai pas envie d'être entourée d'inconnus, tu vois... Ah oui, et aussi, j'aimerais pouvoir parler à ma sœur. L'idée de l'avoir laissée seule sans explication me rend malade.

Je passe une main sur mon visage.

Pourquoi je l'ai suivie ?

En plus, j'ai bien remarqué le regard empli d'avertissement que m'a lancé Tiger quand il m'a vu sortir du salon. Il me disait silencieusement que ce n'était pas une bonne idée de la rejoindre, de céder à ses caprices. Moi, j'avais envie de l'aider. Maintenant, je ne sais pas si j'en suis capable...

— Ton père ne t'a pas expliqué ce qu'il faisait ?

Elle me lance un regard lourd de sens.

— Mon « père » ne savait même pas que j'existais il y a de ça quelques jours.

Je secoue la tête négativement.

— Ce n'est pas vrai, il nous avait révélé ton existence. S'il en parlait peu, le simple fait de l'avoir partagé avec nous signifie que tu existes pour lui.

— Peu importe, me coupe-t-elle. Il n'a jamais cherché à nous rencontrer, Stella et moi. Alors

1. « Qu'est-ce que tu veux ? »

je me fiche de ce qu'il avait à dire sur nous, je veux seulement savoir à quel point ses affaires sont importantes.

Très bien, elle va être servie…

— Almanzo Rizzi est à la tête de la plus grande organisation mafieuse de l'État de New York : activités illégales telles que le commerce d'armes et des services de meurtres orchestrés, d'élimination de témoins… On est nombreux dans ce réseau, peut-être des centaines d'hommes et de femmes.

Je marque une pause pour observer Ophelia, celle-ci ne m'interrompt pas. Alors je continue :

— Nous faisons partie du cercle rapproché d'Almanzo. On est ses « fidèles ». Ses hommes de confiance, si tu préfères. Ce que tu dois savoir, c'est que pour chaque activité – vente d'armes, meurtres –, il y a pas mal de postes. D'abord, on a les fournisseurs, ce sont eux qui vont sur le terrain, qui sont en contact avec les clients. Ensuite, les espions. Ils rapportent les informations concernant les autres gangs, pour qu'on ait toujours de l'avance sur eux. Ce sont eux qui nous ont avertis que ton identité avait été révélée.

Je tourne la tête pour voir si elle me suit, et oui, elle est toujours aussi absorbée.

— Puis les tueurs et les videurs. Je ne pense pas avoir besoin d'entrer dans les détails pour ces deux postes, glissé-je en esquissant un sourire.

Elle rigole un peu avec moi, mais je ne sais pas si c'est de l'amusement ou de la nervosité.

— Une vraie entreprise. Incroyable, lance-t-elle en écarquillant les yeux.

J'acquiesce. C'est non seulement beaucoup de monde à gérer, et donc beaucoup de responsabilités, mais aussi beaucoup de risques. Même si les plus affectés sont souvent les fournisseurs et les tueurs, les autres ne sont pas totalement protégés. Lors de règlements de comptes, les dégâts humains peuvent s'avérer très lourds. Heureusement – et je dirais que c'est ça qui motive le plus –, le salaire est plutôt pas mal. Il suffit de voir la maison de Tiger.

Je reporte mon attention sur Ophelia.

— Autre chose que tu voudrais savoir, *señora la curiosa* ?

— Vous, tous les cinq, vous faites quoi au juste ?

Je lâche un profond soupir. Ce n'est pas la partie que je préfère.

— Comme je te l'ai dit, on fait partie des proches d'Almanzo, ce qui signifie qu'on l'accompagne pour plein d'événements différents, le plus souvent en ville, et qu'on assure entre autres sa sécurité. On a nos propres rôles. En général, Tiger ne lâche jamais Almanzo des yeux et ne le quitte pas d'une semelle. Dove et moi restons un peu plus à l'écart, mais on vérifie toutes les entrées et sorties, les mecs suspects, et on est là si une fusillade éclate. Raven est souvent perché en haut d'un immeuble ou d'un bâtiment aux alentours. Tu sais ce qu'est un sniper, Ophelia ?

— C'est ceux qui tirent de loin, non ?

— Ouais, c'est ce que fait Raven. Et Fox, lui, est planqué dans une chambre d'hôtel à proximité et reste devant ses ordis à la con. Ne me demande pas ce qu'il fait, je n'y connais rien en informatique. Mais apparemment, c'est utile.

Ophelia rigole.

— Et maintenant, vous vous occupez de moi, c'est ça ? demande-t-elle en replaçant une mèche de cheveux bruns derrière son oreille.

— Ouais, et on assurera aussi ta sécurité lorsque tu vas devoir entrer en contact avec l'organisation ennemie.

Aussitôt, sa bonne humeur s'efface et un voile d'inquiétude assombrit son visage.

— Enfin, ça va aller, hein, la rassuré-je maladroitement.

Dove va me tuer si je la fais renoncer. Lui qui a directement vu chez Ophelia un moyen de se venger, plus que la fille de notre patron à protéger.

Elle s'éclaircit la voix.

— Qu'est-ce qu'il va falloir que je fasse ? Explique-moi, s'il te plaît.

— On veut juste que tu participes à des événements auxquels assistera le gang des Royal, afin de te rapprocher au maximum du Prince. Il faudra juste le distraire suffisamment pour qu'il baisse sa garde. Dès qu'il sera vulnérable, on attaquera.

— Et pourquoi vous ne pouvez pas vous débrouiller tout seul ?

— Parce que cet *estúpido* a toujours des gardes collés à son cul. Ils nous connaissent, ils savent que le meurtre de Wolf nous a affectés, personne ne nous laissera l'approcher. C'est pour ça qu'il faut que ce soit toi qui le mènes à nous. Tu t'y prends comme tu veux, mais il nous le faut.

— Et pourquoi moi ? Pourquoi pas une autre personne plus compétente ?

— C'est plus compliqué que ça. On ne fait confiance à personne, ici. Si on doit révéler à quelqu'un notre plan, on doit être sûrs que celui-ci n'ira pas le dévoiler au premier venu. Tu n'es pas de ce monde et tu n'as aucun contact. Tu es la plus fiable. En plus, le fait que tu sois la fille d'Almanzo pourrait être avantageux. Ça nous permettra d'être présents sans attirer l'attention, puisqu'il est évident qu'Almanzo nous aurait mobilisés pour être tes gardes du corps.

Elle fronce les sourcils.

— Mais justement, je suis quand même la fille de votre patron ! Je peux révéler votre plan à mon géniteur si ça me chante.

Je ricane. Elle est certes curieuse, mais pas mal naïve quand même.

— Si tu le fais, il va juste nous réprimander pour t'avoir poussée à nous aider, et il t'enverra chez d'autres personnes pour te protéger. L'histoire sera terminée. Il sait parfaitement ce que nous manigançons, il ne nous a jamais blâmés pour ça.

— Mais pourquoi il ne vous aide pas, dans ce cas ?

— Parce qu'il a des choses plus importantes à faire qu'aider cinq de ses hommes à se venger. Dans notre gang, tu n'imagines même pas le nombre de personnes qui meurent chaque jour. Si ton père devait aider chacun des proches des victimes à obtenir justice, ses affaires ne tourneraient pas aussi bien, crois-moi.

Ophelia semble convaincue.

Il ne me reste plus qu'une chose à faire si je veux obtenir son aide – la plus compliquée. Elle m'a parlé de sa sœur, et je pense que cette idée trotte toujours dans sa tête.

— Merci. Je ne pense pas que Dove ou Tiger m'auraient appris tout ça.

Je veux bien la croire.

— Dernière requête, murmure-t-elle en grimaçant.

— Je sais, je sais. *Tu hermana.*

Pour ça, en revanche, je pense que son père va me tuer…

— Je vais essayer de te trouver un téléphone, comme ça, tu pourras l'appeler.

Elle pince ses lèvres et secoue la tête.

— Stella n'a pas de portable. Pour les plus jeunes, c'est interdit au foyer.

Je passe une main dans mes cheveux en soupirant.

Comment on va faire ?

— Tu sais quoi, donne-moi l'adresse et je verrai ce que je peux faire.

— C'est vrai ? demande-t-elle, pleine d'espoir.

Je sais ce que ça fait d'être séparé de sa famille, et je ne le souhaite à personne. Sa sœur doit lui manquer horriblement.

Je hoche lentement la tête, et, sans que je puisse le prévoir, Ophelia se tourne vers moi pour m'enlacer.

— Merci infiniment.

Je sens ses cheveux dans mon cou. Ce n'est pas désagréable, mais je préférerais me libérer de cette étreinte le plus vite possible. On n'a pas reçu beaucoup d'ordres du patron concernant la protection d'Ophelia, mais une règle a quand même été énoncée : on ne s'approche pas de sa fille. Alors, je n'ai pas vraiment envie de me retrouver sous terre juste parce qu'elle m'a remerciée.

Et c'est pile à ce moment-là que quelqu'un décide d'entrer dans la chambre sans frapper. Je m'y attendais. Tout se passait trop bien, il fallait que quelque chose merde.

Je m'éloigne d'un bond d'Ophelia, comme si elle était brûlante.

— Snake, grogne une voix dans mon dos.

Des frissons d'inquiétude et de « je-me-suis-fait-prendre-la-main-dans-le-sac » parcourent mon échine. Je me retourne.

Tiger se tient dans l'encadrement, le visage sévère et le regard assassin. Ses yeux jonglent entre moi et Ophelia. Je n'aime pas la façon dont il me fixe, comme si notre lien fraternel s'était effacé.

Il ne s'est rien passé ! Et quand bien même, je ne vois pas en quoi ça peut le déranger. Si le patron l'apprend, ce ne sera pas son problème, mais le mien.

Le ventre d'Ophelia gargouille si bruyamment que je l'entends, ce qui laisse comprendre qu'elle n'a peut-être pas eu le temps de petit-déjeuner ce matin. Elle nous abandonne rapidement, passe devant Tiger et sort de la chambre sans un bruit.

Mon frère me fait toujours face dans un silence pesant. Je me relève, prêt à me défendre.

— Tu m'expliques ?

Il hausse un sourcil et croise les bras sur sa poitrine. Dans cette position, si je ne le connaissais pas aussi bien, j'en serais effrayé.

— C'est bon, Tiger, on n'a rien fait de mal, répliqué-je en essayant de paraître le plus convaincant possible.

C'est mon frère, il devrait savoir que je ne suis pas con au point de me rapprocher de la fille du patron. Mais vu son regard, apparemment, il pense que si.

Il décroise ses bras et s'avance vers moi. Son corps transpire le danger. Jamais il n'a fait ça, ou du moins, je n'ai jamais été le mec en face. Toujours le spectateur. Pourquoi s'en prend-il à moi, alors que je suis son putain de frère ?!

— Il a été clair, gronde-t-il. On reste loin de sa fille.

Il pointe un doigt accusateur sur mon torse. Je sais que dans ces cas-là, il vaut mieux ne pas répliquer. Plutôt le laisser faire et attendre que ça passe, sinon, on aggrave la situation.

— Et tant que je serai engagé pour protéger Ophélie, personne, je dis bien personne, ne l'approchera. Compris ?

— Tiger, sifflé-je.

Il recule de quelques pas, le regard toujours menaçant, puis me tourne le dos et sort de la pièce. Je le rejoins immédiatement sur le palier.

— Tiger ! l'appelé-je une deuxième fois. *No hicimos nada. Sabes muy bien que yo no sería capaz*[1].

Dès que je termine ma phrase, il se retourne tellement rapidement que j'ai un mouvement de recul. Ses yeux enflammés rencontrent encore une fois les miens, et cet échange me brûle intensément.

— C'est la dernière fois que je te vois près d'elle. Tu vas nous apporter des emmerdes.

1. « On n'a rien fait. Tu sais très bien que je n'en serais pas capable. »

Il serre la mâchoire et, comme il fronce les sourcils, sa cicatrice est encore plus menaçante.

— D'accord. Mais il ne s'est rien passé, *te lo juro*, répété-je pour la je-ne-sais-combientième fois. On a juste parlé, je lui ai vaguement expliqué les affaires du gang. Je lui en ai appris un peu plus sur notre vengeance, comme elle le voulait. C'est normal, non, de le lui dire ?

Il continue de me fixer mais ne répond rien.

— Et comme elle me faisait vraiment de la peine, à être seule parmi des gens qu'elle ne connaît pas, loin de sa famille, je lui ai promis que j'allais voir ce que je pourrai faire... pour... pour qu'elle puisse reprendre contact avec sa sœur.

Il écarquille légèrement les yeux, mais c'est tellement léger que c'est à peine perceptible. C'est uniquement parce que je le connais depuis longtemps et que j'arrive à discerner un peu de ses émotions cachées.

— Hors de question.

— Tiger...

— Non. On ne va pas risquer de mettre une autre fille Rizzi en danger juste parce que la première ne peut pas se passer de la seconde.

— Tu sais très bien que si des personnes font le rapprochement entre elle et sa sœur, elle sera aussi en danger.

— Moins qu'Ophélie. Beaucoup moins. Et Almanzo a déjà envoyé des hommes pour la surveiller.

Je secoue la tête.

— Peu importe. Moi, je trouve qu'on doit au moins ça à Ophelia.

Et là, je sens que c'est peut-être la phrase de trop.

Il franchit les derniers centimètres qui nous séparent, empoigne le col de mon tee-shirt et me fait reculer jusqu'au mur derrière nous. Mon dos le heurte douloureusement.

— On ne met pas en danger la deuxième Rizzi. Putain. De point. Final.

Il relâche aussitôt mon vêtement, recule de quelques pas sans me lâcher des yeux, puis se retourne et descend quatre à quatre les marches.

Je respire de nouveau. Je ne sais pas ce qui lui prend… La protection d'Ophelia doit lui monter à la tête, parce qu'il ne s'est jamais montré aussi à cran.

Mais peu importe.

Je commence à bien l'apprécier, cette fille. Et si Tiger n'est pas de mon côté, je vais trouver d'autres personnes pour m'aider à la mettre un peu plus en confiance.

Je vais aller retrouver sa sœur, où qu'elle soit.

Avec ou sans l'approbation de Tiger.

Chapitre 5

Kid

Snake

Je rejoins Raven et Fox sur la terrasse. Raven est en train de fumer, et Fox lui parle en rigolant. Quand le rouquin me voit arriver, il tapote l'épaule du Corbeau pour l'avertir de ma présence.

— Alors, avec Ophelia ? Comment ça s'est passé ?

Fox pose ces questions avec un grand sourire. Il sourit toujours. C'est un peu sa marque de fabrique.

Je sais qu'il est réellement content de la présence d'Ophelia au sein de notre groupe, même si ce n'était pas le choix de la principale intéressée. J'ai tout de suite vu à quel point ça a accroché entre eux. En même temps, Fox s'entend avec tout le monde. Il est gentil, poli et très compréhensif. Pas étonnant qu'Ophelia ait cherché refuge auprès de lui.

— Apparemment, elle est d'accord pour nous aider.

C'est vrai, elle n'a jamais dit le contraire. Elle m'a même demandé plus d'informations, ce qui signifie qu'elle se projette déjà. On n'aurait pas pu rêver mieux pour notre vengeance.

— Ah ! s'exclament Fox et Raven simultanément.

— On a parlé pas mal de temps de l'organisation, de nos postes... Ça avait l'air de l'intéresser.

— Tant mieux, déclare Raven en exhalant de la fumée à chacune de ses paroles. Parce qu'elle va rester ici encore un bon bout de temps.

Je croise les bras. Ce matin, il ne fait pas très chaud. Autour de nous, les cimes des gigantesques arbres colorés de la forêt ondulent au gré du vent.

— Par contre, elle veut quelque chose de plus important que de simples informations sur l'organisation de son père, lâché-je en tendant la main vers Raven pour quémander une latte.

— Ah ouais, quel genre de chose ?

— *Su hermana*.

Je porte la cigarette à mes lèvres et aspire deux bonnes taffes avant de la rendre à Raven. Fox me regarde avec de grands yeux.

— C'est impossible. C'est bien trop risqué !

Je hoche la tête.

— Je sais, Tiger vient de me le dire.

En moins aimable, certes, mais il a tenu le même discours. Je sais que c'est dangereux pour Ophelia, pour sa petite sœur et pour nous aussi. Mais quelque chose, peut-être de l'empathie envers notre nouvelle protégée, me pousse à lui offrir ce qu'elle veut : revoir sa seule famille. Je donnerais tout pour revenir en arrière et revoir la mienne.

— Elle n'a qu'elle, répliqué-je. C'est normal qu'elle lui manque, et je trouve qu'on devrait faire en sorte qu'elles puissent se parler, au moins pour se donner des nouvelles.

— On n'a qu'à lui filer un portable, elle l'appelle et c'est réglé, déclare Raven en haussant les épaules.

— Apparemment, sa sœur n'a pas de téléphone, là où elle est. Alors je pensais la retrouver pour lui en donner un, comme ça, Ophelia et elle pourront communiquer.

Raven soupire tandis que Fox m'écoute attentivement.

— Comment tu veux t'y prendre sans te faire choper par son père et en les gardant en sécurité ? me demande le Corbeau. Je sais que c'est quelque chose qui te touche, mais...

Je pince les lèvres.

— Ça n'a rien à voir avec moi. C'est pour ça que je viens vous voir.

— Bon...

Le regard de Raven se dirige vers la forêt et je sais qu'il est en train de réfléchir à des solutions.

Tous les cinq, nous sommes notre propre famille. Toujours là les uns pour les autres. Pour s'aider. Pour se relever. Peut-être que nous n'avons aucun lien de sang, mais nous sommes la famille que nous avons construite, que nous avons choisie. Alors, quand quelqu'un a un problème, il devient très vite celui de tous.

— À part dire que c'est très risqué, il en pense quoi, Tiger ? me questionne Fox avec une certaine inquiétude dans la voix.

— Pour le moment, il n'est pas vraiment pour... Et je n'ose même pas demander à Dove.

Nous soupirons tous les deux en même temps. Il y a toujours des différends entre nous cinq, mais on essaie d'éviter les tensions le plus possible.

Raven se tourne vers nous, s'accroupit et écrase sa cigarette sur les planches en bois de la terrasse.

Il se relève en se raclant la gorge.

— Déjà, il faut que ce soit nous qui allions la retrouver, débute-t-il. Ophelia ne peut pas se déplacer hors du domaine de Tiger, ce serait bien trop dangereux. Donc, on va voir sa sœur, on lui donne un portable et elles s'appellent pendant une dizaine de minutes pour se donner des nouvelles. Et surtout, on fait en sorte qu'Ophelia ne lui révèle pas trop de détails. On ne sait jamais.

Dit comme ça, ça paraît simple. Maintenant, il faut convaincre Tiger. On ne peut pas faire ça dans son dos, parce qu'on tient quand même à notre vie.

— Putain, jamais. Vous êtes trois. Putain. D'irresponsables.

Quelques heures plus tard, Raven, Fox et moi sommes allés trouver Tiger dans son bureau. Il était seul, assis derrière un ordi qui a dû coûter un rein, et bossait pour le patron. Nous sommes arrivés, on lui a dit – enfin, Raven lui a dit – ce qu'on prévoyait de faire pour Ophelia, mais Tiger ne nous a toujours pas dit oui.

Il fait chier. Essayez de trouver plus têtu que lui, ça n'existe pas.

Il se lève et nous adresse à tous les trois un regard noir.

— La gamine ne peut pas reprendre contact avec Ophélie, c'est trop risqué, répète-t-il encore.

— Elles ont besoin de se parler, négocié-je. Rien qu'une fois. Au moins pour qu'elles puissent se dire au revoir convenablement.

Tiger soupire, regarde furtivement la forêt entourant sa propriété.

— Si quelqu'un découvre…

— Ça n'arrivera pas, le coupé-je. On va s'en assurer.

Je jette un coup d'œil à Raven et Fox qui m'entourent, et ils acquiescent en silence, en soutien.

— Bien, grogne-t-il.

Je souris sans pouvoir me contrôler. J'ai cru que je n'arriverai jamais à le faire changer d'avis !

— On lui prête un téléphone, elle appellera ton numéro et tu n'auras qu'à le passer à Ophelia. Ton portable est intraçable. Nous resterons toute la durée de l'appel, puis on récupérera le téléphone. Ce sera comme si rien ne s'était passé.

— Et si la petite demande plus d'informations ?

— On ne dira rien. Ou on trouvera une excuse.

Tiger pince les lèvres et acquiesce.

— Ça va être génial, s'enthousiasme Fox. J'ai hâte d'apprendre à la connaître. Imagine si Ophelia et elle se ressemblent, ça serait fou !

Je lève les yeux au ciel, tire Fox par la manche et le pousse hors de la pièce. S'il continue à exprimer sa joie, Tiger va revenir sur sa décision, c'est sûr.

— *Cállate*, sifflé-je à voix basse en l'entraînant dans le couloir.

Raven ferme la porte derrière nous et ce bruit résonne dans toute la maison.

— Vous n'avez pas hâte, vous, de savoir à quoi ressemble cette Stella ? continue Fox en souriant.

— Si, si, grogné-je. Allez, maintenant, tais-toi et avance.

Nous rejoignons le garage pour monter dans la voiture de Raven, et Fox entre l'adresse que m'a donnée Ophelia dans le GPS.

Il est 13 heures, et l'appareil indique que nous arriverons à destination dans un peu moins de deux heures.

Nous sortons de la propriété de Tiger sous une fine pluie qui fait des clapotis sur le pare-brise. Ce son est vite remplacé par de la musique, lorsque je me penche entre les deux sièges de devant pour allumer la radio.

Tout en vérifiant régulièrement que nous n'avons pas été repérés par les autres connards de Royal, je passe le trajet à fredonner les chansons que je connais, avec en fond sonore mes deux frères qui se battent pour savoir si, oui ou non, il fallait tourner à droite à la dernière intersection alors que le GPS avait dit à gauche. Ce truc est une vraie merde.

Nous arrivons enfin à destination, et pendant une minute, je me demande même si nous ne nous sommes pas trompés d'adresse. Nous nous trouvons devant un immense immeuble en brique rouge, délabré. Il y a une grande porte en verre, sale, avec un panneau au-dessus à moitié cassé, précisant que nous sommes en face d'un orphelinat, ou d'un foyer. Les lettres sont tellement délavées que je n'arrive même pas à lire correctement.

— C'est ici ? demande Fox, légèrement dubitatif.

Je hausse les épaules, pendant que Raven vérifie sur son portable.

— Apparemment, c'est bien là qu'habite Stella et qu'habitait Ophelia, nous confirme-t-il.

— Putain de merde, murmuré-je en observant encore plus en détail la façade.

Les fenêtres – deux ou trois par étage – sont toutes poussiéreuses.

J'espère que la fille du patron ne se trouve pas dans ce trou à rats, parce que sinon, il va nous entendre. Bordel, c'est le mafieux le plus friqué que je connaisse et il n'est pas foutu de dépenser ne serait-ce qu'un millième de sa fortune pour prendre soin de ses filles ?

Nous avançons lentement vers l'entrée. Enfin, moi, personnellement, ça ne me donne pas du tout envie de m'y engouffrer. J'ai l'impression que cet immeuble peut s'effondrer à tout moment.

Raven passe devant et pousse la porte vitrée.

— Si ça ne vous dérange pas, je vais attendre dehors, déclare Fox d'une petite voix.

Je me tourne vers lui et empoigne son épaule toute frêle.

— Tu viens avec nous, *pequeño zorro astuto*[1].

---

1. « Petit renard rusé. »

Nous entrons donc tous les trois à l'intérieur du bâtiment. Je tâte ma hanche et sens mon arme sous mon tee-shirt.

Réflexe.

L'intérieur n'est pas chauffé et c'est assez sombre. Il y a une plante en pot et un bureau juste en face de nous. Ce doit être l'accueil. Une femme, la cinquantaine, est assise, emmitouflée dans un gros blouson, une tasse de café fumante à la main.

Tu m'étonnes, il caille ici.

— Bonjour, débute calmement Raven en s'approchant d'elle.

Je vois Fox à côté de moi détailler la pièce tout en frissonnant.

J'ai envie de lui demander s'il trouve toujours aussi « génial » d'être allé chercher la sœur d'Ophelia, mais je m'abstiens.

La femme lève les yeux vers nous quand elle nous voit arriver. Elle a d'abord un mouvement de recul, ce qui est compréhensible. Elle ne doit pas s'attendre à recevoir de la visite, et encore moins trois mecs comme nous...

— Je peux faire quelque chose pour vous ?

— Nous cherchons Stella Bloomer.

C'était le nom de famille de leur mère, d'après ce que nous a dit le patron. Elle est décédée à la naissance de Stella, alors elle et Ophelia ont été toutes les deux placées dans ce foyer. Almanzo a usé de son influence pour qu'elles ne soient pas séparées, mais apparemment, il ne s'est pas préoccupé de l'état du bâtiment dans lequel elles ont été envoyées. Pauvres gamines.

La femme clique plusieurs fois sur sa souris, puis passe ses doigts manucurés sur le clavier. Si elle ne connaît même pas les noms des enfants qui sont ici, ça promet.

Je m'avance vers le comptoir et me penche afin de voir ce qu'elle est en train de foutre. Elle me jette un œil interrogatif.

— Stella Bloomer… Continuez de chercher, lui ordonné-je en pointant du doigt son vieil ordinateur.

Elle ne dit rien et s'exécute.

— Ah oui, voilà. Elle est bien admise dans cet établissement, ainsi que sa sœur, mais celle-ci n'est pas rentrée depuis quelques jours.

Je renifle. Et ils n'ont même pas essayé de la chercher… *¡Qué montón de incompetentes!*

En même temps, elle a vingt ans et venait d'entamer sa deuxième année à l'université. Ce n'est pas comme si c'était une gamine de six ans qui avait disparu.

Mais bref, on s'en fout. Nous, on sait où se trouve Ophelia. En revanche, j'aimerais avoir un peu plus de détails sur la position de l'autre gamine.

— Et Stella, alors ? Où est-ce qu'on peut la trouver ?

— Oh, elle doit être dans la salle commune, comme tous les adolescents de son âge.

Putain, cette femme est carrément lente. Je ne sais pas si c'est le froid qui ralentit son cerveau, mais elle mériterait de se bouger un peu plus.

— Et où se trouve cette salle ?

— Je suis désolée, mais je ne peux pas vous laisser entrer.

Je contracte la mâchoire et marmonne un juron. Je suis à deux doigts de gueuler son prénom dans tout le bâtiment et de m'introduire dans chacune des pièces à sa recherche, mais Raven pose une main sur mon épaule et me fait signe de reculer.

Très bien, *le dejo a él.*

— On est de sa famille, on veut juste la voir.

— Pièce d'identité ? demande-t-elle alors.

Puta.

Je suis prêt à lui montrer mon flingue à la place, mais Raven ne me laissera pas faire. Le Corbeau est le plus sérieux et raisonnable du groupe. Il n'utilisera pas son arme face à une innocente, alors que si j'avais été à sa place, je ne m'en serais pas empêché.

Ici, ils ne sont pas capables d'entretenir un immeuble, mais ils nous font chier à réclamer nos papiers. Fox me passe devant, invite Raven à se décaler et se penche vers elle comme je l'ai fait un peu plus tôt.

— Madame, on veut juste la voir et lui parler quelques minutes, rien de plus. Je sais que ce doit être très dur de travailler dans de telles conditions toute la journée, je m'occupe moi-même d'enfants et notre bâtiment n'est pas plus chauffé que le vôtre. C'est très difficile, surtout en hiver. Et pourtant, on nous paie une misère, déclare Fox avec un air de chien battu.

Quel menteur. Mais ce con est rusé, ce n'est pas pour rien qu'on le surnomme Renard.

— C'est lamentable, confirme la femme en éternuant.

Fox fouille dans sa poche et en sort un mouchoir un peu froissé qu'il lui tend.

— Vous pourriez aller chercher Stella pour nous, l'amener ici et nous laisser quelques minutes avec elle. Ça vous permettra d'aller vous réchauffer dans cette salle commune dont vous nous parliez tout à l'heure. Cette pièce doit être chauffée, non ?

La femme acquiesce et se mouche bruyamment.

— Hélas, nous n'avons pas assez d'argent pour chauffer l'ensemble de l'immeuble, nous avons nos priorités.

Putain, je jure que dès que je peux, je fais don d'une grosse somme pour rénover cet endroit. Mais, de toute façon, Stella n'y sera plus. Elle ne va pas rester ici une journée de plus.

— Bien, alors pourquoi pas faire comme je viens de vous proposer ? Un peu de chaleur ne vous fera que du bien, madame. Et, comme je vous l'ai dit, nous ne serons pas longs.

Ça fait un moment que je n'ai pas vu Fox dans ce rôle. Celui du parfait mec compréhensif et pacifiste, qui parvient toujours à ses fins.

Quel hypocrite.

Heureusement, sa comédie porte ses fruits puisque la femme se lève et jette son mouchoir dans une petite corbeille à papier.

— Je vous l'envoie, restez ici et prenez tout le temps que vous voulez pour lui parler.

Fox lui fait un clin d'œil et elle disparaît derrière une porte en bois juste derrière. Dès qu'elle n'est plus dans la même pièce que nous, Raven et moi nous esclaffons.

— T'es pas croyable, glousse Raven en passant la main dans les cheveux roux de notre petit renard.

— On dit merci qui ? lance Fox bruyamment.

— Merci, Fox.

Je ricane, effleure encore mon arme par réflexe, puis je m'accoude au comptoir et attends en silence, pendant que mes frères discutent de la manière dont Fox a grugé cette pauvre dame. Puis la porte s'ouvre de nouveau, et une adolescente apparaît face à nous. Cette gamine ne ressemble en rien à sa sœur. Elle est blonde aux yeux bleus, et son visage est encore plus juvénile que celui d'Ophelia.

Quand elle nous voit tous les trois, la regardant sûrement comme des psychopathes, elle hésite avant de refermer derrière elle. Ses sourcils blonds se froncent.

— Hum... On m'a dit que vous vouliez me parler ?

Sa voix est claire. Calme et posée.

— Oui, salut, commence Raven en se grattant la gorge. Tu ne nous connais sûrement pas, mais on est... on est des amis de ta sœur.

Je lève les yeux au ciel. N'importe quoi... Pourquoi ne pas tout simplement lui dire la vérité ? De toute façon, on va la ramener chez Tiger et elle ne remettra plus jamais les pieds ici, j'en fais mon affaire.

— Ophelia ? questionne-t-elle en s'approchant de nous, apparemment curieuse.

Je la détaille. Ses traits sont fins, innocents, mais pas enfantins non plus. Elle doit avoir quoi ? Seize ans, dix-sept tout au plus.

— Ouais, Ophelia. Elle est chez nous et elle veut te parler. C'est pour ça que nous sommes là.

— Elle est chez vous ?

Sa voix monte d'une octave, ce qui révèle son excitation. Elle devait être inquiète de ne pas avoir de nouvelles de sa sœur, alors toute information est bonne à prendre. Et la rend heureuse.

Raven acquiesce, sauf que la gamine recule d'un pas.

— Qui me dit que vous n'êtes pas en train de me mentir ?

Je soupire.

Je ne peux pas lui en vouloir, mais... décidément, on enchaîne les complications. On a dû convaincre Ophelia de faire partie de notre plan, puis j'ai galéré à convaincre Tiger de nous laisser ramener Stella, et maintenant, on doit convaincre celle-ci de nous suivre.

— *¿No puedes simplemente confiar en nosotros*[1]?

Je parle pour la première fois depuis qu'elle est entrée dans la pièce et ma voix se fait plus sèche que je ne le voudrais. Elle se tourne vers moi, et semble me voir pour la première fois, sans en être enchantée pour autant.

— Excuse-moi, mais tu dois vraiment être con pour croire que je vais faire confiance à un mec comme toi.

Je hausse un sourcil. Derrière moi, Raven et Fox se foutent de ma gueule sans aucune discrétion.

Alors elle est comme ça, cette gamine ?

Putain.

— Ça veut dire quoi, « un mec comme moi » ?

Elle m'observe avec intérêt, puis écarquille ses yeux clairs.

— Un mec qui s'est fait tatouer une espèce d'anguille dans le cou, réplique-t-elle d'un ton tranchant.

Une anguille ? Mais ce n'est pas une anguille, c'est un putain de serpent !

---

1. « Tu ne peux pas juste nous faire confiance ? »

Je serre les dents et lui lance un regard noir.

— Kid, je te conseille de ne pas juger les gens sur leur apparence, elles sont souvent trompeuses, sifflé-je.

Kid.

Ce surnom lui va à merveille. Ce n'est qu'une enfant. *Una pequeña.*

— Et blablabla, qu'est-ce qu'il est chiant, celui-là, marmonne-t-elle en évitant soigneusement de me fixer.

Raven empoigne mon bras pour me dissuader de faire quoi que ce soit. Cette gamine n'a pas froid aux yeux, et aucun respect pour des gens qui vont bientôt la sortir de cet endroit misérable.

— Je vais te donner mon téléphone et tu vas pouvoir lui parler, lâche Fox.

Il sort de la poche de sa veste son portable, ouvre le contact de Tiger et le lui tend.

Je regarde encore autour de moi.

Comment peut-elle vivre ici ?

C'est en ruine.

Sans compter qu'elle est elle aussi en danger, et que cet endroit ne la protégera d'aucune intrusion.

Sous la supervision de Fox, Kid appelle sa sœur, et alors que son visage s'éclaire lorsqu'elle entend sa voix à travers le combiné, je me tourne vers Raven.

— Il faut qu'elle aille chercher ses affaires.

— Pour quoi faire ? On attend qu'elle ait fini l'appel et on y va.

Je me tourne pour être dos à elle et qu'elle ne nous entende pas, bien qu'elle soit surtout attentive à ce que sa sœur est en train de lui raconter.

— On ne peut pas la laisser dans cet endroit. Pas alors que sa vie est tout autant en danger que celle d'Ophelia.

Il fronce les sourcils.

— Tu ne penses quand même pas qu'on va...

— Oh que si.

Je m'éloigne et m'approche de Fox en le tirant vers moi.

— Démerde-toi comme tu peux, déclaré-je dans le creux de son oreille de sorte que la gamine n'entende pas, mais convaincs-la de faire ses valises. Elle part avec nous ce soir et ne reviendra plus ici. On va la faire sortir de cet endroit.

Même si c'est une peste de compétition, je ne peux pas la laisser ici.

La baraque de Tiger sera beaucoup mieux. C'est l'endroit le plus sûr que je connaisse. Personne ne peut s'introduire dans sa propriété sans autorisation. Ce qui est sûr, c'est que Stella ne risquera rien ici, pas plus qu'Ophelia.

— Snake...

— *Cállate y haz lo que te digo*[1], dis-je sèchement. Tu lui dis de raccrocher puis on se barre. On vous attend dans la voiture.

Fox m'adresse un regard perdu, puis cherche du soutien auprès de Raven, mais je sais que celui-ci est d'accord avec moi, même s'il se tait.

J'embarque le Corbeau et nous sortons de cet endroit lugubre pour attendre à côté de la bagnole qu'ils nous rejoignent. Je suis sûr que Fox usera de son talent de manipulation pour qu'elle nous obéisse.

1. « Tais-toi et fais ce que je te dis. »

Je m'allume une clope que je fume accoudé au capot du Hummer noir étincelant qui ne passe pas inaperçu dans cette rue délabrée. Je sens le regard de Raven peser sur moi, mais je ne dis rien.

Quelque temps plus tard, Fox sort du bâtiment accompagné de la gamine blonde. Il porte la seule valise qu'elle a prise. Je la scrute marcher jusqu'à la voiture : elle est vêtue d'un jean clair qui épouse parfaitement ses jambes et d'un tee-shirt blanc, très court, qui révèle quasiment la totalité de son ventre. Elle doit se cailler, comme ça

J'entre directement dans la voiture – cette fois je monte devant, hors de question de rester derrière avec l'autre peste – et je mets ma playlist.

Raven, au volant, soupire.

— *¿Qué pasa?*

— T'es conscient que Tiger ne va pas du tout être d'accord ?

— Quand je lui dirais l'état de ce qui devrait être sa maison, il n'a pas intérêt à m'engueuler. Elle n'aurait pas pu nous le dire, ça, Ophelia ?!

— Je suis sûr qu'elle n'en est pas fière, me répond Raven après avoir baissé le son de ma musique. Tu as vu comment elle a détaillé la maison de Tiger ? On aurait dit que c'était la huitième merveille du monde. C'est évident qu'elle ne connaît pas le luxe d'avoir une telle baraque.

Je hausse les épaules et remonte le volume. Que son père et Tiger soient d'accord ou non, on ramène Kid avec nous.

Almanzo a dit qu'il enverrait certains de ses hommes la surveiller, mais je ne leur fais pas confiance.

Les deux s'engouffrent en hâte dans la bagnole, la pluie recommençant à tomber.

Raven démarre et j'entends Kid faire une réflexion à Fox dans mon dos :

— C'est vulgaire, ce que vous écoutez.

Je fais de mon mieux pour l'ignorer.

Le retour va être génial.

Le Corbeau baisse le volume, et je serre les dents. L'habitacle devient silencieux et soudain, ma musique me manque. On ne va pas l'enlever juste parce que l'autre peste n'aime pas. Et puis quoi encore ? Je fouille dans la poche de mon cargo noir et en retire une petite boîte de chewing-gums à la réglisse. J'en prends deux et essaie de me détendre.

— Alors comme ça, vous êtes des amis d'Ophelia ? retentit une petite voix qui me sort de mes pensées.

Oh non, n'essaie pas de faire la conversation. Sa voix ne me paraît plus aussi innocente. Je ne sais pas ce que Fox lui a raconté comme bobards, mais ça a l'air de marcher, puisqu'elle nous pose carrément des questions. Raven lui répond – je n'écoute même pas – et dès qu'il se la ferme, je monte de nouveau le son.

J'observe sa réaction dans le rétroviseur. Ses traits se crispent, mais elle ne dit rien. Ah, et elle a une tache de naissance couleur café sous l'oreille.

Je détourne le regard, appuie lourdement la nuque contre l'appuie-tête et ferme les yeux.

Le trajet passera peut-être plus vite comme ça.

Chapitre 6

Retrouvailles

Ophelia

Il est 19 heures.

Je suis dans la cuisine, assise sur l'un des tabourets en cuir, les coudes posés sur l'îlot en marbre sombre. Les aiguilles de l'horloge en face de moi font un bruit insupportable.

Tic. Tac. Tic. Tac.

La maison est silencieuse. Il n'y a que ce son… qui va bientôt me rendre folle.

En milieu d'après-midi, j'ai pu parler avec ma sœur au téléphone et notre conversation m'a fait le plus grand bien. Même si je n'ai rien pu lui révéler – pour la préserver – j'ai au moins pu lui sortir une excuse afin de lui éviter de s'inquiéter de mon absence.

Je ne peux que remercier Snake de m'avoir rendu ce service. Je sais que Fox, Raven et lui ne me détestent pas comme je le pensais au début. Même s'ils ne m'inspirent pas encore totalement confiance, je sais au moins que je peux compter sur eux. Je ne peux pas en dire autant de Tiger ni de Dove.

D'ailleurs, ceux-ci sont restés enfermés dans le bureau de Tiger toute la journée. Je le sais parce que je les ai vus monter à l'étage en fin d'après-midi, pour ne plus redescendre.

19 h 10.

Mon ventre grogne et je me tâte à voler quelque chose dans le frigo pour satisfaire ma faim. Je repense à Dove et à Tiger. Peut-être veulent-ils manger aussi ? Ils n'ont sûrement rien avalé depuis qu'ils ont disparu dans le bureau.

Je pourrais leur préparer quelque chose, mais je ne suis pas sûre d'oser fouiller dans les placards. Je ne suis pas chez moi.

Cet après-midi, Tiger m'a prêté son téléphone pour que je puisse répondre à Stella. Il n'est peut-être pas si désagréable que ce qu'il laisse paraître et je veux qu'ils sachent que je peux être de bonne compagnie, s'ils respectent leur part du marché.

Je sors donc de la cuisine et grimpe l'escalier de gauche. Il mène à l'aile de Tiger, et je suis presque sûre que son bureau est là-bas. Le problème, c'est qu'arrivée en haut je vois qu'il y a des dizaines et des dizaines de portes fermées. Elles se ressemblent toutes.

Je m'approche de la première, et je toque. Une fois. Deux fois. Le bruit résonne dans le couloir mais personne ne répond. Je passe donc à celle d'à côté, puis à la troisième, et je frappe à toutes les autres. Quand j'arrive à celle du fond, je cogne énergiquement contre le bois gris. Il ne reste plus que celle-là et une autre à quelques mètres. Ce doit être obligatoirement l'une des deux.

J'attends trois secondes. Rien.

Alors que j'allais passer à la dernière, celle-ci s'ouvre sur Tiger.

Il n'est qu'à un mètre de moi. Tout d'abord, c'est sa taille qui m'assomme. Il est gigantesque, je dois lever la tête pour trouver ses yeux. J'observe son visage, son regard de feu qui me jauge et sa cicatrice bien visible qui court de son front à son menton rasé.

Il porte un tee-shirt et ses bras sont recouverts de tatouages, certains noirs, d'autres colorés.

— Qu'est-ce que tu veux ?

Sa voix est presque agacée. Je commence à regretter d'être venue le chercher.

— Je... je me disais, comme il est 19 heures, que je pourrais préparer quelque chose à manger. Dove est encore là ?

Son regard me scrute intensément. Je me mords l'intérieur de la joue.

— Enfin, si vous n'avez pas faim, ce n'est pas grave.

Il ne réagit pas. Pas même un haussement de sourcils, ni un clignement de paupière. Rien. Ses yeux bruns, presque orange, plongent dans les miens. Mais il ne prononce pas un mot, et ce silence me met mal à l'aise.

— Alors ?

— Alors, il y a de la bouffe dans la cuisine, prépare-toi ce que tu veux.

C'est tout ce qu'il répond avant de commencer à me fermer la porte au nez.

Ça, c'est clairement pour me dire : « Dégage. »

Je ne sais pas comment les gens de son monde fonctionnent. Bon, ils ont des armes, d'accord. Mais Fox, Snake et Raven sont aimables pour des personnes qui s'occupent d'affaires illégales.

Pourquoi Tiger semble-t-il être totalement à l'opposé d'eux ?

Au dernier moment, il rouvre complètement la porte et m'interpelle.

— T'as que ça à faire, hein ?

Je plisse les yeux. Je ne comprends pas.

— Venir me faire chier pour me poser une putain de question inutile.

Inutile ? Je proposais simplement de leur faire à manger. Je pensais bien faire…

— Je voulais juste être gentille, marmonné-je.

Ce ne doit pas être un concept familier pour lui.

— Eh bien ne le sois plus, Ophélie.

Et après cette réplique tranchante et un regard noir empli de méchanceté, il me claque la porte au nez.

Je reste bouche bée.

Je voulais juste être sympa. Nous allons cohabiter pendant quelque temps et comme il a été assez compréhensif pour me permettre de reprendre contact avec ma sœur, je pensais qu'on pouvait repartir sur de bonnes bases.

Je me suis trompée.

Je suis seule ici, et je voulais juste être gentille.

Je ne voulais pas manger seule, et je voulais juste être gentille.

J'ai peur dans cette gigantesque propriété, et je voulais juste être gentille.

« Eh bien ne le sois plus, Ophélie. »

Ses mots me mettent en colère.

Vu son comportement, je comprends que ça ne sert à rien de l'être avec lui.

Il est fort.

Il est entouré.

Il est sur son territoire.

C'est lui qui devrait être là pour moi, pas l'inverse.

Il vient de me prouver qu'il ne sera jamais aimable envers moi. Je ne lui ferai pas de cadeau non plus.

Des voix au rez-de-chaussée me sortent de mes pensées. J'étais toujours figée dans le couloir. Je me tourne en vitesse, ce doit être Fox, Raven et Snake. Et après l'affront que je viens de subir de la part de Tiger, je suis soulagée de les retrouver.

Je me précipite en haut des escaliers, les descends le plus vite possible et je les vois alors sortir de l'ascenseur.

Snake en premier, puis Fox suivi de Raven.

Mais ils ne sont pas seuls.

Derrière eux, une petite silhouette les accompagne et je la reconnais l'instant suivant.

Stella.

La seule personne qui compte pour moi.

Elle sort de la cage de métal et admire la beauté du lieu, comme je l'ai fait hier. La surprise fait gonfler ma poitrine.

Qu'est-ce qu'elle fait ici ?!

Je cours vers elle. Quand elle se rend compte que je fonce dans sa direction, son sourire s'élargit et elle écarte les bras. Je me jette sur elle et la serre contre moi le plus fort possible.

— Stella !

— Ophelia, tu m'as manqué !

Je me décale, saisis son visage et admire sa beauté. Ma sœur est magnifique, mais surtout, ma sœur est ma seule famille.

— Tu étais passée où ? me demande-t-elle doucement en faisant une moue de chien battu.

Je lui fais un léger baiser sur le front. Même si elle a presque trois ans de moins que moi, on fait exactement la même taille. Bon, elle est un peu plus petite, mais ça revient au même.

Je ne suis plus seule. Ma sœur est là. Cette idée me réchauffe et cet endroit ne me semble alors plus si terrifiant que ça.

— Comme je te l'ai dit au téléphone, c'est une histoire assez compliquée, lui dis-je.

Je n'ai pas envie qu'elle soit au courant de tous les problèmes que je me suis causés. Pour ne pas l'inquiéter, et puis, surtout, pour sa sécurité.

Elle hoche énergiquement la tête de bas en haut.

— Ce n'est pas grave. Par contre, chuchote-t-elle, tu vas me dire depuis quand tu es amie avec des gens aussi bizarres et aussi riches... Mais d'où ils sortent ?

Elle regarde encore autour d'elle, observe le gigantesque lustre de verre au-dessus de nous, la hauteur sous plafond incroyable, tous les tableaux accrochés aux murs sombres.

— Ophelia, ils ont un ascenseur dans leur maison, murmure-t-elle, incrédule.

Puis je me rends compte qu'elle tient fermement la poignée d'une petite valise. *Une valise.*

— Pourquoi tu as pris tes affaires ?

Stella hausse les épaules.

— Je ne sais pas, c'est Fox qui m'a dit de le faire.

Je fronce les sourcils. Ma sœur n'a pas l'habitude de faire simplement ce qu'on lui dit sans demander d'explication. Mais j'ai l'impression que c'est le truc de Fox, ça. Il pourrait faire faire n'importe quoi à n'importe qui.

— Qu'est-ce qui se passe, Ophelia ?

J'essaie de lui adresser un sourire rassurant.

— Je... Ça aussi, c'est une longue histoire. Ils ne te l'ont pas expliqué pendant le trajet ?

— Ils m'ont dit que vous étiez amis depuis pas très longtemps, mais que tu avais besoin d'eux alors ils t'ont hébergée. Ophelia, il fallait me le dire si tu avais des problèmes.

Je me crispe. Elle n'a pas à savoir ce qui se passe, elle est trop jeune pour se mêler de ces affaires. Je ne veux pas l'entraîner là-dedans.

— Ne t'inquiète pas, tout va bien.

Alors que j'étais heureuse de la retrouver jusqu'à présent, un sentiment d'inquiétude noue mon estomac quand je me rends compte des conséquences que pourrait avoir sa présence ici.

Je tourne ma tête vers Raven et Fox, les interrogeant du regard.

Pourquoi l'ont-ils amenée ici ?

Le rouquin nous fixe, un sourire idiot collé sur ses lèvres. Il donne un coup de coude à Raven et lui lance :

— Tu vois que j'ai eu une bonne idée.

Raven lève les yeux au ciel.

— Aux dernières nouvelles, l'idée vient de Snake.

— Ça, ce n'est qu'un détail...

Je ne comprends rien. Pourquoi Snake a voulu qu'elle vienne ici ? Comment ont-ils fait pour la convaincre de les suivre ?

— Fox, est-ce que tu peux m'expliquer ?

Il lève les mains en l'air.

— Ce n'est pas moi ! J'ai juste suivi les ordres de Snake ! se défend-il.

— C'est l'idée de Snake seulement quand ça t'arrange, marmonne Raven.

— Ce n'est pas ma faute s'il n'a quasiment que des idées pourries.

Je les interromps, sentant qu'ils ne vont jamais s'arrêter.

— Et il est allé où, Snake ?

— Aucune idée, répondent-ils en chœur.

Je soupire. Il faut que je le retrouve et lui parle. J'avais simplement souhaité lui parler par téléphone, il n'était pas prévu qu'elle emménage. Qu'est-ce qu'il a fichu ? Il ne pense quand même pas la faire rester ici ? C'est bien trop dangereux pour elle !

— Et c'est qui, lui ? intervient Stella en pointant quelqu'un du doigt.

Alors je suis la direction qu'elle indique, lève la tête et vois Tiger accoudé contre la balustrade de l'étage. Il nous fixe, moi et ma sœur, les sourcils froncés. Soudain, je prie pour que la rambarde cède, qu'il perde l'équilibre et fasse une chute de quelques mètres. Ça lui remettrait peut-être les idées en place, ou mieux, ça lui ferait mal.

Le regard de Stella va et vient entre moi et le Tigre, essayant de comprendre la situation.

Lui continue de nous observer sans broncher.

— Qu'est-ce qu'elle fait ici ? prononce-t-il d'une voix forte.

Son regard dévie vers Raven et Fox. L'atmosphère s'alourdit.

Personne ne lui répond.

Il finit par m'observer de nouveau et lance :

— Tu te souviens de l'aide que tu nous as gentiment proposée ?

Je grimace face à ces paroles qui ne sont qu'à moitié vraies. Essaie-t-il de faire bonne figure devant ma sœur ? Je déteste l'air innocent qu'il prend à ce moment-là, ça ne lui correspond pas du tout.

— On commence demain, ajoute-t-il.

Je déglutis péniblement, et je ne trouve rien de plus à dire, alors il se redresse. Juste avant de partir, il lance à Fox et Raven :

— Si vous voyez Snake, dites-lui que je l'attends dans mon bureau.

Son ton est sans appel. Ce n'est pas une demande, c'est un ordre qui ne laisse pas place à la négociation. Puis il s'éloigne et disparaît à l'étage.

— Il y en a un qui va avoir des problèmes, ricane le rouquin une fois le Tigre parti.

Raven pose lourdement sa main sur l'épaule de Fox, plus petit que lui, et ajoute :

— C'est toujours ton idée, Renard ?

Fox secoue la tête en grimaçant.

Et moi, j'ai de nouveau la boule au ventre face à ce que m'a annoncé Tiger.

Comment gâcher ce merveilleux moment de retrouvailles entre sœurs ? En me disant que je vais devoir commencer à les aider dès le lendemain. Alors que je ne suis pas du tout prête, et que je ne sais même pas comment ça va se dérouler. Ce que je vais devoir faire, dire, où je vais devoir aller.

— Tu vas m'expliquer ce qui vient de se passer ? me chuchote ma sœur en me prenant le bras pour m'entraîner un peu plus loin.

Je pince les lèvres.

— Je te présente Tiger. Il m'héberge, me fait une petite place dans son immense palace, mais il a malheureusement un gros défaut : il est l'antonyme même de l'amabilité.

— Je croyais que tu étais ami avec eux.

— Oui, sauf avec lui. Et avec un autre, mais celui-là, je ne te souhaite pas de le rencontrer.

Elle ne me parle pas de « l'aide » qu'a évoquée le Tigre. Et heureusement, parce que je n'aurais pas voulu inventer un énième mensonge.

— Bon, qui a faim ? intervient Fox en s'avançant vers nous.

Stella n'ose pas répondre, mais elle est comme moi. Peu importe l'heure, si on nous propose de manger, on ne refuse jamais.

Je repense à ce que m'a dit Tiger un peu plus tôt.

« Eh bien ne le sois plus, Ophélie. »

Ne sois plus gentille.

Mais je le serai toujours, parce que je suis comme ça. Du moins, je le serai avec Fox et Raven.

Pour lui, je crois bien que je vais devoir tirer un trait sur cet aspect de ma personnalité, et rayer de ma liste de défauts la ligne « déteste les conflits », parce que j'ai l'impression que c'est tout ce qu'il y aura entre lui et moi.

Dove

Le bureau de Tiger est seulement éclairé par une petite lampe que j'éteins dès qu'il n'y a plus aucun bruit en bas. Dès lors, la pièce est plongée dans le noir, malgré la faible lueur de la pleine lune qui traverse les grandes baies vitrées.

J'ai entendu des voix aiguës piailler tout à l'heure, alors j'ai reporté mon départ pour ne croiser personne. Je crois avoir entendu Ophelia dire à sa sœur qu'elle lui prêtait sa chambre pour la nuit, alors qu'elles montaient lentement les escaliers.

Sa chambre.

Comme si elle était assez naïve pour croire que c'était réellement la sienne. Et pire, qu'elle était protégée à l'intérieur.

Ophelia, tu ne sais pas encore qu'ici, on n'est en sécurité nulle part ?

Dans ce palais de luxe errent les âmes les plus perdues que le monde ait connues. Dont moi. Il n'y a rien de plus dangereux qu'un homme qui n'a plus rien à perdre.

Et nous cinq, nous sommes la personnification de ceux qui ont tout perdu, mais tant à gagner.

Je ne compte pas lui faire de cadeau. Peut-être que Fox, Snake et Raven se montrent sympas parce qu'ils sont comme ça. Ce sont des acteurs.

Ils déguisent leurs pulsions meurtrières derrière un caractère léger et agréable.

Conneries.

Ils ne peuvent pas se lier d'amitié avec elle. Nous ne sommes les amis de personne.

Nous sommes une famille. Les autres, on a aucun mal à les éliminer. Même si elle est un cas à part. C'est la fille de notre chef.

Il faut vraiment être con pour placer sa fille de vingt ans dans la même maison qu'un Tigre et ses frères, tous plus dérangés les uns que les autres. Enfin, je pense qu'ils ne la toucheront pas, ils sont bien trop loyaux envers leur patron.

Mais moi… ça m'amuserait.

Je descends dans le grand hall. Il est presque 22 heures. Ophelia et Stella sont sûrement enfermées dans la chambre que leur a attribuée Tiger, se sentant sûrement protégées entre ces quatre murs.

Or, ce n'est pas ici que vous devriez vous sentir en sécurité, c'est lorsque vous serez loin de nous.

Almanzo a cru bon de nous confier sa fille afin de la protéger du monde extérieur, maintenant que pas mal de criminels connaissent son existence. Ils pourraient se servir d'elle pour faire chanter Almanzo, et ce serait fâcheux. On est là pour éviter ça.

Cette mission va être chiante à mourir, c'est pour ça que j'ai eu l'idée de la pimenter un peu. *Autant profiter de sa présence pour nos besoins personnels, non ?*

Elle va nous aider à nous venger. Elle va s'approcher du Prince, se débrouiller comme elle veut pour gagner sa confiance, et une fois qu'il sera vulnérable, on sera là. Prêt à attaquer. À venger notre sixième frère.

J'enfonce ma main tatouée dans la poche de mon jean cargo et en retire un paquet de clopes, tout en me dirigeant vers l'ascenseur pour descendre au garage. Je suis resté bosser chez Tiger toute la journée, seulement, je suis arrivé tôt ce matin avec mon frère. C'est Raven qui m'a amené. Ça veut dire que si ce con est parti sans moi, je n'ai plus de bagnole pour rentrer.

Tant pis, j'en emprunterai une à Tiger... s'il me l'autorise.

Les portes de métal s'ouvrent sur le garage dans un *ding* énervant, la lumière est déjà allumée, ce qui signifie que quelqu'un est là. Plus qu'à prier pour que ce soit mon jumeau. Mais je ne vois le Hummer de Raven nulle part.

Merde.

Une flamme jaillit de mon briquet et embrase aussitôt le bout de ma cigarette que j'amène lentement à mes lèvres entrouvertes.

Soudain, une portière claque et ce bruit résonne dans le sous-sol, suivi d'un juron prononcé à voix basse. Je reconnais tout de suite la voix frêle de Fox. *Qu'est-ce qu'il fiche ici ?*

J'exhale la fumée et m'avance dès que je repère sa silhouette près de sa voiture. La portière est ouverte et il est penché à l'intérieur, sûrement en train de chercher quelque chose.

Nous sommes seuls dans ce gigantesque espace de béton et je ne sais même pas s'il a remarqué ma présence. Je me tiens à côté de lui, je vois son dos courbé sur le siège passager, et ses cheveux roux se détachant du cuir noir de sa bagnole.

Je sais que mes sautes d'humeur peuvent être intimidantes et que Fox y est très sensible. Il n'aime pas me parler, se tenir à mes côtés ou juste être dans la même pièce que moi.

Des fois, j'aime bien m'en amuser. Comme maintenant.

Je donne un grand coup sur le capot, le faisant sursauter. Il se redresse tellement vite qu'il se cogne la nuque contre le toit.

Je ricane.

Fox comprend immédiatement que ce n'est que moi, il soupire et masse l'arrière de son crâne en me lançant un regard noir qui m'amuse encore plus.

— Dove, grogne-t-il. C'est pas drôle, t'es vraiment con.

J'esquisse un rictus amusé.

— Besoin d'aide ? demandé-je innocemment.

Il ne se tourne pas vers moi. Ne me regarde pas dans les yeux. Il m'ignore. Et je déteste ça.

— Eh, oh.

J'agite la main devant son visage pour attirer son attention.

— Je t'ai posé une question.

— Je n'ai pas besoin de toi, merci, répond-il sèchement avant de monter de nouveau dans sa voiture.

Je soupire. C'est encore le silence.

Je lance, sans trop savoir pourquoi :

— Moi si.

— Quoi ?

— Moi, j'ai besoin de toi.

Non, j'ai besoin de ta bagnole.

Mais je ne préfère pas le lui dire comme ça.

Fox glousse, ne me prenant pas du tout au sérieux. En même temps, c'est normal. Depuis qu'on se connaît – tellement longtemps que je ne compte plus les années –, je ne lui ai jamais, *jamais* dit ça.

Je n'ai besoin de personne.

Mais là, ce soir, il me faut rentrer chez moi. Et c'est le seul qui pourrait me ramener.

— Ce n'est pas drôle, Dove, lance-t-il sèchement.

Ce n'est pas une blague. J'attends là une minute.

Puis deux.

Puis trois.

Fox est toujours en train de fouiller dans sa bagnole.

— Tu es sûr que tu ne veux pas de l'aide ? demandé-je de nouveau, amusé par la peur qu'il tente de déguiser en agacement.

Je suis certain que sa seule envie, là, maintenant, c'est que je déguerpisse et le laisse tranquille.

Fox sort et m'analyse, je le vois dans ses yeux noisette qui osent enfin rencontrer les miens.

— Bon, dis-moi ce qui t'amène.

— Je dois retourner chez moi.

— Et tu veux que je t'y dépose, c'est ça ?

— Bravo, Renard, belle perspicacité.

Fox soupire et se passe une main sur le front.

— Je ne peux pas, j'ai fait tomber mes clés quelque part par là et je ne les retrouve plus, geint-il en montrant du doigt l'intérieur de la voiture.

Ah, voilà. Tout s'explique.

Je soupire, mais je sais que je l'aiderai malgré tout. Pour qu'il puisse me ramener rapidement chez moi.

Je soulève mon tee-shirt et sors mon arme que je planque toujours sous mon vêtement. Je la pose bruyamment sur le capot de sa voiture pour qu'elle ne me gêne pas. Il me regarde faire en fronçant les sourcils.

Puis je fais le tour de sa bagnole, ouvre la portière du côté passager et me glisse à l'intérieur. Il a accroché un sapin odorant qui pue le citron à son rétroviseur. Je déteste cette odeur, mais j'en fais abstraction et me penche par-dessus le siège.

— Où est-ce que tu les as fait tomber ?

Fox se glisse à son tour dans la voiture, juste en face de moi, et désigne d'un mouvement de menton l'espace entre les deux sièges.

— Tu as ton portable ?

Il hoche la tête et sort son téléphone de sa poche arrière. Je m'empresse de le récupérer et active l'option lampe torche pour éclairer la moquette.

Il n'y a strictement rien. Je serre les dents.

— Tu es sûr de les avoir fait tomber ?

— Eh bien, hum…

Il semble réfléchir, et ça m'énerve.

Voilà pourquoi je déteste ce Renard. Il ne prend rien au sérieux, alors évidemment, il ne fait pas attention aux objets et les perd sans arrêt. Moi, j'accorde de l'attention à tout. Je vois tout. Je comprends tout. Je retiens tout.

Je fais juste semblant de ne rien remarquer.

J'éteins la lumière de son portable et regarde autour de moi s'il n'a pas laissé ses clés autre part. Ce serait bien son genre.

— Putain, Fox, tu fais chier, grogné-je en voyant sa foutue clé déjà insérée dans le contact.

C'était sûr. Ce mec est un incapable !

— Ah oui, je n'avais pas vu, lance-t-il simplement en rigolant nerveusement.

Il croit que ça m'amuse, en plus ?

Nous tendons la main en même temps. Nos doigts se frôlent, et il recule aussitôt son bras. Notre proximité ne lui plaît pas, je le vois. Pourquoi a-t-il peur de moi ? Nous sommes égaux, je ne suis pas plus fort que lui. Peut-être un peu plus taré, oui, mais c'est tout.

Nous sommes frères.

Une famille.

Il soupire et sort de la voiture.

— Laisse-les où elles sont, on va y aller.

Je l'écoute, pour une fois. Je le vois récupérer mon arme sur le capot, entrer de nouveau dans la bagnole et me la tendre. Je n'arrive pas à lui dire merci, ça ne sort pas. De toute façon, je ne suis pas sûr que ça lui fasse quelque chose.

Fox démarre et sort du sous-sol en cinq secondes à peine. Quand on s'approche des immenses portes du garage, elles coulissent automatiquement. La bagnole monte la pente et nous parcourons le chemin de gravier bruyant jusqu'au portail. Le ciel est dégagé, à tel point qu'on voit parfaitement toutes les étoiles. Je lève la tête et observe la pleine lune. Fox ne dit rien, il n'a même pas allumé la radio ou un truc qui permettrait de briser ce silence lassant.

— Musique ? proposé-je.

— Non.

Au moins, ça a le mérite d'être clair.

J'appuie ma nuque contre l'appuie-tête et reste droit, je ne bouge pas. Fox, juste à côté, est concentré sur la route et m'ignore complètement.

— Comment avez-vous convaincu Tiger que c'était une bonne idée de ramener l'autre gamine chez lui ?

Je jette un coup d'œil vers lui. Il pince les lèvres.

— Tu demanderas à Snake.

— Et pourquoi elle a rapporté toutes ses affaires ?

— Son idée aussi.

— Elle va rester ?

— Je ne sais pas.

Putain. Ses réponses de même pas deux mots m'agacent. Il n'a définitivement pas envie de me parler. Dommage, je suis bavard, ce soir.

— Tu n'es pas très amical avec moi aujourd'hui.

Je fais exprès de paraître aimable avec lui. De paraître. Mais Fox me connaît et sait que ce n'est qu'un jeu pour moi. Ça m'amuse de l'emmerder.

— Parce que je n'avais pas prévu de ramener quelqu'un chez lui.

— Ça va, ce n'est pas comme si tu devais faire un détour, on habite juste à côté.

Il s'enfonce dans son siège, embêté par ma présence.

— Vas-y, dis-moi ce qui te dérange chez moi, et j'essaierais de te mettre un peu plus à l'aise.

En réalité, je m'en fiche. Qu'il soit gentil ou méchant avec moi, bavard ou muet, peu m'importe. C'est seulement drôle de jouer aux hypocrites. Et Fox est le premier au courant, lui qui est si fort pour manipuler les autres.

Il soupire.

— Je n'ai pas envie de jouer avec toi, lance-t-il simplement.

Qu'est-ce que je disais ? Il me connaît trop, mais paradoxalement, il n'arrive jamais à me cerner. Personne n'arrive à me cerner. Même Raven, mon jumeau, a souvent du mal à anticiper mes réactions.

— Mais je ne joue pas, le contredis-je innocemment.

— Tu joues tout le temps.

C'est vrai. Parce que c'est amusant, je trouve.

— Alors, joue avec moi.

Je lance ça sans vraiment réfléchir. Ce n'est pas dans mes habitudes. Et je le regrette aussitôt. Mon cerveau se met sur pause. Je ne sais pas pourquoi je lui ai proposé ça. Normalement, je pars du principe que je ne dois jamais demander. Je joue avec quelqu'un, et puis c'est tout. Qu'il le veuille ou non, qu'il trouve ça drôle ou pas. C'est moi qui contrôle, c'est moi qui impose. J'aimerais retirer ce que je viens de dire, mais je ne peux pas faire marche arrière. Je suis sûr que Fox ne percevra pas mon trouble parce que ce gros débile ne fait attention à rien. Mais pour moi, ça compte. Je me connais, jamais je n'aurais proposé ça à quelqu'un. C'était bête de ma part.

Putain, pourquoi faut-il que ce soir, je ne fasse que de la merde ?

Je me retrouve sans bagnole, et j'ai l'excellente idée de demander à Fox de me ramener. Il est tellement inconscient, à ne jamais penser aux conséquences de ses actes… Alors avec lui, je ne fais même pas attention à ce que je fais, ni à ce que je dis. Résultat, je laisse tomber mes défenses et fais de la merde. Ça n'a l'air de rien comme ça, mais c'est important pour moi. Je me comporte comme si rien n'avait d'importance avec lui, alors que tout en a une. De la façon dont je respire aux mots que je prononce. J'analyse tout ce que les autres font et je prépare tout ce que je fais. C'est comme ça. C'est ma façon d'avoir un coup d'avance sur tout le monde.

Mais avec ce putain de Renard, j'ai l'impression que c'est lui qui mène le jeu, même s'il ne s'en rend pas compte, alors que ce devrait être moi. Fox ne semble pas remarquer mon trouble, évidemment. Il n'analyse rien, et pour une raison que j'ignore, son manque de jugeote m'énerve. Il ne répond pas à ma question, choisit de m'ignorer pour le reste du trajet.

Quand on arrive devant le portail qui protège l'entrée de ma propriété – aussi grande que celle de Tiger –, Fox s'arrête et me jette presque dehors. Il me lance un regard que je comprends très bien : « On est arrivé. Dégage de ma bagnole maintenant. »

— C'était agréable de discuter avec toi. Merci pour ce trajet en ta merveilleuse compagnie.

Puis je lui adresse le sourire le plus faux possible et ouvre la portière. Soudain, je n'ai plus autant envie de rentrer seul chez moi. De quitter cet habitacle, qui certes pue le citron, mais qui est bien plus chaleureux que ma baraque en pierre. Les mots que j'ai prononcés sont toujours coincés dans ma gorge.

« Alors joue avec moi. »

Joue. Avec. Moi.

Je me jette hors de la voiture. Dès que je referme la portière, Fox démarre et me laisse seul devant la gigantesque grille de fer.

Chapitre 7

Leçon de tir

Ophelia

Mon bras est engourdi. Et pour cause : Stella s'est endormie dessus hier soir. J'essaie de me dégager sans la réveiller, et comme elle a le sommeil lourd et que ce lit est plus que confortable, elle ne bronche pas. Elle ne m'entend même pas rejoindre la salle de bains.

Je file sous la douche. Il doit être très tôt, mais j'ai beaucoup de mal à dormir depuis que je suis arrivée. Je stresse, je culpabilise. Et je pense trop à Chad pour que ce soit raisonnable.

Ce n'est pas toi qui l'as tué.

C'est ce que je me dis en boucle depuis que j'ai appris son décès. Peut-être qu'un jour j'y croirai. Certes, il m'a trahie en révélant qui était mon père. Mais c'est bien moi qui ai décidé de tout lui raconter, même si je savais que c'était dangereux. Résultat, aujourd'hui, on en paie tous les deux les conséquences. À des niveaux différents, évidemment. Je suis enfermée dans une propriété de luxe avec cinq mafieux. Et lui…

Lui est mort.

Alors, quelle que soit l'heure, je suis toujours aussi épuisée. Je réfléchis trop. Tout ce que je peux faire, c'est prendre une douche et aller manger.

Je finis rapidement de me laver, puis je récupère dans le grand dressing vide une tenue confortable. Tous mes vêtements sont encore dans ma valise, et celle de Stella est posée à côté. Jamais je ne rangerai nos affaires dans les placards. Jamais. Parce que cela voudrait dire que je me sens chez moi, que je m'installe réellement et que je prévois de rester. *Jamais de la vie.*

C'est comme partir en vacances quelques jours. On ne prend pas toujours la peine de déballer ses sacs, parce qu'on sait qu'on reprendra la route bientôt. C'est pareil. Je n'ai pas prévu de m'attarder plus d'un mois, même si j'ai l'intuition que je ne retrouverai pas une vie normale avant un bon moment. Mon géniteur m'a enfermée ici, sous surveillance, je ne peux pas m'enfuir. Je suis sûre qu'il en profite et qu'il prendra son temps avant de régler le problème.

Parce que tant que je suis ici, je suis « sous contrôle ».

Et tant que je suis sous contrôle, il ne peut rien *lui* arriver.

Or, en ayant accepté d'aider les cinq – je commence un peu à le regretter –, c'est *moi* qui suis en danger.

Quand j'arrive dans la cuisine, la vue que m'offrent les baies vitrées sur l'aube naissante est toujours la même : une pelouse parfaitement tondue et, au loin, de grands sapins aux feuilles automnales qui me font penser aux paysages canadiens.

Sauf que je ne suis pas seule ce matin.

Tiger se tient debout, dos à moi, au-dessus de l'évier, en train de boire. Il se tourne et m'aperçoit. Il porte un simple tee-shirt noir qui moule les muscles apparents de son torse, mais l'îlot entre lui et moi m'empêche d'en voir plus. Il ne dit rien. Il se contente de poser son verre sur le plan de travail dans un bruit mat. Un verre de lait à moitié entamé, sûrement son petit-déjeuner.

Je ne lui dis pas bonjour. Je l'ignore soigneusement et me dirige vers le placard des tasses. J'ai appris toute seule où se trouve la vaisselle. Et aussi les paquets de gâteaux.

Le plus important, en fait.

— Je vois que tu t'es bien adaptée, me lance-t-il d'une voix forte.

Je sens son regard brûler ma nuque pendant que je m'affaire dans le frigo. Ses yeux me consument, j'ai l'impression d'être à côté d'un brasier. Mais je me rappelle que ce n'est qu'un connard dangereux, alors je fais abstraction de la chaleur que sa voix me procure.

— Toujours, lui réponds-je froidement sans me retourner.

Je récupère une brique de jus de fruits que je dépose sur le plan de travail. Tiger passe à côté de moi pour sortir de la cuisine. Son bras droit frôle volontairement mon dos. Je sais que c'était voulu, parce que la pièce est immense et qu'il aurait très bien pu passer ailleurs.

Je me décale par réflexe.

Juste avant de sortir, il se tourne vers moi. Je l'observe du coin de l'œil. Il porte un short de sport noir qui lui arrive aux genoux. Ça fait presque... normal. Il n'a plus du tout l'air d'un mafieux armé...

— Puisque tu es si bien acclimatée à cette cuisine, tu laveras mon verre.

Si j'étais en train de manger, je me serais étouffée. *Pardon ?*

Tiger ne sourit pas, il a l'air sérieux.

— Et tu en profiteras pour nettoyer le plan de travail, il est sale. La femme de ménage est malade, ajoute-t-il.

Je hausse un sourcil. Il faut que je sois ferme et efficace pour ne pas le laisser prendre le dessus chaque fois.

— Et puis quoi encore ? Je ne sais pas pour qui tu me prends, mais je vais te révéler quelque chose que tu n'as pas l'air d'avoir assimilé : je suis la fille de ton patron et tu me dois le respect.

Je conclus ma remarque d'un rictus provoquant, puis je tends ma main vers son verre de lait laissé à l'abandon, et je verse le liquide blanc restant sur le carrelage noir.

— Oups. On dirait que quelqu'un va devoir nettoyer. Dommage que la femme de ménage soit malade, lâché-je innocemment.

Son regard brun devient menaçant comme je ne l'avais encore jamais vu. Je sens qu'il se contient, je l'ai énervé. Tant mieux, c'est tout ce que je souhaite.

Je veux le pousser à bout comme il sait si bien le faire. Œil pour œil, dent pour dent.

Mais il se contente d'ajouter :

— Retrouve-moi au garage dans dix minutes, Ophélie, j'ai des choses à régler avec toi.

Je ne comprends pas. Il n'était pas censé être énervé ? Pourquoi il change de sujet et parle calmement ?

— Quels genres de choses ?

— Ça concerne notre vengeance.

Je déglutis péniblement. Non, pas encore cette histoire. Ce simple mot et je perds ma bonne humeur, le stress refait surface.

— Je ne veux pas en entendre parler jusqu'à ce que ce soit réellement nécessaire, répliqué-je en serrant les poings.

— Eh bien, Ophélie... c'est nécessaire.

Il commence à partir, mais se fige dans l'encadrement de la porte. Il tourne la tête vers moi, son visage parfait et ses yeux bruns me fixent.

— Tu voulais des détails, non ? Retrouve-moi dans dix minutes. Et change de tenue, ce pyjama est ridicule.

Puis il sort pour de bon.

Je regarde mes vêtements. J'ai un jogging noir et un sweat confortable. Non, je ne me changerai pas.

S'il croit pouvoir me dire quoi faire juste parce que mon géniteur lui a demandé de veiller sur moi, il se plante. Je ne lui obéirai jamais.

Je prends mon petit-déjeuner sur la tablette en verre, face à la baie vitrée de la cuisine qui donne sur une terrasse en bois.

Stella ne s'est pas encore réveillée, mais en même temps, il n'est que 7 heures. Et, mis à part quand elle a cours, elle se lève toujours tard. D'ailleurs, en parlant de cours, je ne sais pas comment on va faire. Stella est au lycée, et moi, j'avais entamé ma seconde année à l'université. Seulement, avec tout ce qui se passe, j'ai bien peur qu'on ne soit obligées de changer nos plans. Mais pour le moment, ce n'est pas ma préoccupation principale.

J'ai compris que si on l'avait emmenée ici, c'était pour sa sécurité aussi. D'un côté, je me réjouis de l'avoir avec moi. Mais d'un autre, je ne peux m'empêcher d'en craindre les conséquences.

Tout va bien se passer.

Tout en me répétant ces mots, je débarrasse la tablette, lave *mon* verre et me dirige lentement jusqu'à l'ascenseur.

Il fait froid au sous-sol. Sous mes chaussettes, le sol en béton est glacial. Il y a toujours la dizaine de voitures de sport, toutes plus luxueuses les unes que les autres. Au bout du garage, une porte est ouverte et j'aperçois de la lumière. Puisqu'il n'y a aucune trace de Tiger dans cette partie, je me dirige dans cette direction. Je m'approche doucement et découvre une salle gigantesque, sans fenêtres. Une pièce remplie d'étagères où sont entreposées des centaines d'armes différentes. J'ai un mouvement de recul, surprise.

Et au fond, je remarque une silhouette immobile. Tiger. Il tient quelque chose dans les mains, et immédiatement, un bruit me transperce les tympans.

Une arme. Un tir. Il visait une cible, et je comprends alors que cette pièce sert d'entrepôt pour son artillerie, mais aussi de salle d'entraînement.

Quelle bonne nouvelle.

Je dors juste au-dessus d'un stand de tir.

Génial.

J'hésite à partir, parce que j'ai l'impression que s'il m'a fait venir jusqu'ici, ce n'est pas pour rien. Et je ne suis pas à l'aise, entourée d'armes et d'une personne qui sait apparemment très bien s'en servir.

— Phélie ?

Sa voix me surprend. Il n'a pas à hausser le ton pour se faire entendre, parce que la pièce est tellement grande que le surnom ridicule qu'il me donne résonne bruyamment.

D'abord Ophélie, maintenant Phélie. Ce sera quoi, ensuite ?

C'est tellement absurde que je décide de ne pas relever.

Il m'a repérée, je sais que je ne peux plus m'enfuir. Je suis prise au piège entre ses griffes acérées. J'entre lentement, la boule au ventre.

Tiger dépose son arme sur une table en bois non loin de lui, puis s'approche de moi.

— Tu voulais me parler, je lui fais remarquer en essayant de paraître confiante.

La vérité, c'est que j'ai très peur de cet endroit et de ce que le Tigre en face de moi pourrait me faire.

— Approche.

Il me fait signe de le rejoindre.

— Prête pour ta première leçon de tir ?

Surprise, j'ai d'abord un mouvement de recul. Puis, même si je ne suis pas sûre que ce soit vraiment une question, je lui réponds :

— Non.

C'est vrai, je ne savais pas qu'il avait ça en tête. Et je n'ai pas envie de comprendre comment fonctionne une arme, parce que je pars du principe qu'elle peut tuer et je ne suis pas une meurtrière.

Je ne suis pas une meurtrière. Je n'ai pas tué Chad.

Avec ces pensées bien claires en tête, je refuse.

— Ce n'était pas une question, réplique-t-il, plus froidement encore.

— Alors arrête de faire comme si j'avais le choix.

— Pourquoi ? Tu préférerais que je te donne des ordres ? C'est comme ça que tu fonctionnes, Phélie ?

— Ophelia, corrigé-je. Et non, je préférerais surtout ne plus jamais entendre ta voix.

Bon, c'était peut-être la réplique de trop.

Je pince les lèvres et me la boucle, tandis que je sens *physiquement* son énervement augmenter au fil des secondes. *Oui, c'était définitivement la réplique de trop.*

Je n'ose même pas regarder son visage et encore moins ses yeux.

— Ne confonds pas courage et stupidité, parce que tes réflexions ne reflètent pas ton audace, mais plutôt ta faiblesse. Et je ne veux pas d'une imbécile chez moi.

— C'est drôle que tu me traites d'idiote, alors que tu ne sais même pas retenir un prénom.

Je croise les bras. Il ne répond rien. Je trouve malgré tout qu'il se contient assez bien. Sérieusement, je pensais qu'il était plutôt du genre à mettre une balle dans la tête des personnes qui lui manquent de respect. Pas quelqu'un qui maîtrise ses émotions à la perfection.

— Tu...

— Quand tu arrêteras de parler, on pourra peut-être aborder les choses sérieuses, le coupé-je.

Je soupire, faussement lassée. En vérité, je suis à deux doigts de m'enfuir en courant, et de ne plus jamais lui adresser la parole. *Je suis tellement trouillarde...* Mais bon sang, je suis avec un Tigre à l'aura dangereuse et je suis entourée d'armes.

Les armes et lui ne font pas bon ménage, mais je trouve encore le moyen de répliquer pour le rendre fou.

Pitié, coupez-moi la langue.

Heureusement, Tiger ignore ma repartie puérile, attrape deux pistolets identiques et me tend l'un des deux.

— Il est chargé, alors fais pas de connerie, lâche-t-il sèchement en me tournant le dos.

Je tiens cette arme comme si c'était une bombe prête à exploser à tout moment. Elle est lourde et froide entre mes doigts. Je déteste cette sensation.

Tiger se dirige au fond de la salle. Sur l'un des murs en béton, il y a trois cibles alignées, certaines sont déjà trouées. Il se place devant, à une dizaine de mètres. Je le suis à contrecœur et reste derrière lui. La pièce est tellement froide que je tremble de la tête aux pieds.

— Décale-toi, sinon tu n'y verras rien, m'ordonne-t-il.

Je frissonne et fais un pas sur ma droite.

Puis il commence avec sérieux :

— Quand tu es en face de ta cible, tu charges ton flingue comme ça.

Il me montre la démarche à suivre d'un geste expert, puis lève l'arme et vise.

— Si ta cible est loin de toi, tu approches ton arme de ton œil, tu stabilises le mieux possible, et tu appuies sur la gâchette.

Quand il le dit, ça a l'air simple, mais je ne sais pas si j'ai envie d'y arriver. Je ne veux pas tirer.

Il baisse son arme et se décale pour me laisser la place.

— À toi.

Non, je n'en ai pas envie.

— Pourquoi il faut que je fasse ça ?

Tiger ne prend même pas la peine de me répondre. J'avais déjà compris que leur monde était dangereux et que j'allais devoir apprendre à me défendre, mais maintenant que j'y suis, je n'en ai pas la moindre envie.

— Allez, je n'ai pas toute la journée.

Je serre les dents et me force à soulever l'arme entre mes mains. J'essaie de la porter jusqu'à mon visage, mais c'est évidemment plus compliqué que l'impression qu'il donnait. Elle est lourde dans mes mains. J'essaie de tendre les bras et de reproduire les mouvements qu'il vient de faire, mais ma peur et la répulsion que m'inspire ce geste – synonyme de mort – m'empêchent d'y arriver.

— Tu fais quoi, là, Phélie ? T'essaies de viser le mur ? Bravo, tu y arrives à merveille.

Ses paroles sarcastiques me déconcentrent. Elles m'agacent.

Je souffle, et j'essaie – vraiment, j'essaie – d'appuyer sur la gâchette, mais mes doigts ne veulent plus bouger. Ils sont comme paralysés.

J'ai beau y mettre toute ma force, rien n'y fait. Alors je reste comme ça, dans le froid et un silence pesant, avec un homme derrière moi qui épie tous mes faits et gestes et soupire, lassé par cette attente.

J'en ai marre, je ne veux pas le faire !

— J'arrête, déclaré-je en baissant mon arme.

Je ne prends même pas la peine de lever la tête vers lui.

— Je ne suis pas faite pour ça. De toute façon, même si je savais faire, je n'oserais tirer sur personne.

Je me tourne vers la porte, mais à peine ai-je le temps de faire un pas qu'une main empoigne fermement mon coude pour me tirer en arrière. Le Tigre me ramène à lui sans douceur et me lance un regard brûlant. Nous sommes tellement proches que j'arrive enfin à discerner les détails de sa cicatrice. Je sais que je ne devrais pas dire ça, mais... je la trouve magnifique.

— Je ne te pensais pas aussi conne, crache-t-il.

Il me tient toujours le coude et sa main me brûle vive. Elle consume mon bras. Embrase mon corps.

— Tu crois que tu vas avoir le choix, Ophélie ? me demande-t-il sèchement. Quand tu seras en face d'un homme pire que moi, tu seras bien contente de savoir comment tirer.

— Il n'y a pas pire que toi.

Je l'entends ricaner froidement. Dans sa tête, il doit être en train de me traiter de naïve dans toutes les langues qu'il connaît. Et là, il fait quelque chose qui me glace le sang. Qui fait battre mon cœur à une vitesse indescriptible. Cette fois-ci, de panique.

Il pointe son arme.
Chargée.
Sur moi.
En direction de mon cœur.
Ce geste me déchire.
Je n'arrive plus à respirer. Mon cœur cogne violemment dans ma poitrine. S'il tire, je meurs.
Je meurs.
Il me maintient toujours contre lui. Je n'arrive plus à faire le moindre mouvement, prendre la moindre inspiration. J'ai envie de lui crier d'arrêter.
— Tu ne vas pas...
— Tais-toi, me coupe-t-il brutalement.
Il est en train de me prouver que ce que je viens de dire est vrai : il n'y a pas pire que lui.
Je tremble. Ma main qui tient fermement mon arme tressaute elle aussi. Le canon lourd de la sienne est pressé contre mon sweat et je pourrais presque sentir sa froideur à travers mon vêtement.
— Pourquoi ?
C'est le seul mot qui arrive encore à sortir de ma bouche. Pourquoi il fait ça ? Va-t-il vraiment me tirer dessus ?
— Tu es l'être le plus idiot et le plus fragile que j'aie jamais connu.
Ses dents sont serrées. Ses insultes me coupent la respiration. Il ne peut pas... Il ne va pas oser, si ? J'ai le cœur qui bat à une allure affolante et je commence à trembler comme une feuille.
— Tu n'es rien pour personne, ici.
Il me regarde droit dans les yeux et sa méchanceté me tue sans qu'il ait besoin d'appuyer sur la gâchette.

— Si tu crois que c'est ton père qui va te sortir de cette situation, tu te plantes. Je déteste mes frères pour avoir cru que tu pourrais nous aider. Tu n'es bonne à rien. Alors soit tu t'entraînes pour te défendre avec la foutue arme que je t'ai donnée, soit on se dit au revoir, et on se retrouvera en enfer.

Je ne peux même plus respirer. Ce manque cruel d'air m'empêche de réfléchir correctement. Je ne sais même pas quoi répliquer tant son discours me choque et me brise à la fois. Mes oreilles sifflent et tous mes membres sont lourds et crispés.

Qu'est-ce que je vais faire ?

Qu'est-ce que je peux faire ?

Qu'est-ce que...

Je baisse les yeux et prends conscience que je tiens toujours mon révolver. Je ne suis pas faible. Je ne suis juste... pas faite pour ce dont il a l'habitude. Les lèvres pincées, je lève lentement mon bras, arrêtant de réfléchir. Et je fais quelque chose que je ne me serais jamais crue capable de faire avant. Je pointe mon arme sur son torse.

Il reste immobile. Son regard soutient le mien. Il est fiévreux. Son souffle est fort, j'entends distinctement sa respiration.

— Tu veux jouer à ça, Phélie ?

Un sourire narquois ourle ses lèvres parfaites et sa mâchoire carrée est extrêmement contractée, comme s'il se retenait de faire quelque chose.

Oui, retiens-toi de me tuer, parce que je ne veux pas mourir.

J'acquiesce lentement. Je ne peux pas le laisser faire ça, me parler comme il le fait, me menacer. Je ne peux pas. Je ne suis pas la fille qu'il décrit.

« Tu es l'être le plus idiot et le plus fragile que j'aie jamais connu. »

— Baisse cette arme, lui ordonné-je.

Je serre les dents et le regarde avec toute la haine que j'ai en moi. C'est un sentiment indescriptible, bien trop fort pour une personne que je connais à peine. Il croit me connaître, connaître mes faiblesses, et se permet de m'insulter. Et moi, je n'arrive pas à l'ignorer.

Je deviens folle.

Je ne sens plus son arme sur ma poitrine. Je n'ai conscience que de ses yeux dans les miens, et cette lueur dans ses prunelles qui me captive.

— Tire avant que je le fasse, lance-t-il de sa voix rauque.

Sa voix percute mon cœur et me fait l'effet d'un couteau planté dans le ventre. Mon souffle se coupe.

Je dois tirer avant qu'il le fasse.

Et je sais que je ne peux pas me protéger en répétant que je suis la fille de son patron. Parce que rien ne peut l'arrêter. Il se fiche de mon identité et des règles qui vont avec. Il tirera. Il est pire que tout.

Je n'arrive pas à détacher mon regard du sien.

Son pistolet s'enfonce dans ma chair. Le mien contre son torse.

— Tire, répète-t-il.

Il me teste. Il veut savoir si j'en suis capable.

J'ai l'impression que son visage s'approche du mien, mais je ne sais pas si c'est réel ou si ce n'est qu'une illusion.

J'entends son souffle, je sens son regard sur ma bouche et ses doigts qui s'enfoncent dans la chair de mon coude, me tenant toujours fermement contre lui. Je suis coincée entre les griffes d'un *tigre*.

Il veut me tuer.

Il me croit trop faible mais je sais que je suis capable de me défendre.

Je dois le lui prouver.

Je sens sa prise sur mon coude se desserrer petit à petit, jusqu'à me libérer. Pourtant je ne pense qu'à mon autre bras, celui qui ne lâche pas mon pistolet.

Je puise dans les quelques forces qu'il me reste pour le soulever, visant juste au-dessus de son épaule. Mon cœur bat la chamade. L'adrénaline coule dans mes veines. Mais lorsque j'appuie sur la gâchette, aucune balle n'en sort.

J'arrête de respirer.

Tiger ricane et je fais un pas en arrière, désorientée.

— Tu pensais que j'allais te laisser manipuler une arme chargée ?

Il baisse la sienne tandis que des frissons me parcourent.

La réalité me frappe d'un coup, comme si je me prenais une gifle. J'étais prête à tirer. Dans le mur, certes, mais je l'aurais fait. J'en ai le tournis.

Ma haine a parlé pour moi. L'ange sur mon épaule reprend le contrôle et me raisonne.

Même si tu as osé tirer, ce n'était pas sur lui.

Les crimes, les meurtres, c'est sa vie, pas la mienne. Lui qui semble tellement enlisé dans son monde de fou qu'il n'arrive plus à réagir comme un être normal. Son démon a l'air d'agir constamment à sa place.

Mais moi... je ne suis pas comme eux. Je n'aurais jamais dû faire ça. Comment nous en sommes arrivés là ?

— Tu vois, tu es quand même capable de réagir, lâche-t-il. C'est un bon début.

Je ne peux même plus le regarder dans les yeux.

— Ne t'inquiète pas. Tu deviendras comme nous, un jour. Il va te falloir du temps, mais tu t'adapteras.

Je déglutis péniblement.

— Et si je n'en ai pas envie ?

— Qui t'as dit que tu allais avoir le choix ?

Je secoue la tête, loin d'être en accord avec lui.

— Je suis ici pour que vous me protégiez, pas pour que vous me transformiez en monstre.

— Oui, c'était le plan. Avant que tu viennes mettre ton nez dans nos affaires, assène-t-il.

En parlant d'affaires, il évoque évidemment leur vengeance.

Je me sens mal. Et pile au moment où je souhaitais une fois de plus répliquer, il ajoute :

— Fin de la leçon, tu peux y aller.

Sa voix franche et forte me fait tressaillir. Mais je reste anormalement calme.

Il récupère sans difficulté l'arme dans ma main, puis passe devant moi sans me toucher et rejoint les étagères où il les range, comme si rien ne s'était passé. Je suis non seulement déboussolée, mais une rage encore plus forte qu'avant naît en moi.

Contre lui. Contre ses propos.

« Tu deviendras comme nous, un jour. »

Je me dirige furieusement vers la sortie, mais avant de partir, je me retourne vers lui.

Ses yeux étaient déjà posés sur moi.

— Je ne serais jamais comme vous. *Jamais*.

— C'est ce qu'on verra.

Stella

En descendant l'escalier de marbre, ma sœur apparaît, les joues roses et le regard empli de haine. Quand elle lève la tête vers moi, elle masque ses émotions. Mais c'est trop tard, j'ai bien vu que quelque chose n'allait pas.

— Ça va ?

On a posé cette question en même temps, ça me fait légèrement sourire.

— Ça va, me répond Ophelia en premier.

— Alors ça va aussi.

Elle commence à grimper les premières marches à toute vitesse.

— Je vais me doucher. Tu peux aller prendre ton petit-déjeuner, il y a tout ce qu'il faut dans la cuisine.

— Tu es sûre que ça va ?

Elle m'adresse un sourire réconfortant et trace sa route. Soit je suis parano, soit elle a bel et bien des problèmes qu'elle tente de me cacher.

Je bâille à m'en décrocher la mâchoire. J'aurais préféré qu'elle se confie à moi, mais je la laisse seule malgré tout et descends.

Je ne me sens pas très à l'aise ici. D'accord, c'est la maison de son ami, mais... je ne sais pas, quelque chose cloche. Comme les trois hommes qui sont venus me chercher hier. Où le fait que leur présence était très malaisante. Leurs tatouages, leurs tenues, leur charisme. Ça me fait vraiment peur, même s'ils adoptent une attitude décontractée.

En revanche, j'ai vraiment bien dormi cette nuit. Ça faisait un moment que je n'avais pas eu de lit comme ça. Au foyer, j'ai un lit une place, il fait souvent froid et ce n'est pas très confortable. Dans cette chambre, c'est beaucoup mieux. Il y a du chauffage, tout est spacieux et lumineux. Même si je ne connais pas le propriétaire de cette villa, j'aimerais y rester le plus longtemps possible. Je n'ai pas envie de retourner au foyer. La seule chose qui serait susceptible de me manquer là-bas, ce sont mes amis. Mais je sais que je les reverrai bientôt, toutes les bonnes choses ont une fin.

En plus, je ne sais même pas pourquoi on est là.

OK, ce sont des connaissances de ma sœur. Mais pourquoi a-t-elle rapporté toutes ses affaires ? Pourquoi on m'a demandé de prendre les miennes aussi ? Il doit se passer un truc louche dans la vie d'Ophelia. D'habitude, nous n'avons aucun secret l'une pour l'autre, mais en ce moment, je sens qu'elle me cache quelque chose.

Je saurais ce qui se passe tôt ou tard, j'ai seulement peur que ce ne soit vraiment mauvais.

J'arrive dans la cuisine, admirant toujours la beauté du lieu. Hier, nous avons mangé ici avec

Ophelia, Fox et Raven. Sur cet îlot. C'était cool, même si j'étais un peu perdue.

Je ne sais pas quoi prendre pour mon petit-déjeuner. À vrai dire, je ne sais pas ce qu'il y a. Ce serait bien qu'il y ait des céréales, c'est la seule chose que je mange le matin.

Je m'avance vers le frigo, mais je marche sur quelque chose d'humide et je grimace.

Qu'est-ce que c'est ? De l'eau ?

Je râle tout en baissant le regard. Du lait macule le carrelage noir de la cuisine. Quelqu'un n'a pas nettoyé ses cochonneries. Je grimace de nouveau. Ça ne peut pas être ma sœur, elle déteste le lait.

Je vais m'en occuper, si cette personne n'est pas fichue de le faire elle-même...

Je m'approche de l'évier en faisant gaffe à ne pas glisser, et je récupère une éponge qui gît à côté du robinet. Je la mouille et m'accroupis au sol pour nettoyer la tache.

— *¡Hola! ¿Hay alguien aquí?*

Une voix forte à l'accent espagnol retentit dans la pièce et me fait sursauter. Je bondis de derrière l'îlot et me retrouve aussitôt face au type d'hier.

Avec son tatouage d'anguille.

Je me souviens de lui et de son ton condescendant quand il s'est adressé à moi. Heureusement, d'ailleurs...

S'il s'était montré agréable comme ses deux amis, je serais tombée amoureuse de cet homme instantanément. Sérieux, ce mec est magnifique.

Stella, ce « mec » a au moins cinq ans de plus que toi !

Ses cheveux sont en bataille. Ses racines sont noires, mais il a coloré ses pointes d'un vert que j'aurais trouvé laid sur quelqu'un de normal. Mais lui ne l'est pas, il en est loin. Il empeste la virilité, la menace et le secret.

Physiquement, il est séduisant, mais c'est surtout son aura qui m'attire. Son assurance impitoyable. Quelque chose chez lui me ferait presque raser les murs pour l'éviter, mais une autre me pousserait à attirer son attention pour que ses deux billes vertes et pétillantes se posent sur moi. Pour qu'il sache que j'existe. Que dans ce monde, il y a une fille de dix-sept ans, blonde, appelée Stella, qui respire le même air que lui.

Mon regard descend vers son menton qui n'est pas tout à fait rasé, et ça me rappelle qu'il doit être vraiment plus vieux que moi et...

— *¿Hola?*

Sa voix me coupe dans mes pensées. Son accent prononcé lui ajoute quelque chose.

Je me racle la gorge.

— Salut.

Ça a du mal à sortir, mais j'y arrive.

Il a toujours son tatouage dans le cou. Bien sûr, ce n'est pas parti avec la nuit, mais... ça le rend très attirant.

Je tousse, jette l'éponge dans l'évier et pivote vers lui.

Il est toujours en face de moi, ne sourit pas, mais son regard n'est pas hostile non plus.

Ses amis l'appelaient Snake. J'ai compris qu'il s'agissait d'un surnom, mais dois-je l'appeler ainsi ? De toute manière, je ne connais pas son vrai prénom.

— Tu sais où sont les gars ? me demande-t-il avec son accent hispanique. On devait avoir une réunion ce matin.

Je hausse les épaules, je n'ai même pas écouté sa question. Bon sang, je dois être ridicule. Il faut que je me ressaisisse.

— Je viens de me réveiller, alors non, je ne sais pas où ils sont. Je n'étais même pas au courant.

Un autre gars entre dans la cuisine, Snake se tourne vers lui et oublie ma présence pendant quelques secondes qui m'offrent un peu de répit. Je crois que c'est Tiger, le propriétaire de la maison. Il me fait un peu peur, mais ce n'est pas lui qui me préoccupe le plus maintenant. C'est la présence du Serpent.

— *Holà*. Les autres sont arrivés ?

— Non.

Tiger ouvre le frigo et prend une brique de lait. Je fronce les sourcils. C'est lui qui n'a pas nettoyé après en avoir fait tomber ? Bravo. J'aimerais bien le lui faire remarquer, mais je ne veux pas paraître impolie. C'est quand même lui qui m'héberge ici et j'ai une certaine retenue.

J'observe Snake, et lui-même suit les mouvements de Tiger du regard, il ne le lâche pas des yeux.

— Ça va, mec ? lui demande-t-il.

Je vois du coin de l'œil Tiger hocher la tête.

— Je vais me doucher.

Il se racle la gorge et ajoute :

— Ensuite, si les gars sont arrivés, on se retrouve dans mon bureau. Préviens Ophélie, dit-il simplement.

Je suis complètement perdue. Quelle est cette réunion ? Qu'est-ce qu'Ophelia a à voir là-dedans ? Pourquoi Tiger l'appelle-t-il Ophélie ? Pourquoi j'ai l'impression que tout le monde ici me cache quelque chose, dont ma propre sœur ?

Lorsque Tiger sort, un grand verre de lait à la main, je me tourne vers Snake, qui doit le sentir puisqu'il me fait face.

— Tu as besoin de quelque chose ?

Sa question aurait pu être bienveillante, s'il n'avait pas encore une fois employé un ton condescendant.

Pourquoi faut-il que tous les mecs que je trouve beaux soient si insolents ? C'est dingue !

Je pince les lèvres, mais des dizaines de questions se bousculent dans mon crâne et ne demandent qu'à être posées. Je prends mon courage à deux mains et me lance :

— C'est quoi, cette réunion ?

— C'est privé, répond-il directement, sans même réfléchir.

OK. Ça veut dire que je ne suis pas autorisée à le savoir. Mais ma sœur est concernée, alors je pense que je devrais l'être moi aussi.

— Pourquoi Ophelia doit y assister ?

Il soupire et me tourne le dos.

— *Privado*. Encore.

Je serre les dents et souffle fort. Je suis agacée.

— Ça a un rapport avec la raison pour laquelle nous devons rester ici ?

— Kid, tu as du mal avec le mot « privé » ? me demande-t-il sérieusement.

Oh, qu'il m'énerve.

D'abord, je ne comprends pas pourquoi il m'appelle Kid.

Ça montre encore une fois qu'il me considère comme une gamine.

Tous les autres m'appellent Stella, sauf lui. Et ça m'agace.

— « Privé », c'est comme « personnel », poursuit-il en me parlant comme si j'étais débile. Comme « ça ne te regarde pas », comme « ce n'est pas quelque chose qui te concerne ». Comme « mange au lieu de te préoccuper de nos affaires ».

Je lève les yeux au ciel et croise les bras sur ma poitrine.

— J'estime que si ça concerne Ophelia, ça me concerne aussi.

Snake me lance un regard indéchiffrable.

Je ne sais pas s'il est agacé ou si, au contraire, notre petite joute verbale l'amuse.

— Et moi, j'estime, Kid, que tu n'as aucun prétexte valable pour que je te le dise.

— Je vais en trouver un.

— C'est ça, cherche toujours.

Je réfléchis sérieusement à la question, mais il a raison, leur « réunion » ne me regarde pas. Et, même si ça concerne ma sœur, ça ne doit pas automatiquement me concerner. Elle a droit d'avoir une vie privée et ses problèmes personnels, c'est juste que c'est ma sœur et que d'habitude on se dit tout.

Ces pensées me font un pincement au cœur. Alors je passe à autre chose.

— Combien de temps on va devoir rester ici ?

— Pour Ophelia, je n'en sais rien. Toi, tu resteras ici jusqu'à ce qu'on te trouve un autre endroit.

Je fronce les sourcils.

— Le foyer ne veut plus m'accueillir ?

C'est pour ça qu'on m'a emmenée ici en me demandant de récupérer mes affaires ? Parce que j'ai été virée ? Qu'ai-je bien pu faire pour ça ?

Snake ricane, avance de quelques pas jusqu'à l'îlot central et pose ses paumes dessus.

— Non, Kid. Tu n'y retourneras pas parce que cet endroit craint.

Il me fixe dans les yeux. Mais vraiment dans les yeux. Comme jamais personne ne m'avait regardé avant. J'ai l'impression qu'il m'analyse, qu'il cherche à me comprendre.

Mon ventre se noue. Il est en train d'entrer dans mon intimité, de s'autoriser une proximité que personne n'avait encore osé tenter avec moi.

Snake est posté si près que je peux sentir son parfum. Un mélange de réglisse et d'autre chose de moins sucré, mais je n'arrive pas à discerner quoi. Peut-être du tabac. Mais chez lui, ça rend bien.

— J'y vis depuis toujours. Pourquoi maintenant ?

— Si je t'avais connue plus tôt, ça ferait déjà un bon moment que tu y serais partie.

Je veux lui demander où je serais allé, si je serais venue chez Tiger comme maintenant, mais je me tais parce que quelqu'un arrive.

Je crois que c'est Fox, et je suis contente de le voir. Dès qu'il entre dans la cuisine, il réchauffe l'atmosphère rien qu'avec son sourire et sa bonne humeur.

— Stella, ça va ? Bien dormi ?

Je hoche vivement la tête alors qu'il se tourne et semble découvrir Snake.

— Qu'est-ce que tu fais ici, toi ?

Il me regarde de nouveau sans laisser au Serpent le temps de répondre.

— S'il t'embête, tu me le dis et je viens te protéger.

Un faible sourire se forme sur mon visage. Je commence vraiment à l'apprécier. Il est drôle et il ne se comporte pas comme s'il était supérieur à moi, pas comme Snake ou Tiger.

— Bon, t'as fini tes conneries ? siffle le Serpent.

Le rouquin ne répond pas, il se contente de pivoter vers moi et tourne alors le dos à Snake. Puis il chuchote, de sorte que le Serpent n'entende pas.

— Il est lourd, mais ne t'inquiète pas, il est inoffensif. Il ne te fera pas de mal. Son seul défaut, c'est qu'il se croit drôle alors qu'il ne l'est pas DU TOUT. Alors surtout, ne te sens pas obligée de rigoler à ses blagues pourries. Après il va se croire amusant et...

— J'entends tout, espèce d'idiot. Et je ne suis pas d'accord.

J'observe Fox lui offrir un sourire hypocrite qui me fait rire. Snake soupire.

Quelque chose attire mon regard à l'entrée de la pièce. C'est Raven qui débarque.

— Dove et Tiger nous attendent. On monte ? annonce-t-il en me faisant un clin d'œil.

— On arrive, lui répond Snake en entraînant Fox hors de la cuisine.

— Stella, si tu ne me vois pas descendre dans une heure, c'est que Snake m'a tué.

— Mais oui, bien sûr, lâche l'intéressé en levant les yeux au ciel. Si tu ne te la fermes pas, c'est ce qui va t'arriver. Tu préfères que je commence par te crever les yeux ou par t'arracher la langue ?

— C'est hilarant, Snake. Vraiment hilarant. Tu vois Stella, qu'est-ce que je disais ? Il n'est pas marrant du tout, le pauvre.

Je n'ose plus rigoler, même si je sais que ce n'est qu'une chamaillerie amicale.

Le Serpent marmonne des jurons en espagnol avant de pousser Fox dehors.

Je regarde Snake partir, mais, avant de disparaître, il se tourne rapidement vers moi. Ses yeux rencontrent les miens qui l'observaient sans discrétion. Prise en flagrant délit, je baisse la tête.

La seconde d'après, il a disparu.

Snake

Nous sommes tous réunis dans le bureau de Tiger. Je suis passé par la chambre d'Ophelia pour la prévenir, et celle-ci m'a suivie sans broncher. Je crois que prononcer le mot « vengeance » la fait flipper.

Tout le monde est présent. À droite du grand bureau de Tiger, il y a une dizaine de chaises autour d'une table en verre. Ils sont déjà tous assis, sauf le Tigre, qui reste collé au mur à quelques mètres de la table.

Quand j'entre accompagné d'Ophelia, ils se tournent tous vers nous.

— Ophelia, viens ! Tu peux t'asseoir là, déclare Fox en tapotant la place à côté de lui.

Nous nous approchons. Dove est en bout de table et Raven en face de moi. Ils disent rapidement bonjour à Ophelia, sauf Dove et Tiger qui regardent ailleurs. Puis la Colombe soupire et demande :

— C'est bon, on peut enfin commencer ?

Tiger s'avance et jette un coup d'œil au seul mec sur cette Terre qui arrive à rester de marbre en toutes circonstances.

— Dove, tu veux parler en premier ?

— Pas une bonne idée, intervient son jumeau avec une mine réprobatrice. Si c'est Dove qui explique, il va effrayer Ophelia, comme la dernière fois.

Je ricane et Dove ne laisse pas cette remarque passer à la trappe.

— C'est quoi ton problème, Raven ? T'es en train de me dire que je t'impressionne ?

Son ton est calme, comme toujours. Il affiche un air narquois et hausse les sourcils.

Raven glousse et balade son regard mystérieux sur la Colombe.

— Essaie toujours, petit frère. La seule personne à qui tu fais peur ici, c'est Ophelia. Et c'est parce qu'elle ne te connaît pas encore !

— C'est vrai, quand on te côtoie tous les jours, t'as plus l'air d'une colombe inoffensive que d'un monstre sans émotion, lancé-je en suivant Raven dans son délire.

En vérité, il me fait toujours peur, parfois. Mais jamais je ne le dirai, il le sait déjà.

— J'aimerais en dire autant pour vous, réplique Dove, mais vous ressemblez à des gosses qui s'amusent avec des armes en plastique.

Je hausse un sourcil et Raven me lance un regard, du genre : « On ne le laissera pas s'en tirer comme ça. »

— Tu sais ce qu'il te dit, le gamin qui joue avec des armes en plastique ? réplique Raven.

J'entends Tiger soupirer, mais on ne s'arrête pas. C'est nous. Ce sont nos petites querelles quotidiennes.

— Rien à foutre, Raven.

— Entre nous, le mec qui a le plus l'air d'un gamin qui s'amuse avec un jouet, c'est toi, Dove. Vous vous souvenez la dernière fois, quand il n'a pas réussi à charger son arme et que c'est Fox qui a dû tirer ? demandé-je en me retenant de ne pas exploser de rire.

C'est Fox qui le fait à ma place, puisqu'à l'évocation de ce souvenir, il se tord de rire.

— C'était la première fois que je me servais d'une telle arme en mission, et j'ai encore mieux visé que lui. C'était dément !

— Et sa tronche quand il t'a regardé tirer ! Il était dépité, le pauvre !

— Et aussi hyper impressionné. On te donne des cours quand tu veux, Dove.

— Bande de...

— Bon, vous avez fini ?! intervient Tiger en se passant une main sur le visage. Taisez-vous, ça suffit. On dirait des gosses qui se disputent pour que dalle.

Silence.

Raven ose l'ouvrir la seconde suivante.

— C'est vrai, commence-t-il, feignant d'être sérieux. On est là pour parler vengeance.

— Bien sûr, ajouté-je. On est mature.

Mais j'éclate de rire et Raven me suit aussitôt.

— Ma patience a des limites, grogne Tiger en prenant place en bout de table, face à Dove.

— Oh, allez, on a le droit de rigoler un peu. Wolf n'était jamais sérieux, on peut bien faire ça pour lui, déclare Fox d'un ton léger.

Je grimace en jetant un coup d'œil en direction de Tiger, qui, comme je l'avais pressenti, se tend. Sa mâchoire se contracte, et s'il en avait le pouvoir, il détruirait Fox d'un regard.

— Tais-toi, Fox. Tout ce qu'on va faire pour lui, c'est tuer le connard qui nous l'a enlevé.

Et alors, tout le monde se mure dans le silence. Même Ophelia n'ose plus respirer.

Je me racle la gorge et pose les paumes sur la table. Il faut qu'on parle de notre plan avant que ça parte dans tous les sens.

— *Bien, entonces...* Il me semble avoir compris qu'il y a un événement au Saint-Louis, la semaine prochaine.

— Non, ça a été annulé, lance sèchement Tiger. Il se passe maintenant dans l'une des demeures des Royal.

— Quoi ? s'exclame-t-on en chœur, Raven, Fox et moi. Où ça ?

— À environ vingt minutes d'ici. Il paraît que c'est une nouvelle propriété qu'ils viennent d'acquérir et qu'ils veulent inaugurer.

— *Los pendejos...*

— On va devoir inventer une excuse pour arriver à s'y introduire. On ne peut pas laisser Ophelia y aller toute seule, intervient Raven.

— Facile, lancé-je. On dit simplement qu'on est là pour représenter Almanzo qui n'a pas voulu perdre son temps à se déplacer dans la nouvelle baraque crasseuse de ses pires ennemis, et qu'on surveille sa fille en même temps. Enfin, en version diplomatique.

Je m'avachis sur ma chaise et attends l'avis des autres.

— On ne va quand même pas y aller à cinq, rétorque Raven. Ça va paraître louche, surtout s'ils nous contrôlent à l'entrée.

— Ils vont nous contrôler à l'entrée, c'est certain, confirme Tiger. En effet, on ne va pas pouvoir tous y aller. Fox, tu restes ici. Tu apporteras ton matos informatique et t'essaieras de te connecter aux caméras de surveillance, de sorte à avoir un œil sur tout ce qui se passe et un autre sur nous.

Fox hoche la tête.

— Snake, pareil.

Je hausse les sourcils. Ça veut dire quoi, ça ?

— Pardon ?

— Tu vas rester ici et veiller sur la gamine, juste pour t'assurer qu'elle ne fait pas chier Fox et ne foute pas son nez dans nos affaires.

— Mais c'est injuste ! Elle peut se garder toute seule ! Fox lui mettra un film et elle restera devant la télé. Pourquoi c'est moi qui dois rester avec elle ?

Je me concentre sur Tiger, mais je sais d'avance que malgré mes suppliques, il a pris sa décision. On ne discute pas avec lui. Il ne me répond même pas.

— Raven, tu seras notre chauffeur. Tu resteras à l'extérieur et tu nous attendras. Et surtout, tu fais gaffe à ce qu'aucun de ces connards ne vole notre bagnole. On en aura besoin au cas où on devrait partir en urgence.

Raven acquiesce. D'habitude, c'est un sniper. Mais vu que l'événement ne se passe pas en ville, il n'y a pas d'immeubles à côté qui lui serviraient de perchoir. Notre Corbeau va seulement devoir conduire cette fois-ci.

— Dove et moi, on entrera et on gardera un œil sur Ophélie.

— Et moi ? déclare une petite voix.

Elle est devenue toute blanche, la pauvre. Ses mains tremblent, mais elle tente de les poser sur ses genoux sous la table pour les dissimuler.

— On va te montrer la photo du Prince, lui répond Raven d'un ton rassurant. Comme c'est ta première fois, on va y aller cool, pour que tu prennes tes marques. Tu n'auras qu'à le chercher parmi la foule, et dès que tu l'auras identifié, tu te rapprocheras et commenceras à lui parler. Essaie de voir à qui tu as affaire, analyse-le, son comportement, ce qu'il dit, avec qui il est...

Fox va jusqu'au bureau de Tiger pour prendre le portrait du Prince.

— Et s'il me reconnaît ? demande-t-elle à Raven.

— Tu diras que tu viens d'entrer dans le gang. Mais surtout, ne te montre jamais faible, ne dévoile pas ton manque d'expérience. La clé, c'est l'hypocrisie et le mensonge. Rappelle-toi que partout où tu iras, les murs auront des oreilles. Ne fais confiance à personne et ne révèle jamais tes intentions.

— Donc j'y vais, je lui parle et ensuite je rapporte tout ce qu'il m'a dit et tout ce que j'ai vu.

— Waouh, elle comprend vite, lance ironiquement Dove.

Tout le monde ignore sa remarque sarcastique.

Fox tend la photo à Ophelia. Elle l'observe longuement. C'est bien. Il faut qu'elle s'imprègne de son visage, qu'elle analyse ses moindres traits. Elle ne doit pas s'arrêter à sa simple couleur de cheveux ou bien à la forme de ses dents, parce que tout ça est superficiel et peut vite être modifié.

Puis elle relève la tête et me surprend quand elle demande :

— Et pourquoi ce n'est pas Snake qui vient avec moi, et Dove qui reste à la maison ?

Dove ricane.

— Parce que c'est comme ça, pauvre idiote.

— Dove, grogne Raven.

— Je serai plus rassurée si c'est Snake qui m'accompagne.

J'acquiesce.

— Je suis d'accord avec el…

— Règle numéro trois : on ne conteste pas les ordres de Tiger, nous coupe Dove sérieusement.

— Oh, toi et tes règles ! s'exclame-t-elle en serrant les dents.

Elle dirige son regard vers Tiger et l'implore silencieusement. Celui-ci arrive parfaitement à l'ignorer et se lève.

— Maintenant que tout le monde connaît sa tâche, fin de la réunion.

— Je ne suis pas d'accord ! réplique Ophelia en se levant à son tour.

Je ne le sens pas. Elle va se faire recevoir comme jamais, la pauvre. Tout le monde se tait et l'observe, ainsi que Tiger.

— Je crois que personne ne t'a demandé ton avis, Ophélie.

— Je ne vais pas me sentir en sécurité si c'est Dove qui doit me « protéger ».

— On ne vient pas avec toi pour te protéger, on y va pour nous assurer que tu ne fais pas de la merde.

Elle croise les bras et me lance un regard.

Je sais, je sais, je sais. Mais même si je le souhaite, je ne peux pas aller à l'encontre de la décision de Tiger, c'est comme ça. Il a fait son choix.

— Et que faites-vous de votre mission envers moi ?

— Oh, amnésie passagère, lui répond sarcastiquement Tiger.

S'il lui dit ça, c'est sans doute pour l'impressionner, parce que nous savons tous qu'on ne laissera rien lui arriver.

Dove ricane. Il doit prendre son pied à mater la petite Ophelia se faire recaler.

— T'es vraiment drôle, toi. Tu vas encore blaguer quand je te dirai que je ne veux plus vous aider ?

— N'y pense même pas. Tu as donné ton accord, rétorque froidement Dove.

Et sur ce coup, je suis d'accord avec lui. Ici, tout le monde est loyal. Quand on donne notre parole, on la respecte, quitte à en mourir. C'est la devise des *Blood Red Roses*. Et personne dans ce gang n'y échappe.

Ophelia se retourne rapidement vers Dove et lui lance un regard noir.

— T'as intérêt à bien me surveiller, lui crache-t-elle alors sur un ton mauvais.

— Je ne vais pas te quitter des yeux. C'est ça que tu veux ?

Son regard est mauvais. Quand il se comporte comme ça, il fiche vraiment la trouille.

— Dove.

Cette fois-ci, c'est Tiger qui intervient d'une voix glaciale. Il lance à la Colombe un regard brûlant d'avertissement, en contradiction totale avec son ton froid.

Dove se lève.

— Je crois que tout a été dit.

Il sort du bureau sans un bruit.

— Ne t'inquiète pas, intervient aussitôt Raven. Dove est un pro. Il ne t'arrivera rien.

Ophelia ne paraît pas le moins du monde convaincue. Elle soupire et serre les poings, sûrement stressée. Peu après, Fox l'accompagne retrouver sa sœur. Raven sort aussi, et lorsque je le suis, Tiger m'interpelle.

— Snake. Plus besoin d'entraîner Ophélie à se défendre.

Je mets un peu de temps à comprendre ce qu'il me dit. Puis je me rends compte que c'était ce qu'il m'avait demandé hier, quand je suis allé le retrouver dans son bureau. Il m'a d'abord bien engueulé parce que j'avais ramené Stella, mais je lui ai expliqué qu'elle était tout autant en danger que sa sœur et que ce n'était qu'une question de temps avant qu'Almanzo nous demande de la protéger elle aussi. Alors il s'est calmé et m'a annoncé que je devais apprendre à Ophelia les bases du tir pour la préparer à sa première mission.

J'acquiesce, puis fronce les sourcils. Je ne comprends pas pourquoi, mais l'appeler « Ophelia » lui brûle apparemment la gorge.

— Parfait. Pourquoi ?

— Parce qu'elle sait se débrouiller.

Je le scrute d'un air perdu, mais Tiger part s'asseoir à son bureau. Il me laisse sans réponse et repart bosser, alors je ne dis rien de plus et sors de la pièce. Le plus important, c'est qu'elle soit, selon Tiger, capable de se défendre. Ça me rassure un peu, et ça doit la rassurer elle aussi.

Même si je suis déçu de ne pas pouvoir participer à sa première mission et d'être là si quelque chose se passe mal, je suis quand même excité à l'idée que, si elle fait le job, on pourra bientôt se venger.

Notre vengeance.

Prendre une vie pour une autre.

Prendre la vie du Prince parce qu'il a pris celle de Wolf.

Chapitre 8

Jalousie

Ophelia

Quelques jours plus tard, à 22 heures pile, nous sortons de la propriété du Tigre. Raven conduit, Tiger est assis juste à côté, et je suis derrière, près de Dove. Trop près. Cette proximité que je me suis efforcée d'éviter depuis que je suis arrivée me met mal à l'aise. Je suis à quelques centimètres de lui, mais heureusement, il ne m'accorde aucune attention, son regard est rivé à la vitre.

Je suis stressée, évidemment. J'ai une boule au ventre et je frissonne, alors que l'habitacle de la voiture est chauffé. Pour supporter cette attente interminable, j'observe moi aussi le paysage. Du moins, j'essaie. Comme il fait nuit, je ne vois pas grand-chose. Je ne distingue qu'une route goudronnée et des arbres à perte de vue, tous plus hauts les uns que les autres. Sans aucun doute, Raven conduit au milieu d'une forêt, et cette pensée ne me rassure pas du tout. Au contraire, elle m'oppresse.

— On est bientôt arrivés ? demandé-je au Corbeau devant moi.

Je ne m'adresse ni à Dove ni à Tiger. Ils ne me répondraient pas, de toute façon.

— Dans une dizaine de minutes.

J'acquiesce dans le vide et expire longuement, histoire de me décontracter. Je n'ai jamais été aussi flippée de ma vie, pas même lorsqu'on m'a kidnappée. D'un autre côté, j'étais tellement shootée que je ne pouvais pas me sentir angoissée. Ce soir, j'aimerais qu'ils me redonnent ce qu'ils m'avaient fait inhaler. Pas au point d'être dans les vapes, juste assez pour affronter cette soirée.

J'ai envie de vomir, de m'enfuir de cette voiture et de ne plus jamais les revoir.

Mais je ne peux pas.

Je suis coincée ici, tout ça parce que j'ai voulu en entendre plus, comprendre. Toujours aussi curieuse… Cette curiosité va me tuer, un jour.

Et Tiger le savait… Ce matin-là, lorsque Dove a mentionné leur vengeance, le Tigre savait ce qui se passerait si je restais. En m'ordonnant de retourner dans ma chambre, il tentait peut-être de m'éviter tout ça.

Bon sang, pourquoi ai-je été si têtue ? Pourquoi faut-il que je n'en fasse toujours qu'à ma tête ?

Ce que je m'apprête à faire est si loin de mon monde. Ce n'est pas ma réalité. Dans mon univers – mon *ancien* univers –, on ne sort pas le soir pour se rendre à une soirée dans l'idée de se rapprocher d'un tueur afin de venger quelqu'un. Déjà, les mots « soirée » et « tueur » ne vont pas ensemble. À partir de là, on comprend que je suis foutue.

L'habitacle n'est que silence, et ça ne fait qu'augmenter mon angoisse. C'est Tiger qui a refusé d'allumer la radio pour que nous restions concentrés.

— Tout se passera bien, m'assure Raven en sentant mon stress grimper en flèche.

J'acquiesce encore tout en déglutissant. Mon mal de ventre s'intensifie et je repense à mon ancienne vie, lorsque j'étais en sécurité dans ce foyer, aux côtés de ma sœur. Je n'avais pas d'avenir, pas d'argent, mais je me sentais un minimum à l'aise. C'était mon monde.

Maintenant que je suis dans le leur, je me sens comme une étrangère dans un pays où les coutumes sont totalement différentes. Mais bon, il faut que je m'y habitue, n'est-ce pas ?

Comment peut-on s'habituer à côtoyer des tueurs au sang-froid, des monstres vengeurs, sans en devenir un ?

Je croise le regard de braise du Tigre dans le rétroviseur.

— Tout se passera bien si elle ne fait pas foirer le plan, ajoute-t-il d'un ton plat, sans me lâcher des yeux.

C'est ça, mets-moi la pression. Comme si je ne me la mettais pas suffisamment.

Les trois hommes qui m'entourent se sont tous équipés de plus d'armes que lorsqu'ils sont chez Tiger. Ils ont enfilé des costards noirs qui ne sont pas très pratiques pour les cacher et se sont équipés d'oreillettes transparentes pour pouvoir communiquer entre eux. D'ailleurs, j'en ai aussi une que je dois porter dès qu'on aura franchi le portail de la propriété des Royal. Fox m'a expliqué très rapidement comment ça marchait avant que je parte. J'ai peur d'avoir compris la théorie, mais de ne pas savoir le mettre en pratique...

On a tous de belles montres qui permettent au Renard de nous localiser. Stella est restée avec lui et Snake, donc je ne m'inquiète pas pour elle. Quand nous sommes partis, je lui ai dit que nous allions en soirée, ce qui n'est pas totalement faux.

Heureusement, elle ne m'a pas demandé de détail.

Et moi, je me retrouve dans cette voiture, vêtue d'une robe rouge qui m'arrive au-dessus des genoux, au dos complètement nu... On peut dire au revoir à la discrétion.

« Il faut que tu te fondes dans le décor », m'a dit Fox en me l'apportant dans ma chambre, ce matin. J'ai peur de ce décor, parce qu'il ne me ressemble pas. Je vais être entourée de gens riches, parfaitement habillés, mais qui en sont là parce qu'ils ont tous plus ou moins déjà tué une fois dans leur vie. Eux aussi seront armés et tireront à la moindre erreur.

Autrement dit, ce soir, j'entre dans la fosse aux lions. Et je doute que le Tigre qui m'accompagne veuille me protéger. Au contraire, je pense qu'il prendra son pied à m'observer me faire bouffer.

La voiture ralentit, je colle mon front à la vitre froide pour voir où nous sommes. Nous roulons toujours sur du goudron, mais ce n'est plus une route, plutôt un long chemin étroit qui ne permet le passage que d'une seule voiture à la fois. Là encore, cette pensée m'angoisse. Si on nous coince devant, on aura aucun moyen de fuir.

Est-ce qu'ils en ont conscience, de ça ?

Ophelia, Ophelia, Ophelia.

Le stress monte. Mes jambes tremblent. Du coin de l'œil, je vois Dove me lancer un regard furtif, mais je l'ignore. Ma tête tourne, mon ventre est noué, mes muscles tendus. Je ne sais pas comment Raven fait pour garder son calme. Pour Tiger et Dove, j'ai déjà compris. Ils ne doivent pas être paniqués à l'idée de passer la soirée avec leurs ennemis.

Les monstres n'ont pas peur entre eux.

Au bout du chemin, je vois des lumières. Elles éclairent une gigantesque grille. Et devant, quatre hommes vêtus de noir se tiennent droits et nous observent avancer lentement vers eux.

— Raven, c'est normal ? demandé-je, à la fois curieuse et paniquée.

— Tais-toi, grogne le Tigre, la mâchoire serrée.

Je souffle, agacée. Dove se fout de ma gueule. Je l'entends ricaner. C'est insupportable.

Raven s'arrête, Tiger baisse sa vitre et un homme armé s'approche, penche la tête à son niveau et tend la main. Le Tigre lui tend une espèce de carte dorée. Une invitation. Je ne sais pas comment il se l'est procurée.

L'homme la considère un instant, puis acquiesce, la lui rend et s'éloigne. En quelques secondes, la grille est ouverte et Raven redémarre.

Nous arrivons devant la façade d'une immense maison. Chaque fenêtre de cette villa est éclairée et débouche sur un balcon soutenu par un pilier blanc. C'est gigantesque. Il y a deux palmiers de chaque côté de l'entrée. Je trouve ça bizarre, étant donné que la propriété est entourée d'une forêt de sapins.

Je vois des gens. Pour le moment, ce ne sont que des silhouettes, mais des dizaines de voitures luxueuses sont garées là. Une foule se forme, se dirigeant vers deux escaliers qui se rejoignent devant une immense porte d'entrée blanche.

— Ils ne se sont pas fait chier, déclare Raven.

Ma fosse au lion ressemble plus à un paradis qu'à une arène.

— Voler de la drogue aux concurrents, ça paie apparemment, lance froidement Dove.

Son ton me glace le sang. Tous les trois sont tendus, je le sens. Ils savent qu'à l'intérieur le meurtrier de leur frère est certainement en train de s'amuser. Me souvenir du but de ma présence m'aide un peu à relativiser. Je stresse un peu moins, même si mes jambes, elles, tremblent toujours. Je suis ici pour venger quelqu'un qui s'est fait tuer. Je ne suis pas vraiment dans l'immoralité.

Raven se gare à côté d'une voiture de luxe au bleu éclatant, et la lumière des réverbères présents en grand nombre autour de la maison se reflète sur la carrosserie. Dove et Tiger descendent en même temps.

Mon cœur bat de plus en plus vite. Je suis complètement paralysée. Je crois que je ne vais pas arriver à sortir, parce que ça voudrait dire m'éloigner de Raven, le seul ici auquel je fais un minimum confiance.

— Tu attends qu'on t'ouvre la porte, Phélie ?

Tiger n'a toujours pas fermé sa portière et, penché à l'intérieur, il me fixe. Un sourire sans émotion orne ses lèvres parfaites. Il est beau, ce soir, en costard noir. Ça lui va bien, et je crains qu'il n'ait déjà deviné mes pensées.

Mais ça fait longtemps que j'ai décidé de ne pas me fier au physique. Je sais qui il est, derrière ce costume luxueux. Il est mauvais pour moi, et un danger pour toutes les personnes qui l'entourent.

— Puisque tu le demandes, répliqué-je, oui, je veux bien.

Tiger ricane et ce son, même s'il provient du diable en personne, me fait un drôle d'effet. Je décide de l'ignorer. Il claque sa portière et je constate que lui et Dove s'éloignent en direction de l'entrée.

— Tu devrais y aller, intervient Raven d'une voix encourageante.

— Tu seras là quand on reviendra, hein ?

— Je ne bouge pas, Ophelia.

J'aimerais que ses paroles puissent me rassurer, mais malheureusement, la pression ne descend pas. Je le remercie malgré tout et sors à contrecœur de la voiture.

Il fait très froid. Le vent frais balaie mes cheveux bruns, lissés il y a quelques heures. Je tremble, mais je ne sais pas si c'est parce que je me balade en robe ou si c'est mon angoisse qui refait surface.

Autour de moi, la foule se densifie. Des hommes en costard, jeunes, vieux, tous armés. Des femmes, jeunes, vieilles, maquillées, coiffées, toutes plus belles les unes que les autres.

Et en face, Dove et Tiger, deux silhouettes grandes et élancées. J'accélère le pas et les rattrape en quelques enjambées. Ils n'allaient pas m'attendre, en plus.

Je reste derrière eux, parce que je n'ai envie de marcher ni du côté de Dove, ni du côté du Tigre.

Alors je les suis silencieusement. Nous grimpons les marches qui mènent jusqu'au perron. Un couple derrière nous discute dans une langue que je ne comprends pas. La voix de l'homme est forte, rauque, et me dérange. Je déteste cet endroit et ces gens alors que je ne les connais même pas. Ils ne m'inspirent pas confiance.

Lorsque nous entrons, il fait chaud, je cesse de grelotter. C'est déjà ça.

Le hall est grand et propre. C'est luxueux. Il y a des dizaines d'hommes qui se tiennent droit de chaque côté. Un tube transparent s'échappe de leur oreille et disparaît sous le col de leur chemise blanche. Ils doivent être là pour la sécurité.

Dove et Tiger se dirigent vers la salle de réception.

Le même genre de type contrôle les personnes qui y pénètrent. Je me cache toujours derrière Dove et Tiger, mais ce dernier semble penser que cela suffit. Il scrute quelques secondes autour de lui, le regard noir, puis m'empoigne sans délicatesse le coude. Il me place devant eux, en première ligne.

Pourquoi je dois être devant ?! Je le fusille des yeux.

— Merci, murmuré-je sarcastiquement.

— La galanterie m'y oblige, me répond-il de la même façon.

Dove ricane.

Ah ah, très drôle. On va bien s'amuser, ce soir.

Le couple de mafieux devant nous présente une carte aux trois molosses qui surveillent les entrées.

Mais... je n'ai pas de carte !

Et le Tigre m'a poussée devant lui. Je vais le tuer.

Un mafieux âgé d'une cinquantaine d'années s'approche lentement de nous, sourire aux lèvres, et scanne l'intégralité de mon corps avant de passer à Dove et à Tiger. Je ne me sens pas à l'aise. Avec le bruit autour de nous, il m'est impossible d'entendre la question qu'il leur pose, mais le Tigre répond d'une voix froide et sans appel :

— Elle est avec nous, Al.

Alors il connaît cet homme ?

— Une invitée surprise ? demande le mafieux, curieux.

Évidemment, lui ne me connaît pas. À ce que je vois, la vérité sur mon identité n'est pas arrivée à toutes les oreilles. Ça devrait me rassurer, pourtant, ce n'est pas le cas.

— Tu ne crois pas si bien dire.

Je perçois l'énorme sous-entendu, mais je doute que ce mafieux ait compris.

Le couple devant nous entre dans la pièce, ce qui veut dire que c'est notre tour. Je fais un pas et commence sérieusement à trembler. Mon cœur s'emballe et mes mains deviennent moites, je les cache dans mon dos.

Les trois molosses me fixent sans émotion, attendant que je présente ma carte.

Sauf que je n'en ai pas.

Alors je les regarde durant quelques secondes qui me semblent durer une éternité. Je dois vraiment avoir l'air idiote. Et puis, je ne vois pas pourquoi il faut de nouveau donner l'invitation alors que nous avons déjà été contrôlés.

— Carte ? demande finalement l'un d'eux.

— On est avec elle, retentit une voix dans mon dos.

Une voix légèrement cassée qui vibre contre ma peau et me fait frissonner. L'un des trois hommes reporte son attention sur le Tigre derrière moi et arque un sourcil.

— Je ne savais pas que les hommes d'Almanzo étaient invités, déclare-t-il sèchement.

Visiblement, ils ont reconnu mes accompagnateurs. Je ne sais pas si c'était prévu ou si notre première mission est en train, petit à petit, de tomber à l'eau.

Mon ventre est toujours noué et j'attends que Tiger ou Dove nous sorte de ce pétrin.

Soit on nous laisse passer, soit on retourne dans la voiture. Mais je refuse de rester trois heures ici à attendre de pouvoir entrer dans la salle de réception, sous les regards curieux des mafieux qui patientent derrière nous. Ça me met extrêmement mal à l'aise.

— C'est vrai, lâche Tiger. La nouvelle acquisition des Royal nous intéresse autant que le temps qu'il fait en ce moment au Mexique. Autrement dit : très peu. Mais Mme Rizzi n'est visiblement pas de cet avis. Elle désobéit à son père comme toujours, et nous nous retrouvons à devoir l'accompagner lors d'événements ennuyeux à mourir. Ophélie, ta carte, gronde-t-il en me lançant un regard vide d'émotion.

Je tremble comme une feuille tout en essayant de ne rien laisser paraître.

Je. N'ai. Pas. De putain de carte.

— C'est moi qui l'ai, intervient Dove en fouillant nonchalamment dans son costard.

Je laisse un soupir s'échapper de mes lèvres et mes épaules se détendent automatiquement. J'ai vraiment failli faire un arrêt cardiaque. Soit ils sont incompétents, et je ne sais pas pourquoi mon géniteur les a choisis pour ma protection. Soit ils l'ont fait exprès pour me faire flipper, et ça a marché.

Vu le regard canaille que Dove lance à Tiger en tendant la carte à l'homme, je penche pour la deuxième option. Je les déteste. Ils se sont crus drôles, à me faire peur devant des centaines de mafieux ennemis ? C'est vrai qu'on rigole bien.

Après quelques secondes, les trois hommes nous laissent passer.

— Amusez-vous bien, madame Rizzi. Et quant à vos gardes du corps, nous les surveillons, prévient l'un d'eux sérieusement.

Ils savent qui ils sont.

Ils savent peut-être même que le Prince a tué leur frère, qu'ils veulent se venger. Ce ne serait pas une bonne nouvelle.

En revanche, ils ne peuvent se douter que j'ai un rôle à jouer dans cette histoire, et ça, ça nous redonne l'avantage.

Quand j'entre enfin, je suis submergée par une tornade d'émotions.

D'un côté, l'endroit est sublime, gigantesque, impressionnant.

Mais d'un autre, les gens qui envahissent l'espace m'effraient. Il n'y a que des personnes avec des armes qui ne cherchent même pas à les cacher et des tatouages des pieds à la tête pour nombre d'entre eux, des filles magnifiques habillées de robes luxueuses, coupe de champagne à la main. Il y a des tables rondes à ma droite. Soudain, ce que je vois me fait marquer un arrêt. Les gens assis discutent, rigolent, mais certains sont en train d'aligner avec leur carte bleue ce qui semble être de la drogue, une poudre blanche étalée à même la table. Il y en a qui fument des cigarettes, d'autres des cigares. Je n'en reviens pas. Tous ont l'air de bonne humeur au premier abord, mais le contexte fait que je ne peux pas apprécier ce que je vois.

C'est impossible.

— Ophelia.

Dove m'interpelle froidement. Lorsque je me tourne vers lui, je constate qu'ils se sont tous les deux placés en retrait, collés au mur, à côté d'un bar.

Ils ont trouvé leur place, ceux-là...

— Tu as mis ton oreillette ? me demande Dove à voix basse quand je les rejoins.

Malgré le brouhaha et la musique en fond sonore, je l'entends parfaitement. Grâce à l'oreillette, justement. J'acquiesce, le ventre noué. Je stresse encore. Dove continue de me fixer, mais ne dit rien. Il reste de marbre et son attitude me trouble.

— T'attends quoi ? me lance-t-il soudain. Ce n'est pas en nous collant aux basques toute la soirée que tu vas nous aider.

Je suis prise d'une angoisse effroyable quand je comprends qu'il me demande de m'en aller. Ça y est, c'est le moment. Le moment où je me retrouve seule. Le moment où j'entre dans la fosse aux lions. Le moment où je me fais dévorer avant même d'avoir atteint ma cible : le Prince.

Je cherche du soutien dans ses yeux iceberg, puis me tourne vers Tiger, mais celui-ci ne me calcule même pas.

D'accord... Alors je suis vraiment toute seule.

En même temps, à quoi je m'attendais ? Ils vont rester tranquillement ici, pendant que moi, je vais faire tout leur boulot. Bravo, Ophelia. J'espère au moins qu'ils vont t'être reconnaissants, après ça.

Je parcours la salle du regard. J'ai en mémoire le visage du Prince. Il faut juste que je le trouve, que je le rejoigne, que je me présente, que je parle un peu avec lui et voilà. C'est tout.

Je le trouve. Je le rejoins.

Je me présente.

Je discute avec lui.

Rien de plus simple, hein, Ophelia.

Je traverse l'immense pièce, la boule au ventre. Des gens m'observent déambuler. Je déteste leur regard sur moi, qui me détaille de la tête aux pieds. M'ont-ils reconnu ? Est-ce pour cela que j'attire leur attention ?

J'essaie de ne pas y accorder d'importance et me concentre sur ma mission. Soudain, une voix dans mes oreilles me fait sursauter. Un couple à côté de moi me scrute, intrigué, mais je fais comme si tout allait bien.

— Phélie, il est sur ta gauche.

Mon cœur s'affole lorsque j'entends la voix de Tiger. Je me tourne dans la direction indiquée. Je le reconnais à ses cheveux dorés, à la forme de son visage, à sa posture assurée et à son sourire éclatant, comme sur la photo que Fox m'avait montrée.

Il se tient à quelques mètres. Le Prince est en costard blanc, porte une coupe de champagne à ses lèvres et discute joyeusement avec deux autres mafieux. Vu comme ça, il n'a pas l'air dangereux. Et c'est ça qui me fait le plus paniquer. Il paraît jeune et innocent, presque amical. Et feindre une apparence est encore plus difficile qu'être soi-même.

Mon stress augmente de plus en plus. Maintenant, il faut que je le rejoigne.

Il faut que j'ose le rejoindre. M'incruster dans leur groupe. Je ne sais pas si j'en suis capable.

— Tu attends quoi ?

Cette fois, c'est la voix de Dove dans mon oreillette. Je me pétrifie sur place.

Même à une dizaine de mètres, il m'impressionne toujours autant.

— J'y vais, j'y vais, chuchoté-je, sachant très bien qu'ils vont m'entendre de là où ils sont.

Je prends mon courage à deux mains et me faufile jusqu'à lui. Je l'entends parler quand j'arrive à son niveau. J'ai imaginé ce scénario dans ma tête des dizaines et des dizaines de fois depuis qu'on m'a expliqué cette mission, mais jamais je n'aurais cru que ça allait être si compliqué. Maintenant, toutes les phrases d'accroche auxquelles j'ai pensé pour attirer son attention tombent à l'eau. Mes mains sont moites et mes cheveux collent à mon dos nu.

Mais quand il faut y aller, faut y aller.

Je m'approche de lui et essaie de paraître sûre de moi.

— Bonsoir.

Ma voix flanche un peu, mais je ne pense pas qu'il s'en est aperçu. Il s'arrête et pose ses yeux noisette sur ma silhouette qu'il détaille longuement. Puis il sourit. Un petit rictus appréciateur qui ne me plaît pas.

Me présenter. Il faut que je me présente.

— Je suis Ophelia Rizzi. La fille d'Almanzo Rizzi.

Non, je suis Ophelia Bloomer, mais je laisse ce détail de côté pour cette soirée. Ce n'est pas le moment de jouer sur les mots.

Je lui souris. Il paraît surpris que je m'adresse à lui de cette manière. Mais quand il ouvre la bouche, c'est pour me complimenter.

— Je ne savais pas qu'Almanzo avait une fille, et encore moins une beauté pareille.

Sa voix n'a rien d'exceptionnel. Elle ne me fait pas peur. Mais c'est le tueur de Wolf et je devrais m'en inquiéter.

— Je suis le Prince, propriétaire du lieu.

La première chose que je comprends, c'est qu'il ne me connaît pas.

La seconde : les deux mafieux avec lesquels il parlait me scrutent avec insistance et ça me trouble.

Le Prince se baisse, saisit délicatement ma main moite et pose ses lèvres dessus.

Je serre les dents. J'essaie de ne pas paraître dégoûtée, mais dans mon élément.

— Magnifique propriété, lui dis-je alors en lui offrant un grand sourire.

— Heureux que ça te plaise. Je ne t'avais jamais vue avant, n'est-ce pas ?

Ses yeux descendent sur ma bouche, puis sur ma poitrine. J'ai envie de hurler.

— À vrai dire, je me serais souvenu de toi. Tu es… magnifique.

Je souris encore, mais j'espère que ça ne ressemble pas à une grimace.

— Que fais-tu ici ? Seule ? C'est la première fois que ton père te laisse sortir ?

J'essaie de ne pas froncer les sourcils. *Parce qu'il croit que ce con à un seul droit sur moi ?*

— Je ne suis pas seule. Et non, mon père ne voulait pas que je vienne. Je suis quand même là.

Il ricane, et je suis fière de l'effet que je produis sur lui.

— Une petite rebelle... Ils nous l'avaient bien caché, ça.

Je déglutis. Souris. Il faut que tu paraisses confiante.

— Tu n'es pas seule ? insiste-t-il.

— Je...

— Tu es venue avec deux gardes, je sais.

Il tapote son oreille, là où est enfoncée une oreillette, puis me fait un clin d'œil. Tout le monde a ce truc ici ou quoi ?

— Je sais tout sur tout, murmure-t-il.

Je ne sais pas si son intervention a pour but de m'impressionner, mais ça me fait cet effet. Je frémis.

— Tiger, Dove et moi nous connaissons depuis longtemps. Certains dominent, d'autres obéissent. Certains tuent, d'autres meurent... C'est la loi de la nature, soupire-t-il.

Il sait très bien ce qu'il dit et il en joue.

Mais moi aussi, je sais jouer. Il ne va pas me faire oublier que c'est lui le méchant de cette histoire rien qu'avec ses sourires faussement aimables et ses discours pathétiques.

— Vous connaissez mes gardes du corps ? Étrange, ils ne m'en ont jamais parlé...

Je laisse ma phrase en suspens, jouant l'innocente, et poursuis :

— En même temps, je n'aime pas que des personnes plus bas que moi dans la société se confient à moi. Ce n'est pas mon rôle. Comme vous l'avez dit, certains dominent, d'autres obéissent.

Je ne pense pas une seule seconde ce que je viens de dire, mais jouer à la garce, c'est mon jeu préféré. Il va être servi.

J'espère que Dove et Tiger m'entendent et qu'ils s'en mordent les doigts, ces deux cons.

Le Prince ricane et lance un furtif coup d'œil à ses deux amis à côté de lui.

— Elle m'amuse.

Puis il se tourne vers moi et fait comme si je ne venais pas de l'entendre.

— Je commence à t'apprécier, Ophelia. Permets-tu que je te tutoie ?

Il me sourit et ses dents blanches et alignées scintillent sous les lumières jaunes du plafond. Derrière ses sourires amicaux et ses paroles bienveillantes, je ne doute pas que la pire espèce d'homme s'y cache.

— Bien sûr.

— Il faut que je te présente à mes hommes, à mon père, à tout le monde !

Je suis hypocrite et ingrate. Apparemment, il suffit de ça pour se faire une place ici.

Ça a l'air facile, mais je ne me voile pas la face.

Le Prince enlace doucement ma taille et me serre contre lui. Ce geste me crispe.

— Suis-moi, ta compagnie va m'être très agréable, ce soir.

Je me tends encore plus. Cette proximité ne me plaît pas du tout.

Je me sens mal, horriblement mal.

— La vôtre aussi, mens-je.

— Oh, je t'en prie, ne me vouvoie pas. Nous avons l'air d'avoir le même âge, Ophelia.

Je déglutis.

— Très bien. Alors j'ai hâte de rencontrer tes proches.

Il m'entraîne à sa suite. Je ne sais pas où il m'emmène, mais je le laisse faire et tente de paraître la plus décontractée possible.

— Parle-moi un peu de toi, Ophelia. Que fais-tu dans la vie ?

Mon souffle se coupe. Je ne sais pas quoi dire, s'il faut que je réponde quelque chose en lien avec le gang de mon géniteur ou non ? Je suis perdue.

— J'étudie.

— Oh, alors ton père te préserve encore.

Je respire de nouveau, il n'a pas remarqué mon hésitation.

— Et toi ? demandé-je à mon tour.

Il rigole doucement.

— Ton père ne t'a pas parlé de moi ?

Je m'empêche de lever les yeux au ciel. Pourquoi tout doit se rapporter à Almanzo ? Je hoche la tête négativement, ne sachant pas si c'est une bonne ou une mauvaise chose.

— Je suis le deuxième fils Royal, un des héritiers de l'organisation de mon père, l'une des plus importantes de New York.

Ah, alors il a des frères ou des sœurs.

— Pour le moment, je ne dirige qu'une petite partie de l'organisation, la partie ouest de la ville. Mais bientôt, j'aurai la possibilité de diriger aussi le Sud, lors d'une transaction importante. Mais ça (il se tourne vers moi), c'est secret.

Il rigole, et j'essaie de rire avec lui.

— Impressionnant.

Nous traversons la salle, et je me demande quand il va s'arrêter. Soudain, une femme un peu plus âgée que moi sort de nulle part et se plante devant nous, stoppant notre progression.

— Nawel ? Qu'est-ce qui t'amène ?

Cette femme élégante, au maquillage parfait et à la longue robe noire, me fixe, puis le bras du Prince dans mon dos.

— Je venais te voir, lâche-t-elle simplement.

Son regard reste figé sur moi, comme si elle attendait que le Prince me présente ou que je le fasse moi-même.

Le Prince rit, me serre un peu plus contre lui tout en penchant la tête sur le côté.

— Je te présente Ophelia. Ophelia, voici Nawel.

— Sa petite amie, ajoute-t-elle avec un sourire, mais le ton de sa voix est glacial.

Je me crispe. Oh, bon sang. Ne me dites pas que le mec à qui je suis collée se trouve être le petit ami de la fille en face de moi ?

Non seulement je ne me sens pas bien pour cette Nawel, mais je ne peux pas me décaler. Je dois paraître faible, « facile » pour le Prince, c'est ma mission. Le problème, c'est que j'ai l'impression que cette femme va me mettre des bâtons dans les roues.

— C'est la fille d'Almanzo Rizzi, ajoute le Prince, comme si cette information était importante.

Je crois bien qu'elle l'est.

Le visage bronzé de Nawel se ferme, mais même pas deux secondes après, elle me sourit de nouveau. Cette fille est vraiment bizarre.

— J'allais l'emmener dans la salle privée. Tu nous accompagnes ?

— Nous pouvons y aller toutes les deux. Je connais le chemin.

Elle me tend son bras que je regarde quelques secondes sans rien faire. Quoi ? Aller avec elle ?

— Très bonne idée, lance le Prince en me libérant.

Il s'avance et colle un baiser sur la tempe de Nawel en lui murmurant :

— Je vous rejoins dans quelques minutes, mon cœur.

Elle acquiesce en lui offrant un sourire qui me paraît vrai, pour une fois. Le Prince s'éloigne et aussitôt, les yeux pétillants de Nawel reviennent sur moi.

— On y va ? Apparemment, il veut te présenter aux autres Royal. Je ne sais pas ce que tu lui as dit, mais il a l'air de t'apprécier.

Son ton est beaucoup plus gentil qu'au départ, mais je ne sais pas vraiment quoi penser d'elle. Je la suis à travers la foule et la laisse faire lorsqu'elle passe un bras sous le mien.

J'ai perdu ma cible.

Je ne sais pas quoi faire.

— Phélie, tu fous quoi ?

La voix de Tiger retentit dans mon oreillette, suivie immédiatement de celle de Dove.

— Laisse-la faire, Tiger. Elle gère.

— Elle ne gère rien du t...

La communication se coupe subitement. Qu'est-ce qui se passe ?

— Comme ça, tu es la fille d'Almanzo ?

Nawel tente d'engager la conversation. Je grimace un sourire, encore troublée par le rapide échange entre la Colombe, le Tigre et moi.

— Hum… Oui.

— Je suis contente que tu puisses venir avec moi dans la salle privée. J'étais la seule fille, grimace-t-elle. Je m'ennuyais à mourir.

Elle rigole doucement, d'un rire léger qui pourrait me mettre en confiance, mais je préfère rester sur mes gardes.

— C'est quoi au juste, cette salle privée… ?

— Rien d'extraordinaire. Juste un autre espace qui permet de ne pas mélanger les Royal avec les invités… lambda, si tu vois ce que je veux dire.

Je scrute la foule autour de moi, sentant un regard brûler ma nuque. Je continue de suivre Nawel, mais tente de tourner discrètement ma tête. J'observe le groupe de mafieux à ma droite, mais tout le monde discute sans m'accorder la moindre attention.

Soudain, je repère un homme parmi eux, habillé en costard comme tout le monde, mais son attitude me fait frémir. Il se tient droit, les mains le long du corps, et ne me lâche pas des yeux. Il n'est pas suffisamment près pour que je puisse distinguer autre chose que le contour flou de son visage. Son expression est fermée, il se contente de me suivre du regard.

Je suis troublée, mais je me reprends rapidement et me recentre sur ce que me dit Nawel. Cet homme a dû me reconnaître, et alors ? C'est peut-être un ennemi d'Almanzo… mais je suis dans une salle où peu de monde l'apprécie.

— Il y a qui, là-bas ? demandé-je, de sorte à masquer mon trouble.

— Royal, le père du Prince, et quelques-uns de ses amis les plus proches. Il devrait aussi y avoir le frère du Prince, sa femme, et d'autres mafieux importants, énumère-t-elle. Ils n'aiment pas se mélanger aux autres, c'est tout le temps comme ça… contrairement au Prince qui adore se perdre dans la foule et discuter avec les autres. Il dit toujours qu'il faut entretenir des liens avec tout le monde. Moi, je déteste tout ça…

Nous avons déjà un point commun avec Nawel. Elle déteste les endroits peuplés, je déteste les gens. Mais je crains de ne plus arriver à sortir une fois que je serai entrée dans cette « salle privée », entourée de Royal, le patron du gang ennemi, et d'autres mafieux apparemment importants.

Nous arrivons dans un long couloir vide et silencieux. Les brouhahas de la pièce d'à côté sont atténués par les larges murs de cette bâtisse ancienne, ce qui fait que nos pas résonnent.

Clac. Clac. Clac.

— Depuis combien de temps tu es avec le Prince ? demandé-je à Nawel.

— Quelques mois, mais on se connaît depuis pas mal d'années. Mon père était au service du sien avant qu'il… enfin… Voilà.

— Je ne voulais pas… Je suis désolée.

C'est une mafieuse, elle n'a très certainement pas un bon fond. Mais si elle était comme moi ? Peut-être qu'elle n'a rien demandé et s'est retrouvée entraînée dans ce monde.

Ma mère aussi est morte, alors je sais ce que ça fait. Même si je n'avais que deux ans et que je ne l'ai pas assez connue pour qu'elle puisse me manquer.

— Ce n'est rien, ajoute Nawel. Arrêtons de penser à ça et profitons de la soirée.

Je lui adresse un sourire qui la satisfait.

Nous nous approchons d'une grande porte au bout de cet interminable couloir et elle ralentit afin de me laisser passer.

— Ne toque pas, ça ne sert à rien. Ils doivent être en train de parler, ils ne nous entendront même pas entrer.

J'acquiesce. La boule au ventre, je pose une main sur la poignée dorée et l'abaisse. Un sentiment bizarre m'envahit, une sorte de malaise. Une alerte.

J'ouvre la porte dans un grincement qui résonne autour de nous, et la première chose que j'aperçois, c'est que cette fameuse pièce est plongée dans le noir.

Mon estomac dégringole jusqu'à mes pieds.

Ma main tremble sur la poignée. Mon cœur commence à battre à une allure folle et cogne contre ma cage thoracique.

La salle est vide.

Il n'y a personne.

— Mais…

Un brusque coup dans mon dos m'oblige à entrer. Nawel me suit et ferme derrière nous.

Qu'est-ce qui se passe ?

Je commence à manquer d'air et ma panique est de plus en plus visible.

— Qu'est-ce que tu…

Ce que je vois m'horrifie. Nawel ne semble plus aimable ou amicale. Non, maintenant, son regard est féroce, comme si un démon avait pris possession d'elle. L'éclat de la lune se reflète sur sa robe noire pailletée et sur la lame qu'elle tient entre ses doigts manucurés.

UNE LAME.

BORDEL.

Dès qu'elle voit que j'ai remarqué son poignard, son expression devient diabolique.

— « Je suis la fille d'Almanzo », « je suis désolée pour ton père », blablabla. Comme si j'en avais quelque chose à foutre. T'es la fille du boss d'un gang ennemi et tu viens ici ? Ma pauvre, mais tu te jettes dans la gueule du loup…

Je déglutis péniblement. Je savais que le plan ne tiendrait pas la route.

Elle joue avec la lame et, malgré moi, je recule. Je n'ai aucune issue.

Enfin, il y a ces immenses fenêtres et une porte au fond de cette grande salle sombre, sauf que je ne sais pas où elle mène.

Elle me fixe méchamment, ses yeux foncés me lancent des éclairs et me promettent des tas de choses violentes. Je déglutis péniblement.

— Qu'est-ce que tu veux ? demandé-je, la voix tremblante.

— Tu crois que je n'ai pas compris ton petit manège ? Être la fille d'Almanzo Rizzi ne va pas t'apporter uniquement des avantages, crache-t-elle, le menton levé et le regard noir. Ce n'est pas pour ça que le Prince voudra de toi.

Je fronce les sourcils en tentant de comprendre la situation. Mais qu'est-ce qu'elle a ?

— Je n'ai rien f…

— Dès que je t'ai vue entrer, j'ai su quelle vipère tu es. Tu crois que je ne t'ai pas vue arriver, avec tes deux gardes du corps ? Tu leur as demandé de t'attendre le temps de foncer sur le Prince. C'était ton objectif. Tu veux me le voler, salope.

Elle s'approche dangereusement de moi et, petit à petit, je commence à prendre conscience qu'en réalité elle n'a rien compris.

— Il est à moi. J'ai mis du temps à l'avoir. Alors ce n'est pas une pute de Rizzi qui va me le piquer en une soirée.

C'est simplement de la jalousie maladive. Bordel, mais dans quel pétrin je me suis mise ?

Pourquoi Tiger ne me l'a pas dit ? Il le savait, au moins ? Et où est-il, maintenant ? Je n'entends plus sa voix dans mon oreillette et je suis seule face à une folle. Plus personne n'est là pour me protéger.

Comment me défendre face à cette femme ? Elle ne me croira pas si je nie... et je ne peux pas dire la vérité, sinon, on est tous mort.

En résumé : je n'ai aucun moyen de m'en sortir. Ce constat m'affole. Où sont Dove et Tiger ? C'est maintenant que j'ai besoin d'eux !

MAINTENANT !

Je louche sur le poignard entre les doigts de Nawel, puis je remonte vers son visage tordu par la colère.

— J'ai été gentille, je n'ai pas été jalouse quand il a passé tout l'après-midi au club entouré de filles. Mais là, c'est trop ! Ce soir, c'est moi qu'il devait présenter aux Royal. Il avait enfin accepté de me laisser entrer dans la salle privée. Et toi, il t'y amène alors qu'il te connaît depuis deux minutes ? Parce que tu t'appelles Rizzi ?

Je me tends, et mon souffle se coupe quand je la vois avancer encore. Cette fille est folle. Son regard est empli de haine, et celle-ci est entièrement dirigée sur moi.

— Nawel, l'avertis-je doucement en espérant la retenir de me sauter dessus.

Mais elle m'ignore et me fixe sadiquement.

Je recule de quelques pas, mon cœur bat à tout rompre et menace d'exploser. Je sais qu'à tout moment, elle peut se jeter sur moi et me faire mal. Vraiment très mal. J'ai refusé de prendre l'arme que m'a tendue Snake avant de partir en mission. Il voulait que je la cache sous ma robe. Seulement, je n'en voulais pas.

Je n'aurais jamais osé tirer !

Alors je l'ai discrètement laissée dans ma chambre.

Et maintenant, je me retrouve sans rien.

Nawel approche, mais cette fois, elle semble beaucoup plus déterminée. Je recule, recule, recule. Jusqu'à rencontrer la vitre froide d'une des immenses fenêtres dans mon dos.

En une seconde, elle est face à moi et lève son bras. Sa lame frôle mon cou sans me blesser.

— Nawel. Arrête ! Le Prince ne m'intéresse pas. Je te le jure. Il est à toi.

Elle m'emprisonne entre elle et la fenêtre. Je pourrais la pousser, je crois que j'en ai la force. Mais elle presse lentement l'acier sur mon cou.

Si elle décide d'y aller brutalement, sa lame s'enfoncera dans ma chair et ce sera fini.

— Laisse-moi !

Je réfléchis à ce que je pourrais dire ou faire pour qu'elle recule, mais je ne trouve rien.

Où est Tiger ?

J'AI BESOIN DE LUI.

Soudain, la porte par laquelle nous sommes entrées s'ouvre brutalement et deux silhouettes massives passent l'encadrement avant de refermer le battant derrière eux dans un claquement bruyant. Je les reconnais immédiatement malgré l'obscurité. Je les reconnaîtrais même dans le noir total.

Je les reconnaîtrais seulement par l'aura de danger qui les accompagne.

Sauf qu'à ce moment précis ils ne me font pas peur. Parce que s'ils sont là, c'est pour moi.

— Éloigne-toi d'elle tout de suite.

Le soulagement s'abat sur moi à la seconde où j'entends sa voix rauque et menaçante à quelques mètres de moi. Elle n'est plus dans mon oreillette, elle est partout dans la salle. Elle est violente et agressive. Elle est provocante et destructrice. Mais elle me rassure indubitablement.

Nawel pivote vers eux sans me lâcher. Je sens sa lame s'enfoncer légèrement dans mon cou et la douleur me fait grimacer. Je tente de la faire reculer, mais elle ne bronche pas.

— Espèce de salope, tu as prévenu tes deux clébards, crache-t-elle en rapprochant son visage déformé par la colère du mien.

— Je vais éclater ta face contre l'un des murs de cette pièce si tu ne recules pas tout de suite, averti froidement le Tigre.

Ils s'avancent et pointent leur arme sur elle. Nawel tourne sa tête vers eux et je profite de cet instant d'inattention pour me faufiler hors de sa prise. Je file en vitesse vers le Tigre et me place derrière lui.

Je respire de nouveau. Putain, je respire.

Je ne crains plus rien. Je suis vivante.

— Ça se dit mafieuse, mais ça menace sans arme, ricane froidement Dove. Avec une minable lame de rasoir ? Laisse-moi rire.

Je suis désormais dans le dos de Tiger, mais lui et Dove continuent de viser Nawel. Je penche la tête pour la voir, elle semble apeurée.

La présence de mes gardes fait souvent cet effet, mais je suis contente de ne plus en être la cible. Cette fois-ci, ils effraient quelqu'un d'autre.

Puis Dove se tourne vers le Tigre et l'interroge du regard.

— On fait quoi, Tiger ?

Silence.

La pièce est obscure et silencieuse. Nous n'entendons même plus le brouhaha de la réception. Il n'y a plus aucun bruit, et si une balle fuse, personne ne l'entendra. C'est cette prise de conscience qui me fait trembler de la tête aux pieds.

— On la bute.

Je cligne des yeux deux fois. Mon souffle se coupe.

Quoi ? QUOI ?!

— Ça va foutre le bordel.

— Pas le choix. Elle en a trop vu.

J'agrippe l'épaule de Tiger et le force à tourner la tête vers moi. Son arme est toujours dirigée sur Nawel qui commence à les supplier, et mon cœur bat à cent mille à l'heure.

— Tu ne vas pas...

— Ferme les yeux, lâche-t-il simplement mais sèchement, parce que c'est encore un ordre.

À peine ai-je le temps de répliquer que le coup de feu retentit.

J'entends le cri strident de Nawel, la détonation, puis son corps lourd s'effondrant au sol. Et après ça, tout redevient silencieux.

Noir, sombre, emplie d'un silence de mort.

Une envie de vomir me tord l'estomac et je suis obligée de me tourner complètement pour ne rien voir. Pour faire comme si je n'avais rien vécu de tout cela. Je vais faire un malaise, là.

Je vais vomir.

Il n'a pas...

Il n'a pas pu...

Pas comme ça...

Le Tigre n'a pas hésité une seule seconde avant de tirer. Chaque geste qu'il a fait a été calculé et parfaitement maîtrisé, comme s'il avait fait ça toute sa vie.

Comme si c'était sa véritable nature.

C'est un tueur, putain ! UN PUTAIN DE TUEUR.

Un assassin. Un meurtrier.

Je le savais déjà, mais maintenant, je l'ai *vécu*.

Je plaque ma main contre ma bouche pour réprimer un haut-le-cœur. Mon estomac se retourne lorsque j'entends leur voix dans mon dos, leurs voix froides et sans émotion, comme si l'un d'eux ne venait pas de tuer.

— Préviens Raven. Ophélie doit retourner à la réception. On va s'occuper du corps.

— On va le mettre où ?

— On va leur faire un cadeau. Je crois qu'ils aiment les peintures.

J'entends le ricanement froid de Dove qui résonne dans la pièce vide. Mon sang se glace. Ma tête se met à tourner.

— Je vais vomir, déclaré-je en sentant l'odeur de la mort dans cette salle vide.

La main de Tiger agrippe soudainement mon coude et m'entraîne je ne sais où. Je sais que c'est lui, parce que son contact me brûle et son toucher me consume.

Il ouvre violemment la porte et me fait passer devant lui. Aussitôt, une brise glaciale vient fouetter mon visage, signe que nous sommes dehors. Je sens l'air pur et frais de cette fin de soirée automnale, puis mes pensées sont toutes redirigées vers le corps inerte de Nawel tombant au sol, son cri avant que la balle lui ôte la vie.

Je me défais de l'emprise de Tiger, fais quelques pas rapides vers les arbustes près de la façade, et je vomis. Je recrache tout ce que j'ai mangé avant de partir. Ça me brûle la gorge, mais je ne peux pas faire autrement.

Tout me retourne l'estomac. Mes pensées.

L'odeur.

La situation.

Le lieu où je me trouve.

Ce qu'il vient de faire face à moi.

Ce qu'il vient à l'instant de faire subir à Nawel.

J'entends des pas dans mon dos. Tiger se tient derrière moi et pince la peau nue de mon échine, me faisant frissonner. Je me redresse et lève la tête vers lui.

Il m'analyse du regard et je me sens soudainement entièrement à sa merci. Il vient de voir à quel point j'étais faible.

Et moi, je viens de voir à quel point il pouvait être violent.

— Tu es encore sensible, lâche-t-il simplement. Avec le temps, ça ne te fera plus rien.

J'arrête de respirer un instant.

Je n'ose même pas répliquer. Je me sens extrêmement mal, frigorifiée, et ses paroles n'arrangent rien. Je ne veux pas que le temps fasse effet, tout simplement parce que je ne veux pas rester dans son monde.

Il est bien trop cruel et sanglant pour moi. Qu'est-ce que je fiche ici ?

QU'EST-CE QUE JE FOUS ICI, BORDEL ?!

Là où le crime n'est pas puni. Là où rien n'est interdit.

Là où l'illégalité est leur façon d'être. Là où le sang règne en maître.

C'est donc pour ces raisons que le gang de mon géniteur s'appelle comme ça ?

Les Blood Red Roses.

— Il faut que tu retournes à la réception, m'interrompt-il.

J'écarquille les yeux et mon souffle se bloque dans ma gorge.

Pardon ?

— Tu dois y retourner maintenant si tu ne veux pas avoir de problème.

Autrement dit : pour qu'on ne me soupçonne pas, et pour ne pas faire foirer leur plan.

J'ai compris.

Mais je ne peux pas y aller et faire comme si de rien n'était. Je. Ne. Peux. Pas.

C'est au-dessus de mes forces.

Je ne vais pas rejoindre le Prince alors que je viens d'assister au meurtre de sa copine.

Rien qu'à cette idée, mon estomac se retourne encore et j'ai de nouveau envie de vomir.

— Phélie, c'est un ordre.

La façon qu'il a eue de prononcer ces mots n'était, étrangement, pas si autoritaire que ça.

— Je te jure que je ne peux pas. Il faut que je rentre. Il faut que je parte d'ici.

Je cherche son regard, mais il me fuit.

Soudain, son bras se lève lentement vers moi et il repousse mes cheveux bruns en arrière, dévoilant ma clavicule. Puis, délicatement, il passe son doigt le long de mon cou sans le quitter des yeux.

Je frissonne.

Je frissonne tellement que j'en tremble. Mais ce n'est ni la peur, ni le froid. C'est juste lui.

— Elle ne t'a pas enfoncé sa lame trop profondément.

Sa phalange rêche passe sur ma blessure encore fraîche, et je grimace.

— Fais attention à ce que tes cheveux la cachent, personne ne doit se douter de quoi que ce soit.

Puis il enroule ses doigts autour de mon bras et m'oblige à le suivre.

Je n'ai pas le choix.

Mais lorsque je comprends qu'il veut que je retourne dans la pièce, j'écarquille les yeux.

— Attends, attends, attends.

Je commence à suffoquer lorsque je me rapproche de la porte ouverte et me fige à quelques mètres d'elle.

— Je te jure que je ne peux pas.

Je ne peux pas passer par cette pièce. Ce n'est pas possible.

C'est au-dessus de mes forces.

Dans mon dos, je le sens se tendre. Il lâche mon bras et son épaule frôle la mienne lorsqu'il passe devant.

— Reste derrière moi et regarde tes pieds. Ou ferme les yeux si ça te chante. On va passer par là et tu vas retourner dans la salle principale comme si tout allait bien. Ce n'est pas une proposition. C'est ce que tu es obligée de faire.

Mon cœur bat puissamment et je tremble comme une feuille. Je le déteste.

Je déteste le ton de sa voix.

Je déteste le fait qu'il soit si sûr de lui et si sévère.

Pourtant, j'obéis lamentablement et j'entre. Je tente de regarder uniquement mes pieds, comme me l'a dit Tiger. Seulement, le sang a giclé partout et de fines gouttes rouges parsèment le sol. Je déglutis péniblement tout en retenant un haut-le-cœur.

J'entends Dove siffloter le refrain de « Smells Like Teen Spirit » de Nirvana tout en s'occupant de je ne sais quoi. Je ne préfère pas savoir ce qu'il est en train de faire.

Comment peut-il être aussi calme ? COMMENT ?!

Ma cage thoracique se comprime et je fais du mieux que je peux pour ne plus penser à rien. Le seul truc sur lequel je me permets de rester concentrée, c'est le bruit des pas de Tiger claquant sur le carrelage.

Il s'arrête et ouvre la porte. J'entends Dove derrière moi demander :

— Tu y vas avec elle ?

— Non.

— Tu devrais.

Tiger ne répond pas, comme l'insensible qu'il est.

Bon sang, je souhaite tellement qu'il vienne avec moi, juste pour ne pas affronter la foule dans cet état. Mais bien sûr, il ne peut pas le comprendre.

Il ne peut pas comprendre à quel point j'ai besoin de quelqu'un en ce moment.

Le Tigre pose la main sur mon épaule. Ce contact me brûle, d'autant plus qu'il exerce une légère pression pour me pousser devant lui. Je rejoins le couloir et me tourne vers lui.

Je lève mes yeux vers les siens et le supplie une dernière fois de venir avec moi.

Ce qui n'a aucun effet sur lui.

— Tu vas dans la salle, tu trouves le Prince, tu lui dis que tu t'en vas, puis tu rejoins Raven sur le parking. Il t'attend.

Je pince les lèvres tout en hochant la tête malgré moi. Je peux le faire.

Je peux le faire, hein ?

Puis Tiger fait un pas en arrière et referme la porte en me la claquant au nez. D'accord.

Il n'y aura définitivement aucun encouragement. Bien sûr qu'il n'allait pas me rassurer…

Il vient de tuer quelqu'un devant moi. Je savais qu'il en était capable, je me suis même dit qu'il l'avait déjà fait.

Mais se le dire et le voir n'est pas la même chose. Définitivement pas.

Je me retrouve donc seule, mais avant de rejoindre la salle de réception, j'entends les deux mafieux parler à travers la porte. C'est très faible, mais Dove a prononcé mon nom et ça ne m'a pas échappé.

— Pourquoi tu ne l'accompagnes pas ? C'est risqué de la laisser seule maintenant, surtout après ce qu'elle a... vu. Elle peut tout faire foirer si elle panique devant tout le monde.

Le souffle coupé, j'attends la réponse du Tigre.

— Parce qu'elle doit savoir affronter les autres sans compter sur personne. Juste sur elle.

Ses mots compriment ma poitrine. Sans attendre plus longtemps, je traverse ce long couloir froid et sans âme. Mes pas résonnent. Je meurs de panique.

Mon pouls est assourdissant à mes oreilles et je tremble. Il faut que je ne laisse rien paraître.

Compter sur personne. Juste sur soi-même.

Mon géniteur, en me confiant à cinq de ses hommes, m'a dit qu'ils me protégeraient. L'un d'eux affirme que je ne peux compter que sur moi.

Je crois qu'il n'a pas bien saisi que dans ce monde, je suis comme une feuille d'automne.

Fragile. Légère. Cassable.

Je ne peux rien contre le vent.

Je ne peux rien contre les autres.

Quand je reviens dans la salle, rien n'a changé. L'ambiance est toujours légère, si on omet le fait que nous sommes entourés de tueurs.

Je repère sans difficulté le Prince, en pleine discussion avec deux femmes et un homme. Je le rejoins rapidement, pressée de m'en aller.

Quand il me voit arriver, il fronce légèrement ses sourcils, puis m'offre un immense sourire.

— Ophelia ?

— Il se fait tard. Je viens pour t'avertir de mon départ. J'ai passé une agréable soirée.

J'ai du mal à sortir ces mots, sachant que je viens d'être témoin du meurtre de sa petite amie. Je crois que je vais aller en enfer. Je suis condamnée.

— Déjà ? J'allais précisément vous rejoindre.

Mon cœur bat à une allure folle et je tente de respirer convenablement pour ne pas m'effondrer devant lui.

Je hoche la tête en lui adressant mon plus beau sourire et essaie de paraître sincère.

— Tu as eu le temps de rencontrer mon père ?

— Non, Nawel... Nawel a voulu aller aux toilettes et je l'ai accompagnée, jusqu'à ce que je me rende compte de l'heure qu'il était.

Heureusement, il ne me questionne pas sur mon teint sûrement pâle, sur mon attitude terrifiée et sur mon regard fuyant. En réalité, il n'a rien remarqué.

Peut-être que je mens vraiment bien, après tout.

— Ton père t'attend à une heure précise, lâche-t-il comme si c'était une vérité. Le mien faisait pareil. Ils nous surprotègent trop.

Je hoche misérablement la tête et lui tourne le dos, ne sachant plus du tout comment faire pour paraître normale.

J'ai envie de hurler. De pleurer. D'abandonner. Nawel est morte. Tiger l'a tuée. Et j'ai menti. Que j'aille brûler en enfer, c'est tout ce que je mérite.

J'ai tué Chad et je cache le meurtre de Nawel, dont j'ai été témoin.

Je me souviens de cette question qui me trottait dans la tête il y a quelques heures. « Comment affronter des tueurs au sang-froid sans devenir un monstre à son tour ? » Eh bien, c'est simple. On ne peut pas.

Parce que je suis tout simplement en train d'en devenir un moi aussi.

J'avance jusqu'à la sortie, jusqu'à ce que je sente ce même regard sur moi, comme tout à l'heure. Une sensation dérangeante qui m'oblige à tourner la tête.

Et je le revois.

Cet homme qui ne me quitte pas des yeux, à quelques mètres à peine de moi. Il semble fixer mon cou.

Des frissons parcourent mon échine et je me dépêche de partir de cet endroit. Je suis prise d'un sentiment d'oppression étrange.

Il faut que je parte.

Vite.

Et ce n'est qu'une fois sortie de ce bâtiment que je me rends compte d'une chose.

Le sang de ma blessure a coulé le long de ma clavicule.

L'inconnu s'en est-il aperçu ?

Il est presque minuit lorsque nous réintégrons la maison du Tigre. Je le sais, parce que je vois en ce moment même les chiffres rouges clignoter sur le four de la cuisine. Quand je suis entrée, c'est d'abord la chaleur et la sécurité que j'ai ressenties. Pour la première fois, j'ai su que j'étais protégée ici.

Peut-être parce que je viens de goûter au danger, entourée de mafieux qui, eux, n'étaient pas sous les ordres de mon géniteur afin de me protéger. Peut-être parce que j'ai compris ce soir que les cinq ne me veulent pas forcément du mal.

Puis j'ai ressenti une immense fatigue quand l'adrénaline est retombée.

Arrivée dans la cuisine, je me suis précipitée pour boire. Je suis courbaturée de partout. Pas étonnant, je n'ai pas arrêté de me crisper au moindre échange. Mon corps me le fait bien comprendre maintenant.

Dans l'évier, un tee-shirt gît, mouillé, mais je suis tellement épuisée que je ne prends pas la peine d'essayer de comprendre. J'engloutis au moins trois grands verres d'eau et Raven, qui m'avait suivie, rigole doucement.

— Le stress m'a complètement déshydratée, lui lancé-je en reposant mon verre dans l'évier.

Et j'avais encore ce goût horrible dans la bouche depuis que j'ai vomi pitoyablement devant Tiger. Une belle preuve de ma fragilité.

— Il n'y avait pas de boissons là-bas ?

— Si, mais je n'y ai pas touché.

— Tu aurais dû te servir, on leur aurait déjà pris ça.

Je croise les bras et appuie le bas de mon dos contre le rebord du plan de travail en soupirant.

— Ne t'inquiète pas, Tiger et Dove ne s'en sont pas privés. Ils se sont postés à côté du bar.

— Ça ne m'étonne pas d'eux.

Je m'apprête à en remettre une couche, mais Dove et Tiger surgissent, pile au moment où Snake et Fox débarquent aussi. Nous nous retrouvons alors tous les six dans la cuisine, et Snake lance :

— Ça va ?

Je sais qu'il s'adresse surtout à moi, mais je ne tente même pas de sourire ou de mentir. Je n'en ai plus la force, alors j'ignore soigneusement sa question.

Je sens le regard du Tigre peser sur moi. Dove ferme la porte et s'approche de l'îlot central.

— Stella est montée se coucher, précise le Serpent.

— On n'est jamais trop prudent, réplique froidement l'homme aux cheveux blancs.

Snake s'appuie contre un des murs et croise les bras.

— Alors, comment s'est passée votre soirée ? À part... le petit incident.

Il est au courant ?

Bien sûr qu'il est au courant.

Je déglutis et je suis soudainement prise de frissons incontrôlables. C'est le stress, le froid et la fatigue mêlés qui sont en train de m'achever.

Tous les yeux se tournent vers moi et je bégaie. C'est moi qui dois répondre, là ?

Je ne sais pas quoi dire. En fait, je ne veux plus en parler. Juste oublier ce qui s'est passé.

— On a eu un problème avec la petite amie du Prince, répond Dove à ma place.

— On a vu ça, lâche Fox. J'ai pu me connecter aux caméras, même si au début, les images étaient floues. J'ai supprimé directement celles de la salle pour qu'on ne vous soupçonne pas.

Le fait qu'il ait sûrement pu voir la scène en temps réel me fait frémir.

— À part ça, tu as réussi à réunir quelques informations ? ajoute-t-il doucement, et je le remercie de ne pas revenir en détail sur ce qui s'est passé avec elle.

Je prends sur moi, respire un bon coup et me lance. Je vais tenter de tout lâcher d'une traite, au moins pour m'en débarrasser et pouvoir tout oublier.

— Oui, le Prince m'a proposé de me présenter à sa famille après avoir un peu discuté. Il ne m'a pas reconnue immédiatement, il ne savait même pas qu'Almanzo avait une fille. Ça veut dire que mon secret n'a pas encore atteint tout le monde. En revanche, il a très bien vu que Tiger et Dove étaient là pour m'accompagner, mais je l'ai convaincu qu'ils n'étaient que mes gardes du corps.

Tout le monde m'écoute attentivement. J'essaie de donner le maximum des informations que j'ai glanées. J'ai des flashs de la soirée, des détails que je n'avais pas analysés sur le moment mais qui prennent sens maintenant.

— Autre chose ? intervient Dove.

Je réfléchis quelques secondes.

— Il voulait m'emmener dans leur salle privée pour rencontrer son père et son frère. Seulement, c'est Nawel qui m'a accompagnée et...

Ma voix se brise et laisse un lourd silence peser. Je me reprends rapidement pour ne pas me mettre à pleurer devant eux.

— Il m'a aussi parlé de quelque chose de secret. Il a dit qu'il dirigeait une partie de l'organisation à l'ouest de New York, mais qu'il aura bientôt le Sud. Pour une transaction importante.

— Quel genre ? insiste Dove.

— Aucune idée. Il a dit que c'était « secret ».

Tout le monde se tait de nouveau.

— Bien joué, Ophelia, lance finalement Fox.

— Oui. Pour un début, tu nous as bien aidés, confirme Raven.

Snake hoche la tête.

Je sens le regard brûlant de Tiger. Il me fixe. Il m'incite à me tourner vers lui, et quand mes yeux trouveront les siens, ses prunelles seront vides. Comme chaque fois. Alors je ne perds pas mon temps et l'ignore.

Une question me taraude.

— Comment vous avez su où j'étais ?

La communication s'est coupée, et pourtant, ils ont réussi à me retrouver.

— Fox, répond froidement Dove comme si c'était une évidence.

Ma tête pivote vers le rouquin et le remercie silencieusement.

Il me répond d'un hochement de tête et ajoute doucement :

— Tu sais qu'on est là pour te protéger.

Mes yeux brillent, c'est l'émotion et la fatigue. J'ai envie de pleurer. J'ai envie de dormir. J'ai envie qu'on me laisse. J'ai envie de retrouver ma sœur, même si savoir que je ne pourrai rien lui dire me tue.

Snake est le premier à s'en rendre compte, puisqu'il pose une main sur l'épaule de Fox et déclare :

— On va rentrer. On est tous un peu crevés.

Fox acquiesce.

— Dove, pas besoin que je te ramène cette fois ? demande le rouquin en passant devant la Colombe.

Il ne s'attendait visiblement pas à cette question puisqu'il se fige. C'est à peine perceptible, mais j'ai tellement l'habitude de le voir froid et insensible que la plus petite once d'émotion se voit comme le nez au milieu de son visage.

— Non, merci, répond-il d'un ton glacial.

Snake et Fox sortent de la pièce et Dove nous indique qu'il rentre aussi chez lui.

Tiger est déjà parti, je ne sais même pas où il est allé.

— Comment on fait si Almanzo apprend que je suis allée chez les Royal ? demandé-je à Raven une fois qu'il n'y a plus que lui et moi dans la pièce.

— Ne t'inquiète pas pour ça. Tout le monde là-bas n'est pas très ami avec Almanzo. Il n'y a aucune raison qu'ils lui en parlent, d'autant plus qu'ils doivent penser qu'il le sait déjà.

Je hoche la tête.

Au début, c'est moi qui voulais tout balancer à mon géniteur. Maintenant, je m'inquiète qu'il le sache…

— Allez, Ophelia, va te coucher. Tu vas t'endormir dans la cuisine si tu restes ici deux minutes de plus.

Il a raison.

Je n'ai qu'une hâte : dormir pour oublier.

Chapitre 9

Avant-goût

Raven

Après avoir laissé Ophelia, je monte à l'étage. J'ai vu Tiger s'y diriger il y a quelques minutes et j'aimerais pouvoir lui parler de cette soirée, histoire de connaître sa vision des choses.

Et surtout, comprendre ce qui lui a pris de tuer Nawel.

Il est peut-être plus de minuit, mais je sais qu'il sera toujours debout.

Comme je le pensais, je le retrouve sur le balcon de son bureau. Il est accoudé au garde-corps, dans la nuit noire, seul le bout de sa cigarette colore le paysage. Je traverse le bureau sombre et passe par la baie vitrée pas tout à fait fermée. Dehors, il fait froid, mais je n'y fais pas gaffe.

— Salut, lancé-je pour l'avertir de ma présence.

Il ne bronche pas.

Je le rejoins en silence et m'accoude à mon tour à la balustrade du balcon.

— Ça va ?

Le regard rivé sur le paysage, je vois du coin de l'œil qu'il hoche la tête lentement.

— Je peux ?

Je tends ma main vers sa cigarette qu'il me passe sans rien dire. Je tire une taffe, puis une deuxième, et je la lui rends. Je recrache doucement la fumée, elle forme un nuage devant moi puis disparaît.

La forêt est plongée dans le noir complet. Ce sont des arbres à perte de vue. La seule lumière provient des étoiles parfaitement visibles ce soir. Si Dove avait été là, il n'aurait pas quitté le ciel des yeux.

— Comment s'est passée cette soirée ?

Il soupire longuement.

— Mal, lâche-t-il, cigarette entre les dents.

C'était idiot de ma part de poser cette question, je le sais, mais j'aimerais qu'il développe, lui qui n'a rien dit lors de notre débriefing dans la cuisine.

— Pourquoi Ophelia s'est retrouvée seule avec Nawel ?

Il inspire, expire. Sa mâchoire se contracte légèrement, puis il se tourne vers moi, l'air de rien.

— C'est elle qui a foiré, pas nous. Elle n'avait pas à suivre cette conne. J'ai essayé de la prévenir, mais la communication a été coupée.

— Au moins, vous êtes arrivés à temps.

Il ricane. Un rire sans joie, presque ironique.

— Si ça n'avait tenu qu'à moi, je ne serais pas parti à sa recherche. Elle se serait débrouillée seule, comme une grande.

— Elle aurait pu mourir.

— Elle se serait défendue sans notre aide, insiste-t-il sèchement.

Donc il est en train de me faire croire qu'il l'aurait laissée tenir tête à Nawel toute seule, si tant est qu'elle aurait pu en être capable ?

Je ne sais pas pourquoi, mais ses mots sonnent faux. Je le connais depuis tant d'années que je sais percevoir la sincérité dans ses paroles. Et quand il ne l'est pas, je le devine aussi. Comme maintenant.

— Et alors, pourquoi vous y êtes allés ?

— C'est Dove qui a voulu.

Cette fois-ci, je m'esclaffe franchement. C'est impossible. Tellement que j'en rigole.

Comme si j'étais assez débile pour croire que c'est mon frère qui a voulu intervenir. Non, je le connais. C'est mon jumeau, et même s'il ne laisse personne le cerner, moi, je le vois. Je sais comment il est. Et Dove ne protège pas. Dove attaque. Jamais il ne serait allé secourir Ophelia sous prétexte qu'elle mettrait sa vie en danger pour nous aider. Non, il n'en a rien à foutre. Je ne compte même plus le nombre de personnes qu'il a regardé mourir sans bouger le petit doigt.

À tel point que, parfois, je me demande s'il cache extrêmement bien ses émotions, ou s'il n'en a pas.

— Alors heureusement que Dove était là, lancé-je en jetant un œil dans sa direction.

Tiger ne bronche pas. En même temps, dans ce noir complet, il m'est assez difficile de percevoir ses mouvements, aussi minimes soient-ils.

— On peut remercier Dove pour sa soudaine humanité.

— Qu'est-ce que tu veux, Raven ? crache-t-il.

Je glousse. Ça y est, il est enfin piqué par mes remarques.

Il lui en a fallu du temps.

— C'est toi qui y es allé, hein ?

— De quoi tu parles ?

— C'est toi qui es allé retrouver Ophelia.

Ce n'est plus une question désormais. C'est juste un constat.

Parce que je sais que c'est lui qui a voulu la rejoindre. Il savait que ça pouvait mal se passer.

Tiger passe une main sur son crâne sans pour autant laisser paraître son agacement. Il est comme ça. On est tous comme ça.

Moins on montre nos émotions, mieux c'est.

Et on est tellement habitués à le faire que même entre frères, on les cache.

— Ophelia qui ? Connais pas d'Ophelia.

Je lève les yeux au ciel.

— Pardon, je devrais peut-être l'appeler Phélie, c'est le surnom que tu lui donnes, non ? Ça fait combien de temps que tu n'as pas donné de surnom affectueux à quelqu'un ? Ou peut-être que tu ne l'as jamais fait ? remarqué-je innocemment.

Il secoue la tête, exaspéré, et expire la fumée de sa cigarette par le nez.

— Ce n'est pas affectueux.

Il soupire, puis c'est de nouveau le silence. Je joue avec ma pomme, la passant d'une main à l'autre par-dessus la balustrade.

— C'est tout ce que tu es venu me dire ? me demande-t-il alors, brisant le calme qui s'était installé entre nous.

— Non. Vous l'avez foutu où, le cadavre ?

Aussitôt, son visage change du tout au tout. Il passe d'une expression indéchiffrable à quelque chose de plus malsain. Une lueur de feu brille dans ses yeux bruns et un sourire carnassier apparaît sur ses lèvres.

— Oh, on ne l'a pas bougé.

Je hausse un sourcil, attendant plus d'explications.

— On l'a laissé sur place.

Il se tait un instant, passe sa langue sur sa lèvre inférieure et reprend, d'un air satisfait qui n'annonce rien de bon.

— T'étais au courant que Dove a un réel talent pour la peinture ?

Je fronce les sourcils.

— Qu'est-ce que vous avez fait, Tiger ?

Il attend quelques secondes avant de me répondre, comme s'il pensait que son suspense était amusant.

— Sur le mur, au-dessus, il a dessiné une couronne avec son sang. Magnifique. Tu l'aurais vu, Raven… Tu aurais été épaté par son talent.

Je soupire, contrarié.

— C'est n'importe quoi. Vous jouez avec le feu.

— Ce n'est qu'un avant-goût.

— Ne refaites plus ça. Il faut que vous restiez concentrés, au lieu de perdre du temps à vous amuser.

Il ne répond pas. C'est le silence pendant trois bonnes minutes.

Personne ne peut empêcher Dove et Tiger de faire quoi que ce soit quand ils sont tous les deux.

Leur duo est incontrôlable. Ce qui nous a foutus dans la merde pas mal de fois, d'ailleurs.

— Autre chose ? lance-t-il en finissant sa clope.

— Quoi ? Tu veux qu'on reparle de la mission ? D'Ophelia ?

— On peut discuter sans forcément parler d'elle, grogne-t-il.

Déjà, il veut discuter. Et Tiger qui veut parler, ce n'est pas commun. Alors je fais de mon mieux pour mettre mes reproches en sourdine. Il est là pour moi, je le sais. Ce soir, c'est à mon tour d'être présent pour lui.

Il pince les lèvres, hésite un moment, le regard perdu.

— À un moment, j'ai tellement eu envie de le buter que j'ai dû me faire mal pour que ça s'arrête.

Il lâche ça de but en blanc, à tel point qu'il me prend un peu par surprise. Mais je n'ai même pas besoin de réfléchir pour comprendre ce qu'il veut dire par là.

Ça faisait un moment qu'il n'avait pas été en présence du tueur de Wolf. Je savais que ça aurait pu merder, mais j'avais aussi confiance en lui, il sait se retenir. Il sait que plus on attend, plus on aura le droit à une belle vengeance. Il faut juste être patient.

Comme nous tous, il a très mal vécu le départ précipité de notre sixième membre. Mais lui plus que les autres, puisqu'il était présent. Il l'a regardé mourir et a tout tenté pour le sauver.

Tiger me montre sa paume. Et même dans la nuit, je remarque de profondes entailles à vif.

— Comment ? demandé-je, réticent à l'idée de l'apprendre.

Il inspire et expire lentement en refermant le poing.

— Mon verre a éclaté dans ma main.

— Pourquoi ?
— J'ai dû trop serrer.
— Tu ne lui as pas dit ?
— À qui ?
— À Dove.
— Pour quoi faire ?
— Pour te soigner.
Il ricane.
— Je n'ai pas besoin de me soigner.
— Non, c'est vrai, t'es invincible. J'avais oublié, répliqué-je amèrement.
Ma remarque ne le fait pas rire. Il ne réagit pas, d'ailleurs.
— Non, sérieux. Tu pourrais avoir des morceaux de verre coincés sous la peau.
— OK, docteur Raven. Tu veux m'examiner, ça te rassurerait ?
— La question n'est pas là.
— Alors elle est où, putain ?
Tiger se tend et je me demande s'il va être patient avec moi encore longtemps. Parce que lorsqu'il en aura marre, il m'enverra bouler sans remords.
— Je pense qu'il serait plus judicieux, à l'avenir, d'inverser les rôles.
Il hausse un sourcil et met un moment avant de répondre.
— Ça veut dire quoi, ça ?
Je sais qu'il n'a pas l'habitude que j'impose mes idées, puisque c'est toujours lui qui donne des ordres. Mais si je dis ça, c'est pour son bien.
— Peut-être que tu pourrais faire autre chose qu'aller sur le terrain, là où tu serais susceptible de te retrouver encore une fois devant le Prince.
— Je sais me contrôler.

— Et le prix de tout ça ? Tu te blesses, alors que notre but, ce n'est pas de te faire mal. C'est de lui faire mal à lui. Et tu tues quelqu'un sans raison valable devant Ophelia.

— Sans raison valable ?! aboie-t-il. Cette conne était plus que dangereuse !

— Tout le monde est dangereux dans ce milieu, je croyais que tu le savais déjà.

Il serre le poing et je le vois jeter sa cigarette à ses pieds, puis écraser le mégot sous sa chaussure.

— Si je n'avais rien fait, on aurait été dans la merde. L'autre connasse aurait empêché Ophélie de se rapprocher du Prince. Maintenant qu'on l'a butée, le champ est libre.

Je soupire.

— OK, d'accord. Mais ça ne m'empêche pas de penser qu'il vaudrait peut-être mieux que... que tu nous laisses faire.

— Je comprends ta proposition, Raven. Mais tu devrais savoir que ce gang, c'est toute ma vie. Depuis que j'y suis, je prends part à chaque événement de chaque mission de chaque mois de chaque putain d'année. Alors non, je ne te laisserais pas y aller à ma place en attendant sagement dans une bagnole. Et si vous vous faites buter ? Qu'est-ce que je pourrais faire pour l'éviter, si je ne suis pas avec vous ?!

Il laisse sa question en suspens et je ne sais pas si je vais oser y répondre.

— Tu sais qu'il ne peut rien nous arriver. Si tu restes dehors et que nous y allons tous les trois, Dove, Snake et moi, on ne risque rien.

J'ai osé.

Il ne me regarde pas, mais l'évocation de cette solution n'a pas l'air de le calmer.

— Et Ophelia ne risquera rien non plus, ajouté-je. Tant qu'elle sera avec nous.

Rapidement, il tourne sa tête vers moi et me scrute intensément. Ses yeux bruns, presque orange dans cette nuit noire, me brûlent.

— Almanzo m'a dit quoi ? lâche-t-il sans me quitter du regard.

— Je ne sais pas.

Et c'est vrai, je ne vois pas de quoi il parle. Almanzo dit plein de choses, en même temps... Difficile de se souvenir de tout.

Mais si ça concerne Ophelia, et je comprends après une courte réflexion que c'est le cas, alors il a été suffisamment clair. Et je vois où Tiger veut en venir.

— Almanzo m'a dit quoi ? répète-t-il.

— De la protéger.

— Et ?

— De garder un œil sur elle.

— Mais encore ?

La pression qu'il me met à ce moment-là me ferait presque flipper.

— Que c'est toi qui es chargé de sa protection.

— Exactement.

Il s'humecte les lèvres. On dirait qu'il prend du plaisir à me rappeler ces conditions.

— C'est chez moi qu'elle vit. C'est moi qui décide. C'est moi qui dicte les règles. C'est moi qui vais en mission avec elle. C'est moi qui reste avec elle, tout le temps. Fin. De. La. Discussion.

Je lève mes mains en l'air en signe de capitulation.

— Très bien, très bien. Je disais ça juste pour ton bien.

— Je me fiche de mon bien.

— C'est pour ça que je m'en préoccupe à ta place.

Je m'éloigne de la balustrade en verre, mais son regard est de nouveau perdu dans la contemplation du paysage. Notre discussion est terminée. Alors sans un mot de plus, je le laisse ici, avec ses pensées.

Ces jours-ci, j'ai profité de notre tranquillité, tout était paisible.

Mais les semaines à venir vont l'être beaucoup moins.

Il suffit de voir ce qui s'est passé lors de la première mission d'Ophelia…

Parce que cette réception, comme l'a dit Tiger, n'était qu'un avant-goût de ce qui nous attend.

Snake

Deux heures avant, pendant la mission

Devoir garder la gamine pendant que mes quatre frères profitent de la toute première mission d'Ophelia m'emmerde vraiment.

Sur le coup, je maudis Tiger et ses décisions de merde. Pendant qu'eux sont sur le terrain, je suis obligé de supporter le rouquin et la gamine pendant une soirée entière.

Et ça commence très mal.

— Snake, t'as vu mon chargeur d'ordi ? Je crois que je l'ai perdu.

Je sors une canette de Coca du frigo, et en refermant la porte, je suis surpris par la présence de Fox juste derrière. J'ai un mouvement de recul quand je le vois. Je pensais qu'il était dans le salon.

— Mais t'es con ! Tu m'as fait peur !

— Mon chargeur d'ordi, répète-t-il, agacé. Il est où ?

Je serre les dents.

— Dans ton cul.

Je lui tourne le dos et l'entends soupirer, lassé de mon immaturité.

Il ne faut pas s'attendre à de grands discours avec moi, c'est à peine si j'arrive à sortir une phrase sans prononcer une injure. Mon langage de charretier me suit depuis l'adolescence, et même si j'ose croire que j'ai mûri, je parle toujours aussi mal.

Il y a des choses qui ne changent jamais.

Dans un geste mécanique et purement inconscient, je secoue ma canette avant de l'ouvrir. Ce n'est qu'une fois qu'elle éclabousse mon tee-shirt blanc que je prends conscience de ma connerie.

Putain de merde.

Je râle et tente de trouver des serviettes dans cette foutue cuisine, mais l'autre couillon de rouquin glousse derrière moi et m'empêche de réfléchir correctement.

— Marre-toi, Fox. On verra qui sera le dernier à rigoler ce soir, sifflé-je en poussant des jurons à tout-va.

— Je l'ai ! s'écrit soudainement une voix féminine qui provient du salon.

Fox écarquille les yeux et un sourire éclaire son visage.

— Génial ! T'es la plus forte, Stella !

Il accourt vers elle, et moi, je n'ai toujours pas trouvé de serviette pour m'essuyer. Je sens le liquide traverser mon vêtement et me coller à la peau.

— Bien joué, Snake. Elle commence bien, ta soirée.

Je soupire de nouveau, pose ma canette sur le plan de travail et enlève rapidement mon tee-shirt, me retrouvant torse nu dans la cuisine. C'est la seule solution que mon débile de cerveau a trouvée.

Ça va, Kid est dans le salon avec Fox, et il n'y a personne d'autre. Puisqu'ils sont partis en mission sans moi, *los bastardos*.

Je prends mon vêtement dans une main, ouvre le robinet d'un geste rageur, mais j'y vais tellement fort que la pression de l'eau se trouve être à son maximum. Je reçois l'eau en pleine tronche, ce qui commence vraiment à m'agacer.

Mierda, Snake. ¿Eres tonto o lo haces adrede? ¡Odio esta maldita noche! ¡Mierda[1]*!*

Je diminue la pression et commence à rincer activement mon tee-shirt, espérant atténuer les taches.

— T'aurais pas vu une clé USB ? Fox dit qu'il l'a perdue aussi. Mais qu'est-ce que tu...

Je coupe l'eau et me retourne à la volée, comme pris en flagrant délit. J'essaie de cacher mon torse avec mon tee-shirt, mais il est trempé et des gouttes d'eau coulent le long de mon jean.

---

1. « Putain de merde, Snake ? T'es con ou tu le fais exprès ? Je déteste cette putain de soirée. Merde ! »

Je grimace.

Kid grimace aussi.

Mes lèvres se pincent en matant son visage alors qu'elle fronce les sourcils face à la situation.

— Qu'est-ce que tu fais ? me demande-t-elle une nouvelle fois.

Elle est plantée à quelques mètres de moi, droite, confiante, belle. Elle a dix-sept ans.

— Rien, sifflé-je en me retournant vers l'évier.

Maintenant, j'ai conscience qu'elle a le loisir me mater, mais je m'en contrefous. Je veux juste pouvoir réparer ma connerie aussi vite que possible.

Je veux surtout qu'elle se barre de là.

— Ton anguille est encore plus moche maintenant que j'en vois l'intégralité, entends-je derrière moi.

No te des la vuelta, no te des la vuelta, no te des la vuelta[1].

Je presse fortement mon tee-shirt dans ma main pour ne pas m'énerver contre elle. Je lui ai mal répondu, elle ne fait que me renvoyer la balle. C'est une gamine. Un bébé. Elle essaie simplement de ne pas se faire traiter comme tel.

— C'est pas une anguille, putain de merde. C'est un foutu serpent.

Sa tête est dans mon cou, sa langue grimpe jusqu'à mon oreille, et le reste de son corps va de mon épaule au bas de mon dos.

— Kid, tu sais faire la différence, quand même ?

— Tu as vu la clé USB de Fox ? répète-t-elle en ignorant ma question puérile.

---

1. « Ne te retourne pas, ne te retourne pas, ne te retourne pas. »

Ce putain de Renard… Il perd tout et je me demande quand il perdra la tête.

— Fais-moi plaisir et réponds-lui de ma part de chercher dans son cul.

La finesse d'un serpent, Snake, c'est bien. Bravo. Déjà qu'elle ne se prive pas pour te rembarrer, elle va te considérer comme un couillon de première…

— Qu'est-ce que c'est drôle… Je suis sûre que ça fera très plaisir à Fox.

Je rouvre l'eau pour ne plus l'entendre et lui faire comprendre que je n'ai pas envie de discuter, mais j'entends ses pas se rapprocher.

Qu'est-ce qu'elle fout, encore ?

— Qu'est-ce que tu veux Kid ? M'aider ? Non, merci. Je sais que ton estime pour moi n'est pas très haute, mais je sais quand même nettoyer un tee-shirt.

Elle glousse dans mon dos et quand je jette un coup d'œil par-dessus mon épaule pour voir ce qu'elle fait, je l'aperçois tendre la main jusqu'à choper ma canette posée sur l'îlot.

Et elle la boit, putain de merde.

— Oh, c'est mon Coca.

Je l'entends glousser bêtement et je jure que ce son va me rendre fou. Son ricanement ne devrait même pas me toucher. Je ne devrais pas en avoir quelque chose à faire. C'est une adolescente, et comme tous les autres de son espèce, elle agit sans maturité.

Mais le problème, c'est que j'ai beau avoir plusieurs années de plus qu'elle, je n'en suis pas moins immature par moments.

— Roh, ça va. J'en ai vu plein d'autres dans le frigo. Par contre, tu feras gaffe la prochaine fois que t'en ouvres une.

Elle désigne d'un coup de menton mon tee-shirt.

— Tu sais, pour ne pas te tacher. Tu crois que tu pourras faire ça ?

Son insolence est insupportable. Kid est la pire des pestes que j'ai croisées dans ma vie.

— Je crois que si tu restes dans cette cuisine une seconde de plus, tu n'en ressortiras pas vivante.

Elle va penser que ce n'est qu'une menace en l'air, parce qu'elle ne me connaît pas. Et j'espère qu'elle n'apprendra jamais à me connaître.

— Ce n'est pas très gentil de menacer la fille que tu es censé garder.

Après sa phrase prononcée avec sa voix de sainte, je ferme l'eau et me retourne définitivement.

Tant pis pour mon tee-shirt, il attendra.

Elle est face à moi, mais beaucoup plus proche que la fois précédente. Maintenant, il est clair qu'elle ne m'arrive même pas aux épaules et qu'elle pourrait facilement terminer en plusieurs morceaux.

Je la regarde fixement, cherchant à comprendre ce qui se passe dans sa petite tête, et ce qui se passe dans la mienne par la même occasion.

— Qu'est-ce qui ne va pas, Kid ? Frustrée ? Quelqu'un te manque, peut-être... ? Une pote, un mec ? Ton petit ami te manque et tu t'embrouilles avec moi pour penser à autre chose ?

Ses joues rosissent et je sens que j'ai touché une corde sensible. Alors comme ça, c'est bien ça. Elle a un mec.

Merde, elle est bien trop jeune pour en avoir un. Dix-sept ans, c'est trop tôt.

— Si ce n'était que ça, il fallait me le dire dès le départ. Si tu veux penser à autre chose, j'ai un bon moyen pour ça.

Zéro filtre. Aucun tact. Et je regrette immédiatement. Je me fous une claque mentalement. Qu'est-ce qui m'a pris de dire ça à une mineure ? À la petite sœur d'Ophelia, en plus. Je parle avec Kid comme si je flirtais avec une fille de mon âge.

Et elle n'est ni une meuf de mon âge ni quelqu'un avec qui je veux flirter.

— Waouh, de mieux en mieux, me lance-t-elle en reposant la canette sur l'îlot.

J'ai envie de m'excuser, mais je n'en ai pas l'habitude. Et puis, elle ne paraît pas choquée.

— J'ai dix-sept ans. Et toi vingt-quatre, c'est ça ?

Elle recule un peu. Elle replace les barrières elle-même, parce que pour une raison que j'ignore, je n'en aurais pas été capable tout seul.

— Je n'ai plus fait gaffe, lancé-je en pinçant les lèvres.

Kid pose quelques secondes son regard bleu sur ma bouche. C'est furtif, mais je l'ai bien remarqué.

Putain, mais qu'est-ce qu'elle fout ?

Elle est censée avoir un mec. Elle a dix-sept ans. Je suis bien plus vieux qu'elle.

Je me répète ces trois informations en boucle, peut-être qu'un jour ça rentrera.

— Je ne dirai pas à Ophelia que tu me dragues, mais je te conseille de trouver quelque chose à te mettre avant que Fox te voie comme ça en face de moi.

Elle réplique. Toujours.

J'ai l'impression que c'est sa marque de fabrique.

On va rencontrer un problème, parce que je n'ai pas la langue dans ma poche moi non plus.

— Qui a dit que je te draguais.

Elle hausse les épaules.

— Simple supposition.

Kid croise ses bras sur sa poitrine et renifle. Depuis tout à l'heure on joue au jeu du chat et de la souris, et putain, elle sait y faire. Malgré son jeune âge, elle arrive parfaitement à s'en sortir et je ne sais pas si ça m'agace, ou si c'est tout le contraire.

Elle est arrogante et me défie du regard. Moi, je ne la quitte pas des yeux.

Et on se regarde comme ça durant de longues secondes, sans broncher. Je ne sais pas ce qui se passe.

Une envie soudaine de jouer à qui détournera le regard en premier, peut-être ?

— C'est bon, j'ai retrouvé ma clé USB ! s'écrie une voix dans la pièce d'à côté.

Je ne lâche pas ses deux billes bleues.

Elle ne fait pas un seul mouvement, malgré l'intervention brutale de Fox. C'est bizarre de se retrouver en face de quelqu'un sans pouvoir regarder ailleurs.

Mais soudain, elle me surprend en passant la langue sur ses lèvres. Mon regard tombe instinctivement sur sa bouche, je lève les yeux au ciel la seconde d'après, prenant rapidement conscience de ce que je viens de faire et du bordel que ça provoque dans ma tête.

Je la vois sourire de toutes ses dents, gloussant comme la gamine qu'elle est.

— Tu as perdu, Anguille, ricane-t-elle.

Je serre la mâchoire.

Je dois répliquer.

Vite, il faut que je trouve quoi dire.

Il ne faut surtout pas qu'elle ait le dernier mot.

Je la fixe, elle et son attitude arrogante et fière d'elle.

Le surnom qu'elle a évoqué est toujours coincé au fond de ma gorge. Il n'y a que moi qui aie le droit de lui en donner un. Elle a un surnom parce que c'est une gamine. Moi, j'ai un prénom et ça suffit largement.

— Pour toi, ce sera Snake. Uniquement Snake.

Elle n'attend pas dix mille ans avant de rétorquer. Évidemment, j'aurais dû m'en douter...

— Je ne crois pas t'avoir demandé ton avis. Donc à partir de maintenant, ce sera Anguille.

Elle a le regard malicieux, avec une lueur dominatrice qui me prend aux tripes.

Ses réflexions commencent à m'énerver, mais c'est ma faute. Je l'ai laissée me répondre dès le début, alors maintenant, je n'ai plus aucune autorité sur elle. Le jour où j'aurai besoin qu'elle m'obéisse sérieusement, je vais devoir employer les grands moyens. Et je n'ai pas forcément envie que ça arrive.

Ma mâchoire se contracte et mon poing se ferme sur le rebord du plan de travail que j'agrippe toujours fortement.

Je dois réagir pour m'éviter de penser.

— Appelle-moi comme ça une seule fois et tu le regretteras, sifflé-je sèchement.

Elle lève les yeux au ciel, et pendant ce court instant de répit, je me permets de parcourir son corps.

Très mauvaise idée.

Je mate rapidement ses cuisses qui remplissent parfaitement son jean et le léger débardeur blanc qui épouse à merveille les courbes de sa poitrine.

Quand ses yeux bleus rencontrent une fois de plus les miens, je sais qu'elle ne se doute pas une seconde de ce que je pense en ce moment même.

OK, monsieur le pervers, il va falloir que tu te calmes, parce qu'elle n'a rien demandé à personne.

J'aimerais m'empêcher de salir son image avec mes pensées malsaines, mais je n'y arrive pas. Tout se passe dans ma tête. Impossible de m'arrêter.

— Euh... j'ai besoin d'aide, s'il vous plaît. Quelqu'un pourrait...

Je n'écoute même pas la suite de la phrase du rouquin. Sa voix se rapproche, mais ce qu'il dit ne m'intéresse pas. Je suis entièrement focalisé sur le visage de Kid qui m'attire dangereusement.

Dès qu'il entre dans la pièce, il attire l'attention de la gamine qui se tourne vers lui.

La silhouette de Kid me cache un peu, mais quand cette garce se décale, Fox a une vue imprenable sur mon torse dénudé. Il arrête aussitôt de piailler et ne me lâche pas du regard.

— Mais qu'est-ce que tu fiches, Snake ?

J'ouvre la bouche pour répondre, mais Kid me devance.

— Oh, ne t'en fais pas, c'est totalement normal chez lui. Il a encore du mal à boire correctement.

Je soupire, tandis que Fox s'esclaffe.

— C'est hilarant, Kid.

Elle croise les bras sur sa petite poitrine et pivote vers moi, avec ses yeux malicieux qui vont finir par m'achever.

Elle est toujours dans l'attaque. Toujours.

Cette gamine est insupportable et je crois bien que j'aime ça.

— Vous savez quoi ? Je vais vous laisser et me débrouiller tout seul. Je sens que Stella a beaucoup de choses à t'apprendre, Snake, lance Fox entre deux rires idiots.

C'est ça. Barre-toi et laisse-moi remballer la gamine qui me prend pour un attardé.

Dès que Fox est sorti de la cuisine, je fonce sur Kid et attrape son coude pour la forcer à me suivre. Elle qui rigolait s'arrête net et me lance un regard perdu.

— Quoi ? Je suis trop con pour aller chercher un tee-shirt tout seul, alors tu vas m'aider.

— Mais...

J'ignore ses protestations et la tire jusqu'au hall d'entrée, puis l'oblige à monter les escaliers avec moi. Cette peste a la peau extrêmement douce.

Je ne comptais pas remettre mon tee-shirt trempé. Mais je ne comptais pas non plus emmener Kid.

Je ne sais pas ce que je fous.

— Où est-ce qu'on va ?

— Chercher un tee-shirt.

— Mais ce n'est pas chez toi, ici.

J'ai envie de répliquer que chez mon frère, c'est chez moi, mais je préfère la laisser râler dans mon dos.

J'espère que Tiger ne m'en voudra pas d'aller fouiller dans ses tiroirs...

Je grimpe les dernières marches deux par deux, Kid sur les talons. Bizarrement, elle ne dit plus rien. Elle se laisse traîner sans répliquer.

On se retrouve rapidement devant la porte de la chambre de Tiger. Kid gigote à côté de moi, alors je la lâche après lui avoir lancé un regard d'avertissement.

Ne bouge pas.

La pièce du Tigre n'est pas fermée à clé, alors je m'y introduis sans réfléchir. Elle est plongée dans le noir. Quand j'allume la lumière, je remarque son lit parfaitement fait, le drap gris tiré impeccablement, le sol propre, les quelques commodes noires bien rangées. On se demanderait presque s'il y a déjà mis les pieds.

— Mais qu'est-ce qu'on fait là ? Et puis, c'est la chambre de qui, ici ?

Kid me suit de près, observant chaque recoin.

— C'est la piaule de Tiger.

— Oh. Bon. Sang.

Je me dirige vers la première porte, mais j'entends les pas de la gamine se rapprocher rapidement. Elle me tire en arrière, vers elle.

Putain, elle a de la poigne.

— Quoi ? cinglé-je, plus embêté par notre contact physique que par sa force.

— Snake, on va se faire tuer s'il apprend qu'on est rentrés, murmure-t-elle.

Je secoue la tête, un sourire incontrôlable se forme sur mes lèvres.

Elle a peur de lui.

Bien sûr qu'elle a peur de lui.

Ça m'amuse, parce que c'est comme ça chaque fois. Même s'ils n'ont jamais parlé, le Tigre l'impressionne.

Il fait ça à tout le monde.

Je secoue mon bras pour que Kid me lâche, puis j'ouvre la première porte que je vois. Raté, c'est une salle de bains. Je referme et ouvre la deuxième, juste à côté. Celle-ci mène à un long dressing où de hautes armoires s'étalent sur plusieurs mètres.

Au fond, il y a un énorme miroir.

— Ça doit te faire peur, hein ? glisse-t-elle en regardant notre reflet.

— De quoi ?

— De voir que tu ressembles à rien.

— Je préfère ne ressembler à rien plutôt qu'à un rat sur le point de canner, répliqué-je du tac au tac.

Elle ouvre la bouche, mais aucun son n'en sort. Alors je m'avance dans la pièce et ouvre le premier placard : chemises. Le deuxième : pantalons. Le troisième : vide. Le quatrième : vide.

J'ouvre le cinquième placard et me retrouve en face d'étagères dédiées entièrement à des dizaines et des dizaines d'armes. Des grosses comme des petites. Ça ne m'étonne même pas de Tiger.

Je hausse les épaules. Pourquoi pas.

Je referme vite avant que Kid s'en aperçoive, histoire qu'elle ne fasse pas une syncope alors qu'elle est censée être sous ma responsabilité.

Puis je passe à la dernière armoire de ce pan de mur, et je trouve enfin les tee-shirts. Je prends le premier venu et l'enfile en vitesse sous le regard scrutateur de la gamine.

— Ça ne te va pas, déclare-t-elle simplement avant de faire demi-tour, faisant voler ses cheveux blonds derrière elle.

Ouais, je nage un peu dedans, et alors ? Je ne suis pas fin, c'est juste Tiger qui est bien plus costaud que moi.

— Merci pour ta participation, marmonné-je en refermant le placard.

J'éteins toutes les lumières et sors, Kid est déjà dans le couloir, sans doute était-elle pressée de quitter la pièce.

— J'ai toujours aimé m'occuper des personnes limitées mentalement, réplique-t-elle.

C'est pas croyable. Je n'ai jamais connu de personne avec autant de reparties qu'elle.

Je lève les yeux au ciel et réponds, parce que je ne peux pas m'en empêcher :

— Tu iras au paradis pour ton aide précieuse, t'en fais pas.

— J'espère. Au moins je serai loin de toi.

Quelle peste.

Mais ne réponds pas, Snake.

Pour une fois, j'écoute ma conscience et décide de m'arrêter là. Kid en rajoute toujours et je dois bien me rendre à l'évidence : je suis le plus vieux, c'est moi qui dois nous contrôler, parce qu'elle, elle ne sait pas le faire.

Je descends en premier les escaliers sans l'attendre, et je rejoins Fox dans le salon.

Le Renard a installé quelques ordis sur un petit bureau au fond de la pièce, et, un casque sur les oreilles, il tape sur son clavier à toute vitesse.

Kid m'a suivi et s'affale sur le gigantesque canapé avant d'allumer la télé.

Elle fait comme si elle était chez elle, et je me demande si elle agit de la même manière lorsque Tiger est dans les parages…

Je me dirige vers le fond de la pièce et lorsque j'arrive près de Fox, je fais exprès de crier pour le surprendre.

— ALORS FOX, TOUT VA BIEN ?!

Ça marche parfaitement, puisqu'il sursaute en enlevant son casque, et sa tronche apeurée me tord de rire.

— Petit con, murmure-t-il entre ses dents.

Mais il reste concentré, voire soucieux.

— Je suis arrivé à trafiquer les caméras, mais le débit est tellement mauvais que tout est flou.

— Merde, lancé-je en regardant ce qu'il me montre du doigt.

Sur l'un des écrans, je vois un rectangle qui diffuse les images de la réception en direct. Seulement, à part des silhouettes floues agglutinées dans toute la salle, on ne voit pas grand-chose. On ne peut même pas distinguer Dove, Tiger et Ophelia.

— Je vais essayer de régler ce problème, me lance-t-il.

Ça, ça veut clairement dire « barre-toi de là, Snake, j'ai besoin de me concentrer » en langage Fox.

— Je te laisse gérer, Firefox, lui dis-je en me reculant.

C'est un surnom qu'il déteste entendre, mais j'adore l'employer. Ça lui va bien.

Je l'abandonne devant ses meilleurs amis : ces fichus ordis apparemment plus intelligents que nous, les humains.

Je reste planté au milieu du salon. Fox ne veut pas de moi, mais il est hors de question que j'aille m'asseoir sur le canapé avec la gamine.

Je choisis donc de sortir pour fumer une clope, histoire d'attendre le retour d'Ophelia, Dove, Raven et Tiger. Ça me permettra d'évacuer toute la tension accumulée lors des dernières heures.

Et cette tension porte un nom : Kid.

Chapitre 10

Une lettre pour Ophelia

Ophelia

Le lendemain, tout le monde est chez Tiger. Dove, Snake, Raven et Fox. Je commence à croire que même s'ils n'habitent pas ici, ils passent malgré tout la plupart de leur temps dans cette villa. Ou alors, c'est simplement pour obéir à mon géniteur.

Il doit être 13 heures et la fatigue se fait déjà ressentir. Je crois que je vais avoir besoin d'une sieste à force de retenir ma tête pour ne pas qu'elle tombe dans mon assiette de pâtes. Je n'arrive toujours pas à dormir, même en étant aux côtés de ma sœur. C'est à peine si j'ai fermé l'œil deux heures cette nuit, et pourtant, j'étais épuisée.

La mort de Nawel me hante au même titre que celle de Chad.

J'entends toujours le cri strident de Nawel avant que Tiger tire, puis son corps s'écroulant au sol, sans vie. Comment peut-on faire ça à quelqu'un ? Ôter la vie d'une personne sans remords. Juste… comme ça. En une seconde.

Le Tigre n'a même pas hésité.

« On fait quoi Tiger ?

On la bute. »

Trois mots.

Trois petits mots. Puis Nawel est morte. Pas de négociation. Pas de réflexion. C'était déjà fait.

Ma jambe tremble et je ne peux pas l'arrêter. Je mâche lentement les pâtes que j'ai préparées moi-même tout à l'heure. Des pâtes qui ne devaient être que pour moi. Seulement, Raven, Snake et Fox sont rentrés en se plaignant qu'ils avaient faim, et que ce que je préparais sentait bon. Alors j'ai dû partager.

On est tous assis autour de l'îlot de la cuisine, sauf Dove et Tiger, qui doivent être dans une autre pièce.

Ils se sont bien trouvés. Deux êtres sans états d'âme qui finiront en enfer.

Deux meurtriers. Deux assassins.

Va-t-on me considérer moi aussi comme une criminelle, si j'avoue que je ressens une attirance pour un tueur ?

Pas pour ce qu'il fait, loin de là. Mais juste... physiquement.

Je devrais aller me faire soigner, parce que je suis moi-même en train de plonger dans les abysses. Et ce ne sont ni la Colombe ni le Tigre qui me retiendront.

Fox attire mon attention. Il est assis en face de moi et mange n'importe comment. C'est drôle à voir. Ça me rappelle qu'ils ne sont pas tous les cinq mauvais. Ou du moins, pas entièrement...

Le Renard a fait une espèce de mélange mayonnaise-ketchup et a mis plus de sauce que de pâtes, c'est écœurant. Il en a partout autour de la bouche et Snake s'esclaffe en l'observant mastiquer.

Raven, lui, mange tranquillement, un peu à l'écart, et Stella est assise à côté de moi. Depuis quelques minutes, je la vois tenter de renverser le contenu de la salière dans l'assiette de Snake, mais ses tentatives ne sont pas concluantes. Je ne sais pas ce qu'ils ont, mais depuis que le Serpent est arrivé, ils ne font que se chercher et se chamaillent sans arrêt.

Au moins, leurs disputes occupent Stella et ça l'empêche de me poser des questions à propos de notre situation. Ce qui n'est pas si mal. Tant qu'elle reste loin de la vérité, elle ne risque rien.

Du moins, c'est ce que je me force à croire pour me rassurer.

Si j'entraîne Stella dans ma chute, je m'en voudrais toute ma vie. Elle est toute ma famille et tout ce qui est de plus cher à mes yeux. Si je la perds elle aussi, je ne m'en remettrai pas.

Dove entre soudain dans la pièce, s'approche nonchalamment de moi et me tend une enveloppe blanche qu'il tient du bout des doigts.

— Pour toi.

Ces deux mots sont tout ce qu'il lâche, avant de me lancer un regard froid et de faire demi-tour. Je récupère l'enveloppe qu'il a laissée tomber près de mon assiette. Je regarde autour de moi. Snake, ma sœur et Fox sont occupés, seul Raven me fixe attentivement.

Je profite de l'inattention de Stella pour détailler ce courrier, adressé à mon nom. Il n'y a rien dessus, à part un timbre et cette adresse.

L'adresse du Tigre.

Et le timbre représente une couronne. Une couronne.

Je suis hypnotisée par cet emblème quelques secondes, et la vérité me saute aux yeux.

Mes mains commencent à se couvrir de frissons et ma respiration se coupe instantanément. Les doigts tremblant, j'ouvre le pli et en sors une lettre manuscrite.

Je jette un coup d'œil en direction de Raven qui fronce ses sourcils. Comme je ne peux pas le dire à voix haute, pas devant Stella, je ne réponds pas à sa question silencieuse et me concentre de nouveau sur la lettre.

Qu'est-ce que je dois faire ? La lire ?

Bien sûr que tu dois la lire, idiote.

Sauf que je n'en ai pas la moindre envie.

Grâce au timbre, j'ai vite compris qui était l'expéditeur. Elle vient des Royal, ou plutôt d'un des Royal. Et j'ai un mauvais pressentiment.

Si c'étaient des menaces ? Ou un avertissement ? J'essaie de respirer mais je suis terrifiée. L'air. Ne. Passe. Plus.

Comment a-t-il su qu'il fallait l'envoyer chez Tiger ?

Il sait tout. C'est fini.

— Bois, lance Raven en me voyant tenter de garder un semblant de calme.

La main tremblante, j'empoigne mon verre et le porte à ma bouche. Je prends quelques gorgées d'eau, mais même ça ne m'aide pas.

Quand je lis les premiers mots, je m'oblige à respirer profondément pour ne pas faire de crise.

Chère Ophelia,

Non, non, non.

Il sait que je suis chez Tiger.

Je ne suis plus en sécurité.

Je voudrais n'avoir jamais assisté à cette soirée. J'aimerais avoir une autre identité et ne pas m'être embarquée dans cette histoire de vengeance à la noix.

C'est ma faute et je suis seule. *Seule. Seule.*

Il faut que je me souvienne de respirer.

J'essaie, mais je n'y arrive pas. Les larmes embuent mon regard.

Sentant ma panique prendre le dessus, je me lève d'un bond et sors en trombe de la cuisine. Tant que je peux encore bouger, je préfère monter dans ma chambre, à l'abri des regards inquiets de ma sœur et de ceux de Dove, qui peut revenir à tout moment et se moquer de moi en me traitant de faible.

Oui, je suis faible.

Je suis terriblement faible et je suis effrayée.

« Tu es l'être le plus idiot et le plus fragile que j'aie jamais connu. »

Les paroles de Tiger, lorsque son arme était pointée sur moi, fracassent mon crâne et me parviennent comme une évidence.

Je commence à croire qu'il avait parfaitement raison.

Allez, il faut que je respire.

Je prends deux grandes inspirations et elles suffisent à me faire grimper les deux dernières marches de l'escalier. Le reste, je le fais en apnée.

Mais je n'arrive même pas à aller jusque dans ma chambre. Un rire quasi hystérique m'échappe. Bon sang, je suis pitoyable…

J'ai l'impression que je vais mourir. Que je vais subir le même sort que Nawel. Le Prince va me tuer. Je ne connais pas ce monde et je n'y suis pas habituée. Je ne veux pas m'y faire.

Est-ce qu'on s'habitue à être du côté du mal ?

Cette vie sanglante masquée par le luxe et l'argent m'a toujours effrayée. Et me voilà. Chez un tueur. Devoir risquer ma vie pour venger une personne que je n'ai jamais connue.

Mais je ne peux m'en prendre qu'à moi-même, c'est moi qui ai accepté d'y participer.

Et avant tout, c'est moi qui ai tout révélé à Chad. Chad qui est ensuite mort par ma faute.

Je suis horrible.

Je n'arrive toujours pas à respirer.

Mes pieds me guident tout seuls dans une pièce qui ne peut pas être ma chambre.

Ma chambre se trouve dans l'aile droite. Moi, j'accours de l'autre côté. Tout ce qu'il me faut, c'est retrouver de la chaleur.

J'inspire. J'expire. J'inspire. J'expire.

J'accueille chacune de mes respirations comme si c'était la dernière.

J'arrive devant sa chambre. Je n'y suis jamais entrée, mais mes larmes brouillent tellement ma vue que je ne vois plus rien.

Quand j'ouvre la porte, elle grince légèrement. La pièce est vide. J'entre rapidement, sans chercher à comprendre. C'est son odeur qui me frappe en premier.

Je ne saurais la décrire, parce qu'elle ne ressemble à rien que je connais déjà. C'est juste... lui.

L'homme qui a tué une femme sans ciller.

Et paradoxalement, celui qui est engagé pour ma protection, le seul qui peut me protéger.

Je me précipite dans un coin, près de son lit, et me laisse glisser le long du mur, repliant mes genoux contre ma poitrine.

Puis je pose mon front sur mes jambes repliées et ferme les yeux.

Je suis en sécurité, là. Je. Suis. En. Sécurité. Respire.

Oui, je respire. Mais je ne respire pas l'air de la pièce, je respire son odeur.

Elle est partout ici. Elle embaume l'espace et me rassure.

Je sais que je le déteste, qu'il me déteste et déteste d'ailleurs tous les êtres humains qui peuplent cette Terre. Je sais qu'il va probablement m'insulter et me virer de sa chambre quand il me trouvera ici, mais je m'en fiche. Je reste.

C'est le seul moyen que j'ai trouvé pour me sentir en sécurité. Ici, il n'y a pas de Royal.

Le Prince ne peut pas m'atteindre. Il ne pourra jamais, tant que je reste là.

Respire.

Respire.

Sa propriété me protège.

À moins que ça ne soit sa présence et son odeur.

Je secoue la tête et la relève pour appuyer l'arrière de mon crâne contre le mur dur et froid. Je prends une grande inspiration.

S'il me voyait, il me virerait en pointant son arme dans ma direction. Il me menacerait. Peut-être même qu'il m'insulterait.

Si seulement il savait…

Si seulement il pouvait ressentir ce que je ressens. S'il pouvait avoir ne serait-ce qu'un peu d'empathie pour moi. S'il pouvait… s'il pouvait être quelqu'un d'autre.

Autre qu'un meurtrier sans émotion, qu'un mafieux froid et distant.

Je garde les yeux fermés et appuie de nouveau mon front contre mes genoux. Ma respiration est bruyante, mais au moins, de l'air entre encore dans mes poumons.

Phélie, respire.

C'est ce qu'il me dirait s'il était là et qu'il n'était pas Tiger.

Au bout d'une dizaine de minutes, j'arrive enfin à rouvrir les yeux. Ce que je vois immédiatement, c'est la lettre qui gît à mes pieds. Je serre la mâchoire et lui donne un coup de pied rageur qui la fait glisser sous le lit.

Je ne la lirai jamais. Jamais.

J'essaie de me relever, ayant soudain conscience que je me trouve dans la chambre de Tiger et que j'y suis entrée sans sa permission, mais mes jambes sont de nouveau paralysées à l'idée de quitter cette pièce.

Je sais que je ne dois pas être là, mais je n'ai nulle part où aller.

Parce que je suis seule.

Je jette un coup d'œil au papier qui dépasse de sous le lit, et je rigole.

D'un rire sans joie et nerveux qui résonne dans cette chambre vide.

Ophelia, tu pensais vraiment que tu pourrais l'ignorer ? Tu es bien trop curieuse…

Je maudis ma conscience. Évidemment.

Évidemment que je vais la lire.

Des milliards de possibilités fusent dans ma tête. Peut-être qu'il sait. Peut-être qu'il veut me tuer. Peut-être que dans cette lettre, il a signé lui-même mon arrêt de mort.

Aucune idée.

Et je ne pourrais pas rester longtemps sans réponse.

Alors je récupère la lettre. Je prends une autre respiration. J'inspire.

J'expire.

Puis je lis, le cœur serré, effrayée...

Chère Ophelia,

J'espère que tu te reposes bien après cette soirée mouvementée. Te souviens-tu de moi ? Peut-être ne m'as-tu même pas remarqué... Enfin, je n'en ai que faire. Moi, je t'ai bien vue, et je crois que je suis le seul à avoir bien regardé.

C'était la première fois que je te voyais. C'est évident, puisque ton père a caché ton existence jusqu'à ce que tu ne te trahisses toi-même. Quel effet ça fait, d'avoir échoué ? D'être entrée dans la cour des grands, alors que tu aurais pu vivre une autre vie ?

Je ne t'écris pas pour avoir des réponses à ces questions. À vrai dire, ça aussi, je m'en moque. Les faits sont là : tu es vivante, tu es connue, tu es en danger.

Et tu cherches à venger quelqu'un qui n'aurait même pas levé les yeux sur toi s'il était encore en vie. Est-ce que tu te rends compte de l'ironie de la situation ?

On a toujours dit que mon frère était un peu... inattentif. Stupide. Naïf. J'ai toujours détesté son manque de jugeote. Il aime créer des problèmes, mais n'en voit pas les conséquences.

Il aime régner, mais ne sait pas faire la différence entre un gagnant et un tricheur.

Toi, Ophelia, es-tu une gagnante ou une tricheuse ? J'ai ma petite idée…

Il a tué un membre des Blood Red Roses et ses frères veulent le venger. Quelle belle solidarité… Cependant, je ne pense pas que tu aies choisi le bon camp.

Je relève les yeux et essuie les quelques larmes qui m'empêchent de continuer à lire. Je tremble comme une feuille. J'ai envie de vomir.

J'ai envie d'être quelqu'un d'autre. J'ai envie de ne jamais avoir existé. Il *sait*.

J'aimais bien Nawel. Elle n'avait pas froid aux yeux. Tu ne l'as pas tuée, ça, je le sais. Ne t'en fais pas.

Mais… tu étais présente au moment de son meurtre, n'est-ce pas ?

Mon cœur bat à cent mille à l'heure. Et je comprends.

Je me souviens de l'homme qui se tenait immobile au milieu de la salle de réception. Celui qui me fixait sans cesse. Depuis le début, il avait compris. Et quand il m'a vue partir, mon sang coulait le long de ma clavicule. Il en a déduit plus de choses que je ne le pensais.

Je suis faible.

J'aurais dû m'en douter…

Tu es venue dans le seul but d'aider les cinq frères de Wolf à le venger. Et l'un d'eux a tué, ce soir-là. C'est moi qui ai retrouvé le corps de

Nawel. Une magnifique couronne dessinée avec son sang au-dessus de son cadavre. Un vrai chef-d'œuvre. Tu féliciteras Tiger et Dove de ma part.

Je presse la main contre ma bouche pour réprimer un haut-le-cœur. C'est pire que ce que je pensais.

Ils l'ont éliminée pour satisfaire leur soif de vengeance.

Je vous ai observés et je sais que j'ai raison.

Lui ne le sait pas. Enfin... il ne le sait pas encore. S'il découvre la vérité, s'il découvre tes réelles intentions, tout est fichu pour toi, Ophelia.

Mais j'ai une solution.

Retrouvons-nous pour en discuter tranquillement, ou je vais être obligé de tout révéler aux autres Royal. Rendez-vous au restaurant Le Bernardin lundi prochain. Nous organisons une réception, rien de plus banal, mais ce sera une bonne occasion de nous voir.

L'adresse est la suivante : Le Bernardin, 155 W 51 St., New York, 10019.

À bientôt.

Fox

— Elle est partie où, Ophelia ?

J'essaie d'attirer l'attention de Raven, mais celui-ci est perdu dans ses pensées. À côté de moi, Snake balance une insulte à Stella et son cri me fait sursauter.

— Arrête, tu fais peur à Fox, rétorque-t-elle en pointant un index dans ma direction.

Je lance un regard noir à Snake et répète :

— Elle est partie où, Ophelia ?

— Tu me fais chier ! Tu crois que je ne te vois pas essayer de ruiner mon assiette de pâtes avec ton sel à la con ?

Snake ne m'entend pas, concentré sur sa dispute avec Stella. Cette dernière grimace.

— Tu peux faire une phrase sans insulte, ou c'est trop demander ?

— Arrête de me prendre pour un con !

— Loupé. On recommence, pour voir ? le nargue-t-elle, ce qui énerve Snake doublement.

Je n'ai plus l'air d'exister pour eux.

— Raven ?

Il ne réagit pas, pourtant je suis tout près de lui. Il fixe son assiette vide et dessine des cercles invisibles avec son couteau.

— Allô la Terre, ici la Lune. Est-ce que je pourrais avoir l'attention de Raven, s'il vous plaît ?

Je le tire enfin de ses pensées.

— Qu'est-ce qu'il veut, le Renard ?

— Savoir où est passée Ophelia.

Elle était assise en face de moi il y a quelques minutes, et elle n'est plus là. Comme elle n'a pas touché à ses pâtes, je me demande où elle est allée.

Raven hausse les épaules.

— Je crois qu'elle est partie pour être tranquille, elle avait besoin d'air.

— OK.

Je me lève, prends son assiette et ses couverts, et monte à l'étage. Elle est sans doute dans sa chambre. Vu ce qui s'est passé hier, je ne veux pas qu'elle reste seule. Le meurtre de Nawel l'a vraiment touchée, ce qui est compréhensible.

Au début, moi aussi j'ai eu du mal avec les crimes et les cadavres.

Mais j'étais entouré de personnes pour qui tout ça était normal. Quand ça fait partie de ton quotidien, tu t'y habitues sans forcément le vouloir. Et puis un jour, voir une personne s'écrouler, sans vie, ne te fais plus rien du tout.

Pour le moment, Ophelia y est sensible. Et c'est pourquoi je ne veux pas la laisser seule.

Je toque plusieurs fois, mais n'obtiens pas de réponse, alors je reviens sur mes pas. Peut-être qu'elle était tellement fatiguée qu'elle s'est endormie. Peut-être qu'elle est dans sa salle de bains. Je ne veux pas qu'elle se sente seule, mais si elle a vraiment besoin de cette tranquillité, je la laisserai.

Mais lorsque je passe devant le couloir qui mène à l'aile de Tiger, je remarque tout de suite que quelque chose ne va pas. La porte de sa chambre est entrouverte, ce qui est impossible avec lui. Il ferme toutes ses portes, même quand il n'est pas à l'intérieur. Et quand il entre dans une pièce, le plus souvent, il s'enferme.

Ça m'intrigue et je me dirige d'un pas silencieux vers sa chambre. Je pose délicatement un pied à l'intérieur et je pousse la porte pour entrer. Je découvre Ophelia, recroquevillée sur elle-même dans un coin de la pièce.

Étonné, je m'approche délicatement et prononce son nom plusieurs fois, mais elle ne bronche pas. Son corps est parcouru de tremblements alors qu'elle lutte pour ne pas s'effondrer.

— Ophelia ?

Cette fois-ci, je hausse un peu plus la voix et elle paraît enfin s'apercevoir de ma présence.

— Qu'est-ce qui se passe ? lui demandé-je avec beaucoup de douceur.

Elle semble surprise de me découvrir là et met plusieurs secondes à me répondre.

— Rien.

— Tu es sûre ?

Elle acquiesce de la tête, mais la situation est telle que je ne la crois pas du tout. Qu'est-ce qu'elle fiche ici, recroquevillée dans un coin de la chambre de Tiger ?

Je m'assois sur le lit, à quelques centimètres d'elle.

— Tu veux me parler ?

Cette fois-ci, elle hoche la tête négativement. Je ne sais pas trop quoi faire dans ce genre de situation. Je n'ai jamais dû faire ça. Je vis dans un milieu où les gens autour de moi ne nous laissent pas voir facilement leurs émotions. Même s'ils se sentent mal, personne ne le saura.

Et là, je me retrouve face à Ophelia, complètement paralysée.

— Ophelia, murmuré-je. Dis-moi ce qui ne va pas.

Elle ouvre la bouche, mais aucun son n'en sort. Son regard dévie sur un papier qu'elle tient du bout des doigts, puis elle le lâche et la feuille pliée en quatre glisse au sol. Je la récupère, sous son regard apeuré.

— Qu'est-ce que c'est ?

Je remarque qu'il s'agit d'une lettre manuscrite, que je déplie pour en découvrir le contenu.

Chère Ophelia,

J'espère que tu te reposes bien après cette soirée mouvementée. Te souviens-tu de moi ?

Il s'agit d'une lettre d'un des Royal. Sûrement du Prince. Je relève la tête et jette un œil à Ophelia.

— Tu l'as lue ?

C'est pour ça qu'elle est dans cet état ? C'est ce message qui l'a effrayée ?

— Dove me l'a donnée tout à l'heure.

Puis elle passe une main tremblante dans ses cheveux et reprend.

— Il a tout compris.

Sa voix se brise.

— Qui ?

Elle ne me répond pas, son regard est perdu dans le vide. Je me rapproche d'elle et pose un genou à terre.

— Ophelia, qui a compris ? Le Prince ?

— Son frère.

Je pensais bien que ça ne pouvait pas être le Prince. C'est un imbécile. Mais son frère… bien plus intelligent.

On aurait dû s'en méfier. Ce connard peut tout faire foirer.

— Ne t'inquiète pas. Il ne te fera pas de mal. On est là pour te protéger, d'accord ? Tiger ne le laissera pas t'approcher.

Dès que je prononce son nom, c'est comme un déclic. Elle lève les yeux vers moi et balaie la pièce du regard. Et je comprends alors, avec de longues minutes de retard, qu'elle ne s'était même pas aperçue qu'elle était venue jusqu'ici. Ou du moins, qu'elle n'en avait pas vraiment l'intention.

— Il va me tuer, se lamente-t-elle.

Je glousse pour détendre l'atmosphère.

— Il est l'homme chargé de te protéger, il ne te fera jamais de mal, répliqué-je.

Elle n'a pas l'air d'en croire un mot. Et pourtant, je suis sûr de ce que je dis. Tiger prend son rôle tellement à cœur qu'il ne la laisse plus seule, même lorsque nous sommes avec elle.

Il n'a pas quitté sa maison depuis qu'Ophelia y est arrivée, et la seule fois où elle est sortie – pour sa première mission – il l'a accompagnée. Il ne la lâche pas.

Et tant qu'il est avec elle, aucune personne mal intentionnée ne pourra l'approcher.

— T'as faim ? Je t'ai rapporté ton assiette.

Elle jette un coup d'œil à ce que j'ai posé sur le lit et affiche une moue dégoûtée.

— Je crois que je ne vais rien pouvoir manger.

Je soupire.

— Bon, allons dans ta chambre. S'il te voit ici, il risque de péter un plomb. Tu sais comment il est.

Je lui tends la main, et pendant que je l'aide à se relever, elle marmonne dans sa barbe.

— Ouais, c'est un connard.

J'éclate de rire en la regardant se relever difficilement.

Je garde sa main dans la mienne, et de l'autre, je récupère l'assiette et la lettre. Elle grimace.

— Brûle-la, je ne veux plus jamais la voir.

Nous sortons de la pièce.

— Ne t'inquiète pas, tu ne la verras plus.

Je la raccompagne dans sa chambre et la laisse devant sa porte, comprenant bien vite qu'elle a besoin d'être seule.

— Tu es en sécurité ici, répété-je avant de la laisser pour de bon.

Elle acquiesce avec un petit sourire de remerciement puis s'enferme dans sa chambre. Finalement, je crois que je me débrouille plutôt bien pour la consoler. Je devrais peut-être me réorienter. Genre, psy ? Non, les ordis et l'illégalité me manqueraient trop.

Une vie légale, c'est une vie de contraintes, une vie monotone qui ne vaut même pas la peine d'être vécue.

Maintenant, je suis trop habitué à transgresser les règles. Je ne pourrais plus jamais en respecter.

Je redescends avec la lettre. Ophelia a gardé l'assiette de pâtes.

Il faut que je trouve Tiger. Lui saura quoi faire.

Dove a directement donné le courrier à Ophelia, sans réfléchir. On aurait dû la lire en premier. Tiger aurait dû s'en occuper.

Il doit être en bas. Avec Dove, toujours, dans la salle de tir. Soit ils fument de l'herbe, soit ils s'entraînent. Quoi qu'il en soit, je n'ai pas très envie de m'incruster entre eux, et Dove n'a rien à voir là-dedans. *Il ne me fait pas du tout peur.*

Je prends l'ascenseur et arrive bien vite face à la porte blindée qui sépare le garage de la salle des armes. Je ne frappe pas avant d'entrer, j'ouvre simplement la lourde porte et entre.

J'avais vu juste.

Un coin de la pièce est envahi d'une fumée blanchâtre qui provient du joint que Dove est en train de fumer, assis sur une chaise, les jambes écartées, l'air détendu.

Pauvre idiot.

Il est encore plus con quand il est défoncé.

Et au fond, Tiger tire sur des cibles sans discontinuer. Le bruit résonne à m'en percer les tympans.

Je passe devant Dove en l'ignorant soigneusement et me dirige vers le Tigre.

— On a un problème.

Il ne m'entend pas.

— Tiger ! l'appelé-je en faisant de grands signes pour attirer son attention.

Quand il se rend compte de ma présence, il baisse son arme et enlève les trucs qu'il avait dans ses oreilles pour diminuer le bruit.

— Qu'est-ce que tu veux ? me demande-t-il en passant devant moi sans s'arrêter.

Je le suis jusqu'aux étagères où il range son flingue après l'avoir nettoyé. À côté de nous, la fumée de Dove rend l'air irrespirable.

— Pourquoi toujours fumer dans des espaces clos ? marmonné-je à son intention.

Son regard glisse sur moi quelques secondes, mais ses mouvements saccadés et ses yeux rouges me confirment qu'il est bel et bien défoncé, à 14 heures…

Je reporte mon attention sur Tiger et lui tends la lettre. Il la considère un instant, puis il hausse un sourcil.

— C'est quoi ?

— C'est une lettre, gros malin.

— Sans blague.

— C'est Dove qui l'a donnée à Ophelia tout à l'heure, expliqué-je.

— Je sais, c'est moi qui lui ai dit de le faire. Elle était dans la boîte aux lettres.

Je rigole, jusqu'à ce que je me rende compte qu'il est sérieux. Je change alors complètement d'attitude et le regarde avec de grands yeux.

— Et tu ne l'as pas lue ?

— Pour quoi faire ? C'est à son nom.

— Et c'est à ton adresse !

Au lieu de faire gaffe et de la garder pour lui, sachant pertinemment qu'elle pouvait provenir de notre ennemi juré, il l'a directement donnée à Ophelia ?

— Tu n'as pas trouvé ça louche qu'il y ait une enveloppe dans ta boîte aux lettres adressée à Ophelia ? Tu n'as même pas regardé qui était le destinataire !

Il me lance un regard brûlant. Il perd patience et je sais que lui parler comme je le fais, ce n'est peut-être pas la bonne solution. Mais sur ce coup-là, il a vraiment merdé !

— Fox, soit tu craches le morceau en me disant quel est vraiment le problème, soit tu peux retourner d'où tu viens.

— Cette lettre a été écrite par le frère du Prince, bon sang !

Il était en train de fouiller dans un tiroir pour récupérer des balles, mais il s'immobilise immédiatement et se tourne vers moi.

Ça y est, j'ai capté son attention. Enfin !

— Il sait tout. Récupère cette lettre et lis-la. On est dans la merde.

J'insiste et la lui colle sous le nez.

— Elle l'a lue ?

— Oui, soufflé-je. Et elle s'est mise à paniquer.

— Pourquoi ?

— À ton avis ? On l'envoie dans la gueule du grand méchant loup, et le lendemain, elle reçoit une lettre du frère de notre cible.

Il ne réagit pas, comme si ce que je disais lui passait au-dessus de la tête.

— Elle ferait mieux de s'endurcir un peu.

Je souffle, agacé. Qu'est-ce qu'il peut être lourd, des fois. Il ne comprend pas que, même si lui ne ressent plus rien, ce n'est pas le cas pour toutes les personnes autour de lui.

— Tu ne peux pas être compréhensif, au moins une fois dans ta vie ?

— Tu ne peux pas arrêter de me faire chier, au moins une fois dans ta vie ?

— Prends-la, répliqué-je en lui tendant une énième fois la lettre.

— Lis-la-moi.

— Fais-le tout seul.

— Si je pose un doigt dessus, je ne vais pas pouvoir m'empêcher d'y foutre le feu, lâche-t-il sèchement. Et elle semble importante.

Pourquoi toujours parler de brûler les choses ? Pour ça, Ophelia et lui se ressemblent.

— Je pense plutôt que tu devrais la lire toi-même, tranquillement dans ton bureau…

— Lis-la-moi, me coupe-t-il, d'une voix de plus en plus forte qui trahit son énervement naissant.

Je n'insiste plus, sinon, je ne resterais pas vivant très longtemps.

— D'accord, d'accord.

Je déplie la lettre et me racle la gorge, avant de commencer d'une voix claire.

Au cours de ma lecture, j'observe les réactions de Tiger. On est dans la merde et il ne réagit même pas.

— « Tu es venue dans le seul but d'aider les cinq frères de Wolf à le venger. Et l'un d'eux a tué, ce soir-là. C'est moi qui ai retrouvé le corps de Nawel. Une magnifique couronne dessinée avec son sang au-dessus de son cadavre. Un vrai chef-d'œuvre. Tu féliciteras Tiger et Dove de ma part. »

Cette fois-ci, je m'arrête. Quoi ?

Je viens de lire QUOI ?

Ils ont fait QUOI ?!

Je lance un regard noir à Tiger, mais celui-ci fixe le vide devant lui.

— Continue sans poser de question.

— Mais...

— Continue, ordonne-t-il sèchement.

Je souffle, mais j'obéis. C'est comme ça. Ça a toujours été comme ça. Almanzo est le patron. Mais pour nous quatre – Snake, Dove, Raven et moi –, ça a toujours été Tiger le meneur de la meute.

Même Wolf se pliait à ses exigences. Il a toujours eu ce truc, cette aura qui nous obligeait à respecter ses ordres.

— « L'adresse est la suivante : Le Bernardin, 155 W 51 St., New York, 10019. À bientôt. »

J'ai à peine terminé que Tiger explose :

— Putain, je lui avais dit de surveiller ses arrières.

J'ai un mouvement de recul. Il rejette toute la faute sur Ophelia ?

Ça, c'est l'attitude basique du connard qu'est Tiger par moments.

— Ce n'est pas sa faute ! C'est la nôtre. On aurait dû… on aurait dû faire plus attention à lui et…

— Il veut la voir.

Il m'interrompt sans scrupule et contracte la mâchoire. Moi, je reste interdit.

— C'est tout ce que tu as retenu ?! m'exclamé-je, hébété. Il sait qu'on veut se venger, et, le plus important, il a compris qu'Ophelia faisait partie de notre plan.

Il secoue la tête.

— Il ne l'a pas encore dit au Prince. Tant que lui ne le sait pas, tout va bien.

Il est calme, et le voir ainsi me déstabilise. Il ne comprend donc pas qu'on est dans la merde ?!

— Et comment tu comptes régler le problème ? Comment tu comptes faire pour qu'il ne raconte pas tout au Prince ? Peut-être qu'il l'a déjà fait, peut-être même qu'il l'a dit à d'autres personnes !

— Il n'a rien dit, parce que son but est de faire chanter Ophélie. Il veut s'amuser avec elle avant de foutre le bordel.

— OK. Et donc ? On fait quoi pour le stopper ?

Il me lance un regard brûlant qui me ferait presque baisser les yeux si je ne le connaissais pas si bien.

— Est-ce que les cadavres parlent, Fox ? Pour moi, il est déjà mort.

Je pointe un index accusateur dans sa direction.

— Tiger, non ! Tu as vu ce qui s'est passé quand tu as tué Nawel ? Ça s'est retourné contre Ophelia. Alors si tu tues le frère du Prince, ça va vraiment mal se passer pour nous.

— J'ai un plan.

C'est la seule chose qu'il lâche, calmement. Je secoue la tête.

— Non, non et non.

Il ajoute, pour me convaincre :

— Fox, j'ai toujours un temps d'avance. Toujours. Garde ça en mémoire. Il ne dira rien parce qu'on va le tuer.

— Mais si tu le tues, Tiger, le Prince saura que c'est nous. Et même si lui ne capte pas, d'autres comprendront à sa place. On ne peut pas tuer le premier fils Royal. Il est intouchable.

Il rigole froidement et ce son résonne dans la gigantesque salle. Je le dévisage en silence, attendant plus d'explications.

Je ne capte vraiment rien.

Tiger, comme tous les mafieux de ce monde, ne laisse pas facilement voir ses émotions. Mais quand il rigole ou sourit, ce n'est jamais de joie. C'est son démon qui nous nargue.

— Il n'est pas intouchable pour moi. Et je te l'ai dit, j'ai un plan. On ne se fera pas avoir une deuxième fois. Il ne touchera pas Ophélie, t'entends ? Il ne l'aura pas. Elle est à nous.

Je le vois commencer à charger une arme. Sa main la tient tellement fort que ses jointures blanchissent. C'est le seul signe d'agacement que je perçois chez lui.

— On le bute, et après, Ophélie pourra se rapprocher du Prince et on aura notre vengeance. C'est comme ça que ça doit se passer, cingle-t-il.

Sauf que notre but, c'est de nous rapprocher du Prince, de le torturer puis de le tuer. Lui faire regretter. Nous venger. Notre but, ce n'est pas de tuer tous ses proches.

Mais je sais – et c'est ce qui m'inquiète le plus – que Tiger n'a pas le même point de vue que moi. Pour lui, c'est clair : peu importe que les gens soient innocents ou coupables, s'ils s'interposent entre lui et sa vengeance, ils finiront six pieds sous terre.

— Ça va nous rapporter plus de problèmes, tenté-je de le raisonner.

Sans que je le voie venir, Tiger se précipite sur moi et m'empoigne par le col de mon tee-shirt. Son visage est à quelques centimètres du mien quand il me crache :

— Putain, mais ferme-la ! T'as une autre solution, Fox ? T'en as une autre ?

Je secoue la tête négativement, il ne me lâche pas.

— Donc tu la fermes. Je déteste les gens qui donnent leur avis alors qu'ils ne sont même pas concernés.

Pas concerné ?

Moi ?

Pardon ?

PARDON ?!

Je lui lance un regard noir.

— Je te rappelle que Wolf était mon frère, à moi aussi ! Et je ne te laisserai pas tout foutre en l'air. Je ne te laisserai pas foutre en l'air la vie d'Ophelia par la même occasion !

— Sa vie est déjà fichue, réplique-t-il froidement.

— Non. Pas encore. Si tu ne foires pas en n'en faisant qu'à ta tête, elle s'en sortira vivante.

— Peu importent mes choix, Fox, elle ne mourra pas.

C'est une promesse. Je l'entends dans sa voix et le lis dans ses yeux.

— Parce que c'est mon boulot de la protéger.

Il me lâche d'un coup et je vacille en arrière.

— Prends-la en photo, m'ordonne-t-il aussitôt en me montrant d'un signe du menton la lettre que je tiens toujours dans la main.

Sans chercher à en savoir plus – parce que je sens que si je pose une autre question, je vais me faire trucider –, je m'exécute. À peine ai-je fini qu'il me l'arrache des mains et se dirige à pas furieux vers le fond de la salle. Je le regarde, impuissant et perplexe.

Tiger fixe la lettre sur la tête d'une des trois cibles alignées. Il s'éloigne, se met en position en tendant un bras devant lui et appuie sur la gâchette.

Une fois. Deux fois. Trois fois.

Quatre.

Il tire dessus et troue la feuille au moins une bonne vingtaine de fois, à tel point qu'elle ne ressemble plus à rien.

Quand il revient vers moi, les yeux enflammés et les muscles tendus, il m'annonce froidement :

— Je vais retrouver Raven et Snake. Dove viendra quand il aura récupéré. On va préparer notre deuxième mission.

Il balance l'arme sur la table près des étagères et se tourne vers Dove. Quand il voit l'état de celui-ci, il me lance un regard qui veut très bien dire : « Tu t'en occupes. »

— On va aller à cette putain de réception, et Phélie a intérêt à être prête pour le spectacle.

Puis il sort de la pièce en claquant la porte derrière lui. Ce son résonne bruyamment.

Je me retrouve alors seul avec un mec défoncé qui fixe le plafond.

Je soupire.

Génial, je dois maintenant m'occuper du glaçon.

Je tape des mains pour attirer son attention, mais il ne bronche même pas. Je vais le sortir de là, parce que ce con va bientôt déclencher l'alarme incendie, avec sa fumée.

— Dove, grogné-je en m'approchant de lui.

Je déteste lui parler quand il est normal, mais quand il est défoncé, c'est pire.

Quand il est normal, il se contrôle.

Quand il se drogue, il est incontrôlable.

Je m'avance, et lorsque j'arrive à sa hauteur, je tends mon bras vers lui et lui arrache des mains son joint quasiment fini.

— La fête est terminée, je te ramène à ta chambre.

Même si on ne dort plus ici, Tiger nous laisse toutes ses chambres à disposition, comme lui en a une dans chacune de nos propriétés. On est des frères, après tout. De cœur, mais ça n'en fragilise pas plus nos liens.

Dove ne bouge pas.

— Allez, Dove, râlé-je en passant un bras dans son dos.

Je tire sur son tee-shirt, mais il grogne.

— Dégage !

— Lève-toi ! Ou j'appelle ton frère !

Et si c'est Raven qui s'en charge, il va le traîner par la peau du cul jusqu'à sa chambre, comme un gosse. Lui qui se fout toujours de moi en me traitant de gamin, il n'en mène pas large aujourd'hui.

— Lève-toi, répété-je.

— Sinon quoi ?

Il glousse, et se tourne vers moi. Ses pupilles sont affreusement dilatées.

— Dove, je ne joue pas.

Je ne sais pas pourquoi, mais je dois toujours le lui rappeler. C'est un joueur et pour me protéger, j'ai le sentiment que je dois sans cesse le lui répéter.

Ses yeux rouges plongent dans les miens pour m'impressionner.

— Je ne joue pas non plus, Renard.

Il a dit ça avec l'air le plus détaché possible, signe qu'il n'est plus vraiment conscient de ce qu'il raconte.

— Soit tu montes avec moi, soit je te laisse ici.

— Soit tu montes avec moi, soit je te laisse ici, répète-t-il bêtement en souriant.

— Ça ne me fait pas rire.

— Moi si.

Et il glousse encore. Ça m'énerve. J'ai envie de le laisser seul, mais d'un autre côté, il faut qu'il remonte. S'il reste là, il risque de faire des conneries, entouré de toutes ces armes.

Et on est frères, après tout.

— Dernière chance, Dove. Je ne vais pas t'attendre une minute de plus.

— Tu peux partir. De toute façon, je n'ai pas besoin de toi. Je n'ai pas besoin de toi, je n'ai pas...

— Ça va, ça va. J'ai compris.

Je le prends au mot et me retourne. S'il veut rester ici, je ne vais pas me battre plus longtemps. Surtout pas contre lui.

Dove ne se comporte pas avec moi comme il le fait avec les autres. Il est beaucoup plus froid. Il n'a aucune limite. Il fait ce qu'il veut de moi, et c'est ça qui le motive à me martyriser.

Alors non, je ne vais pas me battre pour lui. Je veux bien être gentil, mais je ne suis pas complètement idiot.

J'avance de quelques pas en direction de la sortie, mais sa voix m'interpelle, misérablement.

— Fooox.

Ce n'est pas sa voix habituelle. C'est un râle animal qui me fait froid dans le dos.

Il n'est pas lui-même. Il est encore plus dangereux que d'habitude. Alors je l'ignore. Il fallait qu'il se réveille plus tôt.

— Fox.

J'entends la chaise grincer sur le sol en béton et des pas lourds se rapprocher. Je m'immobilise, à quelques dizaines de centimètres de la porte. Il marche vers moi, je l'entends.

Puis il arrive dans mon dos.

Juste derrière moi.

Je sens sa respiration jusque dans mon cou.

Il est si proche.

— Qu'est-ce que tu fais ? demandé-je, terrifié.

Qu'est-ce qu'il veut me faire ?

Je ne peux plus bouger. Je suis tétanisé. Je ne le vois pas, je n'entends que son souffle dans mon dos et sa voix glaciale :

— Je t'ai appelé. Réponds-moi.

— Laisse-moi.

— Je veux jouer.

— Non.

— Je ne t'ai pas demandé ton avis.

Il commence...

Je tremble et me retourne vers lui, prenant mon courage à deux mains pour l'affronter.

Mais son bras se lève.

Et sa main vient enserrer mon cou avec force. Sa peau pâle et froide me glace le sang.

Je lève mes mains et les serre autour de son poignet pour me libérer.

— Je n'arrive plus à respirer, haleté-je.

— Si tu parles, c'est que tu peux encore.

Et il serre plus fort.

Je le déteste et je me déteste de commencer à le supplier misérablement. Mais qu'est-ce que je suis faible face à lui, bordel. J'ai beau tirer de toutes mes forces, il ne me lâche pas.

— Dove, couiné-je.

— Quoi ? Tu n'apprécies pas ce moment autant que moi ? Tu devrais, ce n'est que le début.

Il glousse, desserre sa poigne, mais son corps frôle le mien. Je tousse, je sens encore sa main froide serrer mon cou et m'empêcher de respirer.

— T'es un malade, lâché-je.

Quand je relève les yeux vers lui, je vois les siens. Rouges. Il est tellement perché qu'il ne sait plus ce qu'il fait. C'est bien ce que je disais, il est carrément incontrôlable.

Il place sur ma taille sa main libre, entièrement tatouée. C'est un squelette à l'encre noire qui remonte jusqu'à son poignet. J'ai tellement vu cette main me faire souffrir que je connais par cœur ce dessin. Je pourrais le reproduire les yeux fermés.

Sur chacun de ses doigts, une lettre est tatouée. Ça commence sur le pouce, sous son ongle, avec la lettre G. Puis un H sur son index. Un O sur son majeur. Un S sur l'annulaire, et un T sur le dernier.

GHOST.

Il soulève mon tee-shirt pour prendre mon arme. Il sourit, d'un sourire qui me fait frissonner, puis il contemple quelques secondes mon pistolet et ricane.

— Pourquoi gardes-tu un flingue sur toi alors que tu sais que tu n'oseras pas te défendre, Renard ?

Je ne réponds que par un hoquet de surprise lorsqu'il balance mon arme à l'autre bout de la pièce dans un bruit sourd.

Je le déteste, mais je me déteste encore plus de ne rien répliquer. Ce sentiment d'impuissance emplit ma poitrine et se répand dans tout mon corps, tellement vite que je dois serrer les poings pour me contenir.

— Je déteste ton silence, Renard.

Il a le regard complètement perdu. Il ne sait ni ce qu'il fait ni ce qu'il dit. Est-ce qu'il me reconnaît, au moins ?

Dove approche son visage du mien et respire lourdement.

Je suis tellement pris de court que je n'arrive même pas à le repousser.

— Tu sens bon.

— Va te faire...

Il fait claquer sa langue contre son palais en signe de désapprobation. Puis il recule, ses cheveux blond polaire frôlent mon front et me font frémir.

— Renard, il va falloir que tu apprennes à te défendre.

Je pourrais le faire, je le pourrais... mais il est défoncé et j'ai bien trop de principes. Je ne ferais rien tant qu'il n'est pas redescendu. Je ne suis pas du genre à profiter des faiblesses des autres pour être violent. Je peux l'être dans de meilleures conditions.

— Je pourrais te faire mal, Dove, mais pas tant que tu es dans cet état.

Il saisit de nouveau mon cou, mais il ne serre pas cette fois-ci. Ses doigts tapotent simplement ma nuque dans un geste régulier.

— Ce ne sont que des mots. Des belles paroles, susurre-t-il en souriant.

Mais son sourire n'a rien de joyeux ou d'amical. De toute façon, il ne l'est jamais. Il ne me lâche pas des yeux.

Je ne baisse pas le regard.

— Lâche-moi et monte dans une chambre.

J'essaie d'avoir l'air autoritaire, mais ma voix flanche.

Il ricane. Il est en train de jouer avec moi. Je le sais, bon sang. Je sais très bien ce qui va se passer. Quand il joue, il n'y a que ses règles qui comptent. Et malheureusement, il part toujours du principe qu'il n'y en a pas. Il fait ce qu'il veut avec moi, je ne suis qu'un pantin entre ses mains.

Finalement, il a raison. Je suis un renard. Je suis le symbole du mensonge et de la ruse. De la flatterie et de la tromperie. Je ne sais que parler. Je ne sais pas agir.

— Non, papa, répond-il amusé, en faisant encore claquer sa langue contre son palais.

Je côtoie Dove depuis longtemps, depuis aussi longtemps que son jumeau, Snake et Tiger. Tous les cinq, nous sommes devenus inséparables, et nos liens sont vite devenus plus qu'amicaux. Nous sommes frères.

Mais Dove... Dove... Je n'ai jamais pu avoir confiance en lui. Je n'ai jamais pu le manipuler, je n'ai même jamais osé. Il y a toujours eu chez lui une sorte de barrière que je m'empêchais de franchir. Un fossé qui nous séparait. Sa présence m'effraie.

J'ai vu chez lui la folie, mais toujours masquée derrière une apparence calme et docile. Je l'ai vu tuer. Je l'ai vu torturer et être torturé. Même avec un couteau sous la gorge, il gardait une respiration détendue et une voix impassible.

Alors face à moi, il est le maître. Il est la colombe que je ne me permettrai jamais d'attaquer. Je ne pourrai jamais prévoir ses réactions, même après tant d'années passées ensemble à nous côtoyer. On l'a appelé la Colombe, mais rien chez lui n'inspire la paix, ou la pureté. Il trempe dans des affaires sanglantes. Il n'est pas blanc, il est rouge sang.

— Je vais t'apprendre quelque chose, Fox.

Dove avance son visage vers moi, et ses lèvres glissent près de mon oreille.

— Si tu ne tues pas, alors tu seras tué.

Il se décale, et sans l'avoir anticipé, il balance son poing dans mon estomac et me coupe la respiration. Il me lâche, recule d'un pas, et je m'écroule sous le choc.

Ma tête heurte douloureusement le sol en béton. Je lève difficilement les yeux vers lui. Je me tiens le ventre en grognant de douleur.

— Si tu es aussi malin que tu le prétends, Renard, lève-toi.

Il reste quelques minutes face à moi, immobile, attendant que je lui prouve ma supériorité.

Mais je ne peux rien faire. Je n'ai jamais su agir.

Mon estomac me lance douloureusement et je dois me mordre la joue pour atténuer la souffrance.

Dove voit bien à quel point je suis faible face à lui. À quel point il peut me mettre facilement à terre. Il est debout, il me domine, et ricane.

— Fox.

Mon nom dans sa bouche sonne comme une insulte. Puis il me laisse seul et part, alors que ça aurait dû être l'inverse. J'aimerais le maudire, mais plus rien ne veut sortir de ma bouche.

Je ne sais pas agir.

Je n'ai jamais su agir.

Mais Dove vient juste de m'ôter douloureusement la parole, la seule arme qu'il me restait.

Chapitre 11

Révélations

Stella

— Je ne comprends pas, Tiger.

— C'est pourtant pas compliqué : tu vas devoir partir de chez moi.

Je reste bouche bée. J'en ai le souffle coupé. Je ne m'attendais pas à ce qu'il me dise ça, quand je l'ai vu entrer dans le salon il y a une minute. J'étais tranquillement en train de regarder le premier film de la saga *Twilight* quand il a déboulé et foncé sur moi.

Ça fait plusieurs semaines qu'on est ici avec Ophelia, et je n'en ai toujours pas compris la raison. Mais maintenant qu'il me vire, je ne sais pas comment réagir. Je croyais qu'ils étaient les amis de ma sœur. Je croyais qu'on était les bienvenues.

— Pourquoi ? demandé-je simplement, ne sachant pas quoi dire d'autre. Est-ce que c'est une blague ?

Tiger n'est pourtant pas le genre de personne avec cet humour.

— Parce que tu manques à l'appel au foyer et au lycée.

Je secoue la tête. C'est n'importe quoi. Je me fiche de rater les cours tant que je suis avec ma sœur. Je ne retournerai pas au foyer si elle ne vient pas avec moi.

— Tant qu'Ophelia est ici, je reste.

— Tu pars avant ce soir.

Il ignore ma décision. Au lieu de ça, il me donne un ordre.

Parce que, dans cette maison, je ne suis rien, et ce n'est certainement pas moi qui vais diriger un *tigre*.

Il est dans son domaine, il fait ce qu'il veut et c'est à moi d'obtempérer.

Tiger m'a toujours fait peur, et je sais que je ferais mieux de l'écouter. Mais il veut que je parte. Il veut m'éloigner de ma sœur.

Je ne peux pas lui obéir.

— Snake te ramènera, ajoute-t-il sèchement.

À peine a-t-il prononcé ce nom que le Serpent entre dans le salon, un bol de pop-corn dans les mains, en sifflant le refrain de la musique qu'il écoute en boucle depuis ce matin. Je l'ai entendu dans la cuisine toute la matinée et ça m'a sérieusement agacée.

Alors je suis descendue pour lui demander gentiment de baisser le son, et on s'est disputés. Je ne sais pas vraiment si j'étais en colère, mais ce que je sais, c'est qu'au bout d'un moment il a rigolé, et j'ai explosé de rire. C'était bête, ce qu'on faisait. Finalement, je suis remontée quand j'ai compris qu'il n'arrêterait pas. Et puis, voir sa tête m'énervait. Il est beaucoup trop beau pour être si vieux et si con.

Dommage.

Snake jette un coup d'œil à Tiger, puis dans ma direction... Et il fronce les sourcils.

— Tiger ? Tu t'attaques à Kid, maintenant ?

Le Tigre ne prend même pas la peine de lui répondre. Ce mec est vraiment un connard, Ophelia a raison de le détester.

— Stella, tu lui expliques, m'ordonne-t-il en me tournant le dos. J'ai autre chose à faire.

Snake me regarde, l'air perdu pendant que Tiger s'enfuit. Il ne peut pas le lui expliquer lui-même ? Je le déteste.

— Un problème ? m'interroge Snake en venant s'asseoir avec moi sur le canapé.

Il est plus gentil que ce matin, c'est déjà ça. Ça fait un imbécile de moins dans la maison.

— Tiger me vire de chez lui.

— Ouais, c'est ça..., ricane-t-il.

Il s'enfonce dans le sofa et commence à mâcher bruyamment le pop-corn qu'il a apporté en montant le son de la télé.

— Il t'a dit quoi, du coup ?

Je fronce les sourcils.

Il est sourd ou il le fait exprès ?

Je le fixe et articule :

— Il m'a vraiment viré, Snake.

Il fronce de nouveau les sourcils, met le film sur pause et pivote dans ma direction.

Je remarque qu'il était vraiment parti pour regarder *Twilight* avec moi, ce qui est assez bizarre quand on y pense. Snake n'est pas du tout le genre à aimer ces films...

— Tu veux dire qu'il te renvoie dans ton foyer de merde ?

J'acquiesce et il bondit du canapé avant de sortir en trombe du salon.

— Snake ! l'interpellé-je, impuissante et surprise.

Sans réfléchir, je me lève moi aussi et me lance à sa poursuite. Il traverse la cuisine et arrive en quelques secondes dans le grand hall. J'essaie de l'appeler encore une fois, mais il m'ignore.

Tiger monte les dernières marches de l'escalier de gauche quand Snake le rattrape.

— Dis-moi que tu ne viens pas de virer Kid !

La voix forte du Serpent résonne dans le hall. Tiger se retourne et pose son regard sur moi, puis ses yeux brûlants rencontrent ceux de Snake.

Mais il reste impassible.

— C'est exactement ce que je viens de faire. Ordre d'Almanzo.

Almanzo ?

C'est à mon tour de froncer les sourcils, mais je reste où je suis parce que je n'ai pas envie de m'interposer entre eux.

— Et ça lui prend comme ça ?

— Ça fait déjà plus d'une dizaine de jours qu'il m'en parle. Depuis qu'il sait que Stella n'est plus au foyer ni en cours, il ne cesse de me faire chier pour que je la renvoie chez elle. Les flics vont finir par considérer ça comme une disparition, puisqu'elle est mineure.

Snake ricane, mais je suis sûre que ça n'a rien de joyeux.

— Depuis quand Almanzo a peur des flics ? Il sait les faire taire.

— C'est son ordre, Snake.

— Et tu peux m'expliquer depuis quand tu fais tout ce qu'il te dit ?

— Dès que je trouve sa décision raisonnable.

— Renvoyer Kid loin de sa sœur dans un endroit qui craint, c'est raisonnable, tu crois ? siffle-t-il sèchement.

Il hausse de plus en plus le ton et ça ne me plaît pas. Je ne l'avais jamais vu comme ça. Sur le coup, j'ai un mouvement de recul en entendant sa voix gronder. Je ne veux pas me mettre entre eux, mais je ne peux pas nier que l'envie d'écarter Snake de là me titille sérieusement.

— C'est une gamine de dix-sept piges qui loupe tous ses cours à cause de sa sœur. Ça, ce n'est pas raisonnable. Elle ne va pas foutre sa vie en l'air pour la connerie d'Ophélie !

Mais quelle connerie ? Ma sœur a fait quelque chose de mal ?

— Elle est tout autant en danger que sa sœur, et nous, on doit la laisser se démerder toute seule, c'est ça ? argumente le serpent.

— Elle. N'est. Pas. En. Danger.

— Ophelia ne nous aidera plus si sa sœur n'est pas à ses côtés.

— Ophélie est vraiment conne si elle ne se rend pas compte que ce n'est pas la place de Stella ici. On est plus dangereux pour elle que n'importe qui d'autre.

Dangereux à cause de quoi ?

— Elle doit rester pour sa sécurité et pour sa sœur.

— Elle n'est pas à sa place ici. Putain, Snake, réfléchis deux secondes ! Elle a dix-sept ans, elle ne peut pas vivre avec nous, sans aller au lycée et tout le bordel.

— On n'a jamais mis un pied dans un lycée, nous !

— ET T'AS VU CE QU'ON EST DEVENUS ?! s'exclame Tiger en descendant quelques marches.

Snake avance lui aussi. Je le sens mal.

— Le temps que tout ça se termine, et Ophelia retrouvera une vie normale. Stella aussi.

Ses mots sonnent comme une promesse. Mais Tiger ne l'entend pas comme ça. Avec lui, je crains qu'il n'y ait aucune marge de négociation.

— Ophélie n'aura jamais plus une vie normale, putain ! Elle est en contact avec le Prince, il ne la lâchera jamais et le temps qu'on le tue, tout le monde la reconnaîtra. Elle va se faire un nom. C'est déjà mort pour elle.

Mon souffle se coupe.

Snake jette un regard dans ma direction, un air coupable sur le visage. Mais de quoi parlent-ils ?

— Tiger, putain ! Stella entend tout !

— C'est toi qui l'as emmenée ici, c'est toi qui gères maintenant. J'en ai assez de devoir toujours tout régler. Tu ne vois pas qu'on est en train de foutre sa vie en l'air ?

Snake avance encore. Il ignore les questions tranchantes de Tiger.

Et moi, j'essaie de ne pas couler face à toutes les informations surréalistes que je reçois. C'est beaucoup, beaucoup plus grave que ce que je pensais.

— Tu ne crois pas qu'elle a son mot à dire ? Et Ophelia aussi ?!

— Ma maison. Mes règles.

Tiger se retourne et grimpe en vitesse les dernières marches, mais Snake le suit.

— J'ai pas fini !

Le Tigre stoppe une nouvelle fois et déclare, d'une voix tranchante :

— On va bousiller la vie d'une gamine, c'est ça que tu veux ?

Je regarde Snake se passer une main dans ses cheveux colorés, et soupirer en essayant de trouver quelque chose à répondre.

— Je la protégerai.

— Mais tu es dangereux pour elle, Snake ! Autant que je le suis, que nos ennemis le sont, que tout le monde dans ce milieu l'est.

— Je ferai gaffe, réplique-t-il aussitôt en croisant les bras. On est là pour veiller sur elle, on ne lui fera jamais de mal.

— Parle pour toi, mais ne m'inclus pas dans cette promesse intenable. Tôt ou tard, on merdera, qu'on le veuille ou non.

— On peut faire attention… Elle n'a pas à savoir toute la vérité, murmure-t-il comme s'il pensait que je n'entendrais pas.

Je déteste cette situation. Non seulement je ne les ai jamais vus aussi énervés, mais je comprends ce que veut dire Tiger. Oui, je les trouve dangereux. Leurs secrets le sont. Leur présence me rend fébrile et leur dispute me noue le ventre.

De quoi parlent-ils ?! Qu'est-ce que je ne dois pas savoir ?

— C'est non, interrompt sèchement Tiger. Je le fais pour elle… et pour toi. On doit l'éloigner avant que ce soit trop tard.

Puis Tiger s'en va pour de bon, et Snake ne cherche plus à le rattraper. Quand il se tourne vers moi, je lis dans son regard toute la peine du monde.

— *Es mi maldita culpa*[1], jure-t-il dans sa barbe. Je n'aurais jamais dû te faire venir. Faut que je te ramène chez toi.

Il se rapproche de moi, une main nerveuse dans ses cheveux verts, mais je refuse en hochant négativement la tête.

— Chez moi c'est avec ma sœur, répliqué-je.

— Non, chez toi, c'est en sécurité. Et ce n'est sûrement pas dans cette maison.

Pourquoi abandonne-t-il si vite ? C'est lui qui m'a emmenée ici et c'est apparemment lui aussi qui a voulu que je reste.

Snake, je t'en supplie, ne prends pas le parti de Tiger. Reste de mon côté.

— J'espère que tu plaisantes, parce que je ne bougerai pas. C'est quoi, cette histoire avec Ophelia ? La connerie qu'elle a faite, le fait que vous voulez tuer quelqu'un. C'est vrai ? C'est à ça que servent vos armes ? Vous tuez des gens ?!

Au fur et à mesure que les mots sortent de ma bouche, je prends conscience de tout ce que j'ai entendu et la vérité se dessine.

Je ne m'en suis pas rendu compte.

J'avais aperçu les armes qu'ils portaient souvent sur eux, mais je me disais qu'ils étaient peut-être de la police.

Or, maintenant que je le dis à voix haute, je comprends.

Ils tuent des gens.

ILS TUENT DES GENS, BON SANG !

— Non, Kid...

Il fait un pas vers moi, mais je recule. J'aperçois la bosse que forme son arme sous son tee-shirt.

1. « C'est ma putain de faute. »

Pourquoi je ne me suis pas inquiétée avant ? J'avais bien vu qu'ils se comportaient étrangement et que quelque chose chez eux ne m'inspirait pas confiance...

Snake porte une arme. Il tue avec son arme. Je...

— Calme...

Sa main se pose sur mon épaule. Sa voix me murmure des paroles indistinctes.

Ces gens tuent.

Je ne reste pas sous le choc longtemps. Parce que tout ce que je veux, c'est m'éloigner d'eux.

Et je ne les laisserais plus m'approcher.

Je me dégage d'un geste brusque.

— Ophelia ! Ophelia !

Des larmes coulent sur mes joues. J'appelle ma sœur à m'en casser la voix.

— Kid, tout va bien.

Je pleure encore quand j'entends la voix de Snake, qui me paraissait alors séduisante, mais qui me tord désormais l'estomac.

— Laisse-moi...

Il me regarde d'un air désolé et pince les lèvres.

— Kid...

— Ophelia ! continué-je d'appeler en ignorant Snake.

Il n'est pas bienveillant.

Il tue.

Je me recule encore et encore, jusqu'à sentir la froideur d'un mur dans mon dos. Ce ne sont pas les amis d'Ophelia.

Ce sont des assassins.

Je hurle le nom de ma sœur autant que je le peux, mais je n'entends que mes sanglots en réponse.

Snake tend son bras vers moi et me fait signe de me calmer.

— Calme-toi… Je vais la chercher… Calme…

Je me retrouve alors toute seule. Les paroles de Tiger me reviennent et me font mal.

La connerie d'Ophelia.

On est dangereux pour elle.

Elle est en contact avec le Prince.

On le tue.

C'est déjà mort pour elle.

Tu es aussi dangereux pour elle que nos ennemis.

J'entends des pas résonner dans cet immense hall et Ophelia apparaît dans mon champ de vision. Je soupire de soulagement et me jette sur elle.

— Ophelia !

Il faut que je le lui dise. Qu'on parte d'ici. Ils peuvent nous tuer.

Son visage est déformé par l'inquiétude. Dès qu'elle est assez proche de moi, elle glisse ses paumes sur mes joues et prend mon visage en coupe.

— Respire, Stella. Je suis là. Tout va bien.

Non, non, non, non.

Elle me prend dans ses bras et caresse mes cheveux, mais je la repousse et tente de la regarder dans les yeux, malgré les larmes qui brouillent ma vue.

Elle jette un coup d'œil inquiet à Snake, et celui-ci répond sèchement :

— Tiger veut la renvoyer chez elle.

— Sans m'en parler ?! s'exclame-t-elle alors que je la serre toujours fort contre moi.

— On va mourir, Ophelia, murmuré-je. Il faut partir.

Elle passe sa main sur mon front, puis sur ma joue, dans l'espoir de me rassurer.

— Non, on est en sécurité ici. Tout va bien.

— Je ne veux pas te laisser là.

— On n'ira nulle part. Tu restes avec moi, d'accord ?

Je souffle pour essayer de me calmer, mais je n'y arrive pas.

— Snake, apporte-lui un verre d'eau.

Sa voix m'apaise, mais je tremble de la tête aux pieds.

— Stella, regarde-moi. Ils ne vont pas nous tuer. Ils ne nous veulent pas de mal.

— Ils ont des armes, sangloté-je.

— Ils ne les utiliseront pas contre nous, murmure-t-elle à mon oreille. Tout va bien.

— Ils ont dit que... Ils ont parlé de...

— Tiens, de l'eau. Bois, ça va te faire du bien.

Snake me tend le verre, mais je ne veux plus rien de lui.

— Dis-lui de me laisser, je t'en supplie.

Je prononce ces mots sans vraiment réfléchir, et à côté de moi, je vois Snake se crisper.

Ophelia lui lance un regard désolé et pince les lèvres.

— Snake, s'il te plaît. Laisse-nous un moment.

— T'es sûre ? Tu veux que j'appelle Raven ? Ou Fox ?

— Ça va aller. Il lui faut juste un peu de temps.

Elle l'intime de partir, puis, lorsque celui-ci se recule à contrecœur, elle reporte toute son attention sur moi.

— Je vais tout t'expliquer. Mais d'abord, il faut que tu te calmes.

— D'accord. D'accord. J'essaie. Je le jure.

Ophelia passe son bras dans mon dos et m'entraîne vers elle.

— On va aller prendre l'air, OK ?

Je hoche la tête et la suis sans réfléchir. Elle attrape ma veste, ouvre la baie vitrée et me pousse délicatement dehors.

— Enfile ça, me dit-elle en me tendant mon vêtement.

Il fait froid, mais l'air frais me fait un bien fou. Il brûle mes joues mouillées par mes larmes.

Dehors, face à un petit terrain vert parfaitement tondu, puis avec la forêt immense qui entoure la propriété, je ne me sens plus enfermée. Je me sens de nouveau libre, et ça me détend.

Je croise les bras et nous nous dirigeons vers la forêt.

— On doit discuter.

Je respire et son odeur me calme. C'est la même que maman. Même si je ne l'ai jamais connue, je pense que les mamans doivent sentir comme les grandes sœurs.

Je pose ma tête sur son épaule, légèrement plus haute que la mienne, et j'agrippe son bras. Je sanglote toujours, mais je suis déjà plus rassurée. Je suis loin d'eux et avec elle. C'est tout ce que je voulais.

Nous marchons en silence dans l'herbe mouillée, puis nous arrivons près des premiers sapins verts et des arbres colorés de jaune et d'orange.

— On est quand même bien, ici. Non ? me demande-t-elle, après ce court silence.

— Oui… avant que j'apprenne que nous vivions avec des tueurs, répliqué-je sèchement.

Ophelia se crispe. Je n'ai apparemment toujours pas digéré les informations. Et j'attends des explications.

Beaucoup d'explications.

— Stella, lance-t-elle faiblement.

— Je crois que tu vas rapidement devoir me dire pourquoi tu es ici, depuis combien de temps tu connais ces gens et qui ils sont vraiment.

Nous entrons doucement dans la forêt, des gouttes d'eau sur les feuilles des arbres s'écoulent doucement dans mes cheveux et sur le sol mousseux qu'on foule pas à pas. C'est silencieux. Quelques fois, un oiseau chante. Ça sent la nature et la liberté. Ce parfum se mêle à celui rassurant de ma sœur, me procurant enfin une sensation de bien-être.

— Je…, commence-t-elle, pour s'arrêter aussitôt.

Je la vois se mordre la lèvre en regardant devant elle.

— C'est long à expliquer et je ne sais pas si tu es capable de tout entendre.

Je connais ma sœur. Elle cherche un moyen de ne rien me dire. Elle est tellement inquiète et stressée… Si elle doute même de moi, c'est que ce doit être très grave. Raison de plus pour vouloir la vérité.

— J'ai besoin de savoir.

Mon cœur bat anormalement vite, signe que je suis toujours paniquée. Je me force à respirer lentement, puis je me racle la gorge.

— Et si tu commençais par me dire pourquoi Tiger a parlé de papa ? murmuré-je doucement.

Ophelia s'arrête et me fixe, les yeux écarquillés.

— Tu...

J'acquiesce.

— Oui, j'ai compris.

Je ne connais pas mon père. La seule chose que je sais, c'est qu'il n'est pas fréquentable. Et bien sûr, son prénom : Almanzo. C'est tout. Mais cela a suffi pour que je comprenne que mon père – oui, mon *père* – a quelque chose à voir avec notre présence ici, entourées de meurtriers.

— Tiger a dit que c'étaient les ordres d'Almanzo, ajouté-je. Tiger travaille pour papa ? Est-ce qu'il sait que je suis ici ?

Ophelia soupire et passe un bras dans mon dos. Nous continuons de faire quelques pas.

— Est-ce que tu es en danger ?

« Est-ce que tu vas mourir ? » Voilà la question qui me brûle les lèvres depuis que j'ai compris que quelque chose clochait.

Ophelia reprend calmement :

— Oui, Almanzo a un lien avec cette histoire.

Je retiens mon souffle, tout en l'invitant à m'en dire plus.

— Est-ce que tu te souviens de mon petit ami au lycée ? me questionne-t-elle posément.

— Chad ? Oui, bien sûr.

Et je me rappelle aussi avoir appris son décès il y a un mois. J'étais triste, mais j'étais encore plus malheureuse pour ma sœur. Seulement, je n'ai pas eu le temps de la réconforter, parce qu'elle a disparu. J'ai d'abord cru qu'elle voulait passer un peu de temps seule, et que c'était pour ça qu'elle ne revenait pas au foyer. Puis les jours sont passés et Fox, Raven et Snake sont venus me chercher. Voilà où j'en suis.

Je sais que Chad est mort, je ne sais pas comment ma sœur se sent.

J'ai appris que Snake, Fox et Raven étaient sûrement des criminels, je ne sais pas comment je me sens.

— C'est à cause de moi qu'il est mort, lâche Ophelia dans un souffle.

Elle se pince le bras pour s'empêcher de pleurer, mais je vois bien quand je la regarde dans les yeux que des larmes menacent de couler.

Qu'est-ce qu'elle raconte ?

— Ce n'est pas ta faute, répliqué-je aussitôt. Pourquoi tu...

— Laisse-moi t'expliquer et tu changeras d'avis.

Elle s'éclaircit la gorge et je me tais afin d'écouter ses explications attentivement.

— J'ai parlé d'Almanzo à Chad, et cette erreur me coûte cher.

— Pourquoi ? Papa est...

— Stella ! me réprimande-t-elle.

— Oui, oui. Je me tais.

Ophelia me sourit pour détendre l'atmosphère, puis sa mine se referme et elle reprend, très sérieusement.

— Almanzo est mauvais pour nous, commence-t-elle d'un ton dur. Si je t'ai toujours dit qu'il n'était pas fréquentable et que tu ne devais jamais chercher à le rencontrer, c'est parce qu'il est dangereux. Il fait partie d'un gang, Stella, dont il est le patron. Il a tué Chad dès qu'il a su que je lui avais révélé mon identité. Chad a répété à des hommes que j'étais la fille d'Almanzo. Et il se trouve que ces hommes ont de très mauvaises intentions. C'est pourquoi je suis ici. Parce que je suis en sécurité tant que je suis dans ce domaine, avec les hommes d'Almanzo.

Mon cœur dégringole jusqu'à mes pieds.

Des larmes recommencent à rouler sur mes joues. Je n'ai retenu qu'une chose.

Une seule.

— Papa a tué Chad ?

Ophelia hoche la tête.

Mon père est un meurtrier, lui aussi.

Mais comment a-t-elle fait pour garder ça pour elle pendant autant de temps ?

— Alors tu es vraiment en danger, soufflé-je en plaquant ma main contre ma bouche.

Elle passe une main sur mon bras pour me rassurer.

— Tant que je suis ici, je ne risque rien.

— Combien ? demandé-je en essayant de respirer convenablement.

— De quoi ?

— Combien de temps ça va durer ? Tu vas devoir rester ici toute ta vie ? *On* va devoir rester ici toute notre vie ?

Ophelia soupire.

— Je ne sais pas, lâche-t-elle à voix basse.

— Et Snake ? demandé-je malgré moi.

Je me maudis d'avoir posé cette question. Mais depuis le début, c'est lui.

C'est lui qui est venu me chercher. C'est lui que j'ai remarqué en premier.

C'est aussi avec lui que je parle le plus et avec qui je me sens à l'aise.

Avec qui je me sentais à l'aise…

— Snake obéit à Almanzo, tout comme Dove, Raven, Fox et Tiger. On est avec eux parce qu'ils sont censés nous protéger.

— Censé ? répété-je en haussant la voix.

— Oui. J'ai peut-être fait une erreur en demandant à prendre contact avec toi, parce que Snake a alors voulu te ramener ici et je ne voulais pas t'entraîner dans des affaires dont tu n'aurais jamais dû avoir à te soucier. Je suis désolée, Stella, j'aurais dû...

— Tu aurais dû disparaître sans explication ? Non, je suis contente d'être là, même si j'avoue être moins à l'aise maintenant.

— Je te promets que je vais faire de mon mieux pour que tu te sentes bien, et que tu n'aies plus rien à voir avec Almanzo.

Je déglutis. Ophelia n'appelle jamais notre père « papa ». C'est toujours « Almanzo », et sans vraiment pouvoir l'expliquer, ça me fait mal au cœur.

Mais maintenant que je sais qu'il est un tueur, je devrais peut-être l'appeler par son prénom également.

— Il faut juste que tu me fasses confiance. Et à eux aussi. Je sais que ça peut paraître difficile, mais je te promets qu'ils sont là pour nous protéger. Tiger et Dove peuvent parfois se montrer dangereux, mais ils sont de notre côté, tu comprends ?

Je hoche la tête, essayant de me convaincre que c'est la vérité.

S'ils ne sont pas dangereux pour nous comme elle le prétend, pourquoi portent-ils des armes à la maison ? Pourquoi font-ils partie d'un gang ?

Je ne m'en serais jamais douté... Et mon père...

— Est-ce qu'il sait que je suis ici ? lui demandé-je.

Tout va bien. Je dois seulement prendre le temps de digérer ce que je viens d'apprendre. Tout. Va. Bien.

— Oui, et apparemment il veut que tu partes, sans doute parce qu'il sait que ce n'est pas ta place.

— Ma place, c'est avec toi, répliqué-je directement en ignorant tout le reste.

Je ne laisserai jamais personne m'éloigner de ma sœur, ma seule famille. Et je suis contente qu'elle ait préféré me garder auprès d'elle plutôt que de me protéger, comme elle le dit. Snake répétait que j'aurais été tout autant en danger en restant au foyer.

Aujourd'hui, j'ai appris des choses qui m'apporteront sûrement des problèmes, mais je suis avec ma sœur. Et ça, ça n'a pas de prix.

— Je sais, me répond-elle doucement. Et je crois que tu vas devoir rester tant que le danger persistera.

Elle me serre le bras pour appuyer ses propos et me rassurer.

Il y a quand même une dernière chose que je veux savoir. Un élément qui a attisé ma curiosité dès le début.

— Que fais-tu pour les aider ? Tiger en a parlé. Alors ?

— Je... je préfère ne pas te le dire. Tu en sais déjà bien trop.

Je pince les lèvres et croise les bras.

— Tu ne peux pas me révéler des choses et m'en cacher d'autres ! C'est tout ou rien, Ophelia !

Je l'entends soupirer.

— C'est trop risqué. La seule chose que tu dois savoir, c'est que j'aide Snake et les autres en faisant ça.

— En faisant quoi ?

Ses épaules se tendent et je comprends qu'elle ne veut vraiment pas m'en parler. C'est la limite qu'elle ne veut pas franchir. C'est peut-être encore plus grave...

— Des choses que j'aurais aimé ne jamais avoir à faire. Allez, maintenant on rentre. J'ai trop froid.

Elle me tend sa main et je mets un moment avant de décroiser mes bras et de la suivre.

— Tu ne trouves pas qu'il fait froid ? me dit-elle en grelottant.

Je vois bien qu'elle tente misérablement de changer de sujet, mais pour une fois, j'accepte qu'elle ne veuille pas m'en dire plus. Je crois que de toute manière, j'en sais bien assez.

— Si, si. En même temps, on est en novembre. Normal, non ?

Elle me lance un regard amusé pour détendre l'atmosphère, et je lève les yeux au ciel.

— Novembre, répète-t-elle en souriant.

Nous sortons de la forêt humide et froide et je soupire.

Novembre.

Le mois de mon anniversaire.

Quand nous rentrons, c'est avec un certain stress que je remarque la présence de Snake et de Tiger dans la cuisine. Le seul point positif, c'est qu'ils ne semblent plus énervés l'un contre l'autre.

Ils sont trop impressionnants quand ils se disputent.

Je referme derrière moi et me tourne vers eux. Tiger est accoudé à l'îlot central, Snake n'est pas loin. Il me scrute, mais je détourne les yeux le plus vite possible.

Ophelia s'avance en pointant un doigt accusateur en direction de Tiger.

— Ma sœur ne peut pas partir.

Tiger relève la tête et hausse un sourcil. Son ton autoritaire ne lui plaît pas.

« Ils sont de notre côté. »

J'espère qu'Ophelia avait raison quand elle m'a dit ça. Tiger n'a pas l'air d'être quelqu'un de gentil, même lorsqu'on est « de son côté ».

D'ailleurs, il ne répond même pas à ma sœur. Il se contente de se tourner vers Snake et lui lance un regard lourd de sens. Je ne sais pas ce que ça veut dire, mais l'Espagnol au tatouage d'anguille comprend apparemment le message.

Tiger avance de quelques pas et passe devant Ophelia sans lui adresser le moindre regard.

— Il n'est pas d'accord avec cette décision, explique Snake. Et il a de bonnes raisons. Mais Dove et lui sont les seuls contre nous. Fox et Raven viennent d'arriver et selon eux, elle risque plus de choses en retournant au foyer plutôt qu'en restant ici. Tiger n'a pas d'autre choix que de nous écouter. Kid ne part pas.

Je suis rassurée.

Mais Ophelia, elle, n'exprime pas ce qu'elle ressent. La seule chose qu'elle fait, c'est se redresser et lancer :

— Il a besoin d'un porte-parole, maintenant ? Il ne sait plus parler tout seul ?

Elle le dit assez fort pour que Tiger l'entende, mais il ne réagit pas et sort de la pièce en silence.

Nous sommes alors tous les quatre : moi, ma sœur, le Serpent et notre malaise commun.

Parce que ça me met vraiment mal à l'aise de me tenir dans la même pièce qu'un tueur.

Celui-ci ajoute que Fox et Raven sont dans le salon.

— Je vais aller les voir. Il faut que je les remercie, annonce ma sœur.

Elle me propose de la suivre, mais la seule chose que je veux, c'est être seule.

— Je monte dans la chambre, lui dis-je en ignorant Snake.

Je veux être le plus loin possible de lui.

Quand je pense que je me suis comportée comme s'il était un… ami ? Je ne sais pas trop comment je le voyais, mais si j'avais su qu'il était si dangereux, je ne me serais pas amusée à le provoquer verbalement.

La question que je me pose c'est : s'il fait partie d'un gang, pourquoi m'a-t-il laissée lui parler sur ce ton-là ?

Je vois Ophelia me sourire doucement, comprenant mon ressenti.

Je sors sans attendre de la cuisine. Dans le hall, Tiger termine de monter les marches de l'escalier de gauche. Le voir me fait frissonner.

Lui, il me fout vraiment la frousse.

Je l'ignore, emprunte celui de droite et me dirige en vitesse vers notre chambre. Si j'avais eu moins peur, j'aurais pris une autre chambre, il y en a tellement. Mais je ressens le besoin de dormir avec ma sœur, n'ayant pas assez confiance pour pouvoir passer une nuit seule dans une pièce vide.

Et encore moins maintenant que je sais qui sont vraiment les autres occupants.

— Kid ?

Je me fige au milieu de l'escalier.

Il n'y a qu'une personne qui m'appelle comme ça.

Que lui pour prononcer ce surnom avec ce fort accent espagnol.

Je ferme les paupières une seconde, ne sachant pas si je dois me retourner ou continuer de l'ignorer. Mes muscles se tendent. Mon cœur s'emballe.

Je ne sais pas quoi faire. Je ne sais plus si j'ai peur.

Pourtant, je devrais avoir peur.

Je devrais avoir peur de lui comme j'ai peur de Tiger ou de Dove.

Je devrais m'enfuir face à lui.

Pourtant, j'ai envie de me retourner, et je comprends rapidement que ce n'est pas une réaction normale. Alors je décide de l'ignorer pour de bon, je monte en vitesse les dernières marches. Dans mon dos, j'entends ses pas de plus en plus proches.

Est-ce qu'il me suit ? Est-ce qu'il est dangereux pour moi ? Est-ce que je devrais l'éviter ? Ophelia m'a dit qu'il était ici pour nous protéger. Mais il fait partie d'un gang. Comment dois-je réagir ?

C'est trop tard, je suis déjà prête à fuir. J'entre dans la chambre et referme la porte derrière moi.

Mais elle coince.

— Non..., murmuré-je plus pour moi-même que pour Snake.

Une chaussure noire m'empêche de fermer. Ma respiration s'accélère tandis que le Serpent repousse la porte. Je recule pour ne pas me la prendre dans la figure, et Snake avance de quelques pas.

Nous sommes face à face, lui dans le couloir, moi dans la chambre.

Quand je pose mes yeux sur son visage – une seconde, je ne peux pas plus –, j'y lis du chagrin et des regrets. Mais je ne sais plus si je dois croire ce que je vois.

Il fait un pas en envoyant la porte claquer contre le mur, faisant trembler la pièce.

Je n'ai pas peur.

Je devrais.

Je crie pour moi-même que je devrais.

Il est entré.

— Est-ce que tu peux rester dans le couloir, s'il te plaît ?

Il s'immobilise et ses yeux verts cherchent les miens, mais je fais de mon mieux pour éviter son regard perçant. Je lui demande encore de partir, mais il ne bouge pas.

— Snake..., lancé-je une énième fois.

— Quoi ?

— Pars. S'il te plaît.

— On doit parler, avant.

Sa voix résonne entre nous. Je suis écrasée par sa présence, parce que savoir à quel point il peut être dangereux me brise un peu plus.

Mais il est là, face à moi, et il veut parler. Pourquoi ce n'est pas simple avec lui ?

Pourquoi rend-il tout compliqué ?

Pourquoi ne va-t-il pas dans le salon comme Fox et Raven ? Eux ne s'embêtent pas à me suivre. Ils ne me poursuivent pas pour *parler*.

Mais lui, il veut déjà discuter alors que ça ne fait même pas une heure que j'ai découvert la vérité.

J'ai mal réagi au début en apprenant ce que faisait Snake. Et maintenant... maintenant je me tiens près de lui et je n'ai même plus peur.

Mais je pense que le pire, c'est que ce que m'a appris Ophelia ne change même pas la vision que j'ai de lui. Je le vois toujours comme l'homme drôle et blagueur qu'il était avec moi. Comme l'homme avec qui je me sentais le mieux.

Mais pas comme le tueur qu'il est vraiment.

Je dois avoir un sérieux problème.

Je flippais en présence de Tiger, maintenant je suis terrorisée.

Je n'aimais pas Dove, maintenant il est clair qu'il m'effraiera quand je le croiserai.

Je trouvais Fox gentil, maintenant je remets tout en question.

Je n'avais pas peur de Raven, maintenant je sais que sa douceur n'était qu'une couverture.

Je n'ai jamais eu peur de Snake, et maintenant, même après tout ce que j'ai appris, il me sécurise toujours autant.

Alors je préfère m'éloigner de lui.

— On parlera plus tard, s'il te plaît, protesté-je en le suppliant du regard. Je veux être seule. Je veux réfléchir à tout ça.

— Pourquoi ? réplique-t-il. Pour te laisser le temps de t'inventer des scénarios ? De t'imaginer le pire ? Non, le mieux est qu'on en parle maintenant une bonne fois pour toutes.

Je ne comprends pas ce qu'il veut faire.

Je ne comprends pas pourquoi il tient tant à me parler.

Après tout, qu'est-ce que ça peut lui faire que je réagisse comme ça ?

— Parler de quoi ? Je sais qui tu es. Je sais ce que tu fais. Ça me suffit.

— Non, justement ! Tu ne sais pas qui je suis ! Ce n'est pas parce qu'Ophelia t'a dit deux mots sur moi que, ça y est, tu me connais.

— Je n'ai pas envie de te connaître, rétorqué-je.

Il a un léger mouvement de recul et je regrette aussitôt ce que j'ai dit.

Il baisse la tête, prend une légère inspiration puis relève son regard vers moi, mais je l'évite toujours soigneusement.

— Je ne veux pas que tu aies peur de moi.

— Qui t'a dit que j'avais peur de toi ?

— Tu me fuis ! s'exclame-t-il.

Il soupire et reprend plus calmement :

— Écoute… je ne veux pas que tu me voies comme un… criminel.

Il ne comprend rien, et heureusement d'ailleurs. Je ne veux pas lui expliquer ce que je pense en ce moment, parce que ça serait trop dur à expliquer.

Et qu'il me prendrait pour une folle.

Je n'ai pas peur de lui. J'ai peur de ce que je ressens quand je suis dans la même pièce que lui.

Et en ce moment même, c'est tout sauf de la crainte.

— C'est pourtant ce que tu es. Tu es dangereux.

Hein, Stella.

Rentre-toi ça dans le crâne. Il est dangereux. Donc quand tu le vois, il faut que tu aies peur.

— Je ne te ferai jamais rien.

— Laisse-moi... du temps. On a mal commencé. Je t'ai considéré comme quelqu'un de... normal. Maintenant que j'ai compris ce que tu faisais, je préfère m'éloigner un peu. Pour moi.

Il passe une main dans ses cheveux verts et pince les lèvres nerveusement.

— C'est de la merde, ce que tu dis. Putain, Kid, tu vois pas que t'es en train de te braquer alors que je cherche à te rassurer ?

Je retrouve le vrai Snake, celui qui jure à longueur de temps. Il s'était maîtrisé, il avait mis son agressivité de côté, et là, il redevient lui-même.

— On a très bien commencé, siffle-t-il. Alors tu oublies ce que je fais quand on est tous les deux et puis voilà.

Je rigole nerveusement.

— Bien sûr. Je vais mettre de côté le fait que tu es un meurtrier. Je n'y avais pas pensé. C'est vrai que ça serait plus pratique.

— Je ne sais pas ! Je ne sais pas... Tu n'as qu'à te le répéter indéfiniment, si ça te fait plaisir ! Fais ce que tu veux ! Mais ne te renferme pas !

— Pourquoi ? Je suis qui pour toi, au juste ?

Il fronce les sourcils, ne s'attendant pas à cette question sortie de nulle part.

— Tu es la petite sœur d'Ophelia. La deuxième fille de mon patron.

Il a dit ça comme si j'étais débile. Comme si c'était une évidence.

— C'est pour ça que tu ne me feras « jamais rien » ?

— Oui, siffle-t-il.

Je le scrute attentivement. J'ai du mal à le croire.

J'ai du mal à croire qu'il fasse tout ça uniquement parce que je suis « la fille de son patron ».

Mais peut-être que je me voile la face et que c'est exactement pour ces raisons qu'il cherche à me retenir depuis dix minutes. Peut-être parce que c'est son dévouement qui a motivé Almanzo à lui confier la protection d'Ophelia.

Je réfléchis quelques instants.

C'est fou. Même quand Snake répond à mes questions, j'ai l'impression qu'il me laisse sans réponse.

— OK... mais... j'ai quand même besoin de temps.

— Putain, jure-t-il dans sa barbe avant de se rapprocher.

Je tends le bras pour maintenir une certaine distance.

Snake soupire et passe une main dans ses cheveux d'un geste nerveux. C'est lui qui est nerveux, là ?

Ça devrait être moi. Et pourtant.

Dès que ses yeux verts se posent sur moi... je meurs sous l'intensité de son regard suppliant.

— Kid, s'il te plaît, murmure-t-il en s'arrêtant au milieu de la pièce.

Il ne bouge plus, il attend seulement que je dise ou fasse quelque chose.

Mais je ne bronche pas.

— Tu as raison, avoue-t-il finalement en brisant le léger silence qui s'était installé. J'ai déjà tué.

Mon cœur fait n'importe quoi. Il bat plus vite, sous le choc de son aveu. Même si je le savais et que je me le répétais, l'entendre le dire de vive voix me brise un peu plus.

Il marque une pause, puis reprend sérieusement d'une voix rauque, avec son accent espagnol qui la rend mortellement attirante.

— Mais je ne te ferai jamais de mal, à toi.

Je reste interdite un bon moment. Je ne m'autorise pas à le croire, même si ces paroles me font quelque chose. Mon cœur bat encore plus vite et cette sensation me trouble.

— Oui, j'ai compris. Parce que je suis la fille de ton patron et blablabla. Tu n'as aucune obligation.

Il ignore mon intervention.

— Je ne te ferai jamais de mal parce que tu n'es qu'une *pequeña* et que je ne touche pas aux enfants.

Plus il tente de me convaincre, plus ses yeux s'assombrissent et sa voix gagne en intensité. Au lieu de m'impressionner, il devient de plus en plus attirant. Il devrait arrêter, parce que je suis en train d'oublier bêtement qu'il n'est qu'un criminel.

— Je préfère quand tu me prends de haut, lâche-t-il. Je ne veux pas que tu aies peur de moi. Je préfère que tu me traites comme une personne normale tout en étant toi-même.

Je soupire.

Ce qu'il ne sait pas, c'est que je ne suis jamais sûre de moi quand il est là. Je fais semblant pour qu'il ne voie pas la vraie moi. L'adolescente puérile qui le trouve cent fois plus beau que tous les garçons qu'elle a jamais vus, vie réelle et films confondus. La petite fille idiote qui est attirée par un homme dangereux et trop vieux pour elle.

— Tu n'as besoin ni de ma confiance ni de ma présence. Maintenant, laisse-moi, Snake.

Mais il n'écoute rien. Il franchit la distance qui nous sépare tellement vite que je n'ai pas le temps de reculer. Il s'arrête devant moi et baisse la tête. Moi, je reste figée et ne lève pas les yeux, ce qui fait que je ne vois que son torse.

Je sens son odeur de réglisse qui masque celle de la cigarette.

— Regarde-moi.

Je secoue la tête.

— On s'entendait bien. Pourquoi ça changerait ? murmure-t-il.

— Peut-être parce que j'ai compris que tu étais dangereux.

Snake me surprend lorsqu'il soulève son teeshirt. Son arme noire est calée entre sa taille et la ceinture de son jean. Je frissonne quand il l'empoigne et la prend dans sa main. Puis, d'un geste précis, il la jette sur le lit.

— Ça te va si je ne la porte plus dès que je suis avec toi ? Ça te rassurerait ?

Mon cœur se serre.

Je ne sais pas quoi répondre. Alors je reste silencieuse.

Snake soupire, pince les lèvres. Je me résous à lever la tête vers lui, et mes yeux rencontrent directement les siens avec une intensité qui me percute. J'ouvre la bouche pour lui demander une énième fois de me laisser seule, mais il m'en empêche en posant l'index sous mon menton.

— Non…

Cette proximité m'affole. Son contact m'intimide.

Il appuie son doigt sous mon menton pour garder mon visage levé dans sa direction, puis passe délicatement son pouce sur ma joue. Je le repousse aussitôt d'un geste sec.

— Ne me touche pas.

— Très bien, crache-t-il en reculant.

Mais même à quelques mètres de moi, il n'est pas assez loin. Il reprend :

— Oublie ce que je suis.

— Je ne pourrai pas.

— Qu'est-ce que je peux faire pour te mettre en confiance ?

Je hausse les épaules.

— Il n'y a pas eu un moment où tu as été quelqu'un de normal ?

Il semble réfléchir quelques secondes puis lâche :

— Tu veux que je te parle de mon enfance ?

— Je ne sais pas.

— Tant mieux, parce que je ne peux pas.

Je fronce les sourcils face à son ton désormais dur.

— Pourquoi ?

— Parce que je n'ai pas envie de t'en parler. Ça ne te regarde pas.

Son ton sec me surprend.

Je n'aurais peut-être pas dû parler de ça.

— Si tu ne veux pas parler, eh bien, ne dis rien.

— Je n'étais pas venu pour qu'on débatte sur notre passé, de toute manière, ajoute-t-il sèchement.

Il paraît énervé, et je ne comprends pas son soudain changement d'attitude. Est-ce qu'il est énervé contre moi, ou contre lui ?

— Après tout, t'es qu'une gamine, hein ? Pourquoi j'essaierais de te mettre en confiance ?

Que t'aies peur de moi ou pas, je devrais en avoir rien à foutre. Je ne suis là que pour vous protéger, toi et ta sœur. C'est tout.

Je suis troublée et je mets quelques secondes avant de répondre.

— Euh... oui.

— Ouais, alors, pas besoin qu'on s'entende.

Il crache ses mots, et, malgré moi, ça me touche profondément.

— Parfait, lâché-je.

— Parfait.

— Le problème est réglé.

— Le problème est réglé, répète-t-il.

Le problème est loin d'être réglé.

Durant quelques longues secondes, c'est le silence. Il ne me regarde plus, mais observe le paysage à travers la grande baie vitrée de la chambre.

— Je ne voulais pas t'énerver, tenté-je d'une petite voix.

Comme une excuse.

— Je ne suis pas énervé.

Je soupire. Il est en colère, mais je ne comprends pas pourquoi. Je ne voulais pas être intrusive ou le mettre mal à l'aise. Je sais qu'on a tous des sujets qu'on ne veut pas aborder. J'en suis consciente et ce n'est pas grave.

Je n'aurais jamais insisté. Mais il s'est braqué, lui aussi.

Snake tourne de nouveau la tête dans ma direction, je soutiens son regard pour une fois.

— Tu n'agiras plus comme avant, hein ?

J'acquiesce. Je suis obligée d'acquiescer. Ce n'est que la vérité.

Je ne pourrai pas. Je ne pourrai pas continuer à le titiller pour l'énerver, parce que je sais de quoi il est capable dorénavant. Et même s'il jure qu'il ne me fera jamais de mal, je serai quand même sur la réserve. Je suis inquiète de ce qu'il serait capable de faire.

Alors je fais quelques pas en arrière, et il comprend enfin qu'il doit me laisser de l'espace. Je le vois dans ses yeux. Il capitule.

— Très bien, je te laisse. Mais sache que tu n'as aucune raison d'avoir peur de moi.

Il récupère son arme toujours posée sur le lit, la range de nouveau sous son tee-shirt, puis il me tourne le dos sans un autre regard dans ma direction et sort de la chambre en un battement de cils. Je reste figée en plein milieu de la pièce, complètement perdue dans mes pensées. Mon cœur bat la chamade.

Je ne le crois pas.

J'ai tellement de raisons d'être terrifiée par ta présence, Snake... Tu n'imagines même pas.

Chapitre 12

Deuxième mission

Ophelia

La deuxième mission débute comme la première.

Elle arrive sans prévenir, comme une gifle douloureuse. Quelques jours après que Stella a appris une bonne partie de la vérité, chose qui n'aurait pas dû arriver si tôt, Snake est venu me chercher en fin de matinée pour me dire qu'on partait. J'ai à peine eu le temps de me changer et de dire au revoir à ma sœur, restée chez Tiger en compagnie de Fox.

C'est Dove qui conduit. Le Tigre est assis à côté. Moi, je suis sur la banquette arrière, entourée de Snake et de Raven. C'est déjà plus rassurant que la fois précédente.

— Ne t'inquiète pas, tout va bien se passer, m'encourage le Serpent lorsqu'il constate ma jambe tremblante.

Il pose sa main sur la banquette, paume vers le ciel. Comme une sorte d'invitation. Alors j'en profite pour y glisser la mienne, il la serre fort et ce geste amical me rassure.

Quand je lève la tête, je croise les yeux de flammes de Tiger dans le rétroviseur. Il me fixe simplement durant quelques secondes, le temps pour mon cœur de s'emballer et pour mon corps de se réchauffer.

Je me concentre sur la route qui se déroule devant moi et ça me fait du bien. Même si je suis accompagnée de quatre mafieux, le paysage me rappelle mon ancienne liberté.

Nous entrons dans New York, la circulation se fait moins fluide et le nombre de voitures autour de nous augmente à vue d'œil. J'ai l'impression de retrouver la civilisation, une sorte de normalité.

— Raven, on te dépose en premier. Le dernier étage t'est entièrement réservé. Je t'appelle si on doit bouger, lance Tiger, une cigarette pas encore allumée coincée entre ses dents.

Deux minutes plus tard, Dove se gare en face d'un gigantesque immeuble, entièrement vitré. Raven descend et à peine ai-je le temps de comprendre ce qu'il va faire que la Colombe redémarre. Je n'ai toujours pas lâché la main de Snake.

Et l'absence de Raven me fait soudain paniquer.

Je n'ai plus que le Serpent à mes côtés.

— Dove, tu restes avec la bagnole. Tu sais ce que tu as à faire, poursuit Tiger en plaçant son oreillette.

Ça me rappelle que je porte la mienne et, comme pour la première mission, je peux entendre tout ce qu'ils disent ; à un détail près. Aujourd'hui, je ne peux communiquer qu'avec le Tigre. Snake et Dove communiquent seulement entre eux. Je n'en connais pas la raison, puisque je n'ai pas écouté Fox lorsqu'il l'a expliqué.

— Snake, tonne le Tigre, me faisant sursauter.

Il lui tend une arme assez petite que Snake se dépêche de cacher sous son costume noir. Je lui lâche donc la main et la pose sur ma cuisse.

— Et garde tes mains dans tes poches, ordonne-t-il.

Dove jette un coup d'œil dans ma direction par le rétroviseur et esquisse un rictus amusé.

C'est ça, fous-toi de moi. C'est sûr que ce n'est pas à toi que j'aurais tenu la main pour me rassurer.

Snake obéit et enfonce ses mains dans les poches de son pantalon noir. Moi, je croise les bras et attends. Nous roulons très lentement à cause de la mauvaise circulation. De chaque côté de la route, il y a des trottoirs que des dizaines de piétons empruntent rapidement. Parfois, il y a quelques arbres aux feuilles rouges, jaunes et marron qui glissent dans le vent et qui me rappellent que nous sommes toujours en automne.

Je pourrais sortir de cette voiture et m'enfuir. Me fondre dans la foule des passants. Mais plusieurs choses me retiennent.

D'abord ma sœur – la plus importante –, restée au domaine, et le danger qui rôde autour de nous.

Puis ma loyauté envers ces cinq mafieux. Je leur ai fait une promesse, je les aiderai à venger Wolf.

Et autre chose. Quelque chose que je refuse de m'avouer. Parce qu'*il* ne vaut pas la peine que je prononce son nom.

Il souhaite sans cesse ma mort. Ne miserait pas un centime sur moi. N'a pas confiance en mes capacités. Me traite sans cesse de faible.

Et pourtant, il y a quelque chose chez cet homme qui retient mon attention.

On s'arrête rapidement devant un autre immeuble, et je me rends compte qu'il est pile en face de celui où on vient de déposer Raven. Il est à quelques rues plus loin, mais les deux buildings se font face dans les airs.

Dove stoppe devant l'entrée du bâtiment luxueux, et un homme en costume vient nous ouvrir la porte. Il nous salue, et quand je vois Snake sortir, je l'imite.

J'entends qu'un homme demande poliment à Dove s'il veut qu'il garde la voiture.

— Dans tes rêves. Montre-moi juste où est le parking.

Le voiturier reste souriant et acquiesce doucement. Il montre de son doigt ganté une rue goudronnée qui contourne le bâtiment, et Dove redémarre. Seulement, il n'y a que Snake et moi dehors, sur le trottoir. Tiger est resté dans la voiture.

— Qu'est-ce qu'ils font ? demandé-je en essayant de ne pas paniquer.

Ce n'est pas le moment.

— Je ne sais pas. Je croyais que Tiger venait avec nous.

Je ne porte qu'une robe, et malgré ses manches longues, j'ai froid sans manteau.

Je pense que c'est pour ça que je frissonne.

— Viens, m'intime Snake en m'offrant son bras.

Je lui souris et pose ma main sur son costume. Le large trottoir en face de l'entrée de l'hôtel est bondé. Sous le porche de verre, plusieurs dizaines de personnes discutent. Tout le monde s'est mis sur son trente et un. Et pour cause : nous sommes invités par le Prince dans un hôtel luxueux. C'est une réception en l'honneur des Royal. Il est clair que je ne croiserais pas Almanzo ici.

Les personnes autour de nous arrivent dans des limousines ou d'immenses Hummer noirs et les voituriers les guident jusqu'au parking. Le public est le même que pour la première réception. Les hommes sont en costume pompeux, les femmes portent des robes somptueuses. Certains fument une dernière cigarette avant d'entrer.

De loin, ils semblent tous normaux. Ils ont seulement l'air de riches investisseurs qui se rendent à une réception.

Pas de mafieux dangereux, dont le travail est illégal, et leurs armes cachées sous leurs vêtements coûteux.

— Tu restes avec moi, Snake, lancé-je en ayant soudainement peur de me retrouver seule parmi ces gens.

Je ne veux pas que cela se passe comme la dernière fois, quand Dove et Tiger étaient restés à l'écart et m'avaient laissée dans la foule. C'était un des moments les plus stressants de toute ma vie. Aujourd'hui, je suis accompagnée du Serpent et je sais que je peux compter sur lui. Du moins, pour le moment.

Nous nous frayons un passage jusqu'à la porte d'entrée en verre, encadrée de plantes dans des énormes pots sombres. L'immeuble est immense, avec plusieurs dizaines d'étages. Nous trouvons la chaleur à l'intérieur. Le sol est en marbre, et juste en face de nous se trouve un accueil au comptoir doré. Quelques invités se dirigent au même endroit. Je les reconnais à cause de leurs tatouages apparents. Des majordomes en costume noir et gants blancs se tiennent là. Je n'en avais jamais vu de mes propres yeux.

— Où on va ? murmuré-je à Snake.

Il est en train de mâcher un autre de ses chewing-gums à la réglisse lorsqu'il me lance un regard qui se veut rassurant.

— La réception a lieu dans le restaurant de l'hôtel. On va suivre les autres.

— Tu les connais ?

— Certains, oui. Mais ce n'est pas difficile de deviner qu'ils appartiennent tous à différents gangs.

Je fronce les sourcils.

— Comment ?

— Observe attentivement leur tenue et leurs tatouages. Tu ne vois pas qu'ils cachent tous des armes sous leur costume ? Et regarde les femmes, elles portent toutes des longues robes pour cacher leurs jambes.

Je me tends. Il a raison, parce qu'il n'échappe pas à la règle : il cache un pistolet sous son costume. Et moi non plus. Ma robe bleu nuit, tirant sur le noir, tombe jusqu'à mes chevilles pour masquer la sangle de cuir autour de ma cuisse me permettant de porter une arme. Tout est dissimulé, mais tout le monde sait ce qui se cache sous les tenues luxueuses des autres invités.

Au cas où un désaccord éclaterait, ils sont tous prêts à se défendre comme ils en ont l'habitude dans leur monde.

En faisant couler le sang.

Ils agissent juste comme s'ils n'en avaient aucune idée, et c'est ça qui me terrifie. Rien n'est laissé au hasard. Mais ils cachent ce qu'ils savent derrière leurs sourires hypocrites et leurs discussions faussement aimables.

— Je déteste cet endroit, murmuré-je en me collant le plus possible à Snake.

Il glousse, parce que lui est à l'aise. Du moins, plus que moi. J'aimerais savoir depuis combien de temps il baigne dans cet univers, ce qui l'a poussé à y entrer ? Mais je pense que nous ne sommes pas assez proches pour m'autoriser à lui poser des questions si sérieuses.

Nous nous dirigeons lentement vers une salle immense où des dizaines de tables rondes sont agencées. Elles sont dorées et recouvertes d'une nappe blanche. À l'entrée, des serveurs montrent aux invités leur place. Les gens parlent bruyamment et ce bruit est anxiogène.

Je prie pour ne pas être séparée de Snake.

— Bonjour, monsieur, madame, intervient un homme d'une trentaine d'années au physique très bien entretenu.

Il se tourne vers moi et me sourit.

— Vos noms et prénoms, s'il vous plaît.

À peine ai-je le temps d'ouvrir la bouche que Snake a déjà répondu.

— Pour vous, ce sera à la table numéro onze, et vous, madame Rizzi, vous avez une place à la table d'honneur à l'autre bout de la salle. Félicitations et bon repas.

Mon cœur fait un bond dans ma poitrine.

Je le remercie d'un sourire hypocrite et Snake en fait autant, même si au fond de moi, tous mes espoirs s'effritent.

« Félicitations. »

Félicitations, Ophelia, tu as le droit de passer tout un dîner loin de la seule personne en qui tu as confiance ici.

— *Los pendejos* ne m'ont pas mis avec toi, siffle à voix basse Snake dans mon oreille. Évidemment qu'ils n'allaient pas placer ton garde du corps juste à tes côtés. *Santa mierda.*

Son énervement me stresse. Des frissons grimpent le long de mon échine et je tremble malgré moi. Il n'avait pas prévu cette situation ? Pourtant, après une courte réflexion, c'était plus que logique. Je me demande de quoi ils ont parlé lorsque je les ai vus s'enfermer dans le bureau de Tiger, hier. Ils étaient censés discuter de cette mission et prévoir toutes les possibilités.

J'espère que leur travail, ils vont le faire à la perfection. Parce que c'est quand même moi qui suis la plus exposée.

— Ça va aller, Ophelia. Je ne te lâcherai pas du regard.

Il essaie de me rassurer, mais ça ne marche pas. Nous avançons dans la salle à la recherche d'une table portant le numéro onze. Certaines personnes sont déjà assises, d'autres discutent debout, des coupes de champagne à la main. Je repère la mienne, celle d'honneur. Elle fait la largeur de la pièce. Elle est rectangulaire et de hauts chandeliers en or la décorent.

Pourquoi m'ont-ils gardé une place si près d'eux ? Ils ne me connaissent pas et je fais partie du gang ennemi. Est-ce l'idée du Prince, ou un stratagème prévu d'avance de la part de son frère ?

C'est après avoir reçu sa lettre que Tiger a planifié cette nouvelle mission. Dans quel but ? Aucune idée. Pourquoi a-t-il voulu suivre les exigences du frère du Prince ? J'espère qu'il a une bonne explication. La communication entre nous, ce n'est pas trop ça.

La seule chose que je sais, c'est ce que je vais devoir faire : me rapprocher du Prince. Mais comment puis-je l'aborder alors que son frère a tout compris ? Est-ce qu'il me laissera faire ? Est-ce qu'il a déjà tout dit ? Est-ce qu'en venant ici nous sommes déjà morts ?

— Elle est là, m'indique Snake en me sortant de mes pensées anxieuses.

À côté de nous se trouve une table ronde, avec des couverts en argent et un vase de fleurs au centre. Sur un petit chevalet, le numéro onze est inscrit à la craie blanche.

— Déjà, ils m'ont réservé une place. Ils savaient qu'au moins l'un de nous allait être présent.

— C'est une bonne ou une mauvaise chose ?

— Je ne sais pas encore.

Je reste collée à lui tandis qu'il s'avance vers sa table.

En comparaison de celle où je suis placée, elle est vraiment à l'opposé. Totalement éloignée.

Pour que mon seul allié dans cette salle soit le plus loin possible de moi.

Mon cœur bat trop fort dans ma poitrine.

Non, non, non.

— Ne me laisse pas là, le supplié-je. Pas toute seule. Accompagne-moi au moins jusqu'à ma table.

— *Claro. No te voy a dejar*[1].

Snake ne s'éloigne pas, et pour ça, je lui en suis plus que reconnaissante.

Mais si je croyais être rassurée en étant à ses côtés, je me rends rapidement compte que peu importe où je suis et avec qui, ce n'est que lorsque je verrai Tiger entrer dans cette salle que je me sentirai un minimum en sécurité, alors qu'il est le plus cruel des frères engagés pour ma protection.

Je déteste cette contradiction.

Mon ventre est noué, je tremble comme une feuille, mais j'essaie de le masquer. C'est ça, le mot d'ordre de leur monde.

Tout. Dissimuler.

Nous marchons en rythme jusqu'au bout de la pièce et je me demande sans cesse où est passé le Tigre.

Je ne vois que des silhouettes floues au loin à cause de ma mauvaise vue, mais lorsque nous nous rapprochons de la table d'honneur, je repère aussitôt le Prince. Il est debout près de la table impeccablement dressée et discute avec un homme plus âgé. Ses cheveux sont gris et sa posture imposante, presque royale.

— C'est le Royal numéro un, déclare Snake en serrant les dents.

— Le père du Prince ?

— En chair et en os.

Je les observe. Le père du Prince m'impressionne, mais pas autant que son fils. Je pense que c'est à cause de ma mission. Je n'ai rien à

1. « Bien sûr. Je ne vais pas te lâcher. »

voir avec lui. Mais je dois sympathiser avec son fils, et ça me terrifie.

Et le frère du Prince, où est-il ? C'est avant tout à cause de lui que je suis là et je ne le vois pas. Je me souviens de sa présence dans cette salle lors de ma première mission.

Il ne ressemble même pas au Prince, avec ses cheveux bruns.

Enfin, le plus important, c'est de savoir s'il a prévu de tout révéler ou s'il ne l'a pas déjà fait…

— Je vais devoir te laisser là, m'indique Snake. Je ne pense pas que ce soit idéal qu'il te voit en ma compagnie. Tu perdrais en crédibilité.

Je me tends aussitôt. Mon cœur commence à battre à une allure folle.

Non, Snake, ne me laisse pas. Je t'en supplie.

— S'il te plaît. Je ne sais pas comment je vais faire.

Je pivote vers lui. Du regard, j'essaie de l'obliger à rester à mes côtés. Je suis prise d'une peur indescriptible que je ne contrôle pas.

Snake pince les lèvres et me regarde avec un air désolé.

— Ophelia, je ne peux pas faire autrement. C'est le plan. Ce sont les ordres de Tiger. On a vu ça ensemble, tu te rappelles ?

Bien sûr que je m'en souviens.

Tiger a aboyé ses ordres. Pour les missions, je dois être seule avec le Prince. Si je suis accompagnée, je ne vais pas pouvoir gagner sa confiance.

Malgré ça, ma peur ne diminue pas.

— Juste quelques minutes de plus. Le temps que je m'y fasse…

J'ai l'air ridicule.

Je le sais, mais c'est mon angoisse qui parle à ma place.

— Ophelia..., murmure le Serpent avec son fort accent espagnol.

Il paraît embêté, mais il ne le sera jamais autant que moi. Avant que je réplique, une voix rauque retentit dans notre dos.

— Vas-y, je reste avec elle.

Aussitôt, je respire de nouveau. C'est un second souffle. C'est comme s'il n'y avait plus aucun danger.

Alors qu'il fait aussi partie des gens qui pourraient me tuer.

Snake se décale et Tiger passe à côté de moi. Il me frôle presque. Je frissonne.

— Tu es sûr que c'est une bonne idée ? Il vaut peut-être mieux la laisser y aller seule, comme on s'était dit, et...

— Va à ta place, le coupe Tiger. Je vais me démerder pour rester avec elle.

Autour de nous, personne ne se soucie de notre échange. Ou du moins, c'est ce que j'espère. Même si le Tigre et Snake sont discrets, leur conversation ne devrait pas avoir lieu au milieu de mafieux ennemis.

Snake acquiesce et s'éloigne. J'espère qu'il sait ce qu'il fait. Tiger paraît plus confiant que Snake et j'espère que c'est parce qu'il a tout prévu.

— Tu étais où ? lui demandé-je discrètement.

Il se tourne vers moi et ses yeux bruns rencontrent les miens. Mon souffle se bloque. Je fixe sa cicatrice et il doit s'en rendre compte, puisqu'il tourne subitement la tête de nouveau pour regarder devant lui et je ne vois alors plus que son profil.

— Je réglais des choses avec Dove, me répond-il simplement sans entrer dans les détails.

Malgré moi, je suis rassurée qu'il soit là.

C'est un connard, mais un connard capable de me protéger. Je ne vais pas mourir aujourd'hui, du moins pas tant que je reste à ses côtés.

Il me donne son bras comme l'a fait Snake un peu plus tôt. Surprise, je mets un peu de temps avant de lever ma main et de la glisser délicatement sur son avant-bras. Même sous son costume noir, je sens la chaleur de sa peau. Il se dirige vers ma table. Nous nous faufilons en silence parmi la foule bruyante des gens invités pour assister à cet événement. Le Tigre reste stoïque.

Je me souviens de ma première mission, lorsqu'il est entré dans cette pièce et m'a sauvée des griffes d'une psychopathe jalouse. La chaleur et la sécurité que j'ai ressentie dès que je l'ai vu avancer dangereusement vers elle.

Mais il l'a tuée.

C'est ce qu'il est capable de faire. Et il n'hésitera pas à recommencer.

Soudain, le Prince tourne la tête vers moi et m'observe avancer vers lui.

— Il nous a vus, murmuré-je.

— Sans blague.

Tiger me lâche et s'approche du Prince. Je le suis en essayant d'être le plus proche possible de lui.

— Ophelia. Tiger, nous salue le Prince.

Il m'offre un léger sourire que je lui rends hypocritement.

— Toujours accompagnée, à ce que je vois.

— Toujours, réponds-je d'un ton qui paraît calme.

Je ne le suis pas du tout.

— Je suis heureux que tu aies pu venir. Mon frère a bien insisté pour que tu aies une place à notre table, et je lui en suis reconnaissant.

Puis il se tourne vers le Tigre et, sans cesser de sourire, souffle :

— Malheureusement, la table des domestiques se trouve un peu plus loin. Je crois qu'il y a déjà un de vos amis là-bas.

Tiger se tend. Le Prince le connaît, il sait très bien qu'il n'est pas là par hasard. Je ne sais pas si c'est la première fois que le Tigre se retrouve face au tueur de Wolf, mais je sais que peu importe combien de fois il l'a côtoyé après son meurtre, se retrouver en face de l'assassin de son frère doit être terrible.

En ce moment, il fait preuve d'un sang-froid incroyable.

— Ce n'est pas mon ami, c'est mon frère.

C'est clairement un avertissement. « Parle encore de lui et je te colle une balle au milieu du front devant tout le monde. » Il sait bien que ce n'est pas possible, pourtant, je lis le danger dans ses pupilles incandescentes.

— Selon les ordres de Mme Rizzi, je vais être obligé de rester à ses côtés, énonce-t-il calmement quelques secondes après.

Je ne l'ai jamais vu aussi bien se contenir, sauf que là, il est en train de rejeter toute la responsabilité sur moi. Merci.

Le Prince reporte son attention sur moi.

— Oh, Ophelia, voyons. Ne sois pas sotte. Personne ici n'est venu accompagné d'un garde du corps. C'est une réception amicale.

— Nous ne sommes jamais trop prudents, répliqué-je en souriant.

Le problème, c'est que je comprends vite qu'il va me croire faible si je viens toujours accompagnée.

Mais tu *es faible.*

Oui, mais il n'est pas censé le savoir.

— Ophelia Rizzi ici ? Quelle magnifique surprise !

Je sursaute et rencontre un regard sombre. Un rictus ourle ses lèvres et me fait frissonner. Mon cœur n'arrive pas à se calmer.

C'est lui. Le frère du Prince.

C'est lui qui sait, et apparemment, il l'a gardé pour lui.

Je ne sais pas si c'est instinctif, mais le Tigre fait un pas vers moi et sa hanche cogne le bas de mon dos. Je sens alors l'arme cachée sous son costard.

Le frère du Prince jette un coup d'œil à mon garde du corps et sa surprise est vite masquée par son sourire hypocrite.

J'ai bien vu que tes sourcils se sont froncés, espèce d'idiot. Tu croyais vraiment qu'ils allaient me laisser seul ? Tu ne connais pas leur loyauté.

— Tiger ? Étrange de te voir ici, entouré de tes ennemis.

— Si je le pouvais, je serais ailleurs.

— Je n'en doute pas.

Leur échange est beaucoup trop froid pour être sincère.

— Mais la fille de ton patron doit être protégée. On ne sait jamais ce qui peut arriver, n'est-ce pas ?

— Tu sais de quoi je suis capable si quelqu'un s'en prend à elle.

— Et je sais aussi pourquoi Ophelia est ici.

Je me crispe, et vérifie discrètement que le Prince n'entend rien. Il est trop occupé à saluer un couple qui vient de nous rejoindre.

Bon sang, son frère ne rigole pas. Il n'a rien dit, mais il n'hésitera pas une seconde à tout balancer.

— Qu'est-ce que vous voulez ? questionné-je, lassée de son ton condescendant.

Il ne me répond pas. Au lieu de ça, il interpelle son frère.

— Puis-je te l'emprunter ? demande-t-il en donnant un léger coup de menton dans ma direction.

Le Prince paraît embêté.

— Nous allons bientôt passer à table.

— Je n'en ai pas pour longtemps.

Puis il se tourne vers Tiger.

— Je te la prends quelques minutes. Ou faut-il que tu la tiennes en laisse durant tout le temps du repas ?

— Ça dépend si elle promet de ne pas m'échapper. Et d'obéir à mes ordres.

Je fronce les sourcils.

Je ne sais pas à quoi il joue.

Vraiment pas.

Il ne va pas me laisser seule encore une fois, si ? Pas avec le frère du Prince, alors qu'il représente un danger immédiat ?

— Ophelia est très sage. N'est-ce pas ?

— Continuez à me traiter comme si j'étais un chien et je ferai en sorte de ne plus jamais vous revoir, déclaré-je sèchement.

Ça fait rire le frère. Ça fait taire le Tigre.

Le Prince s'est éloigné pour discuter avec deux mafieuses aux robes extravagantes.

Son frère me tend le bras et j'hésite quelques secondes. J'essaie de masquer mes tremblements incessants, alors que mon cœur bat toujours la chamade.

— On se retrouve à l'heure du repas, lance le frère du Prince avec une pointe de sarcasme.

Le Tigre acquiesce et s'écarte. Quand il passe derrière moi, il me pince furtivement l'épaule avant de disparaître de mon champ de vision. Je n'y prête pas plus attention.

Ma conscience est plutôt en train de me crier qu'il est encore une fois en train de m'abandonner, de me laisser seule face au danger.

Je ne peux même pas le retenir.

Dorénavant, il n'est plus question de faire semblant. Parce que le frère sait tout.

— Veux-tu bien me suivre ?

Ses yeux sombres tel deux puits d'horreur me guettent dangereusement. Je déteste ses questions faussement aimables, parce que ce ne sont pas des demandes, ce sont des ordres.

Il cherche à prouver qu'il me domine. Parce que c'est lui qui a toutes les cartes en main.

Je lui réponds d'un sourire. Quitte à feindre nos émotions, faisons-le jusqu'au bout. Ça ne sert à rien de montrer ma faiblesse, même si en réalité, je panique à en pleurer intérieurement. Je suis seule. Je ne vois plus Snake, la foule cache sa table, comme si tout avait été prévu.

Je vais tuer Tiger. Il devait rester avec moi.

Il m'a laissée seule, encore une fois.

J'espère que ça fait partie de son plan, qu'il a une bonne raison de m'abandonner, parce que sinon je ne le lui pardonnerai jamais.

— J'avais prévu de t'emmener sur la terrasse. La vue sur New York est imprenable.

— Ah oui ? feins-je en essayant de ne pas trembler.

— Tu verras, tu vas adorer.

Il me guide jusqu'au fond de la salle, vers un ascenseur.

J'ai envie de lui crier qu'on est en automne. Qu'il fait gris et que la vue sera dégueulasse, mais je sais que tout est calculé. Rien n'est bon chez lui, ni ses paroles ni ses intentions. Il veut seulement m'éloigner des personnes susceptibles de me protéger.

Pour me faire quoi ? Je n'en sais rien.

Où sont Snake et Tiger ?

Je suis toute seule.

Le frère du Prince appuie sur l'un des boutons et les portes métalliques s'ouvrent.

Je n'ai pas envie d'entrer dans cet ascenseur. Je. N'ai. Pas. Envie.

Je vais être seule avec lui. Qu'est-ce qu'il va me faire ?

— Je t'en prie, m'invite-t-il poliment en me poussant à l'intérieur.

Les portes se referment sur la foule bruyante. Aussitôt, c'est le silence. Le frère du Prince appuie sur le dernier étage et nous commençons doucement à monter.

— De quoi allons-nous parler ? demandé-je rapidement, faisant passer mon anxiété pour de la curiosité.

Son attitude devient plus hostile.

— Tu le sais très bien. À ta place, je ne jouerais pas à l'idiote. Tu n'es plus en position de force, Ophelia.

Il a changé.

Il n'est plus faussement courtois.

Il est devenu le monstre qu'il dissimule aux yeux du monde.

Son ton est sec et son sourire a disparu.

Je tremble de la tête aux pieds et tente de contrôler ma respiration. J'ai l'impression que cet ascenseur ne s'arrêtera jamais.

Je suis paniquée à l'idée d'aller dans un endroit inconnu avec un homme aussi dangereux que le frère du Prince.

Si Snake était avec moi… S'*il* était resté avec moi…

Depuis que Tiger s'est volatilisé, j'ai tenté de voir s'il m'entendait toujours dans l'oreillette, mais il a coupé notre communication. Je ne sais pas s'il m'entend, mais moi, je ne le peux définitivement plus.

Plus on monte, plus les secondes passent, et plus je peine à respirer normalement. Pourtant, je sens le regard sombre du frère du Prince peser sur moi et je dois feindre l'indifférence.

Ding.

Aussitôt, un vent froid s'immisce dans la cabine et soulève le bas de ma robe. S'il voit mon arme, je suis morte. Pourtant, je suis sûre qu'il sait que j'en ai une.

Le rooftop est immense. Les balustrades qui nous séparent du vide sont toutes en verre. Il y a quelques fauteuils blancs de chaque côté et une immense piscine tout au bout. Seulement, nous sommes en automne, le ciel est gris et les températures sont assez fraîches. Pas l'idéal pour venir se baigner, c'est pourquoi il n'y a personne à part nous.

Le frère du Prince sort en premier et je suis forcée de le suivre.

Les portes se referment dans mon dos et je le vois rejoindre un minibar couvert par un porche en bois. Je reste où je suis, près de ma seule issue.

— Tu vas me dire ce que vous manigancez. Je sais que tu n'es qu'un pion. Ce sont encore ces putains de frères qui veulent se venger, et tu t'es trouvée sur leur route, n'est-ce pas ?

Je me crispe et serre les poings. Son regard plonge vers ma main serrée, alors je me force à me détendre.

Merde, il remarque tout.

J'essaie de retenir mes larmes, la panique s'immisce rapidement en moi.

Je suis seule avec le frère du Prince qui ne m'inspire aucune confiance. Snake n'a pas la possibilité de savoir où je me trouve. Et Tiger s'est barré.

Autour de moi, des immeubles à perte de vue dans un ciel terriblement nuageux. Je sais que Raven n'est pas loin. Il doit être dans l'un des bâtiments à côté, seulement j'ai beau regarder avec attention, je ne vois rien. Et plus le temps passe, plus les nuages descendent. Le brouillard sera bientôt total.

— Tu cherches quelque chose, Ophelia ? Tu ne devrais te préoccuper que de répondre à mes questions.

Je rapporte mon attention sur lui.

— Quelles questions ?

Ma voix flanche. Son regard est sombre et insoutenable. J'aperçois nettement son arme dépasser de la ceinture en cuir de son pantalon noir.

Il suit mon regard et s'attarde deux secondes sur l'arme que je fixe d'un très mauvais œil.

— Elle te plaît ? ricane-t-il.

J'ai un mouvement de recul qui le fait rire. Je me demande de nouveau si je ne ferais pas mieux de resdescendre en vitesse pour rejoindre Snake…

Impossible, j'ai une mission. Le problème, c'est que l'objet de ma mission n'est pas là. Je me retrouve juste avec le frère du Prince, et ce type sait tout. Il me fixe avec méchanceté et arrive très bien à voir comment je me sens.

Faible. Terrifiée. Paniquée.

Il est beaucoup moins naïf que son petit frère.

Il sort son arme et s'approche de moi. Le vent fait danser mes cheveux, je plaque une main sur ma nuque pour les retenir, parce qu'ils me permettent de cacher mon oreillette.

Oreillette qui ne me sert plus à rien, puisque Tiger a coupé la connexion.

Mon seul moyen de communication.

Il me détaille de la tête aux pieds.

— Qu'est-ce que mon frère te trouve, hein ? C'est le danger qui l'appelle, à ton avis ?

— Qu'est-ce que vous voulez dire ?

— Que tu n'avais rien à faire ici parce que tu es la fille de notre ennemi, mais ça, le Prince n'est même pas foutu de s'en rendre compte.

— Je suis en droit de me rendre à n'importe quelle réception, lâché-je. Surtout lorsque je suis invitée. Mais attendez… C'est même vous qui m'avez invitée.

— Oui, et c'est pour une raison bien particulière.

La gorge nouée, je tente de fuir son regard et demande d'une voix faible :

— Vous allez me tuer ?

— Je veux connaître tes secrets avant de tout révéler à mon frère. Je veux faire tomber les cinq avant qu'ils se vengent. Je veux empêcher le meurtre du Prince.

Je fais un effort surhumain pour ne pas reculer. Il ne doit pas voir qu'il me fait peur, et encore moins que je veux fuir. Je dois être forte.

— Il a tué Wolf, lâché-je sèchement.

— Tu t'enfonces.

— Je suis de leur côté, je pensais que vous le saviez, vous qui semblez tellement intelligent.

— Et moi, je croyais que tu étais du genre à changer de camp lorsque la situation commençait à partir en vrille.

Malgré ma peur, je lui lance un regard meurtrier.

— Je ne suis pas une traîtresse.

— Tu es loyale, comme les hommes de ton père, souffle-t-il. Tu n'es qu'un pion pour lui aussi... Tu as songé à te faire payer ? Quoi ? Les hommes d'Almanzo ont un salaire, pourquoi pas toi ?

— Je suis sa fille.

— Une fille qu'il a cachée durant de très longues années, oui.

— Il voulait ce qu'il y a de mieux pour moi.

Il se fiche totalement de toi, il ne voulait simplement pas t'avoir dans les pattes, contre aussitôt ma conscience.

— Ne prends pas tes rêves pour la réalité.

Mon cœur bat puissamment et résonne jusque dans mes oreilles.

Il ricane et passe une main sur son menton pas tout à fait rasé.

— Vous avez raison, il ne sait même pas que je suis ici et il s'en moque. Vous voulez parler de mon père encore longtemps ? Il n'a rien à voir avec Wolf.

— Ça, je le sais. Almanzo a mieux à faire. Comme mon père. Décidément, tout se joue entre nous, Ophelia. Entre les… *enfants*.

Il ne me lâche pas du regard et cela me déstabilise.

Je me trouve en face du premier fils Royal, appartenant à l'un des gangs les plus puissants de New York, grands ennemis des Blood Red Roses.

Je suis comme un agneau cerné de loups redoutables. Faible et incapable de m'échapper.

Je perçois les bruits de la ville en bas, mais cela ne suffit pas à me rassurer.

Il me sourit, mais ce n'est pas amical, c'est monstrueux. C'est carnassier.

— Alors dis-moi. Pourquoi se servent-ils de toi, la fille de leur patron, pour atteindre le Prince ?

— Parce que j'aime l'action, feins-je.

Il se rapproche jusqu'à se tenir à quelques centimètres de moi. Mon sang pulse dans mes veines et je louche sur l'arme noire dans sa main.

— Une Rizzi qui ment effrontément et qui me fait passer pour un con, comme c'est original.

Je lève le menton et le regarde droit dans les yeux.

— Un Royal qui soupçonne tout et tout le monde, comme c'est original, ironisé-je à mon tour.

Ses lèvres s'étirent en un grand sourire amusé. Il lève son pistolet vers moi, je ne peux plus bouger. Je suis pétrifiée. Il pose doucement le canon sous mon menton et me force à relever la tête. Le métal est froid sur mon visage et j'essaie de ne pas trembler...

Quelque chose derrière lui attire mon attention, mais il se décale de quelques centimètres, m'empêchant de voir quoi que ce soit.

Mais je pense savoir.

— Raconte-moi la vérité. Tout. Pourquoi toi ? Comment veulent-ils s'y prendre ? Si tu réponds, peut-être que je te laisserai la vie sauve.

Et les trahir ? Hors de question.

Mon cœur bat la chamade, mais ce n'est plus uniquement de la peur.

La vengeance coule dans mes veines.

— Baissez votre arme et je pourrai parler.

Le frère du Prince ricane.

— Je pourrais te tuer et tu trouves le moyen de négocier.

— Vous pouvez... mais vous ne le ferez pas, parce que vous êtes curieux et que vous voulez des réponses.

— Parle, ordonne-t-il.

Je hausse un sourcil, confiante.

— Vous n'avez pas peur de vous attirer des ennuis en vous attaquant à la fille du patron d'un gang ennemi ?

— Je n'ai peur de rien, et encore moins de ton père. Ce n'est pas ton nom qui te protégera, d'autant plus qu'on ne connaissait pas ton existence avant que tu te ramènes à notre réception. Ça m'étonnerait qu'Almanzo en ait quelque chose à faire. Au contraire, je crois même que te buter l'arrangera.

Mon cœur se serre.

Je déglutis, pas parce que je déteste ce qu'il dit, mais parce que je sais au fond de moi qu'il a raison.

Mais je ne me laisserai pas faire. Par personne, d'ailleurs.

— Et l'inverse ?

Il ne semble pas comprendre où je veux en venir. Alors je l'éclaire :

— Demandez-moi si, moi, j'ai peur de vous tuer, alors que je sais que vous êtes le premier fils Royal. Les ennemis d'Almanzo.

— Pourquoi je ferais ça ?

— À ton avis ? lance une voix qui le fait tressauter. Phélie, récupère son flingue.

Je souris en observant l'arme de Tiger désormais appuyée contre la tempe de l'homme en face de moi.

Le Tigre était là depuis le début.

L'incompréhension se lit sur le visage fermé du frère Royal. Quand je tends la main, ce dernier appuie aussitôt sur la gâchette.

Je me fige… avant de comprendre que son arme n'est pas chargée.

Je peux de nouveau respirer.

— On dirait qu'il n'y a plus de balle, lance innocemment Tiger.

Je lui arrache le révolver alors que la mâchoire de l'homme se contracte.

— Comment vous avez fait ?

— Snake l'a remplacé par un autre, pas chargé, avant que tu nous rejoignes.

Il essaie de se débattre, mais le Tigre le tient fermement.

Je fais quelques pas en arrière, pas complètement sereine.

— Vous ne pouvez pas me tuer, lâche notre proie.

— Pourquoi ?

— Parce que mon frère va immédiatement suspecter Ophelia et votre plan tombera à l'eau.

— Certes, mais tu sais tout.

— Vous ne pouvez pas tuer le premier fils Royal, insiste-t-il.

— Tu as raison, répond froidement le Tigre. Ophelia ne peut pas non plus. Mais quelqu'un va le faire à notre place.

Je fronce les sourcils, en même temps que le Royal. Je n'en sais pas plus que lui. Je ne connais pas le plan du Tigre, et je comprends que c'était fait exprès. Parce qu'il savait que s'il me disait tout, alors j'aurais pu faire foirer son vrai plan des dizaines de fois. J'aurais été capable de tout avouer.

De sa main libre, Tiger place son index sur son oreillette.

— Dove ? Tu me reçois ? Amène-le sur le rooftop. Passe par les escaliers extérieurs, ils ne sont pas surveillés. Et assure-toi qu'il est bien drogué avant de le sortir du coffre.

Mon souffle se coupe, je suis témoin de la situation, tout comme l'est le frère du Prince. Seulement, c'est lui qui est en danger maintenant.

Je ne sais pas ce que le Tigre a préparé, mais le connaissant, ce sera moche. Très moche.

L'homme me lance un regard suppliant.

Comme les rôles s'inversent vite...

Tiger avait tout prévu. Plus qu'à voir ce qu'il a préparé.

— Qu'est-ce que tu vas faire ? soufflé-je.

Il me lance un regard brûlant comme lui seul en est capable. Et puis, il a ce sourire en coin qui ne m'inspire pas confiance. Je ne le vois pas beaucoup sourire, voire jamais. Mais lorsque ses lèvres se tordent en une grimace canaille, alors je sais que ce qu'il s'apprête à faire sera sanglant.

— Tu ne vas pas aimer, mais tu sais à quel point je n'en ai rien à faire.

Évidemment.

Ma respiration s'accélère sous le coup de l'appréhension.

— Tu as toujours ton arme sur toi ?

Je m'apprête à acquiescer, mais le frère du Prince se lamente :

— Ophelia.

Aussitôt, Tiger balance son genou dans le bas du dos du fils Royal et celui-ci lâche un grognement de douleur.

— Adresse-lui encore une fois la parole et je te ferai très mal, compris ?

Tiger le soutient pour qu'il ne s'effondre pas, puis il me fixe, me faisant comprendre qu'il attend toujours ma réponse.

— Oui, murmuré-je.

— Alors prends-la.

J'obéis. Je ne peux que faire ça.

— Pointe-la dans sa direction, m'ordonne-t-il.

Les mains tremblantes, je lève mon pistolet vers le frère du Prince. J'espère qu'il n'envisage pas qu'on inverse les rôles. Parce que si notre cible cherche à s'enfuir, je ne saurai pas tirer. Et je ne l'impressionne même pas.

Son sourire en coin confirme mes pires craintes.

— J'espère que tu ne me demandes pas de le neutraliser pour que tu puisses te volatiliser tranquillement, hein.

— Non, je reste là. Je ne veux pas rater ce que tu t'apprêtes à faire.

Quoi ?

Il m'ordonne alors, d'une voix forte et brûlante :

— Tire.

J'écarquille les yeux.

— Pardon ?

— Ton arme est chargée. Tire.

— Hors de question.

— C'est un ordre.

Je secoue la tête.

— Je n'ai pas à t'obéir.

— Vraiment ? Tout à l'heure, tu as promis.

— Promis quoi ? réponds-je sans comprendre.

Mais ça me revient alors.

« Ça dépend si elle promet de ne pas m'échapper et d'obéir à mes ordres. »

Obéir à mes ordres.

Ils parlaient de moi comme si je n'étais qu'un vulgaire animal domestique... Je ne me rends compte que maintenant que Tiger était sérieux.

— Je ne t'obéirai jamais, je pensais avoir été claire.

Je ne tuerai pas le frère du Prince. Je ne tuerai personne, d'ailleurs.

— Tu parles trop, on n'a pas toute la journée. Tire.

Tiger menace toujours le frère du Prince de son arme, mais il a également placé son autre main sur la bouche du Royal pour le faire taire.

— Si je le fais, je ferai en sorte que la balle traverse aussi ta main, craché-je.

— Au moins, tu te projettes.

Tiger est un monstre sadique qui veut tout le temps me voir en position de faiblesse. Il aime quand je lui tiens tête, parce qu'il sait que je céderais tôt ou tard.

— Allez, Phélie. Tue-le.

Je hoche négativement la tête. Pourtant, j'ai toujours mon arme pointée en direction du fils Royal.

— Je ne veux pas faire partie de ton monde. Je ne le ferai jamais.

Jamais.

Jamais je ne prendrai la vie de quelqu'un, même si c'est le pire être humain de la Terre.

— C'est trop tard pour dire ça, Ophélie. Tue-le. C'est pour notre vengeance.

Je sais qu'il veut que je tire juste pour lui montrer à quel point je suis obéissante. Il veut juste s'assurer que je suis à sa merci.

Je contracte la mâchoire.

Le Tigre lâche le frère du Prince et s'éloigne de quelques pas, sans baisser son arme.

— Ophelia, tu vois bien que tu n'en es pas capable, lance alors le Royal en ricanant.

Tiger le frappe de nouveau et l'homme s'écroule.

— J'ai dit quoi ? Tu ne lui adresses pas la parole.

Puis il se tourne vers moi, tenant toujours le frère du Prince en joue.

— Approche-toi et je te jure que si tu n'obéis pas, c'est sur toi que je tire.

Je prends sa menace au sérieux parce que je sais qu'il en est capable.

Alors j'avance doucement jusqu'à être devant notre ennemi, désormais à genoux.

— Colle le canon contre son front, m'ordonne ensuite Tiger.

Je fais non de la tête tandis que le premier fils Royal commence à rigoler nerveusement.

Le Tigre l'avertit automatiquement :

— Prononce un mot et c'est moi qui t'achève en souffrance, pigé ?

Puis il se penche de sorte à empoigner mon arme et à la coller de force contre le front de l'homme au sol face à moi.

Je dois détourner le regard pour ne pas lire dans les yeux sombres du frère du Prince une quelconque émotion.

Alors me voilà.

Je me tiens face à un homme que je qualifie désormais d'ennemi et j'ai une arme dans la main. Cette même arme est collée contre son front. Les genoux au sol et sa tête relevée dans ma direction, il supplie.

Ma respiration s'accélère. Mes mains sont moites. Je frissonne, mais ce n'est pas de froid.

Le Tigre est à côté de moi et me regarde attentivement. Si je tourne la tête vers lui, je suis sûre que je ne lirai aucune émotion sur son visage fermé.

— Tire maintenant.

Ses mots me font l'effet d'une sentence horrible et immorale. C'est le cas.

Mais ça l'est encore plus maintenant que c'est moi qui me trouve à la place du bourreau.

— Sinon quoi ?

Ma voix tremble mais je dois négocier, gagner du temps. Je ne peux pas lui obéir. Pas pour ça. C'est impensable.

— C'est ma vengeance et tu vas la foirer si tu ne le tues pas. Alors tu obéis, si tu ne veux pas voir comment je suis quand on me défie.

— Fais-le toi-même, si c'est ta vengeance, craché-je.

Un bruit nous interrompt. Des sons réguliers et métalliques, comme des pas. Comme si une personne marchait sur des plaques de métal.

Le Tigre se tourne vers la droite, et je suis son regard. Je vois Dove surgir de nulle part, accompagné d'un homme que je ne connais pas. Enfin, « accompagné »... Dove le soutient. Il ne marche pas droit. Complètement épuisé ? Surtout drogué.

— T'en as mis du temps, lâche le Tigre d'une voix puissante.

— Ce connard pèse un âne mort. J'ai quasiment dû le porter, geint la Colombe en poussant un grognement bestial lorsque l'inconnu tombe à terre.

Le frère du Prince tente de se relever, mais le Tigre lui donne un violent coup à l'arrière du crâne. Notre ennemi baisse alors la tête en signe de soumission en grognant de douleur.

Dove empoigne l'inconnu par l'épaule et l'aide à se relever sans une once de délicatesse. Puis regarde le frère du Prince, avant de me fixer. Mon arme toujours collée contre le front du Royal.

— Je dérange, peut-être ?

Je grimace.

— Je ne…

— Elle est trop faible pour tuer, me coupe brutalement le Tigre. Je t'avais dit qu'elle était trop fragile, et c'est toi qui as insisté pour l'impliquer. C'est une incapable. Regarde.

Dove esquisse un rictus moqueur et lorsque l'inconnu tombe une nouvelle fois à terre, à bout de forces, la Colombe pousse un juron et le laisse au sol. Je ne demande même pas qui il est, je n'ai pas envie de le savoir.

Là, en ce moment, plus rien à part ce que le Tigre attend de moi n'a d'importance.

— Je suis sûre qu'elle n'est pas faible, déclare Dove et je ne sais pas s'il est sincère ou si c'est purement sarcastique.

Le connaissant, je parierais pour la seconde option.

— Tu parles. Il n'y a pas plus trouillarde qu'elle.

Je suis là, entre un *tigre* et une *colombe*, et ce que dit Tiger me fait quelque chose. Ça brise un peu plus ce qui reste de mon cœur. Il n'a donc aucune pitié, aucune émotion, aucune empathie ?

« Tu es faible. »

« Tu es l'être le plus idiot et le plus fragile que j'aie jamais connu. »

« Tu n'es rien pour personne, ici. »

Tout ce qu'il m'a jeté à la figure me revient et me touche plus que ça ne le devrait.

Quand va-t-il se rendre compte que je ne peux pas agir comme lui ? C'est au-dessus de mes forces et beaucoup trop loin de mes valeurs.

Ma gorge me brûle. Je ne sais pas si j'ai envie de pleurer ou de hurler. Je fais de mon mieux pour rester calme, mais lorsque la Colombe commence à rire, je comprends qu'il est encore une fois en train de se moquer de moi.

Je ne sais pas lequel est le pire.

Tiger qui n'a aucune estime pour moi.

Ou Dove qui ne cache pas son amusement face à ma « faiblesse ».

J'ai envie de leur dire que ce n'est pas parce que je ne veux pas tuer quelqu'un que je suis faible. Que je suis simplement humaine et que, moi, je ne suis pas folle.

Mais dans leur monde, ils sont la norme. Ils sont totalement opposés à ma réalité.

Dans mon monde, on ne tue pas les autres, c'est évident.

Dans le leur, c'est leur marque de fabrique. C'est ce qui prouve leur puissance et ce qui force les autres à les respecter. Tu ne vis pas dans leur univers, tu survis. Et la seule façon d'y arriver, c'est d'ôter la vie de chaque personne qui ne va pas dans ton sens.

— Je suis sûre qu'elle en sera capable un jour, assène froidement Dove avant de fouiller dans la poche arrière de son pantalon noir.

Mes yeux sont rivés au sol et je n'arrive plus à bouger.

— Bon, Phélie…

J'entends la voix du Tigre près de moi, mais je ne réagis pas.

Ce n'est que lorsque je l'entends approcher que je tourne enfin la tête vers lui.

Il garde son arme dans sa main droite contre la tempe du frère du Prince, mais sa main gauche disparaît dans son dos pour réapparaître la seconde d'après, avec une deuxième arme entre ses doigts tatoués.

— Un Beretta. Celui-là, il fait mal, ricane Dove un peu plus loin. T'as pris combien de flingues, Tiger ?

— Assez pour tous les buter, tu me connais.

Je tremble comme une feuille, mais personne ne le remarque. Je sais très bien ce que va faire Tiger. Je l'ai su immédiatement.

Il plaque sans douceur le canon froid de son arme contre ma tempe.

— Tiger, Almanzo n'aimerait pas, se permet la Colombe, désapprobateur.

Puis il esquisse un rictus et s'exclame :

— C'est le meilleur jour de toute ma vie. J'adore te voir sans limites.

— Regarde bien, Dove, tu vas adorer, lui répond alors le Tigre d'un ton presque joyeux.

Ça me fait frissonner de la tête aux pieds.

Puis il reporte toute son attention sur moi et déclare, d'une voix tranchante et sans appel :

— Soit tu tires, soit je te bute.

Ja-mais.

— Tu ne le feras pas, tranché-je.

— Je t'aurais bien demandé les raisons qui te font penser ça, mais on sait tous les deux qu'il n'y en a aucune.

— Il faut quand même avouer qu'elle résiste vachement bien, intervient Dove. Incroyable.

— C'est parce qu'elle ne sait pas comment je joue.

Je pince les lèvres et reste concentrée. L'arme dans ma main est lourde et mon bras devient douloureux. Mes yeux me brûlent. Je le hais tellement que j'en ai mal.

Je n'ai pas de mot pour décrire la colère que j'éprouve envers Tiger et Dove à cet instant.

— Tire Ophelia, lance nonchalamment la Colombe.

— Elle ne va pas le faire, réplique le Tigre, après quelques secondes de silence.

Je respire de nouveau, mais je ne sais pas si je dois me réjouir qu'il comprenne enfin ou si ça fait partie de son jeu.

Je préférerais mourir plutôt que de tuer.

Je n'entends plus depuis longtemps les supplications aiguës du frère du Prince, je n'écoute que Tiger.

Il me scrute intensément. Ses yeux de flammes me consument et malgré sa chaleur, la situation me glace.

Il laisse soudain tomber au sol son Beretta, et enroule sa main autour de mon poignet. Un courant électrique m'envahit aussitôt et je serre la mâchoire pour penser à autre chose qu'à sa peau brûlante contre la mienne, froide et tremblante.

Je n'ai pas le temps de réagir, il glisse son index sur le mien, sur la gâchette, et il exerce une pression rapide… m'oblige à appuyer.

Je tire.

Aveuglément.

La détonation résonne dans la ville et j'ai soudainement l'impression que tout s'arrête. Mon monde se met sur pause.

Puis s'écroule.

Comme un château de cartes.

Il a suffi d'une bourrasque plus forte que les autres pour tout détruire en une seule seconde.

Tout ça représente ma vie.

Elle n'a pas été toujours tranquille, mais j'ai résisté. Jusqu'à ce que la tempête se lève et emporte tout sur son passage.

Tiger est ma tempête.

J'ai cédé.

Lorsque tout redevient silencieux autour de moi, j'ouvre les yeux et vois une mare de sang à mes pieds. Je ne sens plus la présence du Tigre près de moi, ni sa main sur la mienne, ni sa chaleur.

Que l'extrême froideur qui me glace le cœur.

Oh.

Mon.

Dieu.

Je plaque les mains sur ma bouche, laissant tomber mon arme au sol dans un bruit mat.

Mon souffle est coupé. Je ne peux pas crier, rien ne sort de ma gorge. Tout me brûle, tout tremble, tout me fait terriblement mal. Mes pensées s'affolent.

Je reste immobile devant le corps inerte du fils Royal, des larmes roulent le long de mes joues et se mêlent au sang sur le sol de béton.

L'homme est effondré par terre, je ne sais pas où j'ai tiré, où Tiger a tiré, mais ça saigne de partout.

Ce n'est pas moi qui ai tiré. Ce n'est pas possible.

Il est immobile et je sens l'odeur métallique du sang, la même que lorsque le Tigre avait tiré sur Nawel.

Il l'a tuée.

J'ai tué le frère du Prince.

Je suis un monstre, comme lui.

Mes oreilles sifflent et je n'entends plus rien. Je sais que c'est parce que je suis en état de choc. Dès lors, mes pieds me guident tout seuls. Je tourne le dos à l'horreur et me précipite vers un coin du rooftop, puis je m'accoude contre la balustrade en verre et tente de regarder devant moi. Les nuages sont gris, le vent vient fouetter mon visage et mes joues humides deviennent glaciales. J'ai du mal à respirer.

Inspire. Expire. Inspire. Expire.

Tout. Va. Bien.

Je viens d'ôter la vie d'une personne.

Rien ne va plus.

Je mérite de mourir.

Plus de retour en arrière possible, j'ai plongé la tête baissée vers les abysses et le monde atroce des mafieux. Ma vie passée, calme et légale n'est à présent plus qu'un souvenir lointain. Je ne pourrai plus jamais y revenir, je viens de signer pour ce monde pour le restant de ma vie.

Le bruit de la balle, lorsque mon index a appuyé sur la gâchette, en était l'encre qui a signé le contrat.

Dans mon dos, j'entends les voix des deux hommes qui devraient être mes alliés.

— Laisse-le près de l'arme de Phélie, ce sera suffisant pour le condamner. Et mets les seringues à côté. On va tout désinfecter.

— Tu crois qu'il risque de se réveiller ?

— Avec la dose de cheval qu'on lui a donnée, ça m'étonnerait.

Ma poitrine se serre et mon souffle se coupe.

Je suis sûre que mon cœur s'est arrêté de battre.

Je ne serai plus jamais moi-même.

Plus qu'une âme errante et coupable.

— On redescend, Phélie.

Sa voix.

J'aimerais lui crier que je ne veux plus jamais le revoir, ni qu'il m'adresse la parole, ni qu'il me regarde, mais il fait partie de mon monde maintenant. Ou plutôt, c'est moi qui viens juste d'entrer dans le sien.

Pour toujours.

Mes mains tremblent encore lorsque je me tourne vers lui.

Je ne regarde pas le cadavre, ni même l'inconnu drogué. Je ne regarde pas Dove qui rejoint en silence l'escalier extérieur. La seule personne que je regarde, c'est lui. Ses émotions sont indéchiffrables. Dans ses yeux, je suis certaine que j'y verrai mon reflet. Mon âme est semblable à la sienne maintenant.

Sombre, noire. Dangereuse et abominable.

Lui et moi ne valons plus rien. Mes sentiments se sont éteints.

Je ne viens pas seulement de tuer un ennemi, je viens de me tuer aussi.

Chapitre 13

Réunion

Snake

Je suis accoudé contre la portière fermée du Hummer noir en mâchant mon troisième chewing-gum à la réglisse de la journée, lorsque je vois Dove apparaître devant l'escalier de secours. C'est le premier à redescendre, je préviens alors Raven, qui fume à quelques mètres de moi.

Je suis allé chercher le Corbeau dès que Tiger m'en a donné l'ordre, c'est-à-dire peu de temps après qu'Ophelia est montée avec le frère du Prince. Il y avait tellement de brouillard aujourd'hui que Raven n'aurait rien pu faire, alors nous avons attendu dans le parking souterrain de l'immeuble.

Lorsque Dove arrive, je repère sans difficulté Tiger posté derrière lui. Tous les deux descendent les dernières marches en acier, leurs pas lourds résonnent dans l'immense parking vide. Puis la silhouette d'Ophelia surgit derrière mes frères, et je ne remarque pas tout de suite à quel point elle ne va pas bien.

Ce n'est que lorsqu'ils nous rejoignent que je prends conscience de son attitude effacée et de son air complètement perdu. Elle est affreusement pâle et son visage est dénué d'émotion. Je fronce les sourcils, décolle mon dos de la bagnole et la rejoins en quelques pas.

— *¿Todo va bien*[1]*?*

Voyant qu'elle ne me répond pas lorsque j'arrive vers elle – c'est limite si elle me remarque –, je me tourne vers Dove et Tiger et leur demande, d'une voix d'abord posée :

— Qu'est-ce qu'elle a ? Qu'est-ce qui s'est passé ?

Le Tigre ne me répond pas. Son expression reste indéchiffrable. Il me jette un regard impassible, puis demande à Raven de lui filer une cigarette, comme si ma question n'avait pas de sens. Ou qu'elle n'avait aucun intérêt.

Je me rapproche d'Ophelia et passe mon bras sur ses épaules pour l'attirer jusqu'à moi dans un geste qui se veut réconfortant.

Je lui demande de nouveau comment elle se sent, mais elle hoche simplement la tête de droite à gauche sans ouvrir la bouche. Alors je jette un œil à Dove. Quand il comprend que j'attends une réponse, il hausse nonchalamment ses épaules.

— Le plan a marché à merveille. Tiger a juste voulu le rendre plus intéressant.

Je fronce les sourcils.

— *¿Qué carajo hizo de nuevo*[2]*?*

La Colombe ne dit rien.

---

1. « Tout va bien ? »
2. « Qu'est-ce qu'il a encore fait, putain ? »

Je reporte mon attention sur Ophelia, désormais blottie contre moi. Je saisis son menton pour l'obliger à lever sa tête vers moi.

Si le Tigre a provoqué ça, je crois que ça va sincèrement m'énerver.

— Qu'est-ce qu'il a fait ? Il a merdé, hein ?

Sans aucune émotion, elle hoche la tête.

Je serre les dents mais tente de la regarder avec douceur. Elle paraît tellement fragile, à cet instant. Complètement ailleurs. Comme une autre personne. Ce n'est plus Ophelia que je tiens dans mes bras, mais une inconnue à l'air égaré.

— Je l'ai tué.

Sa voix est éraillée lorsqu'elle prononce ces mots à voix basse, et elle tressaille. Qu'est-ce qu'elle raconte ?

Ma respiration s'accélère et je relève aussitôt ma tête vers mes connards de frères.

— Dove. Tiger. Parlez ou je vous jure que ça va mal se passer.

Dove me lance un regard froid et Tiger expire la fumée de sa cigarette par le nez.

Ils vont me rendre fou.

Collée à moi, Ophelia commence à trembler. Je remarque que dans ce parking souterrain, les températures sont encore plus basses qu'à l'extérieur et elle ne porte qu'une robe.

— On va aller dans la voiture, OK ?

Je la guide doucement vers le Hummer et ouvre la portière arrière pour la faire entrer. Son regard est vague, elle semble totalement déboussolée.

Presque en état de choc.

Ne me dites pas qu'elle l'a vraiment fait...

Dès qu'elle est à l'intérieur, je demande à Raven de démarrer pour allumer le chauffage. Il s'exécute sans rien dire.

Puis je me retourne et croise les bras contre mon torse.

— Soit l'un de vous crache le morceau, soit je vais devoir vous faire mal. Que s'est-il passé pour qu'elle soit comme ça ?

Tiger soupire comme s'il était lassé. Mais bordel, a-t-il vu l'état dans lequel la fille de notre patron est ?

Puis finalement, Dove ouvre son clapet :

— Elle a tué le frère du Prince. Enfin… il faut dire que Tiger lui a un peu forcé la main. Mais qu'est-ce que ça peut te foutre, Serpent ?

J'ouvre la bouche, sans pour autant pouvoir prononcer un mot.

Tiger a forcé Ophelia, notre Ophelia, la fille de notre patron, la fille qu'on doit protéger, la fille la plus pure et innocente de notre groupe, à tuer le frère du Prince ?

Ils ont intérêt à me dire que c'est une putain de blague.

Lorsque je me tourne vers le Tigre, il hoche nonchalamment la tête.

— Elle est faible. Il faut qu'elle s'endurcisse, rapporte-t-il d'un ton ferme.

J'aurais pu ne rien faire.

J'aurais pu ne rien faire, vraiment. Juste sermonner mon frère en lui disant à quel point ce qu'il a fait est mal et tout le bordel. Mais ses mots me touchent et je sens la rage monter.

Il sait très bien que je ne sais pas me contrôler lorsque je m'énerve, il en a déjà fait les frais. Et l'attitude désobligeante de Tiger me met en rogne, les mots que Dove et lui prononcent me font l'effet d'une décharge électrique.

Il l'a vraiment fait. Il l'a forcée.

Je vais le buter.

Il a volé l'innocence d'Ophelia.

La seule qui avait encore un bon fond malgré notre influence.

Je fonce sur Tiger. Il n'y a plus que ma colère qui agit. Je le pousse violemment, tous mes muscles sont tendus et ma mâchoire est douloureusement contractée.

— PUTAIN, TIGER ! NE ME DIS PAS QUE TU L'AS FAIT ?! *¿ERES TONTO O QUÉ*[1]*?*

Il chancelle, mais se rattrape aussitôt et je lis dans son regard que la réplique va être terrible. Je me prépare mentalement à recevoir un bon coup de poing...

Ce coup n'arrive pas.

— Éloigne-toi immédiatement ou tu le regretteras.

Ses mots m'avertissent sèchement de ne pas aller plus loin, mais c'est ma colère qui parle à ma place. Je ne ferai jamais rien à mes frères. Mais savoir ce qu'il a fait me rend fou. Tiger est, comme nous tous, un homme au sang-froid, un tueur sans pitié et sans émotion. Mais on connaît Ophelia depuis assez de temps, et je croyais qu'on s'était mis d'accord sur une chose.

On. Ne. La. Touche. Pas.

Et encore pire, on ne salit pas sa vie en un claquement de doigts pour nous divertir.

Ce n'est pas un pion !

1. « T'es con ou quoi ? »

Mais j'ai l'impression que Tiger n'accorde de l'importance à rien ni à personne, seulement à sa vengeance pour sauver l'honneur de Wolf.

— Putain, c'était Ophelia ! Merde, mec ! Elle n'avait pas à subir ça. Tu te rends compte du bordel que ça va foutre dans sa vie maintenant ?!

Je tente de me calmer mais j'ai toujours ses mots qui tournent dans ma tête.

« Il faut qu'elle s'endurcisse. »

Non !

Non, et non !

Elle ne devait pas vivre ça. Au contraire, on devait faire en sorte que cela n'arrive jamais. Elle n'est pas de notre monde et n'a jamais voulu y entrer. Mais Tiger vient de la pousser de force et les conséquences seront atroces.

— *Tiger, te juro que...*

Je lève mon poing, mais Raven me retient avant que le coup parte. J'allais vraiment lui en mettre une.

— Snake ! Calme-toi !

Il m'empoigne par le col de la chemise et me tire violemment en arrière. Puis le Corbeau s'interpose à son tour et nous lance alternativement un regard énervé.

— Arrêtez. On discutera de tout ça une fois chez Tiger. Au calme.

Son impartialité me tue.

— Il l'a forcée à tuer, Raven ! À TUER !

— Snake ! On verra ça quand on sera rentrés. T'es trop énervé, là.

Je lui jette un regard noir, pourtant je sais qu'il fait ça pour nous. Il ne minimise pas les faits, c'est au contraire lui le plus posé et le plus réfléchi du groupe. Mais bordel, des fois, son calme me fout en rogne. Il ne s'énerve jamais et nous sépare toujours lors de nos disputes. Il a raison, mais j'aurais quand même bien aimé montrer à Tiger que ce qu'il a fait, c'est impardonnable.

— On y va. Je conduis, enchaîne-t-il en nous invitant à monter dans la bagnole.

Les muscles tendus et les pensées en feu, je rejoins le Hummer. Quand j'entre dans l'habitacle, il fait bien meilleur à l'intérieur. Ophelia est assise au milieu de la banquette arrière et triture la couture de sa robe. Elle ne me calcule pas lorsque je m'assois à côté d'elle, je ne sais même pas si elle me remarque. Elle est complètement perdue dans ses pensées.

Je ne m'attache pas. La seule chose que je fais, c'est passer mon bras sur ses épaules pour la serrer contre moi. Elle enfouit doucement sa tête dans mon cou.

Devant nous, Raven prend place sur le siège du conducteur en silence et son jumeau, Dove, sur le siège passager.

Tiger jette sa cigarette au sol, puis il ouvre la portière arrière d'un geste sec. Lorsqu'il s'assoit à côté d'Ophelia, il l'observe quelques secondes. Collée contre moi, elle ne bouge pas.

La mâchoire du Tigre se serre. Puis son regard de flammes remonte vers moi. Il ne dit rien, mais je vois dans ses pupilles brûlantes à quel point, si ça ne tenait qu'à lui, je ne serais plus en vie.

Ouais, mais ça, c'est ta faute. Regarde comment, maintenant, elle est beaucoup plus à l'aise avec moi qu'avec toi.

Lui qui tenait tant à la protéger, c'est en fait le seul qui s'est permis de tout foirer. Dès le début, il nous a tous menacés. Tous. On s'est tous pris dans la gueule ses mots violents et tranchants.

La protéger.

Ne jamais lui faire du mal.

Ne jamais la toucher.

Et lui ? Il se contredit en franchissant les limites qu'il a lui-même imposées. Pourquoi ? Pour s'amuser.

Et ça, je ne l'accepte pas.

Je me penche vers Ophelia et lui murmure :

— On rentre. Ça va aller.

Je ne sais pas si elle m'a entendu, elle ne me répond pas.

Je sens le regard de Tiger peser sur moi. J'essaie de l'ignorer, mais il me brûle tellement que je suis obligé de relever ma tête vers lui pour lui demander quel est son putain de problème.

— *¿Qué?*

Mes iris verts rencontrent les siens, dorés, et nous nous affrontons du regard. Mais il ne répond pas, et après quelques secondes, il se tourne vers la vitre.

Dans ses mains, je vois une arme. Il joue avec tout en regardant le paysage défiler. Je soupire et reporte mon attention sur Ophelia.

Il a merdé et j'espère qu'il s'en rend compte.

Nous revenons chez Tiger en silence. Dès que Raven gare la voiture dans le garage, le Corbeau et Dove s'empressent de sortir.

Ophelia dort paisiblement, la tête appuyée contre mon épaule.

Tiger n'a pas arrêté de me lancer des coups d'œil durant tout le trajet. Ce n'était pas un regard curieux, mais scrutateur. Je sais que si j'avais eu ne serait-ce qu'un seul petit geste déplacé envers Ophelia, il faisait péter la bagnole… avec moi dedans.

Ironique qu'il cherche à la protéger de moi alors que la seule personne dont elle va se méfier maintenant, c'est lui.

Lorsque je m'apprête à la réveiller, je vois que le Tigre me regarde sans rien dire, toujours dans la voiture.

Il n'y a rien dans ses yeux.

Pourtant, je sais qu'il se retient de m'envoyer à la gueule un tas de choses. Et essentiellement des insultes.

Je tapote doucement la joue d'Ophelia.

— Ne la touche pas.

Je hausse un sourcil. Qu'est-ce qu'il veut, lui ?

Je suis toujours énervé et Raven est parti. Autrement dit, plus personne pour m'empêcher de lui en mettre une, à part le petit corps endormi d'Ophelia entre nous.

— Ne la touche *pas*, répète-t-il. Monte avec les autres dans mon bureau et attendez-moi là-bas.

— Je ne te laisserai pas avec elle.

Il soupire, comme s'il était lassé. Mais c'est lui qui a merdé. Il s'attendait à quoi ? À ce que je l'applaudisse.

Ouais, je l'aurais peut-être fait, si ce n'était pas d'Ophelia qu'il était question.

Je suis peut-être un connard au même titre que le Tigre, mais avec elle, je n'agis pas de la même manière.

Et je croyais que Tiger ferait de même. C'est ce qu'il nous avait fait promettre, en tout cas.

— C'est mon boulot de la protéger, ajoute-t-il comme pour me convaincre de les laisser.

— Pour une fois, Tiger, je te dis clairement ce que je pense : avec elle, tu fais très mal ton boulot.

Il tique. Je le vois serrer les poings et ses yeux m'assassinent.

— Dégage de cette bagnole, ordonne-t-il. Je t'ai dit que je m'occupais d'elle.

Voyant que je n'arriverai pas à sortir vainqueur de notre dispute, je l'avertis tout de même :

— T'as intérêt à rien lui faire. Parce que si tu t'en prends à elle, tu t'en prends à tout le groupe. Elle en fait partie maintenant, *entiendes* ?

Je me décale et dépose délicatement la tête d'Ophelia sur le siège. Elle ne se réveille pas. J'ouvre la portière, mais la voix de Tiger gronde dans mon dos :

— J'espère que tu n'agis pas comme ça pour te la taper un jour ou l'autre.

Le sang me monte à la tête.

J'ai envie de lui faire mal.

Je jure que j'ai envie de lui en mettre une.

Il ne comprend donc pas ?

Ophelia est arrivée chez lui il y a maintenant un mois. Et en un mois, il s'en est passé des choses. J'ai appris à la connaître. Elle est devenue un membre actif de notre groupe. Elle nous aide pour notre vengeance. C'est la fille de notre patron. Elle est sympa avec nous et, même si au début elle était terrifiée par notre activité, elle ne nous a jamais jugés.

Jamais.

Alors, c'est pour ces raisons que je prends très à cœur sa protection.

Aujourd'hui, Tiger a merdé. Et j'espère qu'il a compris. Parce que s'il recommence, je tiendrai parole. S'il la touche, il m'aura sur le dos. Parce que je la protège. Presque comme un grand frère.

Je le laisse avec elle dans la voiture non sans lui lancer un regard d'avertissement, puis je me dirige vers l'ascenseur, pas très serein.

Mais le gros problème avec Tiger, c'est qu'il guide notre groupe. Et je ne peux pas lui résister longtemps. Wolf était le loup, mais Tiger a toujours été le meneur de la meute. Lorsqu'il ouvre la bouche, tout le monde se tait pour l'écouter. Lorsqu'il nous donne un ordre, peu importe son choix, on lui obéit. J'arrive à lui tenir tête certaine fois, mais jamais complètement.

C'est pourquoi je m'éloigne du Hummer sans résister plus longtemps.

Devant l'ascenseur, Raven et Dove discutent doucement et s'interrompent quand ils me voient arriver.

— Toujours pas montés ?

— On t'attendait.

Lorsqu'on se glisse tous les trois dans la cabine, je sors mon paquet de chewing-gums.

— Alors, c'est vrai ? murmure Raven une fois que les portes se sont fermées, comme s'il craignait que Tiger ne l'entende et ne le tue pour avoir remis ce sujet sur le tapis.

Tandis que Dove fixe ses pieds en ignorant la question de son frère, je prends sur moi de répondre.

— Elle ne voulait pas.

— C'est le métier qui rentre, m'interrompt la Colombe en relevant ses yeux de glace vers nous. C'est vrai, il faut bien commencer à un moment.

— Je ne suis pas sûr qu'Ophelia ait vraiment voulu commencer, le contredit Raven.

— Je crois qu'elle ne va pas s'en remettre.

— Vous savez ce qu'on dit... Après une chute de cheval, il faut remonter tout de suite, déclare froidement Dove.

Raven lève les yeux au ciel.

— Je propose qu'on l'emmène avec nous demain dans un endroit qui craint, elle en tue un ou deux autres et c'est reparti.

Je le dévisage comme s'il était le pire humain au monde.

Il est le pire humain du monde.

— Comment tu peux dire ça, *Paloma* ?

— J'ouvre la bouche et je fais claquer la langue contre mon palais, me répond-il bêtement.

Les portes s'ouvrent et nous arrivons dans le grand hall, ce qui ne me laisse pas le temps de répliquer. Ce mec n'est pas humain, et on n'y peut rien. Avec toutes les horreurs qu'il a vues et a commises, il n'a plus la même définition de la normalité. Pour lui, tuer est normal. Faire mal est son quotidien. Et il n'arrive plus à concevoir que des êtres humains ne soient pas capables de ça.

Quand on vit dans notre monde, à partir de l'instant où on franchit la limite, l'univers noirci avec notre cœur. Tout le monde semble alors mauvais. Nous le devenons aussi.

Fox apparaît dans l'encadrement de la porte de la cuisine. Je vois immédiatement à sa tête qu'il est inquiet. Ses lèvres sont pincées et ses sourcils froncés. Je l'ai prévenu sur le trajet du retour et il devait sans doute nous attendre avec impatience.

— Elle arrive avec Tiger, lui dis-je lorsque je suis à sa hauteur. Et on doit monter pour une réunion.

— Je préférerais attendre Ophelia pour voir comment elle se sent.

— Elle pionce, là, rétorque aussitôt Dove d'un ton nonchalant. Tu ne lui serviras à rien.

Fox lui jette un regard noir et reporte son attention sur moi. L'intonation de Dove était froide et ses derniers mots semblaient masquer un sous-entendu. Je les connais assez pour savoir à quel point Dove et Fox ne s'entendent pas. La Colombe impressionne tout le monde, mais Fox est le plus sensible à l'humeur glaciale et troublante de Dove.

Et Dove ne supporte pas Fox. Il parvient à s'entendre avec Tiger, avec son frère et parfois même avec moi, mais avec Fox, ce n'est jamais facile. C'est toujours la guerre. On a décidé depuis longtemps – Tiger, Raven et moi – qu'il valait mieux ne pas s'en mêler.

— Tiger est sans doute en train de la réveiller. Rejoins-nous en haut, dis-je calmement au Renard en comprenant qu'il ne viendra pas tant qu'il n'aura pas vu Ophelia.

C'est Fox. C'est le renard malin, mais aussi le plus empathique du groupe. Et c'est surtout le cas lorsqu'il s'agit d'Ophelia.

Raven et Dove commencent à monter, et je m'apprête à les suivre lorsqu'une question surgit de nulle part et me fracasse le crâne. Je serre les dents, embêté.

Est-ce que je la pose à Fox ?

Hors de question, j'en ai rien à foutre.

— Et Kid, elle est où ?

Fait chier. Je l'ai posée.

Fox ne semble pas remarquer que cette question m'emmerde, puisqu'il me répond avec naturel.

— Au salon. Elle téléphone à une de ses potes, je lui ai prêté mon portable. (Puis il ajoute :) Je lui ai fait promettre de ne rien dire à son amie par rapport à... à tout.

Je hoche la tête et m'éclaircis la voix.

— OK.

Tant mieux si elle est occupée, elle n'aura pas à voir sa sœur dans cet état. Pour le moment, du moins. Mais je commence à bien connaître Ophelia. Elle lui cachera ce qu'elle a fait, jusqu'à feindre des sourires quand elle aura envie de pleurer.

Fox retourne dans la cuisine en attendant l'arrivée d'Ophelia, alors je rejoins Dove et Raven dans le bureau de Tiger.

La Colombe est assis sur un fauteuil près de l'immense baie vitrée qui donne sur un grand balcon, et le Corbeau se tient debout dans un coin de la pièce. Quand il me voit entrer, il croise les bras et me fixe mystérieusement.

— *¿Qué te pasa, Cuervo*[1]*?*

— Il va arriver et on va parler de cette mission.

— Oui, et ?

— Reste respectueux, Snake.

Je soupire et me laisse tomber sur l'un des sièges qui entourent la table. Les quatre pieds du siège noir raclent le sol dans un son aigu et je manque de me péter la gueule.

1. « Qu'est-ce que tu as, Corbeau ? »

Donc tout le monde a décidé de me faire chier aujourd'hui ?

Raven laisse un petit sourire se former sur ses lèvres. Je sais que ce n'est pas en rapport avec ma maladresse.

— Quoi, encore ? râlé-je.

Je porte une chemise blanche qui me serre les bras et que j'ai déboutonnée un maximum pour réussir à respirer. On ne pouvait pas arriver à cette réception luxueuse mais merdique en tee-shirt noir et Rangers. Même si, maintenant qu'on est de retour chez Tiger, je meurs d'envie de troquer cette affreuse chemise contre un vêtement plus ample.

— Tu l'aimes bien, la petite Ophelia ?

La voix de Raven résonne dans le bureau silencieux et elle sous-entend trop de choses fausses, alors je ricane.

— Elle commence à devenir un élément important, c'est tout.

— Mmm, mmm.

Je lève les yeux au ciel en secouant la tête.

— Rien de plus ! Je la vois comme une petite sœur, au même titre que je vous considère comme mes frères.

— Ce n'est pas la première fille Rizzi qui l'intéresse, intervient Dove, taquin.

Je me tourne aussitôt vers lui et hausse un sourcil. Son regard polaire ne quitte pas le mien.

— Snake est plus tourné vers les gamines pas encore sorties de l'école. C'est comme ça qu'il les aime, apparemment.

J'aurais pu rigoler avec lui, mais il parle de Kid, et ça me fait chier.

— Dove, ferme-la. Tu ne sais rien.

J'ai l'impression que son ton glacial salit son nom, alors même qu'il ne l'a pas prononcé. Il l'a simplement sous-entendu, et c'est déjà trop.

Je suis suffisamment de mauvais poil. Ce n'est vraiment pas le moment que la Colombe me fasse chier avec Kid. Et puis, je n'ai rien avec elle.

Aucun problème.

— Ton petit manège avec Stella est perceptible, reprend-il en m'offrant un sourire en coin, plus pervers qu'amical.

— Je t'emmerde.

Il laisse tomber sa tête en arrière en soupirant, puis ferme les yeux. Et il sourit, fier de ses répliques. Quand il se redresse et me regarde de nouveau, je vois qu'il me nargue. Les coudes posés de chaque côté du fauteuil, il adopte une position dominante.

— Tu sais que j'ai raison.

— Dove, le reprend sèchement Raven avant que je m'en charge.

Soudain, la porte s'ouvre sur Tiger et m'empêche de lui répondre sauvagement. Au lieu de ça, je me concentre sur le Tigre, ça vaut mieux. Je meurs d'envie d'enfoncer mon poing dans la gueule de la Colombe, mais je sais que si je fais ça, je me contredis entièrement. Si je montre que les propos de Dove me touchent, je lui donnerai entièrement raison.

Alors qu'au fond je veux leur prouver que ça ne me fait rien. Je veux *me* prouver que ça ne me fait rien.

Je veux me prouver qu'il peut dire tout ce qu'il veut par rapport à Kid. J'ai entendu bien pire et ça ne doit rien provoquer chez moi.

Tiger claque la porte derrière lui et fonce derrière son bureau sans nous lancer un seul regard. Quelque chose ne va pas.

J'espère qu'il a enfin compris qu'il avait merdé avec Ophelia.

C'est dommage, parce que le plan marchait bien, jusqu'à ce qu'elle revienne sans émotion, complètement vidée, à cause de lui.

Peu de temps avant la mission, nous nous sommes réunis tous les cinq dans le bureau de Tiger, comme aujourd'hui. Le Tigre ne voulait pas qu'il y ait Ophelia, pour éviter, selon lui, « qu'elle ne fasse foirer le plan ». Donc on ne l'a pas tenue au courant de ce que Tiger avait prévu.

Dove avait pour mission d'aller chercher un ennemi des Royal, mais pas quelqu'un de notre gang. Un certain Michael Machin-Chouette, un dealer d'un petit gang de rue. Dove l'a drogué et amené jusqu'à l'hôtel. Il allait servir de bouc émissaire.

On savait d'avance qu'il fallait buter le frère du Prince, on avait juste aucune idée de comment ça allait se passer. Je pensais que Tiger allait le faire simplement. Mais non, il a mêlé Ophelia dans nos affaires sanglantes.

Ce Michael Je-sais-pas-quoi fait partie d'un gang, beaucoup moins important que le nôtre, et leur association illégale a depuis peu déclaré être ennemie des Royal pour une raison de territoire. Les Royal empiétaient sur leur commerce de drogue dans les petits quartiers miteux du nord de New York. Il suffisait de choper un mec de là-bas, et de le traîner jusqu'à l'hôtel. On devait donc faire passer le meurtre du frère du Prince comme la conséquence des différends entre les deux gangs.

C'est très facile de provoquer la pagaille entre deux gangs récemment ennemis, croyez-en notre expérience.

Avec la dose de drogue que devait lui donner Dove, notre faux meurtrier est sans doute mort à l'heure qu'il est. Tout était pensé pour qu'il n'y ait plus aucune preuve de notre passage.

Tout était parfaitement planifié par Tiger. Tout s'est passé à merveille, jusqu'à ce qu'Ophelia revienne et que je me rende compte que le Tigre n'avait pas tout à fait suivi le plan. Son plan.

J'aurais dû m'en douter lorsqu'il est intervenu dans la salle. On avait dit qu'on devait se montrer le moins possible avec elle, et surtout, pas d'interaction directe avec le Prince ou son frère, pour limiter les dégâts. Mais Tiger a voulu rester avec Ophelia jusqu'au bout, jusqu'à ce qu'il soit obligé de la laisser seule avec le premier fils Royal. Tiger les suivait de près. On ne laisse jamais Ophelia sans surveillance. C'est la règle.

Mais il n'aurait jamais dû lui faire subir ça.

— On a eu le frère du Prince, lâche Tiger en fouillant dans les tiroirs de son bureau.

Il en sort un joint déjà roulé, puis se tourne vers Raven et lui demande du feu. Après ça, il s'assoit sur son fauteuil et l'allume.

Il pose ses yeux enflammés sur chacun de nous et attend nos retours.

— On a géré, comme chaque fois, déclare finalement Dove après un petit moment de silence.

Raven hoche la tête.

— Donc on oublie déjà ce qu'il a fait à Ophelia ?

Tous les regards se tournent vers moi. Mais le seul qui m'intéresse, c'est le regard brûlant du Tigre à quelques mètres.

— Si tu attends des excuses, j'espère que tu es patient, parce qu'elles ne viendront jamais.

— J'attends simplement qu'on se mette d'accord.

— À quel propos ?

— On ne fait rien à Ophelia qui pourrait la blesser ou lui faire du mal.

Il recrache la fumée et l'odeur de l'herbe se répand dans toute la pièce.

— Tu peux la défendre autant que tu veux, mais elle va devenir comme nous, Snake. Et personne ne pourra rien faire contre ça.

— Justement, préservons-la un maximum et laissons-la faire ses choix. Tu n'aurais pas dû la forcer à tuer, c'est beaucoup trop pour elle.

— Ce n'est même pas elle qui a appuyé sur la gâchette, c'est moi.

— Peu importe. On est là pour la protéger, j'espère que vous êtes tous d'accord avec ça.

Tiger fixe le sol, puis relève sa tête vers moi. Et tout le monde acquiesce. Dont lui.

Enfin. Enfin ils ont compris.

Après quelques minutes, Raven demande :

— Quelle va être la prochaine mission ?

On sait tous que la question était pour Tiger, parce que c'est toujours lui qui prend les décisions.

— On attend des nouvelles du Prince. Il va rapidement apprendre la mort de son frère, peut-être même qu'il le sait déjà. Ça va foutre la merde chez eux et ils seront occupés à sanctionner les « coupables ». Ils vont complètement nous oublier. Lorsque le sang aura coulé et que les soirées de gala reprendront, le Prince recontactera Ophélie. Ou c'est nous qui irons vers lui si cela tarde trop. Il sera déstabilisé par la mort de son frère. On va attaquer tant qu'il sera encore étourdi. Et on frappera encore plus fort.

— Laissons quand même un peu de temps à Ophelia, lance Raven en jouant avec son paquet de cigarettes. Je pense qu'il va lui en falloir pour se remettre.

— Ou sinon, on fait comme j'ai dit, intervient Dove en haussant les épaules.

— *Cállate, pendejo*. Elle n'est pas comme toi. Elle, elle a un cœur.

Raven glousse face à mon ton sec, mais je suis très sérieux.

— On lui laisse un peu de temps, accorde finalement Tiger en se levant de son siège. Mais pas trop non plus. Fin de la réunion.

Dove se lève, Raven se redresse et je décolle mon dos du dossier de mon siège.

— Je meurs de faim, lâche Raven en bâillant.

— Moi aussi, ajouté-je.

— On va fumer ? propose Dove à Tiger.

Avant que ce dernier suive Dove sur le balcon, je l'interpelle.

— Tu l'as amenée dans sa chambre ?

Il comprend très bien de qui je parle. Je pourrais aussi m'excuser pour la façon dont je me suis comporté avec lui, mais c'est encore trop tôt. Et j'attends de voir s'il a compris, ou s'il n'en a vraiment rien à faire de mon avis.

— Elle est avec Fox.

— Elle dort ?

— Oui, souffle-t-il. L'interrogatoire est fini ?

— Seulement si tu me promets que t'as compris.

Il soupire et déclare sérieusement :

— Je ne la forcerai plus à tuer.

— Non. Tu ne la forces plus à rien du tout. Tu ne t'amuses pas avec elle. Tu la laisses.

Je sais qu'il déteste lorsqu'on lui donne des ordres, mais là, c'est essentiel.

— Je ne lui ferai pas de mal. C'est mon travail.

Pour cette fois, je le crois et lâche l'affaire. Mais je suis obligé d'ajouter, parce que je ne suis pas le plus rancunier du groupe :

— Ce n'est pas contre toi que j'ai réagi comme ça. C'est pour elle.

— Je sais.

Les traits de son visage se détendent et je retrouve enfin mon frère. Il me claque gentiment mais fortement l'arrière de ma tête, alors je grimace et je repousse son bras en rigolant. Il râle et passe brutalement sa main dans mes cheveux, chose que je déteste.

Je hais quand on me touche les cheveux, et ce connard le sait très bien.

— Je ne sais pas ce qui t'a pris de te teindre les cheveux en vert, mec. Depuis que je te connais je me pose la question. C'est dégueulasse.

— C'est plus cool, les cheveux colorés.

— Tu cherches à nous faire vomir, oui.

— Heureusement que ce ne sont que les pointes, lance une voix dans mon dos.

Je me tourne vers la porte et vois Raven adossé au mur, un sourire en coin. Cet imbécile n'était pas encore parti.

— Un jour, pour vous faire chier, je me teindrai TOUS les cheveux en vert.

— Préviens-nous ce jour-là, qu'on apporte des ciseaux, réplique Tiger en ricanant.

— Touche à mes cheveux et je t'en colle une.

Raven rebrousse chemin pour me traîner vers la sortie. Le Corbeau déteste les conflits, c'est dingue. Même les disputes amicales sont insupportables pour lui.

— C'était pour rire.

— T'avais pas faim ?

— Si, mais quel est le rapport ?

— On descend manger.

Alors pendant que Tiger rejoint Dove sur le balcon, Raven et moi descendons à la cuisine.

Il est bientôt 15 heures et je n'ai toujours pas mangé depuis que je me suis levé.

— On se fait du riz ? proposé-je en descendant les escaliers.

— Sandwichs, non ? C'est plus rapide.

— Va pour les sandwichs.

Rien qu'à l'idée de manger, mon ventre grogne.

— Il faudrait faire quelque chose pour Ophelia, lance Raven de but en blanc.

Je l'interroge du regard.

— Je ne sais pas, quelque chose comme aller la voir pour lui dire qu'elle n'a pas à s'en vouloir. C'est comme ça chez nous. Quand on tue quelqu'un, il est très rare qu'on aille en taule pour ça.

— Parce que les gens qu'on tue sont aussi pourris que nous.

— Exactement.

— Mais Ophelia n'est pas comme nous.

Et puis, elle n'a rien fait. Ce n'est que la faute de Tiger.

Raven soupire et passe une main sur sa nuque.

— Je pense qu'inconsciemment elle va le devenir. Il faut seulement qu'on soit là pour limiter les dégâts.

Je hoche la tête. Je suis totalement d'accord avec Raven. Ça a commencé aujourd'hui avec le frère du Prince, et ça ne se terminera pas. Quand on entre dans l'illégalité, on franchit une limite et il est impossible de reculer.

— Fox est déjà avec elle, je pense qu'elle s'en remettra, déclaré-je positivement.

— Il faudra qu'on lui dise ce dont on s'est parlé pendant la réunion, puisqu'il n'est pas venu avec nous.

— Ouais, je pense qu'il préfère Ophelia, maintenant.

Raven glousse alors que nous entrons dans la cuisine. On entend Stella parler au téléphone dans le salon. Ça me démange d'y aller, alors que je n'ai clairement aucune raison de le faire.

— Sandwich jambon-beurre ? Y a de la salade, t'en veux ?

Je me reconcentre sur Raven qui sort du frigo tout ce qu'il faut pour se faire un bon repas. Il y a toujours tout chez Tiger. Chez moi, le frigo est vide. En même temps, j'y vais seulement pour dormir. Le reste du temps, je le passe chez Tiger, puisque c'est ici qu'est notre travail : Ophelia.

On a été retirés de toutes nos missions pour veiller sur elle. Ça aurait été presque comme des vacances pour nous, si on ne l'avait pas entraînée dans notre vengeance.

— Coca ? me demande Raven en sortant deux canettes du frigo.

Je récupère celle qu'il me tend, puis je m'assois sur un des tabourets de l'îlot central. Quand j'ouvre mon soda, une fameuse soirée me revient en mémoire...

— Je pense que Tiger s'en veut, lâche Raven en s'asseyant face à moi.

Il ouvre un paquet de pain de mie et commence à faire son sandwich.

— Mais non. Il n'en a rien à faire.

— C'est lui qui l'a raccompagnée dans sa chambre.

— Parce qu'il est possessif. C'est sa mission et il n'aurait pas supporté que je reste avec elle une minute de plus.

Raven hausse les épaules.

— Je pense qu'il a dû se rendre compte que forcer Ophelia à tuer quelqu'un n'était pas une si bonne idée.

— J'espère, mais il s'en fout quand même, insisté-je.

Je sais très bien comment est Tiger. Il ne vit que pour sa vengeance, peu importent les dommages collatéraux. Et Ophelia est un dommage collatéral, en plus d'être un divertissement pour les deux connards que sont le Tigre et la Colombe.

Je vois Raven secouer la tête négativement.

— Il n'y a que moi qui le vois, alors ?

— Voir quoi ?

— À quel point il n'était pas bien pendant tout le trajet. Il n'a pas râlé lorsque Dove s'est assis devant et qu'il a dû aller s'installer à l'arrière, avec elle. Elle a posé sa tête sur ton épaule et il n'a pas arrêté de te regarder d'un sale œil durant tout le trajet. Il ne s'est pas détendu une seule seconde, il était sans cesse en train de te surveiller. Tu captes, Snake, ou il va falloir que je te fasse un dessin ?

— C'est juste parce qu'on s'est disputés et qu'il a mal pris le fait que je protège Ophelia contre lui. Et aussi parce qu'Almanzo lui a demandé de veiller sur sa fille, rapporté-je calmement.

— Il prend son rôle très à cœur, alors.

Je suis sceptique. Oui, j'ai été assez surpris de son comportement tendu dans la bagnole. Mais c'est Tiger. C'est un excessif. Quand il veut quelque chose, il l'obtient. Et rien autour de lui n'a plus d'importance que sa vengeance. Ophelia n'est qu'un pion parmi tant d'autres.

Quoi qu'il en soit, il était énervé contre moi. Maintenant, est-ce que c'est parce que j'étais proche d'Ophelia ou parce qu'il m'en voulait d'avoir mal réagi quand ils sont descendus, ça, je ne sais pas.

Raven me laisse réfléchir et nous commençons à manger en silence. Il n'y a que la voix de Kid qui résonne dans la pièce à côté. Au bout de quelques minutes, on entend un « à plus », puis plus aucun bruit.

Et trois secondes après, elle déboule dans la cuisine, le téléphone de Fox à la main. Je suis de dos, mais dès que je l'entends arriver, je me tourne vers elle. Quand elle nous aperçoit – quand elle me voit, moi –, elle a un mouvement de recul. Ses yeux océan s'écarquillent très légèrement, mais je le vois quand même. Puis elle reporte son attention sur Raven en m'ignorant totalement.

C'est ça, quand on me traite de tueur. Après, on ne peut plus me regarder dans les yeux.

Dommage, j'aimais bien les siens.

Je lui tourne le dos et prends une autre bouchée de mon sandwich.

— Vous êtes rentrés ? Depuis quand ? Ophelia est là ? mitraille-t-elle aussitôt.

— Elle est dans sa chambre avec Fox, lui répond Raven.

Elle s'apprête à filer, mais Raven la retient :

— S'il te plaît, laisse-les un peu.

— Pourquoi ?

— Ils parlent, et c'est confidentiel.

— Tu sais qu'Ophelia m'a tout raconté sur vous.

« Tu es un tueur. »

Elle pense tout savoir. Elle pense que je suis un meurtrier. Mais elle ne sait rien du tout.

— Stella, répète Raven. Sois sympa. Tu ne veux pas manger un truc ?

Là, je l'imagine bien lever un sourcil, du genre : « Tu me prends pour qui pour croire que tu vas m'avoir avec de la nourriture ? »

— Il est 15 heures, j'ai déjà mangé depuis longtemps.

Je vois Raven lever les mains en l'air en soupirant, ce qui m'arrache un sourire.

— Comme tu veux.

— Il faut que j'aille rendre son téléphone à Fox.

Elle n'arrive pas à comprendre qu'Ophelia a besoin d'être seule, peut-être même qu'elle dort.

— Il peut attendre, sifflé-je en me tournant vers elle. Reste avec nous et laisse-les.

J'appuie mon bras sur le dossier de ma chaise et la fixe intensément.

Elle lève le menton et renifle, piquée par ma remarque un peu trop sèche. Mon ton était peut-être dur, mais je déteste les gens qui n'obéissent pas aux ordres. Dans mon monde, ces gens-là, on les tue.

Elle reste silencieuse, plantée au milieu de la cuisine. Et elle ne me regarde pas.

Depuis qu'Ophelia lui a tout raconté, elle veut que « je la laisse ». Elle flippe quand elle est avec moi. Du moins, c'est ce qu'elle me dit. Mais elle n'hésite pas à discuter avec Fox et Raven, même en sachant qui ils sont.

Alors pourquoi elle est toujours sur la réserve avec moi, putain ?

J'ai fait quoi de mal que mes frères n'ont pas fait ? Moi, je suis allé la voir pour m'expliquer avec elle, et la rassurer, dès que j'ai su qu'Ophelia lui avait tout dit. Moi, j'ai tout fait pour lui faire comprendre qu'elle ne devait pas avoir peur. Moi, je lui ai promis que j'étais là seulement pour la protéger. Fox et Raven n'ont rien dit, eux. Pourtant, elle est très vite revenue vers eux.

Et le Serpent, elle l'ignore presque.

Je ne comprends rien.

Kid me lance un regard furtif avant de s'adresser à Raven :

— Très bien. Puisque c'est si important pour vous, ironise-t-elle.

Elle attend peut-être qu'on la remercie, mais au lieu de ça, Raven et moi nous remettons à manger. Un jour, elle comprendra qu'il faut obéir et que respecter les règles n'est pas une marque de gentillesse, c'est simplement du respect envers les plus puissants que soi.

Dans mon dos, je l'entends nous rejoindre. Elle s'assoit à l'îlot. À ma gauche, et à la droite de Raven.

Puis elle reste là et nous regarde manger durant une minute. Puis deux. Puis trois.

Raven s'immobilise et me lance un regard perdu.

Je hausse les épaules et tente de ne pas me laisser perturber. Ce n'est pas une gamine qui va m'empêcher de finir mon repas.

— Un problème ? lui demande-t-il.

— J'attends.

Puis elle appuie ses coudes sur la table en tenant sa tête dans ses mains et ajoute :

— Vous ne savez pas quoi ?

Raven se remet à manger.

— Non, répond-il, la bouche pleine.

— C'est bientôt mon anniversaire.

Elle ne m'adresse pas un seul regard, c'est tout ce que je retiens. Elle peut dire ce qu'elle veut, je note juste le fait qu'elle ne me regarde plus. Je n'existe pas. Il n'y a que Raven et elle dans cette cuisine.

Et ça commence vraiment à me mettre en rogne.

Si elle tient tant à s'éloigner de moi, alors qu'elle ne se rapproche pas de Fox et de Raven ! C'est incohérent et ça me rend fou.

— Quand ? la questionné-je en espérant qu'elle se rende de nouveau compte que, oui, j'existe.

— Le 15 novembre.

Son visage est tourné vers Raven quand elle me répond. Quelle peste.

— Dix-huit ans ?

Elle acquiesce sans me regarder dans les yeux. Qu'est-ce qu'elle est jeune, putain.

— Tu veux quoi, pour ton anniversaire ? demande alors Raven et je sais que c'est simplement pour continuer à faire la conversation. Il n'est pas du genre à s'intéresser à des futilités pareilles. Elle hausse les épaules.

— J'aurais voulu le passer avec mes amis.

Et ton mec, me retiens-je d'ajouter.

— Et ton mec.

Je pince les lèvres et lève les yeux au ciel en me maudissant intérieurement.

Des fois, Snake, ce serait mieux que tu te la fermes. Vraiment.

Je la vois froncer les sourcils d'un air perdu. Elle ouvre la bouche pour répliquer, mais elle se reprend vite et renonce.

Pour moi, ça fait tilt dans ma tête. Cette peste m'a laissé croire qu'elle en avait un pour faire son intéressante. Elle n'aurait pas semblé si perdue sinon.

— Oui, évidemment, lâche-t-elle finalement en s'éclaircissant la voix.

— C'est évident que t'as personne.

Je prends une gorgée de Coca pour masquer le sourire idiot qui naît sur mon visage.

Alors comme ça, Kid m'a menti. Elle n'a pas de petit ami, juste des potes. Quelle peste.

Quand je lève les yeux, Raven m'observe étrangement. Qu'est-ce qu'il veut, lui ?

Il secoue la tête, comme s'il avait compris un truc que même moi je n'ai pas encore capté. Puis il se reconcentre sur Kid et lui demande :

— Et sinon, en bouffe, qu'est-ce qui te ferait plaisir ?

— Avec Ophelia, chaque fois, on va à l'épicerie en bas de la rue et on prend un gâteau au chocolat. Peut-être que j'essaierai d'en faire un si Tiger m'y autorise.

— Mais non, il te le commandera, lâché-je automatiquement.

Je jette un coup d'œil vers Raven, et celui-ci me fixe avec un petit sourire narquois.

— *¿Qué?*

Je voulais juste être sympa avec elle, c'est tout.

— Rien. Je vois seulement Snake devenir un gentil petit serpent docile et mignon.

Je secoue la tête et lui lance un regard noir pour qu'il comprenne bien qu'il est en train de me faire chier.

— Une anguille, poursuit Stella en rigolant.

Ah, ça, ça la fait rire.

Sa bouche s'étire en un grand sourire moqueur. Ses yeux bleus pétillent de nouveau.

La dernière fois, lorsque sa sœur lui avait tout dit, lorsque je l'ai suivie jusque dans « sa chambre », lorsque j'étais trop proche d'elle, j'ai vu dans ses yeux toutes les nuances de bleu possibles et imaginables. Ils paraissaient encore plus clairs que ce que je pensais. Et son visage était doux, ou peut-être était-ce la douceur de l'interdit que je ressentais.

Mais aujourd'hui.

Elle n'est plus que la sœur d'Ophelia que je dois protéger aussi.

Rien. D'autre.

— Est-ce que le gentil petit serpent pourrait me passer le beurre ?

Je relève la tête vers Raven et me reconnecte à la réalité en lui passant ce qu'il désire. Le gentil petit serpent n'est qu'une apparence qui se dégrade au fil des ans.

Car je suis le plus venimeux de tous.

Elle. Est. Trop. Jeune. Pour. Moi.

Il va falloir que je me le répète chaque fois qu'elle posera ses yeux sur moi. Ou chaque fois que je poserai mes yeux sur elle. Ce qui reviendrait au même.

— Tu crois que c'est bon, je peux y aller maintenant ? lance-t-elle à Raven avec son air supérieur habituel.

J'ai vraiment eu peur qu'elle ne le fasse plus. À un moment, j'ai cru qu'elle aurait tellement la trouille qu'elle baisserait les yeux. Mais Kid qui baisse les yeux, ce n'est plus Kid.

— Vas-y, soupire le Corbeau en la laissant partir.

Elle ne se fait pas prier, puisqu'elle saute du tabouret et s'enfuit de la cuisine. Je la regarde partir, mais Raven se racle la gorge pour attirer mon attention.

— Tu peux me dire ce qui vient de se passer ?

Je fronce les sourcils.

— Quoi ?

Il soupire et secoue sa tête d'un air désespéré.

— Toi et Tiger, vous allez avoir de réels problèmes avec les Rizzi.

— Et toi, tu vas avoir des problèmes avec moi si tu continues à dire de la merde.

Il rigole et je reprends une gorgée de Coca.

Dove

Sur le balcon de Tiger, nous sommes tous les deux accoudés à la balustrade, face à la forêt aux couleurs automnales. Il fait froid, mais le vent frais ne nous dérange pas. Il agite les feuilles des arbres dans un rythme presque apaisant.

C'est le silence depuis plusieurs minutes déjà. Les seules choses qu'on entend, c'est le chant des oiseaux en ce milieu d'après-midi et nos expirations lorsque nous soufflons la fumée de nos cigarettes.

— Tu penses que j'ai mes chances avec elle ? lâché-je subitement.

Tiger tourne la tête vers moi, je l'ai interrompu dans ses pensées.

— Avec qui ?

— Ophelia, réponds-je en faisant claquer perversement ma langue contre mon palais.

Aussitôt, ses yeux bruns s'assombrissent, sa mâchoire se contracte, mais il ne dit rien.

C'est bien, il se contrôle. Ça lui évitera de lâcher des conneries et lui permettra de peser ses prochaines paroles. Il ne dira pas ce qui lui passe par la tête. C'est parfait. Il faut toujours réfléchir à ce qu'on dit.

Toujours. Réfléchir.

Il expire la fumée de sa cigarette et celle-ci fait un nuage blanc autour de nous, puis s'élève vers le ciel gris.

— Je ne te cache pas qu'elle semble beaucoup plus intéressante, maintenant que je l'ai vue buter quelqu'un.

Ça, par exemple, je l'avais préparé.

— Si j'avais su qu'elle avait ce tempérament, je me serais rapproché d'elle dès le premier jour.

Ça aussi.

— Prononce un autre mot sur elle, Dove, et je te jure que je te balance de ce balcon, me menace-t-il en jetant sa cigarette par-dessus la balustrade.

Je jette un œil en bas, faisant mine d'examiner la distance qui me sépare du sol. Nous sommes seulement au premier étage, ça ne devrait pas faire trop mal.

— Ça t'emmerde, que je pense à elle tous les soirs ?

Je sais exactement ce qu'il va faire. Il va sortir son arme.

En deux secondes, il a assez de temps pour passer son bras dans son dos et sortir son pistolet. Il place le canon froid sous mon menton dans un geste rapide et précis.

J'esquisse un léger sourire, fier d'avoir encore une fois pu prévoir les réactions de quelqu'un.

Puis je hausse un sourcil lorsqu'il presse un peu plus le canon de son arme sous mon menton, et je ricane.

— Tu vas tirer une balle sur ton frère juste parce qu'il a mal parlé de ta petite protégée ? Dis-moi, Tiger, ça fait combien de temps que tu te comportes comme un petit chaton avec elle et comme un gros abruti avec moi chaque fois que je prononce son nom ?

Il réplique instantanément.

— Je n'en vois qu'un d'abruti, ici, et il est en face de moi. Qu'est-ce que vous ne comprenez pas dans la phrase : « C'est la fille de notre patron » ? On ne se rapproche pas d'elle. On ne la touche pas. On ne la regarde même pas.

— En gros, on n'a pas le droit de s'amuser. Par contre, on peut l'utiliser comme un pantin et la faire tuer quelqu'un, uniquement en claquant des doigts. Uniquement pour le spectacle. Ta vision des choses est étrange, Tiger.

Je m'amuse à le mettre en rogne. C'est mon jeu préféré. Après celui que je joue avec Fox, bien sûr.

— Qu'est-ce que tu veux, bordel ?

Je l'ai piqué. Il est si facilement irritable... surtout, pour une raison que j'ignore, lorsqu'il s'agit d'Ophelia.

— Savoir pourquoi tu changes de discours toutes les deux secondes comme une putain de girouette. Sur le rooftop de l'immeuble, tu la pousses à tuer le frère du Prince, et arrivé ici, plus personne n'a le droit de lui parler ni de l'approcher.

— J'ai déconné.

C'est tout ce qu'il répond. Trois mots.

Dommage, je pensais qu'il irait dans mon sens, pas dans celui du Serpent. Je pensais qu'il me dirait qu'il s'amuserait encore avec elle, pas qu'il regrettait.

— Si tu as décidé en quelques secondes que tu ne jouerais plus avec elle, uniquement à cause des menaces du Serpent, moi, je peux quand même continuer ?

Je sens qu'il meurt d'envie de me faire ravaler mes mots. Il se rapproche un peu plus de moi et son arme commence à rentrer dans ma chair.

— Teste-moi, Dove. Vas-y.

C'est exactement ce que je suis en train de faire.

— Tu remets en cause notre amitié pour une fille ?

Mes paroles commencent sérieusement à l'énerver, je le sens très bien. C'est ça que je cherche, après tout.

Du divertissement. Comme lui.

— Tu te comportes comme un con, Dove.

— Tu as peur pour elle ? Tu penses que je pourrais lui faire du mal ? Au moindre faux pas, elle me colle une balle dans la tronche, ta petite protégée. Elle n'a pas besoin de toi.

— Mais nous, on a besoin d'elle. Ce n'est pas ce que tu voulais depuis le début ? Qu'elle fasse partie de notre plan ?

— Bien sûr, mais ce n'est pas drôle si on ne peut pas jouer avec elle.

— Tu t'amuseras avec quelqu'un d'autre, grogne-t-il.

Et juste au moment où il prononce cette phrase, quelqu'un fait coulisser la porte vitrée et attire notre attention. Il s'agit de Fox. Pile au bon moment.

Il écarquille les yeux quand il nous voit, moi et Tiger. Le Tigre me menaçant de son arme.

— Vous faites quoi, les gars ?

Tiger éloigne son flingue doucement et le range en silence.

— Rien qui te regarde, réponds-je d'une voix glaciale.

Fox m'ignore et se concentre sur Tiger. C'est toujours comme ça, c'est ennuyant. C'est comme si j'étais transparent, alors que je sais très bien que je suis le seul qu'il voit. Le seul qui lui fait peur. Le seul qui apparaît dans ses plus vilains cauchemars.

— Stella et Ophelia sont dans leur chambre. J'aimerais savoir ce que vous vous êtes dit pendant votre réunion.

— Pas grand-chose de plus que ce que tu savais déjà. Tiger a obligé Ophelia à buter le frère du Prince, quel joli petit spectacle.

Bam, une petite pique pour le Tigre à côté de moi. Je ricane et ajoute :

— On ne change rien. Ophelia continue ses missions. Faudra simplement qu'elle essaie de ne pas tuer le Prince à notre place.

C'est de l'ironie et le Renard le comprend très vite.

— Très drôle, Dove. Vraiment très drôle, s'agace-t-il en serrant les dents.

Je le déteste d'être ici. Il ne pouvait pas rester avec Ophelia ?

Quand il est dans les parages, je réfléchis moins, pour une raison que je n'arrive pas à comprendre.

Alors qu'il faut toujours réfléchir.

— Tu sais qu'elle se sent très mal, s'énerve le rouquin en posant enfin les yeux sur moi.

C'est un regard noir, certes, mais il me voit.

— Quoi, tu vas encore me balancer que « je ne peux pas comprendre » parce que « je n'ai pas de cœur » ? Merci, mais Snake s'en est déjà chargé tout à l'heure.

— Non, j'allais plutôt te demander de ne pas faire ces réflexions quand elle sera présente, ça ne l'aidera pas.

Je secoue la tête, exaspéré.

— Comme vous êtes mignons. Vous êtes tous là à vous préoccuper d'elle, c'est adorable, ironisé-je. Mais n'oubliez pas que vous aussi, vous avez déjà tué, et que vous n'en êtes pas à votre premier meurtre. Elle va se mettre dans nos pas. Et elle va faire des massacres.

Tiger se tend à côté de moi, parce qu'il sait que j'ai raison.

Fox ferme ses yeux une seconde, se concentrant sûrement pour ne pas m'éclater la gueule contre la balustrade.

— Merci pour ton intervention, Dove, c'était remarquable. Une analyse d'une finesse indescriptible. Digne d'un grand psychologue, raille le Renard.

— Mais ferme-la.

— Non, vraiment. Tu m'impressionnes.

— Tu es ridicule, craché-je.

Tiger se redresse et passe devant nous à toute vitesse en grognant des injures.

— Si vous me cherchez, je suis au sous-sol, nous indique-t-il sèchement. J'en ai ma claque de vos petites guerres de gamins. Continuez sans moi.

Fox se décale pour le laisser passer en se défendant : il n'y est pour rien, c'est seulement « Dove qui n'a aucune empathie ». S'il savait à quel point Tiger n'en a aucune, lui non plus. On n'est pas si différents, c'est pour ça qu'on s'entend si bien. Mais lui est plus dans la retenue. Si quelque chose n'est pas en accord avec son objectif, alors il peut se freiner, se retenir.

Moi, je ne peux pas. Je n'y arrive pas.

Vous me mettez en face d'un ennemi avec une arme dans la main, peu importe si ça fait partie du plan ou non, je flingue ce mec. Et si on me laisse assez de temps, je peux même passer quelques minutes à le torturer, pour mon simple plaisir personnel.

Si j'étais le seul à être responsable d'Ophelia, je pense que je l'aurais déjà poussée à faire bien pire. Mais comme c'est Tiger qui l'héberge et dicte ses règles, je suis seulement un spectateur.

Apparemment, il a « déconné » aujourd'hui. Pourtant, moi j'ai trouvé ça bien.

Et au contraire, c'est dommage qu'il s'arrête là. On aurait pu aller beaucoup plus loin.

Mais ça, je suis sûr que c'est à cause de ce couillon de Serpent. Pas à cause de ce qu'il a dit, mais à cause de ce qu'il a fait. Tiger n'en a rien à foutre de ce que pense Snake. En revanche, et pour une raison que j'ignore, avoir vu le Serpent rassurer Ophelia durant tout le trajet du retour l'a mis sur les nerfs. Dorénavant, il va se limiter. Parce qu'il sait que s'il va encore trop loin, elle ira courir dans les bras de Snake, et s'éloignera encore plus de lui.

Ça m'emmerde d'avoir raison.

Je ne comprends pas pourquoi il cherche tant à être le seul aux yeux d'Ophelia.

Sûrement à cause de ses putains de tocs. C'est sa mission à lui, et il vit mal le fait qu'elle puisse chercher un autre protecteur.

S'il n'était pas si possessif, on aurait pu se servir d'Ophelia comme d'une distraction pendant encore longtemps.

Mais bon, on dirait que la fête est finie…

J'ai quand même un autre jouet à disposition, et il se trouve en face de moi à cet instant même.

Il regarde Tiger s'enfuir dans le couloir.

Le Renard s'apprête à prendre le même chemin, mais je le retiens. Lui, je ne le laisserai pas s'échapper si facilement. Je peux encore m'amuser avec lui.

Quand il y a Tiger, il fait le renard malin. Celui qui réplique. Celui qui n'a pas froid aux yeux.

Quand nous sommes seulement tous les deux, c'est comme s'il s'agenouillait pour me supplier de le laisser partir.

— Reste un peu, Renard.

Fox se tourne vers moi et m'assassine du regard dès qu'il entend ma voix mielleuse.

— Ça suffit. Tu me fais chier, Dove. Tu ne mérites pas ma peur.

Et il détale du balcon comme un petit lapin.

Ce mec devrait être le renard, pas la proie.

Je fais trois grands pas pour le rattraper. Il m'entend arriver et se retourne violemment.

— N'y pense même pas, crache-t-il en pointant un doigt accusateur dans ma direction, ce qui me stoppe dans mes mouvements.

— Penser à quoi ?

— Jouer avec moi. C'est mort. J'ai encore mal aux côtes à cause de la dernière fois.

Je fronce les sourcils, soudain perdu. Mais de quoi il parle ?

— Quelle dernière fois ?

— Au sous-sol.

Voyant que je ne comprends rien, il reprend :

— C'est pas vrai, tu ne t'en souviens même pas...

— Me souvenir de quoi ?

— Rien. Oublie.

Il se tourne et franchit la distance qui le sépare de la porte. Je suis assez agile pour plaquer ma main sur la sienne et l'empêcher d'ouvrir.

— Me souvenir de quoi ? répété-je de nouveau, plus fortement cette fois-ci.

Il soupire et se résout à me faire face. Soudain, il empoigne l'ourlet de son tee-shirt blanc et le soulève délicatement. Ce geste me surprend. Je le lâche et recule.

— Qu'est-ce que tu fais ?

Fox me surprend.

Ce petit con m'a surpris.

Il remonte son tee-shirt et révèle alors un hématome bleuté en plein milieu de son estomac. Je contracte la mâchoire inconsciemment, et quand je me rends compte à quel point je suis tendu, je m'oblige à me relaxer.

Ce n'est rien.

Ce n'est que Fox.

Je ne vois pas pourquoi je devrais réagir comme ça.

— C'est quoi ?

— C'est toi, lâche-t-il en replaçant son vêtement.

— C'est moi... qui t'ai fait ça ?

Il acquiesce un peu honteusement. Qu'est-ce que c'est que ce bordel ?!

— Quand ? Pourquoi ?

Oh merde, je sens que je me contrôle de moins en moins. Rien de tout ça n'était prévu.

Fox me scrute en plissant les paupières.

— Il y a deux semaines. Tu t'étais défoncé, tu m'as chopé et m'as foutu un coup dans l'estomac. Pour faire court, sinon, je peux te faire la version longue.

Je reste stoïque, ne sachant pas comment réagir.

Je. Ne. Sais. Pas. Quoi. Dire.

— Est-ce que c'est parce que j'ai voulu jouer ? demandé-je alors que je sais très bien que la réponse sera affirmative.

J'aime jouer avec tout le monde, surtout avec ce petit renard faible.

Mais des fois, j'abuse légèrement de l'herbe et je me retrouve dans les vapes. Dans ces moments, il sait qu'il ne doit pas être dans les parages, parce que je peux me montrer agressif. La différence, c'est qu'en temps normal, je suis conscient de mon agressivité. Quand je suis ailleurs, je ne contrôle plus rien du tout.

Et il en a déjà fait énormément les frais.

Fox hoche donc la tête. Je ne sais pas si je dois être fier de lui faire si peur ou si je dois avoir honte de moi. J'aimerais choisir la première option. C'est la moins dévalorisante à mes yeux.

Seulement, la mine du rouquin me perturbe. Je suis dégoûté par ma façon d'agir envers lui.

C'est la première fois. Que je ressens ça.

De la culpabilité.

Et une remise en question.

— On va changer les règles, alors.

Cette fois-ci, il soutient mon regard glacé.

— Plus de violence. Ce sera la règle numéro un.

— Je ne veux plus jouer, insiste Fox. Alors ne me parle pas de règles.

— Ce n'est pas toi qui décides. Remontre-moi.

Il fronce les sourcils. Alors, j'empoigne son tee-shirt et le soulève sans une once de délicatesse. Mes doigts frôlent la peau nue et brûlante de son torse. J'aimerais ne pas y faire gaffe.

Je me concentre seulement sur sa blessure, celle dont je suis responsable. Je passe un doigt froid sur son hématome. Fox se tend et contracte ses abdos.

Ils sont extrêmement bien dessinés.

Il retient sa respiration, mais ne dit rien. Quand je remonte mon regard vers lui, je me rends compte que sa lèvre tremble et qu'il est pris de frissons.

Je le terrifie.

Je décide que ça suffit.

— Plus de coups de poing, répété-je en m'éloignant de lui le plus rapidement possible.

Je cesse tout contact avec lui, que ce soit visuel ou physique.

— Je te le promets.

Et je retrouve mon contrôle.

— Tu peux y aller.

Sans un mot de plus, il se retourne et ouvre la porte. Un courant d'air effleure mon visage quand il la referme derrière lui, me laissant seul dans ce grand bureau.

Plus de violence.

Je ne dois pas être comme ça envers l'un de mes frères, ce n'est pas respectueux. C'est pour cette raison que j'ai modifié l'une de mes règles.

Uniquement pour cette raison.

J'essaie de m'en convaincre, et ça aurait été plus facile, si ma conscience ne me criait pas autre chose à la place.

Chapitre 14

Joyeux anniversaire

Ophelia

— Ophelia ! On n'attend plus que toi !

— J'arrive ! crié-je à Stella de la cuisine.

Je plante les dernières bougies dans le gâteau. Quand les dix-huit bougies sont toutes allumées, je le transporte en faisant attention de ne pas le renverser, traversant précautionneusement le hall d'entrée.

Il y a une gigantesque salle dont l'ouverture est cachée par les deux grands escaliers qui mènent à l'étage. Cette pièce est quasi entièrement vitrée, et son seul mur opaque est décoré de nombreux tableaux. Au centre, il y a une immense table en verre qui pourrait accueillir au moins une trentaine de personnes. Je l'ai découverte ce matin, lorsque Raven m'a appris que ses frères et lui mangeaient tous ici ce midi, pour l'anniversaire de ma sœur.

— Joyeux anniversaire ! lancé-je en arrivant dans la salle avec le gâteau au chocolat.

Stella est assise en bout de table, son sourire illumine la pièce quand elle me voit arriver.

De chaque côté d'elle se tiennent les cinq autres. Il y a ma place vide à sa droite, puis à côté Fox et enfin Tiger.

En face, il y a Snake, Raven et Dove.

Le Tigre et la Colombe ne semblent pas ravis d'être ici, la tête baissée et les bras croisés. On les a peut-être légèrement forcés à prendre part au repas. Peut-être...

Lorsque Raven m'a dit qu'ils seraient tous présents ce midi, j'ai été un peu surprise. Je les connais assez pour savoir que ce n'est pas leur style de fêter les anniversaires. Il n'y a que Fox, Raven et Snake qui se prêtent au jeu, mais c'est déjà suffisant pour ma sœur. En faisant ça, ils se rapprochent un peu plus d'elle, elle qui les craignait, eux et ce dont ils sont capables.

Je pose délicatement le gâteau devant Stella avant de m'asseoir. Elle prend une grande inspiration et souffle toutes ses bougies. Fox et moi applaudissons et ça fait sourire ma sœur. C'est le plus important.

Raven lui tend ensuite un paquet. Stella fronce les sourcils, puis lui sourit timidement en comprenant son intention.

La voir heureuse à ce point me comble de bonheur. Ça me rappelle avant, et ça me fait du bien.

Mon regard s'égare sur le sol en marbre noir... et devient petit à petit inondé de sang.

Ça recommence...

Les battements de mon cœur s'accélèrent et des frissons couvrent mes bras.

Je sens l'odeur du sang et je vois une flaque se répandre, s'étendre au fil des secondes, mais je sais que ce n'est pas vrai. C'est une étrange sensation.

Il n'y a pas de corps, mais il y a du sang sur le carrelage.

Je pince les lèvres et tente de reprendre mon souffle. Je n'entends même plus les discussions près de moi, je me concentre simplement sur ma respiration. Personne ne doit se douter de rien, ils me traiteront de folle, sinon.

C'est comme ça depuis le meurtre du frère du Prince.

J'en veux terriblement au Tigre de m'avoir pris cette part d'innocence que je tentais de conserver précieusement. Même si je savais qu'elle volerait en éclats un jour ou l'autre.

J'essaie de me rassurer en me répétant que c'est lui qui a appuyé sur la gâchette. Lui et seulement lui. Mais une part de moi me crie que j'aurais pu l'en empêcher. Me décaler au dernier moment.

Faire quelque chose.

Mais je n'ai rien fait. Et il est trop tard.

Quand je baisse de nouveau les yeux sur mes mains, elles sont rouge sang. J'ai l'impression qu'elles sont visqueuses. Je me répète que ce n'est que mon cerveau qui me joue des tours.

Ce n'est que mon cerveau.

J'attrape malgré tout une serviette et j'essaie maladroitement de m'essuyer les mains, mais ce sang ne part pas.

Parce qu'il n'existe pas.

Or dans ma tête, il est bien réel.

— Oh, Ophelia, regarde ! C'est trop joli !

Je me raccroche à la voix de ma sœur. Elle me montre une petite boîte blanche contenant une paire de boucles d'oreilles dorées.

Je me tourne vers Raven et secoue la tête.

— Tu n'étais pas obligé.

Mais il ne m'écoute même pas, il est absorbé par ma sœur qui le couvre de remerciements.

Quand je baisse encore une fois les yeux sur mes mains, le sang a disparu. Je respire de nouveau, soulagée.

— Je vais les mettre tout le temps, elles sont trop belles !

— Attends, moi aussi j'ai un cadeau ! s'écrie Fox en lui tendant un autre paquet.

Elle l'attrape, mais je n'arrive pas à me concentrer et à détourner les yeux de tout ce sang. Je prends sur moi pour ne pas hurler. Je dissimule mes mains sous la table. Elle est en verre, mais mon assiette les cache. Personne ne doit voir ça.

Personne ne *peut* voir ça, à part moi.

Quand je relève ma tête, je rencontre directement le regard brûlant du Tigre à l'autre bout de la pièce. Une cigarette entre les doigts, prêt à sortir fumer, il me fixe.

Prise de court, je n'arrive pas à détacher mes yeux des siens.

Son regard descend ensuite sur mes lèvres tremblantes, puis sur mes mains, cachées sous la table. Dérangée par la façon dont il me scrute, je les glisse sous mes cuisses en tentant de conserver une expression normale, moins paniquée.

Ses yeux me disent : « J'ai compris. » Mes lèvres lui répondent d'un pincement : « N'en parle pas » ; et : « Ignore-moi. » Je ne veux plus rien de lui, même pas sa pitié, si tant est qu'il connaisse cette émotion.

Alors il interrompt notre conversation silencieuse et part. Quoi qu'il en soit, je dois me concentrer sur Stella, c'est son anniversaire.

Elle découvre, émerveillée, le présent de Fox. Une montre connectée qui a sûrement dû lui coûter beaucoup trop d'argent. Je tourne ma tête vers lui et le réprimande du regard.

— C'est son anniversaire ! se défend-il. Elle a droit à de beaux cadeaux !

Stella le remercie plusieurs fois en souriant. J'aimerais être apaisée par sa bonne humeur et son enthousiasme, mais je n'arrive pas à me détendre.

— Moi aussi j'en ai un, l'interrompt Dove.

Nous nous tournons tous vers lui. Il ne s'était pas manifesté depuis le début du repas.

— Si c'est une arme blanche ou un cadavre d'oiseau, garde-le pour toi, intervient Raven d'un ton sévère.

Dove grogne un juron.

— Très bien. Je n'ai plus de cadeau, alors.

— Bon, on mange le gâteau ou quoi ? lance Snake avec entrain. Je me dévoue pour le découper, si vous voulez.

Il n'attend aucune réponse et s'empare du couteau. En quelques minutes, tout le monde est servi. Je vois que ma sœur observe avec attention l'assiette du Serpent.

— Tu as pris la plus grande part.

— C'est ma récompense pour avoir découpé le gâteau.

Puis il avale une première bouchée en la regardant droit dans les yeux.

— C'est mon anniversaire.

— J'adore les gâteaux au chocolat, se défend-il, la bouche pleine.

Stella lève les yeux au ciel et abandonne, alors que Raven ricane, distrait par leur courte dispute.

Les garçons commencent ensuite à parler entre eux, Stella se régale avec son gâteau, et moi, j'essaie d'en manger quelques bouchées. L'appétit me fuit.

Mon assiette est pleine de sang.

Mon regard reste figé dessus pendant quelques secondes, ne sachant pas comment faire. Est-ce que si je ferme les yeux, ça disparaîtra ? Est-ce que je dois me faire soigner ? Est-ce que je deviens folle ? Est-ce que c'est ce qu'a vécu Tiger juste après avoir tué Nawel ?

Pour cette question, je suis sûre d'avoir la réponse. Il n'a rien ressenti.

J'entends du bruit autour de moi et je me rends compte que je suis peut-être restée dans mes pensées trop longtemps.

Fox se lève subitement et c'est le bruit de la chaise grinçant contre le carrelage qui me sort de ma léthargie. Il est imité par Snake, puis Raven et Dove. Qu'est-ce qui se passe ?

Quand je lève la tête, je remarque que Tiger est planté en plein milieu de la pièce, les jambes légèrement écartées et le visage fermé.

Il ne nous regarde pas. Il observe quelqu'un à sa droite.

Almanzo.

J'écarquille les yeux et ma respiration s'accélère.

— On était en train de manger, lui explique le Tigre en lui montrant la table d'un coup de menton.

Sa voix est glaciale. La visite de leur patron n'était peut-être pas prévue. Il me l'aurait dit, sinon. Non ? Ou je suis tellement insignifiante qu'il n'a même pas pris la peine de m'en informer ?

Je remarque que Stella me jette un coup d'œil, perdue. Elle ne reconnaît pas son père.

Fox, Snake, Dove et Raven se sont tous levés en même temps, en signe de respect. Ils gardent leurs mains croisées devant eux et ne font pas un seul mouvement, la tête baissée vers le sol.

— Vous pouvez vous asseoir, leur dit alors Almanzo d'une voix forte et sans appel.

Son timbre me fait frissonner.

Il leur ordonne de se rasseoir, parce qu'il se fiche d'eux. La seule personne à qui il accorde de l'attention à ce moment-là, c'est moi. Il me fixe en ignorant totalement les quatre hommes autour de la table. Et en ignorant sa deuxième fille, Stella.

— Ophelia. J'aimerais te parler.

C'est un ordre.

Il se tient à plusieurs mètres de moi, mais sa voix retentit comme s'il était juste à côté. À sa gauche, Tiger demande posément :

— À quel sujet ?

— Je ne crois pas que cela te regarde, Tiger.

Le Tigre réplique directement, d'un ton moins calme. Plus menaçant.

— Elle est chez moi. C'est moi qui la protège.

— C'est ma fille.

Cet argument est sans faille, mais Tiger n'a pas envie de se laisser faire. Je le vois à la façon qu'il a de serrer la mâchoire.

J'aimerais qu'il lutte plus, je n'ai pas envie de me retrouver seule avec Almanzo. Mais c'est son patron et les cinq mafieux montrent une obéissance absolue envers lui depuis qu'il est arrivé. J'en ai aussi fait l'expérience dans son bureau, le jour où je les ai rencontrés.

— Ophelia, qui est-ce ? me souffle Stella.

Elle a sûrement déjà compris, mais garde sans doute l'espoir que je démente ses conclusions.

Bien sûr, Almanzo débarque ici le jour de l'anniversaire de ma sœur. Je le déteste encore plus de gâcher ce moment avec des questions qui trotteront dans sa tête tout le reste de la journée. Je préférerais mentir à Stella, parce que je ne veux pas qu'elle se rende compte à quel point son « père » n'en a rien à faire d'elle.

— C'est Almanzo, intervient Dove, un rictus naissant plaqué sur son visage pâle.

Je lui lance un regard noir, mais c'est déjà trop tard. Stella retient son souffle. Raven, lui, se tourne vers son frère et l'insulte.

— T'es vraiment un connard, Dove, siffle Snake à son tour.

Mais Dove glousse. Ça l'amuse. Ce n'est qu'un jeu pour lui, certainement pas une scène où une fille verrait pour la première fois son père. Un père qui ne lui accorde même pas une seconde d'attention.

Stella ne lâche pas du regard Almanzo, qui discute sévèrement avec Tiger à l'entrée de la pièce. Je n'entends pas ce qu'ils se disent, mais ce n'est plus ma préoccupation numéro un.

— Stella, l'appelé-je le plus doucement possible.

Elle ne me répond même pas. Tout ce qu'elle voit, c'est le père qu'elle n'a jamais eu. Et sans que je l'anticipe, elle se lève et s'enfuit de la pièce en passant à côté de Tiger et d'Almanzo.

Et ce dernier ne la regarde. Même. Pas.

Je me lève pour la suivre mais Snake, plus rapide que moi, m'arrête :

— Reste ici, j'y vais.

À peine ai-je le temps de répliquer qu'il est déjà à sa poursuite. Je laisse le Serpent y aller. Elle a besoin de quelqu'un et je ne suis pas sûre d'être la meilleure personne. Je n'ai pas la force de la consoler aujourd'hui. Je n'y arriverai pas. Il vaut mieux que ce soit lui qui le fasse.

— Ophelia.

Une nouvelle fois, la voix d'Almanzo résonne dans la pièce.

J'ai envie de l'égorger.

Tiger ne peut-il pas tuer son patron ? Lui qui aime tant faire ça. Mais c'est peut-être trop demandé… S'il y a bien une chose qu'il pourrait faire pour moi, ce serait ça.

— Lève-toi. On va parler.

— Pourquoi ?

Fox, à côté de moi, me pince le coude. Il veut que j'arrête de répondre à son patron. Ce qu'il ne comprend pas, c'est que contrairement à lui, je n'ai aucun respect pour cet homme.

— Tu le sauras vite. Suis-moi.

Il m'adresse un regard sévère et se retourne pour sortir de la salle. Le Tigre, qui se tenait debout à côté de lui, me fixe longuement. Je sens qu'il veut me dire quelque chose, mais il est l'homme que je comprends le moins bien ici.

Je suis à contrecœur mon géniteur. Si c'est pour m'apprendre que je n'ai plus besoin de rester chez Tiger, alors il faudrait peut-être que je l'écoute. J'ai envie d'espérer, aujourd'hui. Espérer m'enfuir de ce monde en prenant Stella avec moi. Ne plus jamais les revoir.

Et pourtant, en pensant à ça, mon cœur, ce traître, se serre. Parce que j'ai déjà créé des liens avec certains et je ne pourrais pas les abandonner si brutalement. Malgré qui ils sont et ce qu'ils font.

Je suis dans la merde.

Être forcée de rester dans ce monde cruel est une chose. Mais avoir construit des liens avec des hommes aussi dangereux en est une autre.

Revenir à une vie normale va être plus compliqué que je ne le pensais. Je ne sais même plus si je le pourrais. Ni si j'en serais capable.

J'ai tué.

Je ne pourrais certainement plus réintégrer mon monde. Je suis trop affreuse pour lui, dorénavant. Je ne serais qu'une tache d'encre sur du papier plus ou moins blanc.

J'arrive dans l'immense hall et repère deux hommes que je ne connais pas postés devant la porte d'entrée. Avec leur costume noir, leur carrure imposante et leur attitude fermée, ils sont impressionnants. Sûrement les gardes du corps d'Almanzo pour ses déplacements.

Je suis mon géniteur lorsqu'il passe rapidement par le hall. Ses pas résonnent sur le carrelage luisant. Derrière moi, j'entends des chaises grincer, mais je n'y prête pas attention. Almanzo tourne à gauche et commence à monter les escaliers, faisant comme s'il était chez lui. Et je me doute que c'est grâce à lui que le Tigre a pu se payer un aussi grand et luxueux domaine, mais son excès de confiance alimente ma colère envers lui.

Il n'a pas à se balader ici ainsi. Ici, c'est chez Tiger.

Derrière moi, d'autres pas résonnent. Je me retourne et fronce les sourcils lorsque je m'aperçois qu'ils sont tous derrière moi.

Mais qu'est-ce qu'ils font ?

Ils viennent avec moi, finalement ?

Mon regard va et vient d'eux à Almanzo. Ayant aussi entendu la présence de ses hommes, il s'est tourné et affiche une mine sévère.

— C'est une discussion privée, tonne-t-il.

Je me fige. Savoir que je n'allais pas être seule avec mon géniteur me rassurait. Mais apparemment, il n'est pas d'accord avec ça.

— C'est nous avec elle, ou rien, lâche une voix forte que je reconnais très bien.

Je ne me tourne pas vers eux, je préfère garder mon regard fixé sur mon géniteur. Le Tigre ose encore une fois défier son patron, et Almanzo semble lassé de ces affronts incessants.

Est-ce qu'il l'est réellement, ou il ne veut juste pas se confronter à Tiger ?

— On la protège.

C'est Raven qui a prononcé ces mots.

— Même de moi ?

— De tout le monde, gronde le Tigre.

Almanzo se tend, mais il refuse de répliquer. Il poursuit sa route en montant les dernières marches.

Je peux enfin respirer. Je ne serai pas seule. Il a cédé.

Nous grimpons tous à l'étage et entrons dans le bureau de Tiger. Almanzo sait parfaitement où il se trouve. Dans la pièce, tout le monde trouve sa place naturellement. Je commence à les connaître très bien. Fox se met près de la baie vitrée, Raven part s'asseoir sur une des chaises autour de la grande table, Dove fait de même dans un fauteuil. Et Tiger reste debout, les bras croisés. Près de moi.

Immobile devant la porte.

Mon géniteur, quant à lui, trouve normal de se placer derrière le bureau de Tiger.

Le. Bureau. De. Tiger.

Pas le sien.

— Est-ce que vous pouvez m'expliquer ce bordel ? gronde-t-il lorsque tout le monde est attentif.

Mes épaules se contractent face à son ton colérique. Je ne m'étais même pas encore demandé la raison de sa présence.

Est-ce qu'il sait pour la vengeance ? Est-ce que c'est parce que j'ai tué ?

Almanzo étudie tout le monde un par un, attendant que quelqu'un se dévoue pour lui répondre.

— De quoi parlez-vous ? questionne alors innocemment Raven.

Dove ricane, assis dans son fauteuil.

Almanzo serre les dents et nous assassine tour à tour du regard, comprenant que le Corbeau est en train de le prendre pour un imbécile.

— Je laisse ma fille à cinq de mes hommes les plus compétents et en qui j'ai le plus confiance, et j'apprends un mois plus tard que celle-ci a été embarquée dans une histoire avec le gang des Royal, où elle a assisté au meurtre du premier fils de la famille. Est-ce respectable, à votre avis ?

— Elle n'y a pas assisté, lâche directement une voix à côté de moi.

Quand je tourne ma tête vers Tiger, je ne vois que son profil tendu et ses yeux de flammes. Il ne cille pas.

— Ce n'est pas ce que m'ont rapporté mes sources.

— Eh bien vos sources sont merdiques.

— Tiger, le rappelle à l'ordre Raven.

— Peu importe qu'elle ait été témoin ou non, reprend Almanzo d'un ton toujours plus sec. Quelle était la raison de sa présence là-bas ? J'estime avoir droit à des explications.

Soulagée que ses « sources » n'aient pas tout découvert, je décide de prendre la parole.

— Je m'ennuie ici. Ils m'ont laissée les aider.

— Les aider ?! hurle-t-il d'une voix forte qui fait accélérer mon cœur. Si c'est encore cette histoire de loup…, s'indigne-t-il en regardant l'homme à côté de moi.

Il vise le Tigre, il doit très bien savoir que cette idée de vengeance part de lui. Du pire être vengeur de cette planète. Et comme personne ne le contredit, il comprend bien vite qu'il a raison.

— Vous n'auriez jamais dû l'embarquer dans vos manigances. Vos histoires, vous les réglez entre vous. Ne mêlez jamais ma fille à ça.

— Elle a fait son choix, déclare Dove d'une voix glaciale.

— Parce que vous allez me dire qu'elle a choisi de vous aider ?

— Oui, réponds-je d'un ton dur, en ayant marre qu'il nous réprimande comme des gosses.

Mais il m'ignore encore. Je ne suis rien pour lui, à tel point qu'il ne s'adresse pas à moi mais aux quatre autres hommes dans la pièce. C'est leur réponse qui vaut quelque chose. Ce que je dis, ça passe à la trappe.

— Je l'ai envoyée chez vous pour que vous la protégiez des ennemis qui connaissent à présent son identité et qui pourraient l'utiliser contre moi. Et vous, vous la leur servez sur un plateau d'argent ?!

— Elle nous aide. Mais rassurez-vous, on ne la lâche pas d'une semelle, assène Raven.

— Bien sûr. C'est pour ça qu'elle était à cette réception, crie-t-il d'une voix tranchante. Elle était en présence des tueurs qui s'en sont pris à un Royal. Ils auraient pu lui faire du mal aussi.

— Oh, je t'en prie. Ne fais pas comme si tu en avais quelque chose à foutre de moi.

Je m'avance de quelques pas et soutiens son regard. Derrière moi, je sens Tiger se tendre. J'en ai assez qu'Almanzo, sous prétexte qu'il est mon père biologique, croie avoir un quelconque droit sur moi.

— Tu as seulement peur que tes ennemis ne me montent contre toi. Si je n'avais rien dit à Chad et qu'il ne m'avait pas dénoncée au gang ennemi, tu ne m'aurais jamais parlé. Comme tu le fais en ce moment avec Stella. Il faut qu'elle se pointe à une réception des Royal en gueulant son identité pour que tu lui accordes ne serait-ce qu'un semblant d'attention ?

— Phélie.

— Puisque tu y tiens tant, parlons-en, de Stella !

Dove se lève et vient se placer tranquillement à côté de Tiger. À tel point qu'au départ, je ne le remarque même pas.

— Je ne crois pas que ce soit le bon jour, lance-t-il froidement.

Almanzo lance un regard à Raven, puis à Fox, mais aucun des deux ne contredit la Colombe comme ils auraient sans doute dû le faire.

— Vous vous liguez contre moi, mes fistons ?

— On ne se ligue pas contre vous, on est du côté d'Ophelia et de Stella. Si vous n'êtes pas du leur, on n'y peut rien, déclare calmement Raven en se levant de sa chaise et en venant nous rejoindre, le Tigre, Dove et moi face à Almanzo.

Fox vient vers nous rapidement et acquiesce.

Almanzo rigole froidement en nous détaillant tour à tour, debout en face de lui.

— Si j'apprends que l'un d'entre vous l'a touchée, ou cause sa perte, c'est tout le monde qui trinque, compris ?

Comme pour le défier, ils hochent tous la tête en même temps. Ils sont forts parce qu'ils sont ensemble. Tous les cinq, avec Snake, sont indestructibles.

Mon géniteur, en les laissant s'allier, a juste laissé se former une arme bien plus puissante que lui.

— Je ne vous lâcherai pas, termine sévèrement Almanzo. Ne l'emmenez plus là où il y a des ennemis, elle risquerait sa vie pour rien.

Il ne souhaite pas me protéger en disant cela, il cherche à se protéger, lui. Parce que tant que je reste loin des gangs, je reste loin de toute possibilité de me faire kidnapper. Si un jour je tombe dans les filets de ses ennemis, ils vont se servir de moi pour le faire chanter. C'est ce qu'il craint le plus. Si un ennemi s'en prend à moi et qu'il ne fait rien, c'est sa réputation qui en pâtira. Je suis dans ce monde depuis assez de temps pour avoir compris que la famille était sacrée.

Les derniers propos de mon géniteur provoquent chez les quatre mafieux une tension que je ressens, même si je leur tourne le dos.

« Elle risquerait sa vie pour rien. »

Autrement dit, je risquerais ma vie pour Wolf, mais ça ne vaut pas le coup. Parce que pour Almanzo, il n'est plus personne. Il est mort.

— Venger Wolf est important, grogne le Tigre d'une voix trop puissante pour être respectueuse.

Il ne s'adresse plus à son patron, là. Il s'adresse à un nouvel ennemi.

— Pas si vous impliquez ma fille. Je vous paie pour que vous respectiez mes ordres et la protégiez. Vous savez ce qui vous arrivera si vous n'obéissez pas.

Puis il contourne le bureau et passe devant nous en silence. Personne ne le retient.

Le Tigre se décale pour le laisser sortir, mais avant d'ouvrir la porte, Almanzo lui lance un regard mortel.

— Je reviendrai si j'apprends qu'il y a eu d'autres complications. Et cette fois-ci, je serai moins clément.

Ce sont les derniers mots qu'il prononce avant de claquer la porte derrière lui. Puis tout redevient silencieux. Il n'y a plus que nos respirations qui résonnent faiblement.

— On ne le raccompagne pas, il connaît la maison, ironise alors Raven.

J'essaie de sourire mais je n'y arrive pas.

— Je n'ai pas eu le choix de le laisser entrer mais il se démerde pour sortir, maintenant, grogne Tiger en enfonçant ses mains dans ses poches.

Raven soupire et ajoute :

— Bon, eh bien, c'était moins pire que ce que je pensais.

Je ne sais pas à quoi il s'attendait, alors.

— On va continuer les missions, et je vous jure que si une autre de ses taupes lui rapporte qu'ils ont vu Ophélie, je les noie dans leur propre sang.

Ils acquiescent tous aux propos du Tigre.

Pour leur vengeance, ils sont prêts à se dresser contre leur patron.

Leur loyauté envers leur sixième frère n'a pas de prix. Je me rends compte seulement maintenant à quel point Wolf comptait pour eux, et à quel point ils sont soudés tous les cinq. C'est une famille. Ils n'ont aucun lien de sang, mais ça n'a pas d'importance.

Si l'un tombe, les autres sont là pour le relever. S'ils ne peuvent pas, alors ils le vengent.

Et malgré moi, j'envie leur solidarité. Même si leur univers est sombre et dangereux, inhumain, j'envie ce lien inséparable et leur fraternité.

— En parlant de continuer les missions, intervient Dove d'une voix froide, on en est où ? Des nouvelles ? Ça fait deux semaines que le frère du Prince est mort et on n'a toujours rien fait.

Il s'adresse à Tiger. Tout le monde le sait. Mais celui-ci reste figé.

— Tu ne vas pas me dire que tu n'as rien eu de nouveau, insiste la Colombe.

Le silence du Tigre nous surprend tous. Je le vois à la manière qu'a Raven de le scruter. Je le vois à l'air soudain intéressé de Fox.

Dove fronce les sourcils. Il réfléchit quelques instants, puis sourit de manière flippante.

— Attends. Tu as prévu un truc et tu ne nous as rien dit, c'est ça ?

C'est dingue à quel point la Colombe parvient à cerner les gens. En même temps, ils se connaissent depuis des années et je ne pense pas que l'un d'eux puisse cacher très longtemps la vérité aux autres.

J'observe le Tigre. Il ne dément pas et sa réaction m'intrigue.

— Parce que ce que je vais faire ne vous concerne pas, répond-il finalement.

Dove secoue sa tête et frotte sa main contre sa cuisse. Un tic, peut-être.

— Si ça a un rapport avec Wolf, alors, ça nous concerne. Tu comptes faire quoi ?

Tiger se racle la gorge, et, malgré moi, j'attends impatiemment sa réponse.

— Vous vous souvenez de cette transaction que le Prince a évoquée la première fois qu'il a rencontré Ophélie ? Je sais de source sûre qu'elle a lieu dans deux jours. Le 17 novembre. À 23 heures. Au sud de New York.

— Tu veux aller y jeter un coup d'œil.

Le Tigre acquiesce silencieusement.

— Pour quoi faire ?

— Je veux savoir de quoi il s'agit. Parce que si le Prince compte diriger de plus en plus de territoires, on doit être au courant de l'ampleur que prend son pouvoir. Il s'occupe de l'Ouest, mais si Royal est prêt à lui donner le Sud...

— On y va tous, déclare Raven.

— Non. Uniquement moi. Vous restez tous avec Ophélie et sa sœur.

L'ordre du Tigre n'a pas l'air de plaire à Dove, puisqu'il s'avance de quelques pas vers son frère, la mine fermée.

— Donc quand est-ce qu'on agit, nous ?

— Pas pour le moment.

La Colombe ricane froidement. Il passe sa langue sur sa lèvre du bas. Sa main glisse sur sa cuisse une nouvelle fois.

— Je sais ce que tu es en train de foutre, Tiger. Et ça ne me plaît pas.

Ils se défient tous les deux du regard, le menton relevé, l'air dangereux.

Je suis complètement larguée et j'attends des explications, tout comme Raven et Fox qui assistent à cette scène, impuissants.

— Vas-y.

— Tu veux vraiment que je le dise devant elle ?

Dove tourne sa tête vers moi et je rencontre la lueur glaciale de ses pupilles. Je frissonne instantanément. Les battements de mon cœur s'accélèrent brutalement. J'aimerais rester calme, mais l'attention que me porte Dove me glace le sang.

Tiger ne répond pas, et la Colombe prend ça pour une invitation à parler.

— Tu veux y aller seul parce que tu n'as plus envie que ta petite protégée se retrouve encore en danger.

Sa réplique me coupe le souffle.

Mais ce qui fait battre mon cœur encore plus fort, c'est que le Tigre ne le contredit pas tout de suite.

— Mais je tiens à te rappeler qu'elle est l'appât. Qu'elle se mouille autant que nous. Et qu'elle sera toujours exposée au danger.

— Ça n'a rien à voir, réplique-t-il finalement d'une voix sourde. On ne peut plus entrer en contact avec le Prince. Pas tant qu'il est en deuil. Donc en attendant, je vais l'espionner. On n'a pas besoin d'y aller à quinze.

Dove se rapproche, énervé.

— Recule.

La voix forte du Corbeau claque dans le bureau.

Dove fait un pas en arrière et j'en suis reconnaissante envers son frère. Je n'aime pas la tension qui émane de leurs pores et qui menace d'exploser à tout moment.

— C'était quand l'enterrement de son frère ? Toi qui es au courant de tout mais qui ne nous dit plus rien, crache la Colombe. Partage un peu ton savoir.

— La semaine dernière.

— Quel dommage. Si tu nous l'avais dit, on aurait pu passer leur présenter nos hommages.

— Non, Dove. Je crois que t'as pas vraiment capté. On n'a pas pris la vie de son frère parce qu'il avait pris celle de Wolf. On l'a buté parce qu'il avait compris nos projets. On n'en a plus rien à faire de ce mec, pigé ? Il a compris notre plan, alors il est mort. Terminé. Et on agira comme ça avec chaque personne qui captera nos intentions. Maintenant, on passe à autre chose et on se concentre sur le Prince. Notre objectif, c'est l'atteindre. Se rapprocher le plus possible de lui jusqu'à l'avoir à notre merci.

— Alors qu'est-ce qu'on attend ?

— Qu'il refasse une apparition en société. Pour le moment, il gère son business dans l'ombre, parce qu'il est en deuil.

— Donc on attend qu'il aille mieux ? Où est passée ton idée d'attaquer pendant qu'il était dans le mal ?

— J'ai changé d'avis.

— Ravi d'avoir été consulté pour cette décision, ironise la Colombe d'un air mauvais.

Le Tigre soupire.

— C'est plus judicieux.

— C'est moins dangereux pour elle, oui. Elle est encore sous le choc et tu veux lui laisser plus de temps pour s'en remettre. Tout ça à cause de ce putain de Serpent.

Je vois Tiger tenter de se contenir, mais je sais qu'il va exploser. Les accusations de Dove le mettent en rogne et j'espère que ce n'est pas parce qu'il a raison.

Pourquoi Tiger voudrait faire attention à moi, alors que c'est lui qui m'a forcée à tuer ?

C'est ridicule.

— On ne peut plus atteindre le Prince, Dove. Il ne participe plus à aucun événement, on ne peut pas faire autrement. On doit attendre qu'il revienne.

— Bien. Mais je viens avec toi pour les espionner. On doit le garder à l'œil, même lorsqu'il fait ses coups en douce.

— Il est en deuil pour les événements publics, mais pour ses petites affaires personnelles, il ne l'est plus, intervient Fox en secouant la tête d'un air désapprobateur.

— C'est un Royal. Ils sont tous vicieux. Ils font bonne figure en arrêtant d'aller aux soirées, lâche Raven. En revanche, rien ne stopperait leur business. Et je suis d'accord avec Dove, on ne va pas te laisser y aller seul.

— Dove vient, mais Snake, Fox et toi restez ici. On ne peut pas tous s'y pointer, on est plus intelligents que ça.

Ils acquiescent.

Je ne sais pas vraiment ce que le Tigre compte faire, mais je le laisse tout diriger. Après tout, c'est son rôle.

Fox brise le silence qui s'était installé lorsqu'il lance d'un air presque coupable :

— Maintenant, on ne devrait pas aller retrouver Stella ? On l'a abandonnée le jour de son anniversaire.

Je déglutis péniblement.

— *Je* l'ai laissée.

J'ai préféré suivre Almanzo plutôt que d'aller la consoler.

Tu n'aurais pas pu la consoler.

Elle n'est pas au courant de ce que tu as fait lors de ta dernière mission. Depuis, tu ne peux même plus la regarder dans les yeux.

Mais elle ne doit jamais savoir que sa sœur est devenue une meurtrière.

Les secrets s'accumulent et me rendent malade.

— Elle était avec Snake, me rassure Raven en passant la main dans mon dos avec un geste réconfortant.

Je lui offre un sourire crispé.

J'entends le Tigre à côté de moi jurer. C'est un murmure sec, mais sa voix résonne dans mon crâne. Elle me fait mal.

Je sais qu'il est dangereux.

Mais entendre son timbre rauque fait toujours battre mon cœur d'une façon incompréhensible. C'est trop intense.

Je ne lui pardonnerai jamais ce qu'il a fait.

Ce qu'il *m'a* fait.

Lorsque je me tourne vers lui – aimantée, comme obligée de jeter un œil dans sa direction –, je vois que ses yeux de flammes sondent un peu trop intensément Raven qui me caresse le dos. Ce dernier s'en rend compte beaucoup plus rapidement que moi. En une seconde, le Corbeau se décale et cesse tout contact.

J'aurais pu faire quelque chose. Sans doute. Mais Fox interrompt mes réflexions.

— Ouais, maintenant, on va la retrouver et on finit le gâteau. J'ai encore faim !

Snake

Mon regard alterne entre Kid, à côté de moi, et son père, quasiment dans mon dos. Elle ne le lâche pas des yeux, mais Almanzo reste concentré sur Tiger. Il ne semble même pas l'avoir remarquée, et elle, elle attend patiemment qu'il se tourne vers elle, des larmes au bord des cils.

Attendant qu'il lui prouve qu'il sait qu'elle existe.

Mais les faits sont là : elle n'est rien pour lui.

— Stella, l'appelle doucement Ophelia en la scrutant d'un air préoccupé.

Tout ça à cause *de este pendejo*.

Un jour, Dove, je vais te faire ravaler ton sourire d'abruti. *Hijo de puta*.

Kid reste silencieuse, les lèvres pincées et le regard rivé sur l'homme qu'elle appelle papa.

Mais brusquement, elle s'enfuit de la pièce. Personne n'a le temps de réagir. Sans réfléchir, je bondis de ma chaise et la suis.

Je sais qu'Almanzo est mon patron.

Que je ne dois pas dire du mal de lui. Que je lui dois le respect et l'obéissance.

Mais à ce moment-là, il est le dernier des connards de cette Terre.

Il ne se rend même pas compte du mal qu'il fait à Kid. Ou il s'en fout.

Je serre les dents pour me retenir de prononcer les insultes qui fusent sous mon crâne en m'élançant derrière elle.

Je la vois entrer dans la cuisine, ses cheveux blonds flottant dans l'air. Elle se jette sur la baie vitrée qu'elle s'empresse de faire coulisser.

— Kid !

Elle ne se retourne même pas et s'enfuit dehors. Il pleut, mais rien de bien méchant. Je la rattrape à mi-chemin entre la terrasse et la forêt.

— Kid ! l'appelé-je une seconde fois, sans plus de réponse que la première.

Elle fuit.

C'est normal, elle est jeune. Un jour, elle sera suffisamment sûre d'elle pour défier Almanzo… Elle s'engouffre dans la forêt qui entoure le domaine de Tiger.

— Kid, tu vas fuir encore longtemps ?!

La suivre comme un toutou commence à m'agacer sérieusement, mais je prends sur moi. Ce qui se passe n'est pas sa faute. S'il y a bien quelqu'un contre qui je dois m'énerver aujourd'hui, c'est Almanzo.

Or, il est l'homme que je m'interdis d'affronter, parce que ma seule qualité, c'est bien la loyauté. On doit tous l'être. C'est la règle.

Kid s'enfonce dans la forêt. Bordel, elle a vraiment décidé de se barrer. Elle ne sait pas que le domaine de Tiger est impénétrable. De l'extérieur, il est impossible d'y entrer. De l'intérieur, c'est assez difficile d'en sortir quand on n'en a pas l'autorisation.

— Tu vas t'arrêter ou je te laisse te perdre ?

— Laisse-moi ! crie-t-elle en continuant sa course.

Cette fois, je ne l'écoute pas.

En quelques foulées, je suis assez proche pour lui saisir le bras. D'une légère pression, je l'oblige à se tourner vers moi.

Elle me fixe, essoufflée, de la rage danse dans ses yeux bleus.

— Dégage. Pars. Laisse-moi. Va-t'en ! Retourne avec ton patron ! crache-t-elle.

Putain, qu'est-ce que j'ai envie de l'envoyer bouler. De lui gueuler que je n'y suis pour rien et qu'elle ferait mieux de garder son énergie pour autre chose, au lieu de s'en prendre à moi.

Mais je conserve mon calme d'une façon qui m'impressionne. Je ne bronche pas.

Je comprends sa colère. Cette journée – son anniversaire – est sûrement en train de devenir la pire de sa vie. Oui, mais ça ne sert à rien de s'énerver.

L'indifférence d'Almanzo ne devrait pas la blesser. Au contraire. C'est mieux que s'il l'avait remarquée. Un seul regard de sa part vous attire tout un tas de problèmes.

Mais ça, elle ne peut pas le comprendre. Elle pense uniquement au fait qu'elle désire avoir un père. Malheureusement, le sien n'est pas à la hauteur.

— Lâche-moi, répète-t-elle.

Je l'observe se débattre, mais je ne la libère pas pour autant. J'ai besoin de la retenir. Malgré moi, j'ai besoin de la garder.

Je ne peux pas la laisser partir.

— Calme-toi.

— Mais je suis calme !

Je rigole, et ça n'a pas l'air de lui plaire.

— T'es qu'un idiot ! Ça te fait rire, hein, de me voir comme ça ?!

Ses yeux lancent des éclairs, mais je les vois se remplir de larmes.

Alors je lui obéis, m'attendant à ce qu'elle se barre. Mais elle reste là. Droite et le cœur brisé.

— Je veux être seule, tu comprends ?!

Des larmes commencent à rouler le long de ses joues, et la voir si malheureuse pour un connard comme Almanzo me donne envie de le descendre. De lui foutre une balle dans la tête sans prévenir.

Mais c'est mon putain de patron. Il m'a accordé sa confiance à un moment où j'avais besoin de me sentir utile. Important. À un moment où j'étais tellement paumé que je ne savais plus comment vivre.

Kid éclate en sanglots et se laisse tomber sur le sol en se recroquevillant. Je la toise en pinçant les lèvres, plus embêté qu'énervé à présent.

— Allez, allez...

Je tente de la consoler, mais je grimace tant je me montre maladroit.

S'il y a bien un truc que je merde parfaitement, c'est consoler les gens. En même temps, depuis que je suis dans ce milieu, ce n'est pas quelque chose que je dois faire souvent.

J'essaie de fouiller dans mes souvenirs.

Rappelle-toi avant. Qu'est-ce que tu faisais ?

Je pousse une injure lorsque des flashs du passé resurgissent.

Je ne vais quand même pas la prendre dans mes bras ! Hors. De. Question. Ce n'est plus moi.

— Relève-toi, ordonné-je alors.

Parce que c'est la seule chose que je sais faire maintenant. Donner des ordres et en recevoir sans broncher.

Kid est assise sur le sol, humide, plein de mousse et de bestioles bizarres qui grouillent.

— Relève-toi ou c'est moi qui m'en charge, sifflé-je en croisant les bras.

Elle renifle bruyamment. *Quelle gamine.*

— Kid. Si c'est moi qui te remets debout, ça ne va pas te plaire.

Elle lève ses yeux rougis vers moi. Elle a l'air faible et soumise et ça me tue de la voir ainsi. Je m'agenouille à sa hauteur.

— Snake. Il ne sait pas que j'existe…

— Crois-moi, Kid, c'est beaucoup mieux comme ça.

Je lui tends la main, mais elle ne la saisit pas.

— On rentre.

— Je n'ai pas envie de le revoir.

— Il fait froid ici.

— Et alors ? Je préfère geler plutôt que de voir sa vieille tronche.

J'éclate de rire en l'entendant cracher comme ça sur son père, et ça la fait sourire légèrement à son tour.

Mais son sourire s'efface vite et son visage se ferme.

— Dis-moi, murmure-t-elle. Pourquoi je n'ai pas eu la chance d'avoir des parents ?

Je contracte la mâchoire sans savoir quoi dire pour la réconforter.

Dans sa vie, ses parents sont absents.

Dans ma vie, c'est moi qui ai décidé de couper les ponts.

Et ça me fait chier de l'admettre, mais à ce moment-là, je me sens mal. Elle, elle n'a pas eu le choix. Moi, je l'ai eu et j'ai tout fait foirer.

Je tente de capter son regard océan. Il *faut* qu'elle me regarde.

— Il y a des gens qui doivent se battre plus que les autres, mais ça ne veut pas dire qu'ils perdront. Au contraire, ils sont bien plus forts.

— Mais je ne suis pas forte.

Bien sûr que si, tu l'es. Plus que moi, en tout cas. Parce que toi, tu te bats pour rester du bon côté. Moi, je n'ai jamais su le faire et je me suis rapidement retrouvé dans les abysses du mauvais côté.

Je me racle la gorge.

— Tout arrive pour une bonne raison.

— Je n'ai pas connu ma mère et mon « père » se fiche de moi. Je suis enfermée ici et entourée de meurtriers. Elle est où, ta bonne raison ?

« Entourée de meurtriers. »

— Ouais, et il y a un « meurtrier » qui est en train de prendre sur lui pour te rassurer.

C'est sorti tout seul, putain.

Je m'en veux aussitôt. Mais je déteste qu'elle emploie ce mot. Je ne suis pas un *meurtrier*. Pas vraiment.

Eux, ils tuent la plupart du temps pour le plaisir. Moi, c'est par nécessité.

Ou pour me venger.

Elle baisse la tête. C'est la première fois qu'elle réagit comme ça, comme si elle s'en voulait, et je dois me forcer pour ne rien laisser paraître. Qu'elle réponde ainsi à mon comportement un peu trop brutal ne me fait rien.

Ça ne te fait rien, Snake. Rien.

Ce. N'est. Qu'une. Gamine.

Kid.

— Désolée. Il faut que j'arrête de mettre ça sur le tapis.

Et en plus elle s'excuse…

Je ne dis rien. Je ne fais rien. Je ne la regarde même plus. Je tente juste de calmer les pensées tordues qui s'agitent sous mon crâne.

La voir si faible, malheureuse et paumée… ça me fait un putain de truc.

— Pourquoi tu m'as suivie ? me demande-t-elle doucement.

— Parce que tu es la sœur d'Ophelia et que je dois te protéger.

C'est un automatisme. C'est une phrase que j'ai apprise par cœur. Je la prononce comme des mômes réciteraient une comptine.

Je la protège uniquement parce qu'elle est la petite sœur d'Ophelia et la fille de notre patron.

Sauf que je la protégerais même de lui. Et être contre Almanzo me vaudra des problèmes un jour ou l'autre.

— Il ne peut rien m'arriver tant que je suis dans le domaine de Tiger, me contredit-elle.

Puis elle prend enfin ma main et je l'aide à se relever, rassuré qu'elle n'en dise pas plus.

Je n'ai rien à faire ici, avec elle. Et on le sait tous les deux.

— On rentre, c'est bon ?

Elle acquiesce, beaucoup plus calme que tout à l'heure, et nous nous dirigeons vers la maison.

— Je ne t'ai toujours pas offert ton cadeau, au fait, lâché-je en tournant la tête vers elle.

— T'as quelque chose pour moi ?

— Bien sûr, tu croyais quoi ?

Tu croyais que j'allais laisser Raven et Fox t'offrir leurs merdes sans intervenir ?

Elle me fixe, surprise. Ses yeux ne sont déjà plus aussi rouges que tout à l'heure.

Je plonge la main dans la poche avant de mon jean. OK, ce n'est pas très classe. Moi, je n'ai pas prévu de petite boîte comme l'a fait Raven. Mais c'est le geste qui compte, après tout.

Je sors un collier fin, couleur or, avec un petit détail. Un petit détail d'une grande importance.

Le pendentif est en forme de serpent, et celui-ci s'enroule autour de la chaîne du collier. Il darde sa langue venimeuse.

Je le dépose dans le creux de sa main. Elle l'observe un moment, curieuse.

— C'est un collier ?

Ne le dis pas.

Ne sors pas la réplique débile qui ne fait rire que toi, Snake.

Ne lui lâche pas d'un ton ironique : « Non, c'est un flingue. Ça ne se voit pas ? »

Elle va te prendre pour un gamin encore moins mature qu'elle.

Alors je me contente d'acquiescer, et elle, elle esquisse un sourire discret.

— Je viens de te crier dessus, souligne-t-elle en grimaçant.

— Et alors ? C'est ton anniversaire...

— Il est magnifique, lâche-t-elle en le faisant pendre entre ses doigts.

L'or va parfaitement avec la couleur légèrement bronzée de sa peau.

— Merci.

Elle le place autour de son cou. Je me recule pour mieux la voir.

— Il est beau ? demande-t-elle malicieusement.

J'effleure du doigt le serpent en or.

— Il ira parfaitement avec les boucles d'oreilles de Raven, lance-t-elle de nouveau heureuse, comme si l'incident avec son père n'avait jamais eu lieu.

Je fixe le collier autour de son cou comme s'il était mon trophée et fais glisser mon index sur sa peau chaude.

Maintenant, elle est mienne. Elle porte mon symbole. Mon nom.

Tout ce qui me représente.

Et pour une raison qui m'échappe, cette pensée me rassure autant qu'elle me torture. Je laisse retomber mon bras.

La pluie commence à tomber si fort que même le couvert des arbres ne nous protège plus, alors nous nous dépêchons de rentrer. Il caille et aucun de nous deux n'a mis de blouson.

Immédiatement, elle file vers le hall.

Je ne sais pas ce que je dois faire. Sûrement la laisser. Elle n'a plus besoin de moi.

Elle n'a jamais eu besoin de toi.

Oui, mais moi, j'avais besoin de la suivre. Certainement pour avoir la conscience tranquille.

Du coin de l'œil, je la vois se figer à l'entrée de la cuisine.

Almanzo est là. Il descend les dernières marches de l'escalier d'un air furibond.

Je le rejoins et me place devant elle.

C'est idiot, Almanzo ne lui fera rien physiquement, mais je veux m'assurer qu'il ne pourra plus lui faire du mal autrement.

— Patron, lancé-je en cachant Kid derrière moi.

— Snake.

Je lui adresse un léger coup de menton pour le saluer et le suis des yeux jusqu'à ce qu'il s'en aille.

Je me tourne ensuite vers Kid, et lis dans son regard désespéré toujours la même question : « Pourquoi ne veut-il pas de moi ? »

Et je lui réponds toujours la même phrase, de vive voix :

— Crois-moi, c'est mieux comme ça.

Elle fait non de la tête, les lèvres tremblantes.
— Kid. Oublie-le.
C'est toujours mieux d'oublier.
C'est toujours mieux comme ça.

Chapitre 15

Se sauver ou couler

Dove

Je monte dans la bagnole sombre de Tiger, côté passager. Ce n'est pas ma caisse préférée, mais sa couleur va nous permettre de nous fondre facilement dans les rues obscures de la banlieue de New York.

Tiger démarre. Autour de nous, c'est le silence complet. Dans la voiture et dans le sous-sol. On n'entend que le moteur gronder et le glissement métallique de la porte noire qui s'ouvre.

C'est calme.

Je suis à deux doigts de demander à Tiger d'allumer la radio.

Un coup contre la carrosserie nous surprend. Je ne vois que le garage entièrement vide, éclairé par les néons jaunes au plafond. Quelques voitures de sport sont garées face au mur en béton et les portes de l'ascenseur sont fermées un peu plus loin.

— Quelque chose a dû tomber.

— Ouais, soupiré-je en me rasseyant confortablement sur le siège.

Autre coup. Plus fort. La carrosserie tremble, signe que quelque chose ou quelqu'un l'a heurté.

Tous les sens en alertes, j'observe attentivement l'extérieur, essayant de comprendre d'où provient ce bruit. Mais il n'y a strictement rien.

Soudain, la tête de Snake apparaît dans mon champ de vision lorsqu'il appuie son front contre la vitre teintée pour tenter de regarder à l'intérieur.

— Mais quel con, grogne le Tigre à côté de moi. Baisse la vitre et demande-lui quel est son problème.

Snake tape frénétiquement contre ma vitre et son « eh oh » étouffé nous parvient.

Je la baisse en soupirant.

— Qu'est-ce que tu veux, Serpent ?

Il m'adresse une moue suppliante et pose les mains contre le rebord de la portière.

— Prenez-moi avec vous.

Je fronce les sourcils, intrigué.

— Fox et Stella veulent me teindre les cheveux en noir parce qu'ils disent que le vert, c'est moche.

Je jette un coup d'œil à Tiger, il lève les yeux au ciel en murmurant :

— On va enfin exaucer mes prières.

Ce contretemps m'exaspère. Le boulot me manque. Nous n'avons plus que la protection d'Ophelia, le patron ne compte plus du tout sur nous pour les règlements de comptes ou autres affaires sanglantes. Résultat, on ne sort plus de la baraque de Tiger, à part pour les missions qui concernent notre vengeance. Mais celles-ci sont ennuyeuses à mourir, pas comme celles qu'on avait l'habitude de faire tous les cinq.

— On est au complet. Dommage.

Je n'ai pas envie de me le coltiner toute la soirée.

Tiger et moi, on peut vraiment s'amuser. Si Snake vient avec nous, il va certainement jouer les rabat-joie. Si j'ai tant voulu accompagner le Tigre, c'est que j'ai vraiment besoin d'adrénaline. Je suis carrément en manque. Alors ce n'est pas un Serpent qui va m'empêcher d'arriver à mes fins.

Je remonte la vitre, l'obligeant à virer ses mains, mais il toque de plus belle.

— S'il vous plaît ! Sans mes cheveux verts, je ne suis plus Snake !

Je marmonne un juron. Il ne nous lâchera pas.

— Crois-moi, un peu de changement ne te fera pas de mal !

La voix de Tiger claque et Snake l'entend de là où il est.

Et il va y rester, dans ce sous-sol. Il est hors de question qu'il vienne avec nous.

— Il ne monte pas. Je te jure qu'il ne monte pas, râlé-je en mettant la main devant la bouche pour que le Serpent ne puisse pas lire sur mes lèvres.

Tiger ricane en acquiesçant.

Je me retourne vers Snake et lance d'une voix forte :

— Je crois qu'on attend tous ce jour avec impatience !

— C'est pour le bien de nos yeux, Snake, ajoute le Tigre.

— Je vous emmerde ! Emmenez-moi. Allez !

Il tente d'ouvrir la portière arrière, mais celle-ci est verrouillée, alors je le vois réapparaître à côté de moi, l'air dépité.

— Tu remercieras Fox et Stella de ma part, lancé-je.

— Les gars, je ne rigole plus. Je n'ai pas envie de rester avec le Renard et la gamine qui se prennent pour des coiffeurs. J'ai besoin d'action. Il faut que je sorte ou je vais devenir fou.

Il tape encore sur la vitre.

Je le comprends, c'est exactement pour cette raison que j'accompagne Tiger ce soir.

— J'en ai ma claque de ne faire que des allers-retours entre ma baraque et la tienne, Tiger ! J'AI BESOIN D'ACTION !

Sa putain de voix résonne et il tambourine contre ma portière comme un fou.

— OK, OK. Très bien, grince Tiger. Mais putain, n'abîme pas ma bagnole !

Puis ses pupilles brunes rencontrent les miennes, glacées. La glace et la flamme. Deux éléments complètement différents pour un même univers.

— Ouvre-lui ou il va défoncer ma nouvelle bagnole, ce barge.

— T'as pas un truc automatique pour ça ?

— C'est la première fois que je roule avec, OK ? Faut que je m'y fasse. Ouvre-lui.

Je glisse alors ma main à l'arrière et déverrouille la portière manuellement. Aussitôt, Snake se glisse à l'intérieur et referme après lui en claquant violemment la portière, ce qui fait grogner le Tigre.

— J'étais d'accord pour rester sur la touche ce soir, attaque-t-il, un peu essoufflé. Mais là, c'est trop. Quand le Renard a chopé les ciseaux, j'ai couru vous rejoindre.

Je soupire et repose l'arrière de mon crâne contre l'appuie-tête confortable de mon siège.

Je ferme les yeux trois secondes et lance, froidement :

— Protéger Ophelia ne te réussit pas, mon pauvre.

Ça ne me réussit pas non plus, mais c'est *moi* qui vais en mission ce soir.

Et certainement pas avec un serpent indiscret et impatient.

— Si Tiger ne m'avait pas obligé à rester chez lui pour garder une fille de VINGT ANS qui pourrait TRÈS BIEN se garder TOUTE SEULE, surtout s'il y a Fox et Raven avec elle, pendant que lui prend son shot d'adrénaline en mission, je ne me comporterais pas comme ça.

— Et Stella alors ? contré-je insidieusement, parce que je sais très bien que prononcer son nom le fera réagir.

Peut-être même que ça lui fera oublier son besoin pressant d'adrénaline.

Je ne savais pas que c'était son truc, les gamines. Je connais Snake depuis presque dix ans maintenant, mais il nous avait caché ce petit trait de sa personnalité.

Quand j'y pense, ça me fait presque marrer. On est tous foutus, on est tous cinglés.

On a tous quelque chose qui ne tourne pas rond, et c'est ce qui fait qu'on est si proches.

La plupart du temps…

— La ferme. Elle s'entend très bien avec Fox. De mieux en mieux, même…, marmonne-t-il dans sa barbe.

— Et t'as pas peur de la laisser avec lui, justement ?

— Pff, c'est Fox. Il n'a jamais réussi à avoir d'amis à part nous, je ne pense pas que Kid y changera quelque chose.

— Moi, je trouve qu'ils s'entendent très bien, pas vrai Tiger ?

En faire des caisses, c'est ce qu'il faut à ce moment-là. Je vais l'avoir.

Et il va vite dégager de cette bagnole.

— Oh oui, comme deux amis de longue date.

— De *très* longue date.

— Il s'entend mieux avec elle qu'avec Ophélie, d'ailleurs, ajoute le Tigre.

— C'est faux, marmonne Snake. Et Kid est bien trop franche pour Fox. Il se vexe super rapidement.

Je rigole.

— Elle n'est franche qu'avec toi.

— C'est vrai. Elle n'ose même pas lever ses yeux vers moi, confie Tiger.

Snake ne répond pas. Il ne dit plus rien.

Puis finalement, je l'entends murmurer derrière moi :

— Fox et Kid, Fox et Kid, Fox et Kid... Vous pensez vraiment qu'ils s'entendent si bien que ça ?

Je hoche la tête en le regardant par le rétroviseur.

— Fox a toujours aimé prendre soin des chiots abandonnés. C'est son côté « canidé » qui ressort.

Tiger ricane.

Si je peux tailler le Renard en même temps que virer Snake, alors ce sera parfait. J'en serais fier et enchanté.

— Je ne vais pas le laisser faire. Elle porte mon collier. C'est *moi* qui l'ai ramenée ici.

Tiger se retourne subitement et je le dévisage.

— Garde tes distances quand même, hein.

Et ça me fait carrément rire. Intérieurement. C'est lui qui dit ça ?

Il ne sait même plus se maîtriser quand il s'agit d'Ophelia et il cherche à empêcher Snake d'approcher Stella ?

Je secoue la tête en écoutant Tiger donner une leçon de morale au Serpent.

On ne voit jamais nos erreurs, que celles des autres. On n'est bon qu'à reprendre les gens sans nous remettre en question une seule seconde. Parce qu'on est tous le centre de notre propre univers. Après tout, c'est quand on laisse les autres devenir acteurs de notre monde qu'on se perd vraiment.

— Je ne veux juste pas être mis de côté, se défend Snake. Si elle est proche d'eux, je ne comprends pas pourquoi elle l'est moins avec moi.

Je lève les yeux en l'air.

Ce gars va avoir des problèmes, de sérieux problèmes avec le patron, s'il continue à prendre trop à cœur la relation avec les filles Rizzi.

Elles ne sont rien pour nous. Qu'une mission parmi tant d'autres.

Il n'y a donc que moi qui le vois comme ça ?

Snake ouvre la portière, ce qui me surprend. Il se jette hors de la bagnole sans un mot d'explication, mais avant qu'il referme la portière, je l'arrête.

— Tu donneras ça à Fox de ma part.

Je lui tends un billet de 20 dollars qu'il considère un court instant.

Voyant qu'il fronce les sourcils sans prendre ce que je lui donne, j'agite le billet sous son nez et lui explique calmement :

— Pour qu'il te teigne les cheveux. Je peux même doubler la somme s'il arrive à te les couper.

Il siffle une injure tout en chopant le billet d'un geste brusque en le laissant tomber au sol. Puis il claque brutalement la portière et j'entends Tiger pousser un juron face à la violence du serpent.

Je baisse rapidement ma vitre et passe la tête.

— Pense à nous, Snake. C'est dur de devoir regarder cette horreur à longueur de temps !

Il me lance son majeur en guise de réponse et je le vois rejoindre rapidement l'ascenseur.

Ce qui m'amuse, c'est la façon qu'il a d'accorder de l'importance à une simple gamine de dix-huit piges.

Elle n'est rien. Juste sa nouvelle lubie. Et c'est sans doute cette nouveauté qui l'attire.

Mais c'est d'autant plus dangereux lorsqu'il s'agit de la fille du patron.

Moi aussi, j'aurais pu m'en amuser. J'aurais pu utiliser Ophelia ou Stella pour me divertir. C'est risqué et ça aurait dû m'attirer. Et pourtant, je ne l'ai pas fait.

Je n'en ai même pas eu l'idée. Je n'y ai pas pensé une seule seconde et je crois savoir pourquoi.

— Bon, assez parlé. On va être à la bourre avec ces conneries.

C'est parce qu'en ce moment, chaque fois que j'essaie de jouer, je ne cherche pas vraiment le danger.

Je cherche Fox.

Tiger démarre sans un bruit et sort enfin du garage. Nous nous enfonçons dans la nuit automnale, calme et nuageuse.

Je me renfonce alors dans mon siège et observe impassiblement le paysage défiler à travers le pare-brise. Il est presque 22 heures et la nuit est tombée depuis un bon moment. Autrement dit, regarder dehors ne sert pas à grand-chose, il n'y a rien à voir. Le ciel sombre est voilé de nuages noirs qui masquent les étoiles, la propriété de Tiger est ensevelie par l'obscurité. Les seules lumières proviennent des phares de la voiture qui éclairent faiblement le chemin de gravier jusqu'à l'immense portail d'acier.

Nous partons en direction du sud de New York, à un endroit très précis que seul Tiger connaît. Je ne fais que l'accompagner.

Nous allons nous y rendre discrètement, espionner la transaction qui va s'y dérouler cette nuit et tenter de comprendre de quoi il s'agit. Le Prince a-t-il obtenu le droit de diriger le Sud ?

Dans cette ville, deux gangs règnent en maîtres. Les Royal et nous, les Blood Red Roses. Nous ne nous partageons rien. Nos territoires sont les mêmes, c'est pourquoi lorsqu'on se croise – à peu près tout le temps –, nous nous affrontons. Jamais personne n'a réussi à se mettre d'accord pour se partager la ville. Même si nous n'avons pas les mêmes commerces, des mésententes surviennent facilement et des conflits éclatent chaque jour. Les Royal font dans la drogue – cocaïne, marijuana, et les échanges d'opium avec l'Europe – et nous faisons principalement dans le trafic d'armes.

Chez nous, c'est Almanzo qui règne sur la ville entière. À l'exception des lieux touristiques. Ils sont trop bien surveillés, nous préférons effectuer nos transactions à l'écart de la population. C'est une règle.

Chez les Royal, le patron a deux fils. *Avait* deux fils. Il avait donné à son premier l'Est, et à son second – le Prince – l'Ouest.

Or, le premier est décédé, alors qui dirige l'Est maintenant ? Et pourquoi le Prince s'apprête-t-il à régner sur le Sud ?

C'est bien simple : plus il aura de territoires, plus il sera intouchable.

Pour notre gang, ce changement de territoire n'affectera personne. Nous avons notre propre répartition et Almanzo dirige tout. Les Royal font ce qu'ils veulent, tant qu'ils n'empiètent pas sur notre marché.

Mais pour notre vengeance, ce changement va s'avérer déterminant. Si le Prince, en plus d'avoir l'Ouest, obtient le Sud et récupère l'Est de son frère, alors on est foutus. Il deviendra beaucoup trop puissant et ça m'étonnerait qu'il se préoccupe ensuite de notre petite Ophelia. Il l'oubliera, et nous, on devra oublier notre plan. Il sera intouchable.

Nous devons découvrir la raison de ce changement de statut.

Il n'y a pas trente-six solutions. Soit le Prince a supplié son père de lui donner d'autres territoires pour devenir plus influent. Soit celui-ci est mourant et prépare son fils à lui succéder.

Et si le Prince devient le numéro un, il ne sera plus seulement hors de notre portée. Il sera au même niveau qu'Almanzo. *Inatteignable*.

Dans la voiture, l'ambiance commence à devenir électrique. Nous sommes tous les deux sur le qui-vive. Nous avons la vengeance dans le sang, nous voulons détruire le Prince comme il a détruit Wolf. Une vie pour une vie.

Sauf que la vie du Prince devient de moins en moins accessible.

Lorsque Tiger baisse le volume de la radio que j'avais allumée une dizaine de minutes avant, je comprends que nous arrivons à destination. Il quitte la route principale pour s'enfoncer dans une ruelle obscure. Les rues ici ne sont pas assez larges pour permettre le passage de deux voitures. Si quelqu'un arrive en face, nous serons bloqués.

— On y est presque. Sois attentif, lâche Tiger en éteignant ses phares et en ralentissant.

— Tu me prends pour qui ? Un stagiaire ?

— Je te prends pour ce que tu es : un mec qui a besoin d'action. Mais on ne doit pas se faire repérer. Ne me fais pas regretter de t'avoir autorisé à venir.

Je ne bouge pas.

Tiger se gare près d'un container qui me gâche presque toute la vue.

— Fais chier, je ne vois rien.

— Je vois très bien, moi.

Comprenant rapidement qu'il l'a fait exprès, je prends une grande inspiration pour rester calme et respectueux.

Nous attendons comme ça une dizaine de minutes, peut-être une demi-heure. Dans le silence, l'attente et l'ennui. Il fait sombre, seule la faible lumière d'un lampadaire au bout de la rue éclaire l'intérieur de la voiture. Le vent froid s'engouffre dans l'habitacle par ma vitre légèrement ouverte. Je ne frissonne pas, habitué depuis longtemps aux températures glaciales de l'automne.

Je m'amuse avec mon arme pour faire passer le temps.

Soudain, le reflet de deux phares apparaît derrière nous. Tiger se laisse glisser sur son siège et me tapote l'avant-bras pour m'inviter à faire de même.

Une bagnole sombre passe juste à côté de nous, à faible allure, et s'arrête au bout de la rue.

— Tu vois quelque chose ? murmuré-je à Tiger.

Il se redresse légèrement.

— Je vois tout.

— Parfait.

Je tente d'écouter attentivement, mais tout ce que je distingue, c'est le son du vent entraînant quelques canettes vides qui roulent le long de la rue pavée.

Puis une portière claque, brisant le silence. Une deuxième résonne aussitôt après. J'observe le profil attentif de Tiger, mais son visage ne laisse rien paraître.

Je réussis à capter des bribes de discussion, mais rien de concret. Je n'arrive même pas à déterminer si elles sont dans notre langue.

L'échange ne dure que quelques minutes, puis les deux portières s'ouvrent de nouveau. On entend ensuite le moteur démarrer et la bagnole s'éloigner une seconde plus tard.

Tout redevient calme. Exactement comme avant.

— Alors ? lâché-je, impatient.

Tiger m'offre une moue crispée qui n'annonce rien de bon.

— On s'est déplacés pour une putain de boîte en carton.

À peine ai-je le temps d'ouvrir la bouche qu'un coup contre la carrosserie de la bagnole nous prend par surprise.

C'est Snake qui nous a suivis, pensé-je en blaguant.

Tiger sort son arme.

Un autre coup retentit à l'arrière, puis une voix d'homme nous parvient.

— Voiture identifiée. Verrouillée de l'intérieur.

— Merde, marmonne Tiger sans bouger d'un millimètre.

Le faisceau d'une lampe torche apparaît devant sa vitre, éclairant l'intérieur. Et nos visages.

En un instant, le type braque son arme dans notre direction et nous adresse un regard sévère.

— Sortez de la bagnole.

Ce mec n'est définitivement pas de notre gang. Je ne le reconnais pas et il ne m'inspire pas confiance.

— SORTEZ DE LA BAGNOLE !

— On le bute ? demandé-je à voix basse en ouvrant nonchalamment la portière.

— On s'assure d'abord qu'il n'est en communication directe avec personne, murmure Tiger avant de sortir.

Nous nous retrouvons face à un homme d'une trentaine d'années, habillé tout en noir, un flingue sombre dans une main et un talkie-walkie dans l'autre.

— Mains sur la tête.

— Génial. On est tombés sur un connard qui se prend pour un flic, lâche hargneusement le Tigre, ce qui me fait esquisser un petit rictus amusé.

Tiger lève les mains lentement, sans lâcher son arme. Il me lance un regard furtif, un regard brûlant, violent.

Il reste calme et obéissant. Mais je sais qu'il menace d'exploser à tout instant.

Je dévisage intensément l'homme face à nous qui braque son flingue sur moi.

— Tes mains derrière la tête. TOUT DE SUITE !

Je place les mains sur la nuque sans un mot, tout en le fixant intensément.

Il va le regretter.

Très vite.

Le mec lance un regard noir à Tiger.

— Jette ton arme à terre, lui ordonne-t-il.

Le Tigre grogne une injure, puis s'exécute. Elle atterrit au sol dans un bruit sourd, près de ses pieds.

— Pousse-la vers moi.

— Va te faire foutre.

Je tente de ne pas rire. C'est compliqué de garder son sérieux lorsqu'on est habitués à ce genre de situation. Ça ne nous fait plus peur, on sait exactement comment s'en sortir. Ce mec face à nous ne l'a pas encore compris, c'est tout.

— Fais-le ou je tire.

— Viens la chercher si t'as du cran, le nargue le Tigre de sa voix puissante.

L'homme se tend et me scrute. Je n'ai pas bougé. Voyant que je suis plutôt obéissant, il s'approche doucement, gardant le Tigre à l'œil. Et uniquement lui.

— Mets-toi face à la caisse.

Tiger obéit en me lançant un regard de flammes.

Lui, on va clairement se le faire, et on le sait tous les deux.

Arrivé à son niveau, le mec se baisse et chope rapidement le flingue que Tiger a jeté au sol.

Le Tigre est face à sa bagnole, les mains sur la tête et la respiration régulière. Je le regarde faire, sachant ce qu'il prépare.

Tiger pivote légèrement sur sa gauche et envoie son genou dans la tronche du type.

Trop lent. Trop naïf. Trop faible. Peut-être un nouveau ? Ou un incompétent.

Un grognement bestial lui échappe alors qu'il porte les mains à son nez.

— Enculé !

Il a tout lâché. Le Tigre envoie valser son Beretta sous la bagnole d'un coup de pied contrôlé.

Le gars reprend très vite ses esprits et récupère son arme qu'il pointe aussitôt sur Tiger.

J'arrive une seconde après dans son dos, alors qu'il lance un regard furtif à gauche, là où je me trouvais il y a cinq secondes.

— Eh ! Où est ton pote ?

Je le jette à terre d'un violent coup sur le crâne.

— Je ne suis pas parti, t'en fais pas.

Je le désarme rapidement en tendant son arme à Tiger juste à côté, puis le chope par le col et le force à se remettre sur ses pieds.

Sa lèvre saigne et son nez pisse le sang. Je lui balance un autre coup dans la tronche.

Putain que ça fait du bien.

— Partage un peu, grogne le Tigre.

Je pousse le type dans sa direction comme s'il n'était qu'un vulgaire objet et Tiger le rattrape à la volée. Il sourit, d'un sourire carnassier. Le mec est complètement sonné.

Tiger le frappe en plein dans le nez, tout en le tenant pour qu'il ne s'écroule pas. Puis dans les côtes.

Je râle.

— Tout doux, ne l'achève pas maintenant. On va le tuer, mais pas tout de suite.

Quelque chose grésille au sol. Tiger fronce les sourcils en baissant les yeux. Le talkie-walkie gît au sol, mais une voix d'homme retentit.

Rapidement, je le récupère pour le balancer sur les pavés. Il rebondit, intact. Alors, je donne quelques coups de pied et il explose au bout du cinquième.

C'est du bon matos. Nous sommes certainement en présence d'un membre des Royal venu assurer la sécurité du périmètre.

— On se barre. Maintenant.

Tiger lâche le type qui s'écroule dans un son étouffé. Il chope son arme, mais je l'interpelle :

— On ne va pas le laisser là. Tout seul. Le pauvre.

Tiger n'est pas amusé par mon ton faussement désolé.

Je me penche sur le mec qui n'a toujours pas repris ses esprits. Son visage est maintenant couvert de sang et d'entailles. Je caresse sa joue parsemée de gouttes de sang.

— On n'a pas le temps, Dove !

— Mec, j'en ai vraiment envie. Il est parfait, en plus.

Tiger soupire en montant dans sa bagnole.

— Fous-le dans le coffre et on se barre. Je n'ai rien pour le ligoter, alors fais en sorte qu'il ne se réveille pas avant qu'on soit arrivés.

Puis il s'installe au volant et met le contact pour m'inciter à me dépêcher.

Ravi, je traîne le type jusqu'à l'arrière de la voiture et le balance dans le coffre. Ses yeux papillonnent.

— Fais de beaux rêves, murmuré-je froidement.

Et je lui assène un dernier coup en pleine tête pour l'assommer complètement.

Mon poing me lance, mais je n'y prête pas attention et rejoins Tiger du côté passager.

— J'ai perdu du temps, râle-t-il en démarrant. Nous nous barrons en vitesse de ce coin paumé et sombre.

— Et moi, je n'aurais pas cru ramener un souvenir.

— On le conduit à l'entrepôt, c'est plus près. Et on le bute, Dove.

Il insiste bien sur ces derniers mots.

Parce qu'il sait très bien ce que j'ai en tête.

— Laisse-moi dix minutes et on le tuera. Je le jure.

Tiger secoue sa tête en signe de désapprobation, mais je ne flanche pas.

— Je pourrai peut-être le faire parler, argumenté-je.

Le Tigre ricane.

— Plus à moi, Dove. Des fois, t'oublies que ça fait dix ans qu'on bosse ensemble.

J'esquisse un rictus amusé. Il sait très bien qu'à peine le prochain coup passé ce mec ne pourra plus parler. Trop sonné. Ou parce que je lui aurai tranché la langue. Ou la gorge.

Je soupire et me cale confortablement contre le dossier.

On sort petit à petit des banlieues délabrées du sud de New York pour nous rendre dans notre planque la plus proche. Il s'agit d'éviter les endroits surveillés par d'autres gangs ou même les flics, mais ça, c'est un jeu d'enfant.

— Alors c'était ça, la « transaction » ? Une boîte en carton ?

Je regarde le profil du Tigre concentré sur la route. Il est tendu.

— Faut croire.

— Explique.

— Deux mecs sont sortis de la bagnole et un autre est apparu au coin de la rue. On ne les connaît pas. Ils se sont échangé un carton et les deux mecs sont rentrés dans la bagnole avec la boîte.

Le Prince n'était pas là. Il a dû envoyer ses hommes à sa place. Pourquoi ? Parce que ça pouvait être dangereux ? Parce qu'au contraire, ce n'était pas si important ?

Je râle intérieurement. On est en train de se creuser la tête pour une affaire qui ne nous intéresse pas vraiment. Tant que ça ne menace pas le gang, on ne s'en mêle pas. Mais voilà, c'est pour notre vengeance.

Tout pour notre vengeance.

— De la drogue ? proposé-je.

— Ils en ont à foison. Si ça avait été le cas, le Prince n'aurait pas qualifié cette transaction d'« importante ».

— Alors un papier confidentiel ?

— Je n'en sais rien, putain, s'énerve-t-il.

Même si on en revient avec encore plus de questions, on a bien fait d'y aller.

— C'est pour Wolf.

Tiger serre le volant jusqu'à ce que ses jointures blanchissent.

— Je sais.

Puis il ajoute, d'un ton tranchant :

— Je me casse le cul pour le venger, jusqu'à devoir faire équipe avec la fille de notre putain de patron. Il a intérêt à m'en être reconnaissant, quand on le rejoindra.

— S'il ne nous remercie pas, je jure qu'il mourra une seconde fois.

Et j'espère qu'il m'entend, parce que je ne le louperai pas.

Hein, Wolf. Tu nous en devras une bonne, mon pote.

On arrive à l'entrepôt cinq minutes plus tard. Le lieu est sombre, vide et délabré. Tiger gare la voiture sur le bord du trottoir et on sort tous les deux rapidement. Je récupère le corps toujours inconscient du mec dans le coffre et le traîne jusqu'à la grande porte en fer rouillée du bâtiment. C'est un ancien garage abandonné qui sert de planque à notre gang depuis des années.

C'est calme, et pourtant, je suis sûr qu'on n'est pas seuls.

Nous entrons, Tiger en premier, moi ensuite, tirant le type inconscient derrière moi.

J'ai l'habitude de déplacer des cadavres. Ce n'est pas le poids d'un homme sans vie qui m'impressionne. Je préfère justement quand ils sont immobiles. Quand ils s'agitent, c'est toujours plus compliqué.

Nous percevons immédiatement une présence dans notre dos. La seconde d'après, un cliquetis métallique se fait entendre, suivi de la froideur d'un canon posé contre ma tempe. Je lâche le corps inanimé de notre ennemi et celui-ci tombe à mes pieds.

Le Tigre est en train de subir le même sort. Un type armé le menace, mais à cause de l'obscurité du lieu, je ne le reconnais pas.

— Nom du gang ? demandé-je, d'une voix calme.

— B.R.R. Toi ?

— B.R.R.

— Montre.

J'entends Tiger râler.

— Ça fait deux fois en même pas une heure qu'on pointe un flingue dans ma direction, et ça commence à me tendre, marmonne-t-il en soulevant son tee-shirt.

Je remonte la manche de ma veste au-dessus de mon coude et tends le bras dans la direction du mafieux à côté de moi. Il y voit immédiatement le tatouage du gang, une rose rouge, fanée, dont les quelques pétales tombent délicatement dans une mare de sang. L'emblème de notre organisation.

— Dove ? Tiger ? Putain, les mecs, ça fait des lustres ! s'exclame celui qui vérifiait l'identité du Tigre.

Dès lors, ils baissent leur arme et la lumière jaillit, éclairant leur visage. Je les reconnais tout de suite.

— Stanley et Alexander.

Deux pourris, comme nous.

— Qu'est-ce que vous fichez ici ?

Je baisse les yeux en direction du type qui gît à mes pieds et ils rigolent en suivant mon regard.

— C'est qui ? On connaît ?

— Un homme des Royal, lance Tiger. Et pas touche, il est pour Dove.

Bien sûr qu'il est pour moi.

— D'où vous venez ? demande posément Stanley.

Alexander nous abandonne et rejoint un des angles du bâtiment. Sur une caisse en bois est posée une lampe, et des cadavres de bouteilles de bière jonchent le sol alentour.

— De pas loin, répond le Tigre sans donner de détail. On était en mission et ce con nous est tombé dessus. Et vous, alors ?

— La routine, soupire Stan. Je fais équipe avec Alex depuis deux semaines et on surveille les allées et venues.

— Beaucoup de passage ici ?

— En ce moment, ouais. Et pas que des mafieux des Blood Red Roses.

Stanley fouille dans son blouson et en sort un paquet de cigarettes.

— On a reçu l'ordre de les descendre s'ils ne font pas partie du gang, dit-il en nous en proposant une.

J'en accepte une et Tiger refuse.

— On va rentrer. Dove, tu t'occupes de ce mec et on bouge.

Je coince la cigarette entre mes dents et lui lance un regard impassible.

— Je veux prendre mon temps… faire les choses bien.

— Ouais, allez, insiste Stanley. Vous pouvez rester ici et nous tenir compagnie, on s'emmerde. Et ça fait combien de temps qu'on s'est pas vus ? Avec votre nouvelle mission « top secrète », depuis au moins deux mois !

Tiger refuse encore.

— Non, on ne reste pas.

Je lève les yeux au ciel, puis allume ma clope. Une flamme orange jaillit, semblable à celles qui danseront dans les pupilles du Tigre si je ne l'écoute pas.

— Rien ne presse, Tiger, lâché-je. Personne ne t'attend.

J'aspire la nicotine et offre un rictus amusé à mon frère.

— Je ne la laisse pas seule toute la nuit, gronde-t-il sèchement. Alors active.

J'ai envie de répliquer qu'elle est en sécurité avec Raven, Snake et le Renard, mais je m'abstiens. Non seulement je ne veux pas le contredire – il est suffisamment à cran lorsqu'on parle d'Ophelia –, mais comme l'a dit Stanley un peu plus tôt, il s'agit d'une mission secrète. Personne n'est au courant dans le gang. Pour le moment. Moins ils en savent, mieux c'est pour le patron.

Donc, je la ferme et coince ma cigarette allumée entre mes lèvres pincées. Mes mains désormais libres, je chope les bras du type allongé au sol et le tire sans difficulté.

— Je me mets au fond, je ne vous dérangerai pas, préviens-je.

Mais je vois Tiger agiter ses clés. Il ne compte pas partir tout de suite, quand même ?

— Rends-moi un service, Stan, tu veux ?

Le mafieux fronce ses sourcils et hoche la tête en récupérant les clés que lui tend le Tigre.

— Fais disparaître ma bagnole.

— Et comment on rentre ? interviens-je.

— Je vais appeler Raven, il viendra nous chercher.

Génial, mon frère va encore jouer au taxi. Le connaissant, il va adorer.

— Je m'en occupe, lâche Stan.

Maintenant que les mafieux ennemis ont vu la bagnole, il vaut mieux…

Je traîne le corps immobile du type évanoui et l'adosse à l'un des murs en tôle de l'entrepôt.

— Putain, ça ne fait même pas deux mois que je l'ai. Fais chier ! Je ne l'ai conduite qu'une fois. Une !

Je ricane en entendant les commentaires énervés de Tiger.

Avec l'argent que nous versera le patron pour la protection de sa fille, il pourra s'en acheter quinze des comme ça…

Je passe ma main sur le visage encore endormi du type, sur ses taches de sang désormais séchées et sur les quelques poils mal rasés de son menton. Je tourne la tête vers les trois mecs à l'opposé du bâtiment et leur demande de vive voix :

— Quelqu'un aurait un couteau par hasard ?

Personne. Je claque ma langue contre mon palais en réfléchissant à une autre option. Je ne me balade jamais sans une lame sur moi. Mais cette soirée déroge à la règle.

— Un tournevis ? Un machin pointu, au moins ?

— J'ai des bouteilles de bière vides ? propose Alexander.

Je secoue la tête en pinçant mes lèvres.

Non, ça ne le fera pas.

Puis je me souviens de mon briquet rangé précieusement dans la poche de mon jean, et mon visage s'illumine.

Je vais le réveiller.

Et chaleureusement.

Ophelia

Les nuages gris envahissent le ciel clair. Il y a du brouillard, et il m'empêche de voir autour de moi. Je sens quelque chose de liquide sous mes pieds. C'est dégoûtant.

Je marche dans l'eau ?

Je baisse la tête. Non, ce n'est pas de l'eau.

Je marche dans une mare de sang.

J'essaie de crier, mais ma gorge est comprimée. Je suis terrorisée.

Mon cœur tambourine dans ma poitrine. Je le sens cogner contre mes côtes. Mes mains tremblent et je frissonne.

D'où vient ce sang ? Il n'y a personne.

Je suis seule et je tremble de plus belle. Plus je respire, plus le volume de sang augmente. Ça va m'arriver jusqu'aux genoux, mais je ne parviens pas à fuir.

Je suis tétanisée. Mes pieds refusent de bouger. L'odeur est horrible.

Ce n'est pas mon sang, je sais que ce n'est pas le mien, mais que c'est à cause de moi qu'il y en a autant.

Un coup de feu retentit. Mon souffle se bloque et je me réveille en sursaut, des gouttes de sueur perlant sur mon front.

Je tente de reprendre mes esprits lorsque je vois au-dessus de moi, non pas des nuages gris, mais un plafond.

Je suis dans une chambre.

À côté de moi, j'entends la respiration apaisée de Stella. Je l'observe, endormie, ses cheveux blonds étalés sur sa taie d'oreiller. Sur la table de nuit, le réveil affiche 3 h 35.

La pièce est plongée dans le silence, mais pas totalement dans le noir. J'ai fait exprès de ne pas baisser complètement les volets électriques pour qu'il y ait un peu de lumière, au cas où...

Et je me suis réveillée.

Je savais que j'allais refaire ce cauchemar. Encore et encore.

Le problème, c'est que je sais aussi que je n'arriverai pas à me rendormir. Alors, pour ne pas gêner Stella, je quitte le lit et marche à pas de loup jusqu'à la porte. Quand je sors dans le couloir, tout est calme et sombre. La lune éclaire le couloir.

Je décide d'aller boire un peu d'eau. Ou peut-être vais-je m'installer sur le canapé du salon pour regarder la télé.

J'ai tout le reste de la nuit devant moi pour décider.

Je prends mon temps pour descendre, comptant les marches afin de penser à autre chose.

Arrivée dans le hall, je sens la froideur du carrelage sombre même à travers mes chaussettes. Peut-être que Fox, Snake et Raven sont toujours ici ? Je ne les ai pas vus partir.

Même en me couchant tôt, j'ai l'impression que je n'arriverai plus jamais à dormir tranquillement.

Je rejoins le salon que je trouve allumé, et malgré moi, je suis rassurée de savoir que je ne serai pas seule. Peut-être que je m'y suis faite, finalement. Peut-être que je me suis habituée à la présence de Snake, Fox et Raven…

Je fais un pas dans la pièce et fouille le salon du regard. Quelqu'un est assis devant le bureau qu'utilise Fox habituellement.

Mais ce n'est ni Fox. Ni Raven. Ni Snake.

Ses cheveux d'un blond polaire me filent la chair de poule et affolent mon cœur. Dove est appuyé contre le meuble, un verre dans sa main, la tête levée en direction du plafond et les yeux presque fermés. Comme s'il était complètement détendu.

Puis je remarque le Tigre.

Tapi dans l'ombre, adossé contre le mur, une cigarette pas encore allumée au bout des doigts. Je déglutis, détaillant son corps dans les moindres détails. De ses Rangers noires jusqu'à ses cheveux bruns et son visage, d'une beauté brute. À couper le souffle.

Une beauté douloureuse, car je sais ce qui se cache derrière cette apparence.

Je reprends mes esprits et la crainte de trouver Dove et Tiger dans la même pièce me secoue. Je tente alors de m'éclipser du salon sans me faire remarquer. Mais il est déjà trop tard.

Le Tigre arrête de parler.

Et comme s'il avait senti ma présence, il se tourne vers moi.

Nous sommes à une dizaine de mètres l'un de l'autre, et pourtant, je sens l'intensité brûlante de son regard lorsqu'il le pose sur moi. Il me jauge un instant, et je reste figée.

Dove semble m'apercevoir à son tour.

— Toujours pas endormie ?

Le Tigre a pris la parole.

Je hoche la tête, ne voulant pas trop en dire, surtout en leur présence. Ne voulant pas expliquer comment et pourquoi je me suis réveillée en plein milieu de la nuit.

Le silence s'intensifie et devient insupportable. Je me racle la gorge et interroge à mon tour, à voix basse :

— Vous venez de rentrer ?

Le Tigre ne répond pas. C'est Dove qui, après avoir avalé une gorgée d'un liquide brun, me répond froidement :

— Si on t'a posé une question, c'était pour paraître aimable, pas pour que tu nous tapes la discute à 3 heures du mat, Ophelia.

Je me renfrogne, masquant ma peur de la Colombe du mieux que je peux.

Mais en l'étudiant, je découvre un détail qui m'avait échappé, trop absorbée par la présence du Tigre. J'écarquille les yeux, fixant ses avant-bras. De fines gouttelettes de sang parsèment son corps et ses vêtements, et j'ai un mouvement de recul. Celles-ci paraissent effroyablement vraies.

Qu'ont-ils fait ?

Je me tourne vers Tiger, et c'est presque avec soulagement que je remarque que lui n'est pas couvert de sang.

Mon cœur se serre, mon pouls s'accélère et je décide que c'est bien trop pour moi pour ce soir. Je recule et sors du salon, laissant les deux criminels à leur discussion. Je ne veux pas en faire partie.

Je ne veux même plus être dans la même pièce qu'eux.

Je fais le chemin en sens inverse, sans m'arrêter dans la cuisine pour boire. J'ai de nouveau froid et cette courte conversation ne m'aidera certainement pas à m'endormir.

Je monte les marches – il y en a quinze –, et me retrouve rapidement sur le palier peu éclairé.

Soudain, je sens une présence dans mon dos.

Je me retourne aussitôt, crispée.

Je cache tant bien que mal mon soulagement en constatant que c'est le Tigre qui se tient en bas des escaliers. Dans le hall, sa silhouette imposante reste immobile. Il rôde, ce soir. Il est loin de moi, mais je vois dans ses yeux la flamme brûlante qui l'anime, la même qui me réchauffe lorsque je suis près de lui.

Qu'est-ce que je fais ? Je retourne dans ma chambre ? Je reste là ? Il va me poser des questions. Je ne sais pas si j'ai envie de l'affronter ou de fuir. Mais je ne sais pas non plus s'il va me laisser le choix. Il est le Tigre, le prédateur, et je ne suis rien. D'habitude, cette pensée m'horripile, mais ce soir, je l'accepte telle qu'elle est.

Peut-être parce que j'admets enfin que c'est la vérité.

— Alors, tu ne dors pas ?

Et cela met fin à mon hésitation. Je ne vais pas fuir. Il ne veut pas que je m'en aille, il ne me laissera pas partir. Pas avant d'avoir eu une réponse à sa question. S'il m'a suivie, c'est qu'il attend quelque chose de moi.

Sa silhouette reste figée. Il ne me lâche pas des yeux. Sa carrure impressionnante envahit tout l'espace. Rien que l'attention qu'il porte sur moi me réchauffe, même si on se trouve loin l'un de l'autre.

Tiger attend que je lui réponde comme si c'était la chose la plus importante.

Je m'éclaircis la voix et commence, ni trop fort pour Stella qui dort à côté, ni trop bas pour qu'il puisse m'entendre de là où il se trouve :

— Je suis descendue parce que j'avais soif, et puis j'ai vu que le salon était allumé, alors...

— T'as fait un cauchemar, me lance-t-il immédiatement sans prendre en compte ce que je viens de lui dire.

Ce n'est pas une question, c'est une affirmation.

Comme chaque fois, il comprend ce que je ressens sans que je prononce le moindre mot. Je ne sais pas si ça devrait me rassurer ou m'inquiéter.

— Non.

Je ne sais pas pourquoi, mais reconnaître qu'il a raison m'embêterait. En fait, je crois que je ne veux pas qu'il sache. Il se douterait de la raison pour laquelle j'ai fait ce mauvais rêve et je n'en ai pas envie.

Je n'ai pas envie qu'il comprenne que l'auteur de mon mal-être, c'est lui.

— Tu en fais souvent ? me demande-t-il en ignorant ma réplique précédente.

Sa voix me coupe le souffle. Elle est puissante et ses mots imprévisibles. Je soupire et passe une main sur mon bras.

— Non.

Je mens.

— Combien de fois depuis l'incident ?

Incident.

Une manière bien belle d'évoquer un meurtre. Dans sa bouche, c'est presque bizarre de l'entendre parler d'un crime avec ce mot. Normalement, il ne se serait pas privé de l'évoquer avec des mots crus et blessants.

Je mets de côté ma fierté absurde et retiens ma respiration en avouant faiblement :

— Tout le temps.

Je le regarde alors commencer à monter les escaliers, et le voir se rapprocher de moi m'effraie. Je fais un pas en arrière sans pourtant le quitter des yeux. Je n'y peux rien, ses prunelles me captivent.

Il grimpe les marches petit à petit. Je le regarde faire sans bouger. C'est comme s'il m'ordonnait silencieusement de rester à ma place.

Puis il arrive sur le palier, à quelques centimètres de moi, et je suis obligée de lever la tête.

— Viens.

Quoi ?

Il se tourne sans un mot de plus et se dirige vers son aile. Vers sa chambre. Je le regarde attentivement ouvrir sa porte et se glisser dans la pièce. Il veut que je le suive ? Pourquoi ?

J'ai beau me poser des questions, je n'hésite pas une seule seconde avant de le rejoindre.

J'ai besoin de sa chaleur.

L'odeur que je trouvais tellement rassurante le jour où j'ai reçu la lettre du frère du Prince.

Le même homme que j'ai tué quelques jours plus tard.

Quand j'entre dans sa chambre, il est en train de faire coulisser sa baie vitrée et se dirige sur son balcon. Un air frais envahit l'espace et me fait frissonner.

Je préfère ne pas le suivre. Je ne suis qu'en pyjama – un tee-shirt et un jogging en coton. La pièce a son parfum, sûrement le même qu'il porte sur lui, d'ailleurs.

Je trouve une place sur le bord de son lit parfaitement fait. Je m'y assois du côté droit, en face de la baie vitrée.

Je l'observe à l'extérieur, de dos, les coudes posés sur la balustrade en verre qui le sépare du vide, une cigarette coincée entre ses lèvres redoutables. Il n'y a que la lumière du ciel étoilé et la lueur orange de sa cigarette pour venir déranger l'obscurité nocturne.

Puis il se retourne dans ma direction, et voyant que je le fixe, il se déplace pour être face à moi, le dos appuyé contre la balustrade.

Il porte sa cigarette à sa bouche, inspire un instant, puis expire sa fumée par le nez tout en ne me quittant pas une seule seconde des yeux. Je le regarde faire.

Non, je l'admire. Il m'a toujours fascinée. Cet homme m'attire. Ses mouvements sont fluides, ses paroles sont réfléchies, sa voix est grave et légèrement cassée par moments, sa présence est écrasante, mais rassurante par moments.

Quelques minutes passent. Quelques minutes calmes et silencieuses, un spectacle que je n'aurais jamais cru possible avec lui. Lui dont les paroles sont si brutales et sauvages.

Puis il écrase sa cigarette contre la balustrade et revient à l'intérieur. Dès qu'il franchit la baie vitrée, il appuie sur l'interrupteur. La pièce est alors baignée de lumière et je mets un moment à m'habituer à cette soudaine clarté.

Sa présence devient plus envahissante, je le sens. Il lance sèchement, la seconde d'après :

— On dirait que ma chambre n'est pas une découverte.

Je me fige. Je dois lever la tête lorsqu'il s'approche de moi pour continuer à le regarder dans les yeux.

Mes doigts s'enfoncent dans le matelas, paniquée par son ton soudainement froid, alors que tout son corps aspire à la chaleur.

— Qu'est-ce que tu veux ?

Je ne comprends pas pourquoi il me fait venir dans sa chambre. Comment sait-il que je suis déjà venue ici ? Est-ce qu'il s'amuse, là ? Il est 3 heures du matin et je n'ai pas envie qu'il me prenne encore pour un divertissement.

Je ne suis peut-être qu'un amusement pour ce Tigre, mais je peux au moins tenter de m'échapper de ses griffes pour cette nuit.

Tiger fait preuve d'une confiance écrasante. C'est parce qu'il sait qu'à ce moment-là, il me domine entièrement. Autant physiquement que mentalement.

— Le seul jour où je ne ferme pas ma chambre à clé, tu as l'idée d'y entrer sans invitation.

— Comment tu es au courant ? questionné-je.

— Je le sais, c'est tout.

— C'est Fox qui te l'a dit ?

Soudain surpris, il se fige et m'examine en détail. Il ne me laisse pas souvent le temps de comprendre ses émotions ou même d'apercevoir un sentiment, quelque chose qui me prouverait qu'il ressent. Il est très fort pour cacher ce qu'il éprouve. Mais cette nuit, j'ai surpris chez lui ce petit froncement de sourcils qui révèle sa surprise. Savoir comment il se sent rééquilibre le rapport de force.

— Non, me répond-il finalement. Pourquoi ? Il était avec toi ? Qu'est-ce que vous foutiez tous les deux dans ma chambre ?!

J'écarquille les yeux face à son ton devenu sec.

— Rien !

Pourquoi réagit-il toujours si mal en ma présence ?

Je connais la réponse.

Parce que c'est un criminel, un homme qui n'a plus d'humanité, plus de morale, plus de cœur.

Oui, mais parfois, j'aimerais égoïstement qu'il soit quelqu'un d'autre. Que ce Tigre ait un cœur.

Pour me comprendre.

— Il m'a rassurée, avoué-je faiblement.

— Dans *ma chambre* ?

Il y a quelque chose de possessif dans le ton qu'il emploie. Quelque chose de brutal qui me noue la gorge.

— Oui, craché-je, me forçant à être sur la défensive.

Je ne veux pas le laisser me dominer.

— Comment tu l'as su, si ce n'est pas lui qui te l'a dit ? ajouté-je.

— Je le sais. C'est tout.

Sa voix est tellement hargneuse que ça me fait mal. Et je me déteste d'être si sensible.

Et je me déteste de vouloir rester près de lui malgré tout.

Il fait quelques pas en arrière, jusqu'à ce que son dos rencontre le verre froid de sa fenêtre.

Il pince les lèvres. Je vois sa cicatrice se mouvoir différemment au fil de ses émotions changeantes.

Puis il soupire. Ses bras se croisent contre son torse et ses yeux restent rivés dans ma direction.

— C'est normal de faire des cauchemars. Mais tu verras, au bout d'un moment, tu n'y penseras plus.

Sa voix me percute de plein fouet. Elle est sincère. Pas douce, pas forte. Juste sincère.

Je ne connais pas Tiger. Mais je l'ai vu donner des ordres, je l'ai vu tirer, je l'ai vu m'approcher dangereusement, je l'ai vu me détester, me parler comme si je n'étais rien.

Mais maintenant, je vois l'homme qui prononce des paroles rassurantes, comme si mon état lui faisait quelque chose. Comme s'il m'accordait un tout petit peu d'importance dans son immense royaume de luxe et de violence.

— Qu'est-ce que tu en sais ?

— L'expérience.

— Je sais que je n'oublierai jamais, répliqué-je fermement.

C'est le cas. Jamais je n'oublierai l'homme que j'ai tué. Et même si c'est Tiger, l'auteur de ce cauchemar, j'en ai été témoin. Je n'arrête jamais de penser que j'aurais sans doute pu l'en empêcher, même si c'était son dessein depuis le début. Même s'il avait tout planifié.

Le Tigre se tient debout face à moi. J'observe avec attention son visage et remarque sa mâchoire carrée qui se contracte légèrement.

— Personne ne veut entrer dans notre monde. Parce que lorsqu'on y met les pieds, il est impossible d'en ressortir vivant. Tu le sais ça, hein ?

Il me prend au dépourvu. Moi qui croyais qu'il était redevenu froid et distant, je me retrouve obligée de répondre à ses questions, lui qui n'en pose jamais.

— Que je n'en sortirai pas vivante ? Oui.

— Alors pourquoi tu as accepté de nous aider ?

Je hausse les épaules. Mon cœur s'accélère, je l'entends cogner.

— Parce que j'étais seule, et que c'était le seul moyen de me rapprocher de vous.

D'en savoir plus sur mon géniteur, sur eux. Sur lui, aussi.

— Alors même si tu es entourée de monstres, tu préfères fraterniser avec eux plutôt qu'endurer la solitude ?

Il ne me juge pas, c'est une vraie question, et c'est son attitude attentive qui calme les battements affolés de mon cœur.

— Si je réponds oui, tu vas penser que je suis aussi folle que vous.

Il secoue la tête, sérieux.

Il soupire de nouveau. Il paraît dérangé par quelque chose, mais je n'en sais pas plus, parce que je comprends que tout se passe dans sa tête et que je ne suis pas autorisée à y entrer.

— Je ne voulais pas que tu y participes, souffle-t-il finalement.

Je sais qu'il est sincère.

Le premier jour, il a insisté pour que j'aille dans ma chambre au lieu de rester avec eux, dans le salon, et de m'impliquer dans une vengeance qui n'était pas la mienne.

Et j'ai choisi de rester.

Même s'il voulait m'en empêcher.

— Parce que ce n'est pas la tienne. Tu n'avais pas à nous aider.

Il fait une pause et j'attends silencieusement, sachant qu'il y a autre chose.

— Parce que je savais aussi comment ça allait se terminer et que, contrairement aux autres, j'en avais quelque chose à foutre de ton avenir.

Des frissons parcourent mes bras et remontent jusqu'à ma nuque, mais il ne faut pas qu'il le voie. Il ne doit pas se douter que son honnêteté provoque quelque chose en moi. Qu'elle allume un brasier dans mon ventre.

Sauf que mon avenir est perdu en partie à cause de lui. Il m'a tirée lui-même au fond des abysses, lui qui cherchait tant à m'épargner. C'est assez ironique, en y repensant.

J'espère qu'il se rend compte que ce qu'il est en train de me dire est totalement incohérent.

— Et quand tu m'as forcée à appuyer sur la gâchette, tu en avais toujours quelque chose à faire de « mon avenir » ?

Il secoue la tête.

— Tu étais condamnée, alors ça ne servait plus à rien.

— Qu'est-ce qui ne servait plus à rien ?

— Te préserver de la cruauté de notre monde.

En effet, il m'a poussée de force dans ces eaux noires et j'ai coulé tout au fond, sans qu'il cherche à me retenir une seule seconde.

— À présent, je peux juste tenter de ralentir ta chute, lâche-t-il, et ses yeux fixent les miens encore et encore avec une intensité qui me dépasse.

— Non, tu l'accélères en t'amusant avec ma vie et mes émotions.

Sa mine se renferme et je m'attends à ce que ses prochaines paroles me lacèrent le cœur. Il passe sa main droite sur sa nuque et soupire longuement.

— Tu n'as toujours pas pigé que je suis comme ça et que je n'arrive pas à faire autrement.

Je reste calme, cherche à contrôler ma respiration et les insultes qui fusent dans ma tête.

— Essaie de comprendre que contrairement à toi, j'ai des sentiments. Ce n'est pas ma vie, ça, lancé-je en agitant les mains.

J'ai l'air désespérée, et pourtant, j'ai l'impression qu'il ne me prend pas au sérieux.

Qu'il n'arrive pas à me croire.

— Tu me demandes d'être quelqu'un d'autre, souffle-t-il. Et j'ai vraiment du mal avec ça.

— Non. Je te demande juste de faire ce que tout le monde attend de toi : me protéger. Si tu n'en es pas capable, alors change de boulot.

Son visage se ferme et je le connais assez maintenant pour savoir qu'il va devenir autoritaire.

— Non. Tu es ma mission. J'irai jusqu'au bout.

— Je n'ai pas besoin de toi.

Il ne m'a jamais apporté la sécurité. Au contraire.

Tout devient silencieux.

La vérité le fait taire, apparemment.

— C'est ce que j'essaie de me dire depuis le début.

Il prononce ces mots d'une voix grave qui se brise sur le dernier mot. Je frissonne. Je ne sais pas si c'est de froid, de peur ou à cause de sa réponse bien trop sincère pour mon cœur.

J'observe sa beauté brute. Ses lèvres fines, son nez droit, sa cicatrice bien visible et attirante.

Et soudain, je revois encore le sang autour de moi. Ça arrive sans prévenir, ça s'abat sur moi comme la foudre lors d'un orage.

Ces putains de gouttes rouges qui me hantent jour et nuit. Il y en a partout dans sa chambre, l'endroit où je me sens le mieux. Sur les murs, sur le sol, sur le lit.

— Ophélie ?

La voix de Tiger surgit et mes yeux se dirigent vers lui. Il est là, debout et imposant face à moi. Il a fait quelques pas dans ma direction, ses lèvres forment une moue contrariée.

Désorientée et terrorisée, je me lève et bégaie, sans arriver à prononcer le moindre mot.

Il faut que je quitte cette ambiance sinistre et épuisante. Je m'enfuis dans le couloir. Tout est sombre et paraît normal. Les portes sont toutes fermées et le sol est intact.

— Phélie. Qu'est-ce que tu fais ?

Sa voix. Encore sa voix. Elle fait battre mon cœur si violemment que j'ai l'impression qu'il va exploser. Je me tourne vers lui. Il est sorti de sa chambre et me regarde en fronçant les sourcils. Il me voit fuir, mais il n'en connaît pas les raisons.

— Je vais me coucher, lâché-je en regardant autour de moi pour vérifier que rien n'a changé.

Les murs sont propres. Donc ça va.

Et puis.

Quelque chose tombe sur moi.

Des petits clapotis, comme de la pluie. De petites gouttes froides sur mes épaules, mes bras, le haut de mon crâne.

Je lève la tête, parce qu'il est techniquement impossible qu'il pleuve à l'intérieur. Et comme je le savais très bien au fond de moi, ce n'est pas de l'eau. Le plafond est imbibé de sang. C'est fou comme le cerveau peut recréer des sensations. Parce que je sais que ce n'est pas réel, que c'est lui qui invente des choses, et je n'en peux plus.

Je n'en peux plus. Je n'en peux plus !

J'essaie de me protéger, comme une tarée, en me couvrant de mes bras. Je ferme les yeux, ayant peur de ce que je pourrais voir autour de moi. Je crois même que je pleure, mais j'ai peur que cette humidité que je sens sur mes joues ne soit rien d'autre que du sang et encore du sang.

Encore du sang.

— Phélie ! Calme-toi, putain.

J'entends sa voix, je sens sa présence et son souffle chaud contre mon épaule. J'agite les mains sur mon visage pour enlever le sang qui coule sur moi. J'ai l'impression que je vais me noyer.

— Phélie ?

J'ouvre les yeux, et je plonge dans les siens. Un regard à la lueur inquiète et familière.

J'ai envie de lui hurler que c'est à cause de lui, mais je n'ai plus l'énergie nécessaire pour ça.

Je me retrouve debout devant lui, à deux doigts de m'écrouler, et je crie ma peine en silence. Ce ne sont pas mes yeux qui pleurent, ce sont mes pensées.

— Ne me fais plus jamais ça, s'il te plaît. Ça me fait mal.

Je tremble. Ma voix se brise, ma gorge se serre dans une douleur atroce. Je me force à ne rien laisser paraître, mais je crois que j'échoue lamentablement.

— Ne me pousse plus à devenir comme toi.

Il me jauge un instant, ne comprenant pas où je veux en venir. Ne comprenant pas à quel point c'est douloureux. Il paraît perdu. Profondément perdu.

Et je me rends compte que je ne peux plus rien faire.

Impuissante, je comprends qu'il ne me protégera jamais. Il sera mon bourreau, parce qu'il ne sait pas… il ne sait pas la douleur que ses actes peuvent provoquer.

Il ne sait plus.

Je baisse la tête vers mes pieds, déçue. De moi. De lui.

D'avoir des attentes envers ce criminel. D'être trop naïve. D'être trop fragile, comme il me l'a lui-même répété maintes et maintes fois.

Le cœur serré, je fais demi-tour, n'attendant plus rien.

Je sais qu'il ne me rattrapera pas. Les consolations, les excuses… ce n'est pas lui. Je cherchais uniquement à apaiser mes tourments.

Et à la place, je n'ai eu que le vide.

C'est l'histoire d'une fille qui a tué son ex-petit copain.

C'est l'histoire d'une fille qui a été forcée de tuer un homme, tout ça pour venger un mafieux qu'elle n'a jamais connu.

C'est l'histoire d'une fille qui s'est peut-être un peu trop attachée à la chaleur d'un être impitoyable, alors qu'il ne la respecte pas. Il l'a entraînée à tuer, à devenir une criminelle.

C'est l'histoire d'une fille qui doit désormais survivre dans un univers trop dangereux pour elle.

C'est l'histoire d'une fille qui doit sauver sa sœur parce qu'elle, elle n'a pas réussi à rester à la surface.

Je suis cette fille.

Et je n'ai jamais été aussi malheureuse de l'être.

Qui me sauvera ?

Personne ne pourra m'empêcher de couler, maintenant.

Tiger

J'attends qu'elle se soit de nouveau endormie pour pénétrer dans la chambre.

Sa sœur est à côté d'elle dans le lit et elles dorment profondément. J'en fais le tour discrètement, la faible lumière de la nuit me permettant de me repérer dans la pièce.

Je dépose une plaquette de somnifère sur sa table de chevet ainsi qu'un verre d'eau, au cas où elle se réveillerait une nouvelle fois. Je sais que cette attention ne servira pas à grand-chose, et ce n'est pas pour me faire pardonner. Seulement, après l'échange que nous avons eu tous les deux, je me suis rendu compte d'une chose : je n'ai pas fait ce qu'il fallait.

J'ai voulu y aller trop vite. Trop fort. Je pensais que ça n'aurait pas d'importance et que les conséquences de mes actes m'importeraient peu.

C'est faux.

Je ne l'ai pas poussée à s'endurcir, je l'ai juste brisée un peu plus.

Et je m'en veux.

J'approche ma main de son visage, encadré par ses cheveux bruns qui s'étalent sur l'oreiller. Dans la pénombre, je ne vois que ses paupières closes et ses sourcils froncés.

Elle n'est même plus tranquille dans son sommeil.

J'approche mes doigts de son front, l'idée de dégager ses cheveux m'effleurant l'esprit, mais je m'en abstiens au dernier moment.

Je n'ai pas le droit de la toucher. Pas avec ces mains qui lui ont causé tellement de torts.

Alors je reste là rien qu'une minute de plus, et puis je partirai.

Je la laisserai tranquille.

Mes actions ne partaient pas que d'une intention uniquement malhonnête, perverse. Je ne cherchais pas à lui faire du mal.

Je voulais seulement qu'elle soit forte. Il faut l'être, dans notre monde.

Je lâche une profonde expiration, la poitrine comprimée, et souffle des mots que je suis incapable de lui prononcer en face :

— Je suis désolé, Ophelia.

À suivre...

Composition
NORD COMPO

Achevé d'imprimer à Barcelone
par BLACKPRINT CPI
le 1er avril 2024

Dépôt légal : mai 2024
EAN 9782290406489
L21EDDN001305-632285

ÉDITIONS J'AI LU
82, rue Saint-Lazare, 75009 Paris

Diffusion France et étranger : Flammarion